マリー・アントワネットの髪結い

素顔の王妃を見た男

Will Bashor
ウィル・バショア
阿部寿美代［訳］

Marie Antoinette's Head

原書房

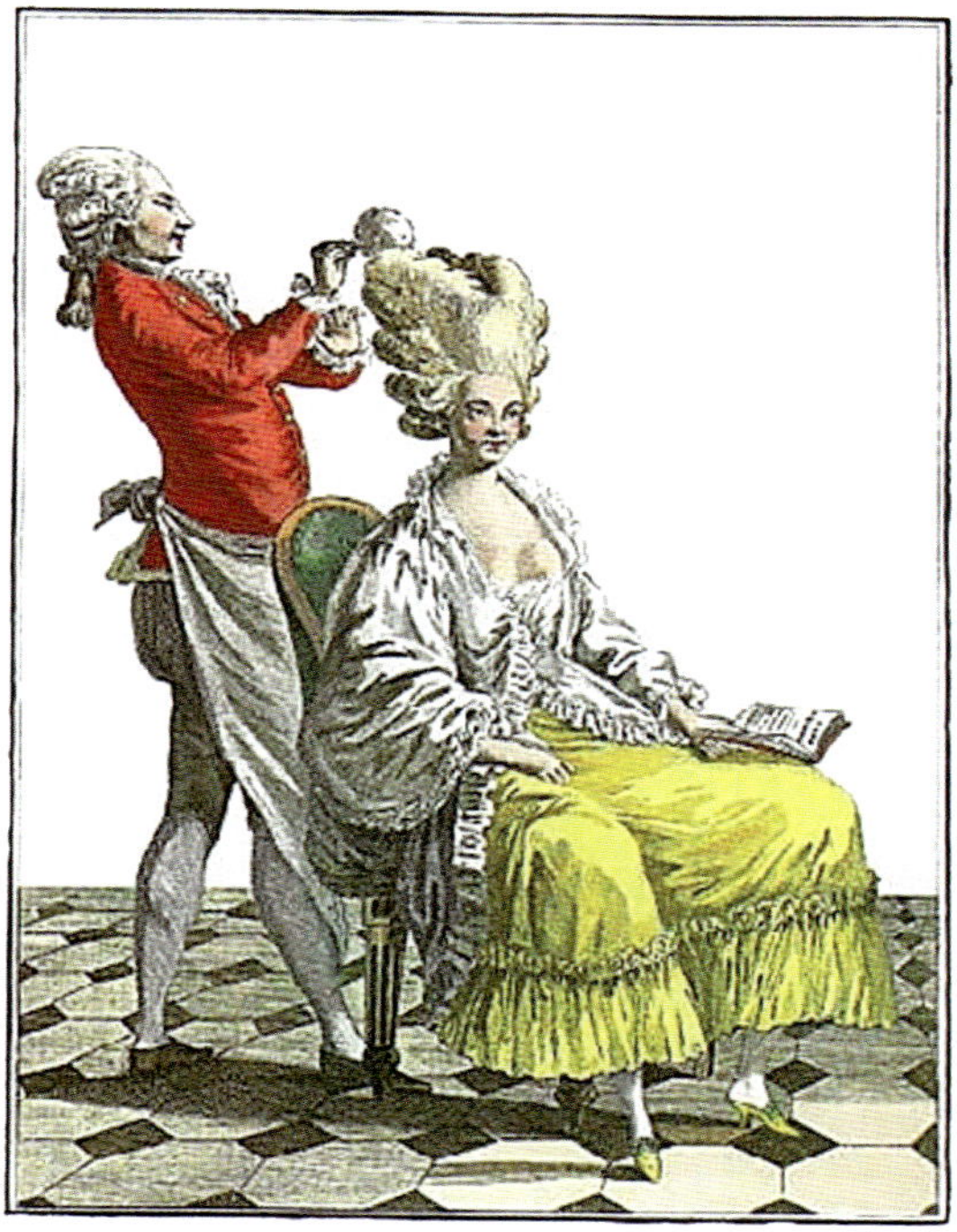

レオナール・アレクシス・オーティエ（フランス国立図書館）

薔薇を持ったマリー＝アントワネット

マリー＝アントワネット（1777年）

テュイルリー宮殿でのマリー＝アントワネット（1791年）

マリー＝アントワネット（1785年）

「ペル・プル」スタイル

プーフ「愛のリボン」

プーフ「美しい女性」

勝利のプーフ

アクセル・フォン・フェルゼン（フランス国立図書館）

戴冠式でのルイ16世の肖像（フランス国立図書館）

ローズ・ベルタン

レオナール・アレクシス・オーティエ

マリー・アントワネットの髪結い　素顔の王妃を見た男

◉

目次

［……］は訳者による注記である。

年表

1746年　レオナール・アレクシス・オーティエ、パミエで生まれる。
1753年　レオナールの弟ピエール・オーティエ、パミエで生まれる。
1758年　やはりレオナールとして知られる弟のジャン＝フランソワ・オーティエ、パミエで生まれる。
1769年　レオナール、パリに到着。
1770年　マリー＝アントワネット、ヴェルサイユ宮殿に到着。
1774年　ルイ15世崩御、ルイ16世が王位を継承。
1778年　マリー＝アントワネット、第一子出産。
1779年　レオナール、マリー＝アントワネットの髪結いとなる。
1785年　首飾り事件
1788年　レオナール、テアトル・ムッシューへの出入りを許される。
1789年　フランス革命勃発。レオナール破産。
1791年　オーティエ兄弟、王家の「ヴァレンヌ逃亡」に参画。
1791年　レオナール、12月27日ロンドンへ出発、３年後に妻と離婚。
1792年　レオナール、ドイツへ出発。
1793年　マリー＝アントワネット処刑。
1794年　ジャン＝フランソワ、７月25日に死刑宣告を受け、処刑されたとみられる。
1798年　レオナール、生活にも事欠き、ロシア宮廷で髪結いとして再出発する。
1801年　ロシア皇帝パーヴェル１世死去。
1814年　レオナール、パリへの帰還を許される。
1818年　レオナール、新劇場開設のため、特権を得ようと努力する。
1820年　３月24日、レオナール、パリで死去。

主要登場人物（50音順）

アルトワ伯爵　ルイ16世の一番下の弟。シャルル10世
エリザベート・ド・フランス　ルイ16世の妹
カロンヌ　1789年の財政危機の原因となった政治家
カンパン夫人　マリー＝アントワネットの侍女
ジュリー・ニエベール　ニコレ座の女優で、グラン・ダンスール団の一員
ショワズル公爵　ヴァレンヌ逃亡で国王を助けたフランスの大佐
デュ・バリー伯爵夫人　ルイ15世の最後の愛妾
ノアイユ伯爵夫人　マリー・アントワネットの女官長
ブイエ侯爵　国王一家のヴァレンヌ逃亡計画を助けたフランスの将軍
フェルゼン伯爵　スウェーデンの伯爵。マリー＝アントワネットの愛人とされていた
フレモン　レオナールの友人。美容学校共同経営者
プロヴァンス伯爵　ルイ16世の弟。のちのルイ18世
ポリニャック公爵夫人　マリー＝アントワネットのお気に入り
マリア・テレジア　オーストリアの女帝でマリー＝アントワネットの母
マリー＝アントワネット　フランス王太子妃、のちのフランス王妃
マリー＝テレーズ・ド・フランス　マリー＝アントワネットの長女
ラ・ファイエット侯爵　フランスの貴族で、アメリカ独立戦争の将軍
ランジャック侯爵夫人　風変わりな未亡人
リュセット　レオナールの愛人。女優で政治活動家
ルイ15世　フランス国王でルイ16世の祖父
ルイ16世　フランス王太子、のちフランス国王
レオナール・オーティエ　王室の髪結い、従者、
ローズ・ベルタン　マリー＝アントワネットの帽子屋および服飾デザイナー

資料について

伝記を書くときには、どの程度の脚色や誇張が許されるのかは難しいところだが、それが何世紀も前の古い回想録や、書簡や、出来事の間接的な記述に基づく場合は特にそうである。フランス革命中および革命後の政治体制や社会的変化の激しい時期においては、政府の文書にさえ紛らわしい書き方のものがある。

フランス革命を舞台とした文学は非常に多いが、マリー＝アントワネットの髪結いレオナール・オーティエに焦点を絞ったものはあまりない。王妃の驚異的なヘアスタイルの数々は当時大きな話題となり、新聞や雑誌でも広く取り上げられたが、それらの誕生の背後にいた人物についてはほとんど書かれていない。幸い、ラモート＝ランゴン男爵がレオナールの回想録『レオナールの思い出――王妃マリー＝アントワネットの髪結い *Souvenirs de Léonard, coiffeur de la reine Marie-Antoinette*』を、本人の死から十八年後の一八三八年に出版している。このゴーストライターは上下巻の作品を書き上げるのにレオナールの日記やメモを使用したと主張しているが、批評家たちは、典拠が怪しく、歴史におけるこの髪結いの役割には尾ひれがついていると批判している。

それでも私は、この『レオナールの思い出』にかなりの部分を頼り、その中の出来事の流れや配役に従った。だが同時に、この本に対する批判を忘れず、レオナールの同時代人が書いた宮廷の回想録や書簡なども幅広く参考にして、疑わしい主張があれば調べ、矛盾があれば解決するようにした。本書では、どんな食い違いについてもしかるべく注を加えてある（ただし、特に巻末の注にない場合については、『レオナールの思い出』から引用された会話は、原本に信憑性がないいじょう、立証不可能ということになる）。すべての会話は一字一句それぞれの原典から書き写したものであり、フランス語の資料からの会話は丁寧に英訳した。参考資料はすべて巻末の注と、参考文献一覧に記してある。

一八三八年以降、レオナールの物語をくわしく振り返ったのは、一九〇八年と一九〇九年にそれぞれ出版されたルイ・ペリコーとギュスターヴ・ボールの著作だけだが、それぞれ劇場経営という冒険的事業と王家のために果たした役割に焦点を絞っている。本書は有名な髪結いの人生を描いており、フランス史の参考文献たることを意図したものではないが、最後のフランス王妃の裁判や苦難を別の角度から浮き彫りにしている——王妃の腹心であり、売れっ子であった髪結いの視点から。

称号・敬称について

十八世紀のフランスでは、男性はすべて「ムッシュー」、既婚女性は「マダム」、未婚および若い女性は「マドモワゼル」と呼ぶのが習わしだった。複数形はそれぞれ「メッシュー」「メダム」「メドモワゼル」である。ただし貴族の場合は、さらにそれぞれの特権をつけ加え、正確な呼び方をすることが社交辞令で求められた。

本書は、ヴェルサイユの宮廷で一七八九年まで守られたこの規則に従った。国王は、「国王様（シール Sire）」あるいは「陛下（ヴォートル・マジェステ Votre Majesté）」、王妃は「王妃様（マダム Madame）」あるいは「陛下（ヴォートル・マジェステ Votre Majesté）」、国王の子供や孫たちは「フランスのお子たち（アンファン・ド・フランス Enfants de France）」と呼ばれた。ただし国王の長男は、王位の法廷推定相続人を指す称号で「王太子殿下《おうたいし》」（ムッシュー・ル・ドーファン Monsieur le Dauphin）と呼ばれた。王太子について言及するときにはモンセニュール（Monseigneur）とだけ言い、ほかの王子たちのように「殿下」とは言わなかった。国王の弟たちにはブルゴーニュ公爵、アンジュー公爵など、その所有地に従ってさまざまな称号があった。王弟《おうてい》たちはモンセニュール（Monseigneur）あるいは「殿下（ヴォートル・アルテス・ロワイヤル Votre Altesse Royale）」と呼ばれた。国王の一番上の弟について言及する場合は「ムッシュー（Monsieur）」とだけ言わなければならなかった。

いわゆる「血縁の王族」（princes de sang）でありながら王の息子たちと王弟以外の王族は「ムッシュー・ル・プランス（Monsieur le Prince）」、二番目の息子は「ムッシュー・ル・デュック（Monsieur le Duc）」と呼ばれた。王家の血を引かない公爵は、「モン・プランス（Mon Prince）」あるいは「王の（royale）」という単語はつかない「殿下（ヴォートル・アルテス Votre Altesse）」だった。国王の娘であるフランス王女は、誕生と同時に「マダム・ド・フランス（Madame de France）」と呼ばれた。王太子の妻は、「王太子妃（マダム・ラ・ドーフィーヌ Madame la Dauphine）」と呼ばれ、たとえばマリー＝アントワネットは、王妃となるまで「フランス王太子妃」と呼ばれた。

フランスの元帥、中将、大使は皆、「モンセニュール（Monseigneur）」あるいは「閣下（ヴォートル・エクセランス Votre Excellence）」と呼ばれた。その他の貴族、たとえば侯爵、男爵、騎士などはすべて、単に「ムッシュー」と呼ばれた。[1]

序章

一七九三年十月　フランス、パリ

正直に言って、おまえの髪型は王冠を載せたらすぐに崩れそうだね。

——オーストリア皇帝ヨーゼフ二世が妹マリー＝アントワネットに（一七七七年　ヴェルサイユ）

マリー＝アントワネットの最後の護衛係ビュズネ大佐は、処刑まで過ごすことになった独房へ王妃をふたたび連行した。ビュズネはたった今、公判が行なわれ判決が下された革命裁判所に王妃と行って戻ってきたところなのだが、このときみずからも許しがたい罪を犯していた。すでに位を追われた王妃を護送する間、帽子を脱いで手に持ち、水を一杯取ってきてやり、果ては悪臭を放つ独房へと暗い階段を下りる王妃に腕を貸してしまったのだ。ビュズネ大佐はその日のうちに裁判所から訴追され、その犯罪的行為を理由に逮捕された。[1]

暗い、地下牢のようなコンシエルジュリー牢獄でさえ、マリー＝アントワネットには贅沢すぎると考えられていた。午前四時を何分か過ぎた頃、革命裁判所が死刑判決を言い渡すのを聞くと、寡婦となった王妃、今ややつれ果てた三十八歳の女性はこの独房に戻された。狭い部屋だった。煙突もなく、粗末な下水設備のにおいをごまかすために看守たちが杜松《ねず》を焚くことさえできない――つい四年前に混乱が始まるまでの、あのヴェルサイユの贅沢な居殿とは大違いだった。

　何もかも、なんと変わってしまったことか！　一七七〇年、若き大公女が未来のルイ十六世との婚礼のために初めて壮麗な宮殿に到着したときは、ヨーロッパ中がうらやむような寝室に通されたものだ。天井は新しく金箔が貼られ、智天使《ケルビム》や鳩で飾られていた。立派な手すりの向こうでは、金糸がちりばめられた錦織りの天蓋が、優雅な装飾を備えた王太子妃の寝台を覆っていた。王太子妃の私生活は、みごとな衣装の選択から髪に結ぶリボンの形まですべて、太陽王ルイ十四世の治世にさかのぼる厳しい礼儀作法で細かく決められていた。ルイ十四世は、魅惑的なヴェルサイユ宮殿やその庭園を造っただけでなく、厳しいエチケットのルールも課したのである。こうした決まり事が、廷臣たちや王自身の行動を定めていた。宮廷での公務や社交よりも家族といることを好んだ孫のルイ十五世やその後のルイ十六世でさえ、ヴェルサイユでの振る舞い方や態度や服装の厳しい規範から逃れることはできなかった。

　朝八時、牢付きの小間使いロザリーが到着したとき、王妃の暗い独房には蠟燭が二本ともっているだけだった。マリー＝アントワネットはため息をつくと、白い部屋着をまとい、モスリンのハンカチーフを緩く首に巻きつけた。[2] ヴェルサイユでの王妃専属デザイナー、マドモワゼル・ベルタンの豪華なドレスやアクセサリーはとうに過去の話だった。ヴェルサイユでは毎朝、宮廷貴族たちの目の前で、王妃の「身支度《トワレット》」が行なわれたものだ。その儀式は、まさに礼儀作法のお手本だった。女官たちが着付けの役割分担をあらかじめ決め、若い侍女たちが厳密な手順に従って王妃に湯浴《ゆあ》みを施す。王妃のドレスをお披露目する名誉は、最も身分の高い貴婦人に与えられた。[3]その後、王妃は贅沢な私室に引きこもってくつろぐ。寝台の両脇にはそれぞれドアがあって、王妃の図書室、王妃の浴室、そして王妃が小説を読む居間など、私的な部屋が並ぶ王妃の内殿《ないでん》へと続いていた。

腐りかけた藁が詰まったマットレスにぼろぼろの毛布が掛かったベッドに腰かけたマリー＝アントワネットは、ロザリーのほうへ向き直った。ロザリーはかねてから、王妃の最後の願いをかなえると約束していたのだ。王妃は、義理の妹エリザベートに最後の手紙を書きたいので紙とペンが欲しいと頼んだ。その手紙が届けられることは決してなかったのだが。

> 私の最後の手紙は、妹よ、あなた宛てです。たった今、判決を受けたところですが、それは不名誉な死の判決ではなく——死が不名誉なのは犯罪者にとってだけです——あなたのお兄様のもとへ行きなさいという判決なのです……[4]

マリー＝アントワネットは署名をすると、涙で濡れた手紙をロザリーに手渡した。突然、耳を聾するような金属音とともに独房のドアが開いた。赤い頭巾をかぶった死刑執行人を見てマリー＝アントワネットは、気を失いそうになった。死刑執行人が、ギロチンの刃の邪魔にならないように髪を切るから後ろを向くようにと言うと、王妃は恐怖のあまり後ずさりした。[5]

髪。それは王妃に残された最後の持ち物だった。マリー＝アントワネットの髪、ヴェルサイユという贅を極めた宮廷に君臨していた頃にヨーロッパ中の話題となったこの髪は、ほとんどいつも、「魔法の櫛」を手にした美容界の鬼才レオナール・オーティエがひとりで結っていた。貴族とよく間違えられたレオナールは、側近の女官たちによるドレスの着付けが終わるとすぐ、王妃の居間に入ってきたものだ。このレオナールがかつてないほど奇怪な髪の毛の塔を考案し、時には羽根飾りやアクセサリーを加えながら、高さが一・二メートルもある優美なヘアスタイルを作り上げた。だが同時に彼は、間接的ながら王妃へ向けられた最初の攻撃の原因をつくった男とも言える。[6] きっかけは、早くも一七七五年に出まわった煽情的なビラだった。レオナール作のとても正気の沙汰とは思えないヘアスタイル、もしくは怪しげな代物のせいで、王妃は激しく攻撃されたのである。レオナールが結う髪の高さといったら、貴婦人たちは舞踏会やオペラへの道すがら馬車の床でひざまずいたままでいるか——あるいは、そびえ立つかつらを馬車の窓から出しっぱなしにしておかなければならなかったほどだ。

それでもヴェルサイユの貴婦人たちは、宮殿のシャンデリアにぶつかって大やけどを負うという危険も顧みず、王妃の新しい奇抜な髪型をぜひ真似しなければと思った。パリの若い貴婦人たちもこの最新の流行にすっかり夢中になり、髪を結わせるのに途方もない費用をかけては、莫大な借金をこしらえた。母親や夫たちは不平をもらして家庭内で言い争いとなり、あちこちで人間関係が修復できないほど壊れてしまった。つまりこのビラは、フランス国民の一致した考えをじつによく表していたのである。王妃はすべてのフランス女性を破滅に追い込んでいる——金銭的にも道徳的にも。

代々のフランス王妃は政治的理由からいつも外国生まれだったが、悪いことにマリー＝アントワネットはフランスの宿敵であるオーストリアの大公女だった。王妃としてはできるだけフランス人らしく見えることが非常に重要であったのだが、そのファッションやヘアスタイルは、国民をますます遠ざけてしまったのである。王妃の髪型への攻撃はまもなく、不特定多数との性行為から国家への反逆罪にいたるまで、ありとあらゆる法的に不利な告発へと発展していった。今回、その罪状リストに近親相姦の容疑が追加されたことで、革命裁判所はようやく王妃への死刑宣告を正当化できたのである。[7]

一七九三年十月の底冷えのするその朝、死刑執行人がはさみを手にマリー＝アントワネットの独房に到着した頃、王妃の名高く忠実な髪結いレオナール・オーティエは、亡命先のドイツにいた。死刑執行人はマリー＝アントワネットを後ろ手に縛り、髪を乱暴につかむと、レオナール・オーティエによってあんなにも有名になった伝説の巻き毛を切り落とした。

十一時、マリー＝アントワネットは二か月以上も軟禁されていたコンシエルジュリー牢獄を出て、荷車に乗り込んだ。この荷車で、兵士たちの列の間を縫ってパリの街を抜け、断頭台まで向かうのだ。目撃者らによると、王妃の顔は青ざめ、目は血走り、ほとんど本人とはわからなかった。かつて羨望の的だった美しい髪はすでに恐怖と悲しみでまっ白となり、短く切られて縁なし帽の周りからわずかにのぞくばかりだったという。

数分後、ギロチン台の下で熱狂する群衆に、切り落とした王妃の首を見せようとする死刑執行人の姿があった。もはや絶え間ない「フランス万歳！」の叫びしか聞こえない。執行人は勝ち誇ったように首を高く掲げていた。王妃の髪をつかんで。

第1部　熱狂

第1章　魔術師レオナール

一七六九年六月　フランス、パリ

ぼくは三年以内に世界一の髪結いになってみせる！
――レオナールが友人のフレモンに（一七七〇年、カフェ・プロコプ）

一七六九年のある夏の夕方、ボルドーからはるばる長い旅をしてきたレオナールは、ついにパリに到着した。くたびれ果てていたが――日記にもそう書いている――疲れたようすを見せるのはいやだった。荷物といえば「両腕いっぱいの虚栄心」だけだったが、おかげで旅の最後の二百キロメートルを二週間で、しかも歩いて終えたようにはとても見えなかった。[1]

レオナールが到着した日、パリ中の人が長いこと待ちわびた金星の太陽面通過を見ようと街に出ていた。[2]人々は広場という広場を埋め尽くし、煤《すす》でいぶしたガラスのかけら越しに、その光景に見入っていた。おそらくヴェルサイユ宮殿も満員だったに違いない。太陽面通過が突然の雨で見えなくなり、大勢の見物客が「大騒ぎしながらどさくさに紛れて」天文台の中になだれ込んだからだ。[3]

ルイ十五世は天文学に夢中で、当時の報道によれば、デュ・バリー夫人をお供に金星の太陽面通過を観測し、臣下のひとりに詩をつくらせたという。「何を語るや、この望遠鏡、この金星《ヴェニュス》、この太陽は?」
この臣下はデュ・バリー夫人を美の女神ヴェニュスにたとえ、国王をルイ十四世の曾孫にしてその王位継承者と呼んだわけだ――ルイ十四世は、ヴェルサイユ宮殿のまばゆいばかりの壮麗さにちなんで、「太陽王」と呼ばれていたからだ。
「こいつは縁起がいい!」レオナールは日記にそう記している。美の世界で富を築くつもりのレオナールは、美の女神が通過する日にパリに着いたなんて、きっと自分は「女性の美しさ」で成功するだろうと確信を持った。
レオナールは、モベール広場の近く、ノワイエ通り十五番地に、月々の家賃わずか六フランという手ごろな下宿を見つけた。よほど懐具合が悪かったか、あるいは、もっとましな下宿が探せないほど疲れ果てていたに違いない。その界隈は、若い無法者や、かつてこんなふうに言われた物乞いのたまり場として有名だったのだ。「街をさまようあわれなやつら、空《す》き腹《はら》抱えて寝床に入り、起きてもおまんまどこへやら。一日かかって半エキュあさり、いつもよれよれぼろを着て、靴はかかとがすり減っている」[4]
広場は、錫《すず》製品の店や、居酒屋や、泥棒の巣窟でぐるりと囲まれていた。もし十五番地の宿が通りのほかの建物――汚くみすぼらしく古ぼけた――と似たり寄ったりだったとすれば、やはり「正面《ファサード》の形が不ぞろいでカビが生えた」、高くて傾《かし》いだ建物だったに違いない。[5]
翌朝十時、レオナールは硬い藁の寝床――下宿屋の女将《おかみ》がベッドと呼ぶ珍妙な仕掛け――の上でまだ大の字になっていた。じっと天井を見ていると、ろくに家具もないその部屋をふたつのクモの巣が飾っているのが目についた。レオナールはいっこうに平気だった。現在の状況はさておき、自分はついにパリに来たのだ。将来の計画をさえぎるものは何もなかった。

自分は学問では大成しそうにないし、役所勤めもしたくないと思っていたレオナールだが、ふたつの才能には自信があった。カリスマ性と芸術的な天分である。「金《かね》と名声には貪欲に」と、レオナールは回想録に記している。「私は櫛のひとすきで、自分の運命をすべて決められるのだ！」

レオナールはパリに到着するとすぐに、パリの男たちは控えめに粉を振った小さなかつらと、それぞれの身分にふさわしい服を身に着けていることに気がついた。上流階級の紳士たちは、後ろがふくらはぎまで届くような胴着《ジレ》を着ている。靴下はガードルで吊り上げられ、膝のすぐ下でバックルを使って留めてあった。身分が低い男性はたいてい富裕層からのお下がりを着ていた。おかげで階級による服装の差はあまりなかったものの、清潔さの面では大分違っていた。たとえばあまり運のよくない男たちは、昼夜を問わず寝巻き用のシャツを着ていて、着替えも洗濯もほとんどしない。下着などは贅沢品で、なかなか手が出せなかった。[6]「若者と貧乏は切っても切れない仲だ」というフランスの諺もある。だがこのヨーロッパのファッションの都で出世するには、人々の美意識に訴える格好ができるかどうかが大きく物を言うだろう——少なくとも、そう見せかけなくてはならない。髪粉《かみこ》を買う金がないので、レオナールは整えた自分の髪に小麦粉を勢いよく振りかけて白く染めた。グレーの上等の胴着《ジレ》にはぴかぴかになるまでブラシをかけ、襟飾りの襞《ひだ》をどんな素人の目にも芸術的に映るように整え、靴下をきつく引っぱり上げてふくらはぎの形がよく見えるようにした。これで間違いなく紳士だと思われるだろう。たとえそう見えなかったとしても、まもなく本物の紳士になるのだ。とにもかくにも、パリが彼を待ち受けていた。

門番を起こしたくなかったので、街道に照りつける日射しで色あせてしまった帽子を小脇に抱え、レオナールは忍び足で新しい下宿を出た。彼はすでに二十代半ばだったが、生まれて初めて、フランスの貴族のように脇に剣をぶら下げてみた。そしてノワイエ通りとサン・ジャック通りを、この年頃の若者にありがちな尊大で気取ったようすでのし歩いた。

ポケットには二週間分の下宿代の領収書のほかに、大ぶりな六フラン貨幣が五枚、美しいべっ甲の櫛、そして「みなぎる自信」が入っていた。ユシェット通りの居酒屋で二十五サンチームの昼食をとるつもりだった。もちろん、ワインは少なめに。そんな安食堂であっても、運よくサン・ルイ十字勲章をつけた有名な騎士たちとでも同席できれば、「虚栄心を失うことなく、胃袋に不足していたものを取り戻せるだろう」

レオナールは回想録の中で、歩き始めて十分もしないうちに道行く人から「まあ、ハンサムな若者!」「なんて美しい青い目!」「本当にすばらしい髪ねえ!」と声が上がったと記し、「そして私ももちろん同感であった!」と得意げにつけ加えている。

こうした記述を読めば誰でも、若い頃のレオナールが、当時のいわゆるミロワール・ア・フィエット、つまり「鏡のように、どんな若い女性の目にもきらめいて見える美男子」だったと考えることだろう。だがレオナールの物語は、本当のところ、いつだって疑わしい。田舎から出てきた若者がパリの社交界で名を上げるという昔からよくある話なのだが、レオナールはガスコーニュ[フランス南西部。スペインに近い]出身だ。ほかの地方の人間に言わせれば、ガスコーニュ人というのはうぬぼれが強くて見えっ張りである。事実、フランス語で「ガスコナード」とは「大ぼら」を意味する。確かにレオナールは、自分でも認めているように誇張や自慢が大好きで、何をしてもたいていは芝居がかっていた。それぞれの出来事が歴史的に事実だったと証明されていても、その中でレオナールが演じた役どころは、本人が語るものとは一致しないかもしれない。

レオナールは、時たま事実を水増しするだけでなく、都合の悪い部分をはしょって話すことでも知られていた。ボルドーで髪を結っていたのは確かだが、ボルドーに最新のヘアモードを持ち込む前にマルセイユやトゥールーズでかなり長いこと見習いをしていたことは話さなかった。その才能のために尊敬されてはいたが、誘惑するようなお世辞やまばゆいばかりの天賦の才だけでは、ボルドーでパトロンの貴婦人を見つけるには足りなかった。そうかといって身分や地位の低い女性たちの髪は結いたくなかったために、レオナールはボルドーを出て、パリにやってきたのである。

正確な生まれ年については意見が分かれているが、レオナール・アレクシス・オーティエが誕生したのはおそらく一七四六年から一七五一年の間である。出生地はフランス南西部、山あいの中世都市パミエで、その近郊で子供時代を過ごしたと思われる。両親のアレクシスとカトリーヌは家事使用人だった。レオナールは家を出ると南フランスを旅しながら髪結いの技術を習得し、腕を磨いた。レオナールのように野心と才能のある若者が、田舎の、しかもおそらく退屈なパミエの暮らしから逃げ出すのはめずらしいことではなかっただろう。

家柄もよいわけではなく、パリに来る前のボルドーでは自力で名を上げることにも失敗し、つねに田舎者であることを気にしていたレオナールは、自分のトレードマークである尊大さを極めることにした。幸いなことに、のちの顧客たちはそれを喜んでくれた。

パリに到着する少し前、レオナールはフレモンという見習い理髪師と手紙のやりとりをしていた。フレモンはボルドー時代の知り合いで、すでに半年ほど前からパリで髪結いとして雇われていたのである。フレモンは、この華やかな都で「髪の操り師」としてかなり評判の高いルグロ氏の下に、レオナールの働き口を確保してくれていた。レオナールはようやくフレモンを訪ね、ルグロにも会うことができた。だがすぐに、この髪結いが横柄で、自分の才能にすっかりうぬぼれているとわかった。レオナールが到着したとき、ルグロはみごとな部屋着をまとい、大きな肘掛け椅子の上でほとんど仰向けになったまま、フレモンを監督しているところだった。フレモンは高等法院法官の髪を結っていた。この法官は自宅でルグロに結ってもらうことができないため、自分の顔立ちに最も似合う髪型をアドバイスしてもらおうと店にやってきたのである。

今やルグロの一番弟子であるフレモンは、法官の頭を両手で支え、自分の主人のために左から右へゆっくりとまわしてみせた。ルグロは瞑想に沈み込んでいて、周囲のことなど目に入らないようだった。レオナールが部屋に入ったときにも気づきさえしなかった。

たっぷり十五分は深い物思いが続いたあと、この髪結いの名人はついにあたりにとどろくような声でこう言い放った。「この男の髪を巻けっ!」

フレモンは法官の髪を巻きながら、ルグロにレオナールを紹介した。するとルグロは、これでもかというほどの恩着せがましい表情で、新参者を自分の肘掛け椅子まで呼び寄せた。

「本当かね? 若いの」ルグロは部屋着の襞飾りをもてあそびながらレオナールに言った。「髪結いをやるつもりだというのは?」

「はい、先生、その技を極めるために、パリにやってきたのです」

「技を極めるとな! これは、これは!」ルグロは言った。「『極める』という言葉が、こんな田舎の若造の口から出てくると、えらくおかしいものだな」

レオナールは少しばかりむっとした。「先生」レオナールは言った。「お言葉ですが、私はボルドー、トゥールーズ、マルセイユなどの大都市で、すでに髪結いの経験がございます」

「そういう町で、ただ髪を縮らせて、髪粉をかけただけのことだろう？　覚えておけ、髪結いの技はパリにしかない――しかも、この私が登場してからだ！」

「私はてっきり、かの有名なダージュ先生が……」

「ダージュだと！」ルグロはさえぎった。「あいつは運がいいだけの男だ。ポンパドゥール夫人の髪を、ただ紙ではさんでくるくる巻いただけだ。たまたま、王のほかの愛妾の髪を結ったことがあったおかげでな。見下げ果てた評判だ。とんでもない、わが友よ、ダージュなんて最初から存在しなければどれだけよかったか。才能のない男、弟子などひとりも育てられない男、あいつのせいで髪結いの仕事は女どもの手に渡ったのだ」

ルグロは立ち上がり、続けた。「私の本を読んでいないのかね？」

「『髪結いの技術』ですか？　いえ、先生、拝読しましたとも」レオナールは言った。

「よろしい、お若いの。それなら、何だかんだ言っても見込みはあるかもしれないな！」。ルグロはフレモンの脇を通りすぎ、弟子のカールの腕前を観察した。

レオナールに語ったところによるとルグロは元料理人で、最初にパリに来たときは女性の髪結いしか見かけなかったという。そこでバスティーユの近くに女性のための美容学校を作ることにした。そして一七六八年、『フランス女性のための髪結いの技術』を出版する。[7]

実際レオナールは、髪の結い方を長々と説明した、退屈で風変わりなこの専門書にぱらぱらと目を通しており、「まるで料理本のような書き方だ」と評している。ルグロはこの本を、自分で考案した数多くのヘアスタイルを描いた、自作の奇抜な絵で飾っていた。じつはレオナールは、まさにこの素人っぽいヘアスタイルのマニュアル本のおかげで、髪結いが「不器用な床屋でしかない」との確信を持ったのである。この認識があったからこそ、彼は、この「いかさまの巨匠」とその見かけ倒しの信奉者たちを超えることができそうだと、髪結いの世界に入ったのだった。

夕方、フレモンに帰宅の許しが出るとすぐ、レオナールも一緒に店を出た。レオナールは、雇うと約束してくれたことと、技術をいろいろと見せてくれたこと両方について、ルグロに感謝の言葉を述べた。もちろん、年老いた巨匠の愚劣さのおかげで髪結いとしてパリに出てくる自信が持てた、などとは付け加えなかった。

レオナールとフレモンは劇場地区近くのカフェ・プロコプへ向かった。コーヒーを飲みながら、レオナールは当時パリで出ていた隔週紙『ガゼット・ド・フランス』に目を通した。十分ほど夢中になって読んだところで、はっとレオナールは飛びあがった。テーブルに膝をぶつけ、コーヒーがなみなみと入ったカップを引っくり返してしまった。フレモンは、ズボンにかかったコーヒーを拭き取りながら、いったいどうしたんだと叫んだ。

レオナールは髪結い技術に関する記事を見つけ、「畏怖の念を抱かせるような」髪型の重要性に初めて気づいたのはルグロでなく、弁護士だと知ったのだ。レオナールはフレモンのために、記事を声に出して読み始めた。

> 女性の髪を結う技術は、詩や絵画や彫刻と同じで自由な芸術である。われわれは持てる才能を駆使し、詩人がうたうような美しさに新しい魅力を与えるのである。[8]

フレモンはレオナールに、それは現在控訴中の訴訟に関する記事だと説明した。かつら職人らがいわゆる独占的特権を守ろうとしているらしい。男女問わずすべての顧客の髪を結う仕事を自分たちに引き渡せというものだった。[9] レオナールは急いで続きを読んだ。

> 額が広い場合と丸顔の場合では、かなり違った方法が要求される。どんな場合でも、自然のままのものをよりよくしたり、欠点を補ったりすることは必要なのである。さらに、髪型と顔の肌の色合いを調和させることが望ましい。顔色をより生き生きとさせ、目により表情を持たせ、より魅力的に仕上げるために、ハイライトを使用したり、シャドウを施したりして陰影をつける技が必要である。

のちに書いたところによると、レオナールは女性の髪を結うことについてまさに同じように考えていたが、それをこれほど雄弁に語った文章はなかったという。「ぼくは三年以内に世界一の髪結いになってみせる！」レオナールはフレモンに言った。自分が作るヘアスタイルでいつか、「人の心の一番奥深くにある情熱を表現してみせる。髪で心を自在に変化させたり、隠したりしてみせよう」と決心したのである。自分の櫛からほとばしり出る若さの泉があれば、女性たちは六十になるまで決して老けることはないだろう、そして年齢に気づかれることもなく、若く美しい女性としての人生を、いやと言うほど満喫できるだろう！

フレモンはレオナールのことをからかい始めた。世界一の髪結いだって？　あの汚らしいノワイエ通りに住んでいる君が？　パリに着いたとき、レオナールのポケットにはわずか三十フランしかなかったと知ったらフレモンは仰天しただろう。そのくせレオナールは、どこかの店で働けるよう助けてほしいなどと言うので、フレモンは唖然としてしまった。「世界一の髪結いが、どこにでもあるような店でスタートを切るというのか？」

フレモンはレオナールに、自由契約で働いたらどうかと提案した。この都には、三百フラン以上も給料を稼ぐ「小さなかわいい妖精《ニンフ》」が大勢いた。実際、ニコレ座の俳優たちはレオナールのような田舎出の青年にも大きなチャンスをくれそうだった。もしレオナールが、もっとよい口があるまでそうした暮らしで我慢するのなら、ニコレ座の女優の髪で自作の大胆なヘアスタイルを実験することもできるだろう。

一七六〇年にジャン＝バプティスト・ニコレが創設したニコレ座の女優たちは、当初は綱渡りや曲乗りやバランス芸などで観客を楽しませていたが、ニコレが国王ルイ十五世の御前で演ずる栄誉に浴して以降、「王の偉大なダンサーたち《グラン・ダンスール・デュ・ロワ》」と呼ばれるようになっていた。[10]

フレモンの計画は確かに理にかなっていた――平凡な店であくせく働くより、パリの内側に入り込むほうがずっと幸先がよいに違いない。こうして、パリに着いたばかりで劇場の世界にあまり明るくなかったレオナールは、いきなり難しい仕事を請け負うことになったのである。

◉

フレモンは、レオナールをニコレ座の美しい女優ジュリー・ニエベールに紹介しようと計画した。ゆっくりと時間をかけて昼食をとり、クロ・ド・ヴジョー［ブルゴーニュの赤ワイン］を一本空けて極上の肉を楽しむと、ほろ酔い加減のふたりは劇場の支配人の目を盗んでまんまと楽屋へともぐりこんだ。

女優たちはちょうど、その晩の出し物の新しいパントマイムの準備をしているところだった。

フレモンはレオナールを、ジュリーと自分の恋人ローラ（苗字は不明）に紹介した。「こちらは魅惑的な若者にして才能ある芸術家だ。女性の頭の扱いはお手のもの、少なくともいかにして女性の頭を振り向かせるかは心得ているよ」。ジュリーはすぐさまレオナールに髪を結ってほしいと頼んだ――今夜はなにせ妖精の役をやるのだ。レオナールはすかさずこの若い女性に、ぼくにはあなたがすでに妖精のように見えますよ、とお世辞を言った。

レオナールが上着の袖をまくりあげてジュリーに化粧台の前の椅子を示すと、ジュリーは髪結いのインスピレーションに身を委ねた。レオナールは、器用な手つきでジュリーの美しい灰色がかった金髪を長く垂れ下がるいくつかの房に分けた。真珠か、花か、モール［金糸・銀糸・色糸などを細い針金とよりあわせて紐状にしたもの］はありませんかとレオナールが尋ねると、ジュリーは模造の宝石が入った小さな箱を差し出した。

髪巻き紙と櫛から解放されたジュリーの髪は、うっとりするほど魅惑的なスタイルに結い上がっていた。レオナールは髪をいくつもの区画に分け、それぞれ違ったやり方で仕上げた。ここはエメラルド、そこは真珠と小さな花一輪、そして巻き毛を貫いて生えているかのような数本の花……。だがその髪型で最も気が利いていて、最も独創的だったのは、「それが頭だとはとても思えないような」ずらりと並んだ星の列だった。レオナールは自分の作品に、妖精の杖でしか生み出せないような魔法をかけることに成功したのだった。

レオナールのヘアスタイルは確かに超一流で、時代のはるか先をいっていたようだ。というのも、この時期の髪型はたいていこぢんまりとしていて、ぴったりとなでつけたようなものばかりだったからだ。当時、「羊の頭風《ア・ラ・テッド・ド・ムトン》」というスタイルがかなりの人気で、この髪型は、ほとんどあるいはまったく高さのないやわらかなカールが特徴だった。

「羊の頭」という名は、ある日ルイ十四世が宮廷の貴婦人のひとりと狩りに出かけたときにつけたものだ。その貴婦人は、獲物を追ううちに髪が乱れたので、髪を後ろにまとめてガードルでしっかりと留めたのである——同時に、その夜の王の行き先もしっかりと決めたのであるが。輪郭のはっきりとしたカールがフロントとトップを横切って何列にも並ぶのが特徴のこの昔ながらのスタイルはヨーロッパ中で引っ張りだこで、たいてい「ポンポン」が付いていた。小さなリボン、真珠、宝石、花、飾りピンなどが一緒になった髪飾りのことだ。「ポンポン」は、ルイ十五世の前の愛妾ポンパドゥール夫人にちなんでつけられた呼び名である。

レオナールの作品は突飛で刺激的だったが、彼がその日使った、そしてのちに富と名声を手に入れるために頼みとした手段は、むしろ単純だった。きわめて細い針金の輪に星をつけ、これに同じ針金の切れ端を二本くくりつけて髪に留めただけなのだ。留め具が見えないので、金色の星はまるで妖精の頭の上で冠のように丸く並んで浮かんでいるように見えた。「二歩下がって見れば」とレオナールは書いている。「私のだまし絵技法は完璧だった！」

すっかり出来上がったジュリーの髪を、フレモンは考え込んだようすでじっと見つめた。レオナールの記述によると、フレモンには気に入らない点もひとつならずあったようだが、特に何の批判も加えなかった。ジュリーはといえば、レオナールが頭の上にしつらえたばかりの奇妙な仕掛けに大喜びだった。[11]

この無名の踊り子「当時はオペラの中でバレエが上演され、女優はしばしばダンサーでもあった」は、それまで舞台での出来をほめてもらったことはほとんどなかった。当時の批評によると、ジュリーは身のこなしがどこかぎこちなく、舞台での動きもあまり優雅ではなかったようだ。客たちにはなかなか魅力的に見えたようだが、舞台での評判はあまりぱっとしなかった。

まさにこの夜、妖精は変身したのである。

レオナールの手を離れたばかりの妖精が舞台に登場すると、観客はすぐに気がついた。「なんと不思議で奇抜なヘアスタイルだろう!」。客たちは、星でできた光の輪がどうやって頭の上に留まっているのかを見ようとしたが、わからなかった。おそらく、わからないからこそ心惹かれたのだろう、舞台の上で一度も拍手をもらったことがなかったジュリーは、この日、登場するたびに熱烈な喝采を受けた。普段と違うこの歓迎ぶりにジュリーはすっかり元気づいた。さらに、これまで「グラン・ダンスール・デュ・ロワ」一座に出演してきて一度もなかったことだが、ジュリーは演技の後、称賛の声に応えるため二度も舞台に呼び戻されたのだった。

公演後、ジュリーとローラは楽屋に戻った。ジュリーはレオナールに駆け寄ると心を込めて抱きしめた。そこでふた組の男女は「夕食」の時間にしようということになった。「夕食」という言葉には当時はもっとずっと深い意味があった——特に若くてぴちぴちした女優ふたりと、精力旺盛な若者ふたりのグループの場合は。レオナールがくわしく物語ったところによると、それは膝と膝が触れあい、席同士がどんどん近くなっていき、まもなく蠟燭の炎がゆらゆら揺れ始める、そんな夕食だったらしい。

レオナールは、まさにしかるべき場所に、しかるべきタイミングで登場したと言えるかもしれない。当時、パリで人気の髪結いはたいてい若くてハンサムだった。だがレオナールの場合、しばしば

「美男《ル・ボー》のレオナール」と呼ばれてはいたものの、単に女性の目に心地よいだけではなかった。うっとりするようなお世辞がうまく、時には何時間もかけて女性の髪をやさしくなでながら忙しく動きまわった。髪結いが「羊飼いの時間」、つまり恋人たちが逢瀬を楽しむ日暮れ時まで終わらなかったことも、よくあったようだ。

翌朝、ジュリーとレオナールはもう一組のカップルとローラの部屋で落ち合うと、朝食をとり、リキュールをすすりながらレオナールの身の振り方について話し合った。まもなく全員一致で、この新進の芸術家はあの「汚らしい」ノワイエ通りから出て、ジュリーとローラが住む大通りに居をかまえるべきだということになった。三人ともレオナールがすぐに社交界で重要な地位を占めるようになると確信していて、パリでももっとお洒落で上品な地区に住むべきだと主張した。

金銭的に引っ越しは無理だとレオナールが打ち明けると、ジュリーは、頼むから気兼ねせずに自分の援助を受けてほしいと言った。ここで援助しておけば、いつかお返しに助けてくれるだろうと踏んだのだ。

ローラとフレモンはジュリーに賛成し、辻馬車を拾って荷物を取りに行こうと言った。一同はその晩のうちに大通りのすてきな家具付きの部屋にレオナールを引っ越しさせたかったのだが、本人が嫌がった。田舎出であることがばれないよう常に気を配っていたレオナールは、自分の部屋には日頃大切にしているべっ甲の櫛以外に価値のあるものはほとんどないことをジュリーに知られたくなかったのである。

そのときジュリーが、その晩また妖精の髪を作ってもらわなければと言いだすと、レオナールは準備のために急いでノワイエ通りに戻ることにした。そしてレオナールが魔法の櫛を取りに行っている間、フレモンは彼のために新しい部屋を探し始めた。

◉

フランスの劇場は、五十五年前までのルイ十四世の治世とはすっかり事情が変わっていた。貴族向けの老舗、テアトル・フランセとオペラ座だけでしか芝居や音楽は楽しめないという時代は過去となり、普段は市が立つようなパリのあちこちの広場に新しい劇団が次々と誕生していた。こうして無秩序にできた一座は、曲芸や綱渡りから寸劇へと少しずつ出し物を広げていった。ジャン＝パプティスト・ニコラがそんな青空劇団を街中に招き、タンプル通りにニコレ座を開くと、新しい劇場はたちまち成功を収めた。[12] 娯楽と言ったら何より芝居というパリの労働者たちが、夜な夜な群れを成して押しかけたのである。[13]

それまでは、劇場といえば王室のお抱えだったため、演劇界は王家の独占状態だった。そのため国王は批判や風刺の対象とはならなかった。しかし独立経営の劇場が台頭して労働者階級の観客が増えると、観衆は受け身の傍観者から積極的な参加者へと変わる。特に平土間席ではしばしば騒ぎが起こった。政治的に見れば、これはやがて起こる反乱の前ぶれだった。

ルイ十五世の時代には、俳優という職業への世間の見方も変化した。それまで女優は、たいてい見下され、しばしば売春と結びつけて考えられていた。しかし大通りの新しい劇場では、歌って踊れて読み書きができる女優が求められた――これはかつて男性優位の職場で必要とされた、よい教育でこそ身につく資質である。事実、女優たちはしばしば「よい」家庭から集められた。

レオナールの妖精ジュリーも、午後は大衆向け、夜は上流向けの舞台に立っていたので、長時間の稽古と、シーズン毎に数多くの違った役を準備するだけの能力が必要とされたはずだ。女優のイメージは次第に変化し、需要が高まると同時に給料も上がっていった。[14]

ニコレ座の新作パントマイム二回目の公演で、レオナールはジュリーの髪を一回目よりさらに奇抜な形に仕上げた。髪とモールと模造の宝石と、その他持ち合わせの物すべての驚異的な盛り合わせで、その大きさときたら一ブッシェル（三十六リットル）入りのバケツにさえ入りきらなかっただろう。観客はますますの熱狂ぶりで女優を舞台に迎えた。[15]

『ガゼット・ド・フランス』紙の朝刊には、レオナールの一回目の傑作についてしか書かれていなかった。だが夕刊では、かなりの数の貴族やブルジョワがこの新しい出し物を観に、大挙して押し寄せたことが伝えられている。劇場の入口には馬車が長々と二列になって並んだ。じつのところニコレ座長は、自分のうす汚れた劇場でそんな華々しい客など見たことがなかった。

翌日、フレモンはレオナールに、あの高慢ちきなルグロがレオナールの名声を聞きつけてニコレ座に駆けつけたところ、「妖精の驚異的なヘアスタイルを見て真っ青になった」と伝えた。

ルグロはフレモンにこう言ったという。あのガスコーニュの若造は、大胆にも「ああいう奇妙な、大げさな、徹底したばかさ加減」を自分の手法の中に取り入れてしまった。あれは危険な実験だ――そういう奇抜さに逃げてしまった者に対しては、野次か喝采か、どちらかしかないからだ。だが、そんなルグロも気づかないわけにはいかなかった。レオナールの試みは明らかに称賛され、パリに旋風を巻き起こしつつあったことを。

自分はおそらくもう長くはないとルグロが告げると、フレモンは、ルグロの独特のスタイルにはいつまでも信奉者が絶えないだろうと言って慰めた。だがルグロは予感していた。この大胆な革新者にかかっては、まもなくパリのほかの髪結いは全員、年配の未亡人にしか相手にしてもらえなくなるだろう。

同じ日、リハーサルから戻ったジュリーは、その晩ニコレ座が、新しいパントマイムをアンブリモン伯爵夫人の屋敷で上演することになった、とレオナールと友人たちに伝えた。こうした名誉もまた、有名になった妖精のヘアスタイルのおかげである。というのも、ショワズル公爵がニコレ座長に、「ヴァリエテ・アミュゾント」座というもうひとつの劇団と一緒に伯爵夫人の館で公演するよう、依頼書を送ってきたのだ。

妖精と星とそのヘアスタイルは、伯爵夫人の客たちからもニコレ座劇場のときと同じくらいの反響があった。伯爵夫人はレオナール本人に会いたがっただけでなく、上演後、彼を連れていくつもの客間をまわり、自分の最も高名な客たちに紹介した。レオナールは、ある部屋では横柄に無視され、ある部屋では扇の間からじろじろと見られ、またある部屋では称賛の的となりながら、最後には感じのよい貴族の男性と美しい女性が座っている小さな部屋へと連れていかれた。

ソファにいたこのふたりこそ、フランス外務大臣ショワズル公爵と、その妹グラモン夫人であった。[16]ショワズル公爵は、ルイ十五世の愛妾ポンパドゥール夫人のお気に入りだった。自分の従妹で新しい愛妾候補だったショワズル公爵夫人に国王が書いた手紙を、ポンパドゥール夫人のために何通か手に入れたのがきっかけだった。そのことに感謝したポンパドゥール夫人は、一七五七年、ショワズルをウィーンに転任させることに成功する。そのウィーンでショワズルは、フランス・オーストリア間の新しい同盟締結に貢献した。ウィーンでの成功はショワズルに大きなキャリアへの道を開き、一七五八年には外務大臣に就任した。つまりフランスの政策を左右できる立場に立ったのである。ところが一七六四年にポンパドゥール夫人がこの世を去ると、政敵たちは国王の新しい愛妾デュ・バリー夫人のもとで、ショワズルを王のお気に入りの座から追放しようとし始めた。ショワズルの時代は終わりに近づいていたのである。

レオナールは、アンブリモン伯爵夫人によって、パリ中のサロンで話題になっているヘアスタイルの作者としてショワズルに紹介されたときにはすでに、外務大臣のこの危うい状況に十分気づいていたようだ。上機嫌の大臣はレオナールという有名人との出会いを喜び、彼に、修道院長の髪を結ったことはあるかと尋ねた。レオナールは、「田舎でですが、何人かの司教様の御髪でしたら、整えさせていただいたことがございます」と答えた。するとショワズルは立ち上がり、レオナールについてくるように言った。ふたりは広くて立派な部屋をいくつも通り抜けると、パントマイムを上演したばかりの舞台の裏手に出た。ショワズルは自分たちの到着を知らせるかのように小さなドアを軽くノックすると、すぐに開けた。部屋に入ったレオナールたちは、せっせと修道院長の扮装をしている四人の若い女優たちの真ん中に進み出た。

女優たちはこの闖入者《ちんにゅうしゃ》に文句を言ったが、ショワズルはこの「かわいい悪戯娘たち」に対して、時々舞台裏に潜り込むのが好きなものでね、と軽口でいなした。ところが若い乙女たちは大臣が連れてきた男がレオナールだとわかると、とたんに驚喜《きょうき》した。レオナールはひとりひとり髪を結っていき、「これまでどんな修道院からも出てきたことがないような最高に美しい修道院長四人」を作り上げた。それから劇を観るために、ふたたびこっそりとサロンへと舞い戻ったのだった。

レオナールは、女優たちの髪を結った報酬としてショワズルから受け取った金貨十枚を手に、アンブリモン邸を後にした。大臣はさらにレオナールに、新しい髪結いとして宮廷の貴婦人たちにも紹介したいので屋敷に来るようにと命じ、妹のグラモン公爵夫人もきっと応援するはずだとつけ加えた。そのときレオナールは、しかるべき世界のしかるべき人物たちとの関係を築くことこそが王家の寵愛と引き立てを勝ち得る——そして守る——唯一の方法であるとわかっていた。同時に、王の寵愛を失った廷臣とともにいれば富と名声は簡単に消えてしまうということも。

帰り道、馬車で大通りを行きながら、ジュリー・ニエベールは笑いすぎてろくに話もできないほどだった。私は大した妖精だわ、私に出会ってからというもの、あなたは上流社会の仲間入りを果たしただけでなく、有力な貴族の後ろ盾までついてしまったのだから。だがレオナールは、その晩の成果と言えるものは「ジュリーのやさしさとポケットに入ったショワズル大臣の十枚の金貨」しかないと言って、ジュリーをたしなめた。ショワズル大臣を後援者にしてはいけないと判断できるくらいには、世の中の仕組みというものがわかっていたのだ。

あなたってひねくれ者ね、たった二日前まではノワイエ通りの小さな部屋をねぐらにしていたくせに、とジュリーはレオナールに言った。そこでレオナールは、国王の新しい愛妾デュ・バリー伯爵夫人が数か月以内に大臣を更迭してしまうのはほぼ間違いないだろうと説明した。大臣の後援を受けているなどと口にしたら、大臣が失脚するときに、レオナールまでもが伯爵夫人に嫌われる恐れがあるのだ。

実際、愛妾の言葉にたやすく屈服してしまう軟弱な君主ルイ十五世の宮廷では、デュ・バリー夫人こそが首相だった。彼女は、王族が持つような権力も贅沢さも財力も称賛も、手にしていた。欠けているのは道徳的な評判だけで、自身のための廷臣やお抱えの詩人をそばに置き、独自の華やかさで王のみならず王国全体を支配していた。レオナールが目くるめくヴェルサイユの社交界に入り込みたいと願うなら、デュ・バリー夫人のお気に入り――そして敵――が誰かを知っていることは不可欠だったのである。魔法の櫛を手にした今のレオナールに必要なのは、王についてあらゆる噂話を聞かせてくれる貴婦人たちという客だった。

◉

アンブリモン邸での夕べから一週間もしないうちに、レオナールは、その手腕を求める香りつきの短い手紙を三十通ほど受け取った。それらの手紙の主の女性たちがいったいどこから自分の住所を手に入れたのか見当もつかなかったが、自分の噂が町中に広まっているのは明らかだ。初めはバレリーナ、次は歌手、それからテアトル・フランセの女優。ヴァリエテ・アミュザント座の美少女《ニンフ》からはもっと頻繁に注文が来た。ソフィー・アルヌー嬢、デュート嬢、アデリーヌ嬢、その他錚々たる女性たちも、レオナールの長い顧客名簿に加わった。それでも本物の上流婦人からの注文はまだまだ少なく、レオナールはそれを意外に思った。

アンブリモン夫人のサロンでレオナールは、目の輝きや手の白さといった、自分の容姿への賛辞がささやかれるのを聞いていた。それなのに自分のような幸運続きの髪結いが、いまだにニコラ座の薄暗い楽屋の中でくすぶっているのは驚きだ――上流社会ではおべっかを使うだけでひと財産作っているやつらもいるというのに。レオナールは、これは運が悪いからではなく、誰かがうさんくさい企みをしているためではないかと疑い始めた。

実際レオナールは、ある人物が自分を妨害していることに気づいた。レオナールのあまりにも早い成功にショックを受けたルグロが、腹いせをして歩いたらしいのだ。ルグロは、あの妖精の髪型にすっかりたたきのめされ、レオナールの優位を否定できなかった。だからこそ、新しい女優やバレリーナの頭が「レオナール化される」たびに（演劇界ではそう言われていた）、ますます敵意を強めていた。だが、レオナールの作品自体を攻撃する術はない。そこでルグロは大通りの女優たちとの不道徳な関係に目をつけ、レオナールの道徳性を攻撃することにした。

ルグロの攻撃は成果をあげた。そのことを理解するには、この時代、髪結いは婦人たちにとって「ごく親密な男性」であり、「告解師」という立場にもあったことを知らなければならない。婦人たちは、私室《ブドワール》でも楽屋でも、髪結いに対してはどんな秘密も持てなかった。そして、髪結いに求められる資質のひとつは、繊細な容姿に恵まれた美男であることだった。この点について、貴婦人たちがレオナールのことをどう思っていたかについては、くわしい記録が残されている。それでもルグロは中傷することで、しばらくはレオナールをフォーブール・サン＝ジェルマンやパレ・ロワイヤルやフォーブール・サン＝トノレなどの高名な貴族の化粧室から遠ざけることに成功した。回想録でレオナールは、いかなる名前も、ルグロによって吐かれた卑劣な言葉も明かしてはいないものの、その文脈からは、レオナールが髪結いとして群を抜いた活躍をしていたことは明らかである。

◉

ある朝、レオナールは、ほのかな香りに包まれた小さな三角形のメモを受け取った。中には、こう書かれていた。

ランジャック侯爵夫人がレオナール様に、明日の正午においでくださいますようにとご所望しておいでです。明晩、晩餐会を催される予定で、親切な妖精の扮装をなさりたいそうなのですが、ニコレ座の妖精とはまったく違うものになるよう、レオナール様と、その妖精に最も似合う髪型についてお打ち合わせができればうれしいとお考えです。

レオナールは、誰にも知られないようにランジャック侯爵夫人を訪ねることにした。この手紙をジュリーにも見せてはいけないと本能的に確信した。おそらくレオナールは、この女優との情事が、パリで最も高貴な婦人たちの親密な私室《ブドワール》に入り込む障害になるとわかっていたのだろう。名声と権力を得るためには、何者にも束縛されてはならない。レオナールはより上流の社会に入り込む計画を、決して束の間の女優との関係ごときに邪魔されたくなかったのだ。

当時パリでは、たいして金を持ってなくとも流行を追うことができた。裕福な貴族たちは同じ服を二回か三回しか身に着けない。そのため、貴族たちは衣装箪笥の中身を見切り価格で始末し、それらが下男や従僕にとって大変な掘り出し物となったのである。レオナールもこうした方法で、かなり洗練された、そしてじつに幅広い衣装のコレクションを手に入れた。鋼の柄がついた剣から黒いサテン地で覆われた三角帽まで、正装するのに必要なものは何でもそろった。つまりレオナールは、どこに行っても良家の出と思われてもおかしくない服を着ていたのである。上流の騎士としての品性が疑われるのは、口を開いたときだけだった。

レオナールは確かに、髪結いというより侯爵のように見えたのだろう。侯爵夫人の屋敷に到着して取り次ぎを頼むと、小間使いが「レオナール侯爵様がいらっしゃいました!」と告げたほどだ。

ランジャック侯爵夫人はベッドに横になったままレオナールを迎えた。それが、上流社会の女性が気の置けない相手を迎えるときの習慣だったのだ。続いての夫人の戯《たわむ》れようをみれば、夫人がこんなふうにレオナールを迎えた理由がもっとよくわかるだろう。夫人はただちにレオナールに、それまでは宮廷お抱えの髪結いラルセヌールに髪をやらせていたのだが、評判を聞きつけ、替わりにレオナールに頼みたいのだと告げた。

レオナールはそのことを名誉に思ったが、侯爵夫人は名誉など忘れてほしいと言った。そして、レオナールは「ニコレ座のどうしようもない踊り子たち」を女神に変えることで有名だと言い、その功績があるからこそここに呼び寄せたのだと念を押した。侯爵夫人は、「ニコレ座のどうしようもない踊り子たち」という言葉に特に力をこめた。レオナールはそこに、単なる軽蔑ではなく嫉妬の気配を感じた。

ランジャック侯爵夫人に質問される内容からは、ルグロが広めた中傷を夫人が知っていることがうかがえた。だが夫人は風聞《ふうぶん》には触れたくないようだった。それには理由があった。少し前に国王からの知らせが届き、侯爵夫人は、自分がまもなくヴェルサイユの宮廷に到着する若い王太子妃マリー＝アントワネットにふさわしい貴婦人の中に加えられると知った。つまり侯爵夫人は、誰もがうらやむ、王太子妃のための選り抜きのひとりになったのだ。途方もない名誉だった。

侯爵夫人は大胆にもレオナールに、彼が社交界に居場所を見つけられるよう手伝ってあげるつもりだと打ち明けた。不意にそう言われたレオナールは驚いたが、すぐにありがたいと思った。髪結いというものは、雇い主である貴婦人からこんなふうに即座に信用されるものだということもわかった。さらに幸運なことに侯爵夫人は、レオナールをかの評判の王太子妃付きの地位に就けようと計画していた。

夫人はそれまでの髪結いラルセヌールのことを「鈍感で想像力がない」と形容した。ただのかつら職人で、話もつまらなく、「あの太い指で髪をぐしゃぐしゃにされると、頭の中までぐしゃぐしゃにされる気分よ」。そんな人はオーストリア大公女マリー＝アントワネット様にはふさわしくないはずだ。なにせ王妃は利発で、陽気で、少々落ち着かないところもある方とうかがっている。

侯爵夫人は、レオナールが王太子妃付きの髪結いとなる可能性は高いと考えていたものの、まずは自分に最も献身的であってほしいと考えた。そこで、私はかなり厳しいほうなのよ、と警告した。ニコレ座でのお遊びはもう終わり。あなたの名声が高まることを強く願ってはいるけれど、そのためにはくれぐれも用心してね。女優ほど評判を落とすものはないのだから。

女優たちとの関係で自分が知っておくべきことがあるかと侯爵夫人に尋ねられると、レオナールはあやうくにやりと笑いそうになりながらも、夫人が知るべきことなど何もないと請け合った。レオナールの回想録の読者にはこの言葉の意味がわかるだろう——彼はべつに嘘をついたわけではない、と。

話が済むと、侯爵夫人はいったんレオナールに帰ってよいと言ったものの、ふと思い立ち、もう少し残って化粧台の上にある髪結いの道具を全部整理してほしいと言った。それから鏡も拭いてほしい——ただし、中はのぞきこまないように。

レオナールは言われたとおりにした。レオナールがベッドの真向かいにある鏡をのぞきこむと、侯爵夫人はなんとも無防備な姿で立ち上がった。彼は後日、こう日記に記している。「レオナール、わが友よ、おまえは今すばらしい冒険の旅に出発したところだ。この幸運なやつめ！」

ランジャック侯爵夫人は二十代半ばで、とても魅力的な顔立ちの小柄な女性だった。小間使いの手を借りずに、ほとんど透けて見えるモスリンのスカートを身に着けた夫人は、その上から、凝ったレースの飾りのついたケープを無造作にまとった。彼女が化粧台の前に座ると、レオナールは髪を結う支度を始めた。

まず、侯爵夫人の絹のようにやわらかな髪をいくつかの房に分け、今日はどんなドレスをお召しになりますかと尋ねた。夫人は出かけるつもりはないし、お客の予定もないと言った。朝用の部屋着《ランジエリー》のままでいるつもりよ。そして夫人は側仕《そばづか》えのソフィーに、午後は休みを取ってもよいと告げた。ソフィーは言いつけに従って、笑みを噛み殺しながら部屋を出た。

きれいにしてね、と侯爵夫人が言うと、このガスコーニュ男は、その点では自分は何もする必要はございませんと答えて夫人をおだてた。その瞬間、侯爵夫人のケープがはだけ、レオナールがのちに「世界で最も美しい胸」と表現したものがあらわになった。レオナールはすっかりうろたえ、夫人の髪に集中することで気を逸らそうとした。まるで部屋の中には髪以外に大事なものなどないかのように。

ちょっと、髪を引っ張っているわよと夫人に言われたレオナールは、あわてて詫びた。レオナールはすっかり舞い上がっていたが、それは夫人も十分に承知していた。鏡に映る自分自身がちらっと見えたのだから。夫人は肌を隠すことなく、仕事を続けるようにとレオナールに言った。だがレオナールは誘惑に逆らえず、侯爵夫人の胸に燃えるような唇をしっかりと押し当てたのだった。

その夜すっかり遅くなってから、ランジャック侯夫人は髪結いに、もし自分に爵位を与える権利があったら今夜のうちにでも公爵にしてあげるのにと言った。

「侯爵夫人、私は今夜、少しばかり侯爵様のような気分を味わえただけで十分に幸運だと思っておりましたが、お願いです、あまりすぐにこの地位から追放しないでください」。レオナールは、そう答えた。

第2章

デュ・バリー夫人

一七七〇年三月　フランス、パリ

この若い方は、私に会いにヴェルサイユへおいでにならなければいけないわ。そうすれば幸運を約束してさしあげましょう。
——デュ・バリー伯爵夫人がランジャック侯爵夫人に（パリ）

レオナールとの最初の逢瀬の後、ランジャック侯爵夫人は夜と言わず昼と言わず、ひっきりなしに使いを遣ってはレオナールを呼び出すようになった。まるですべての時間を髪結いの手の中で過ごしているかのようだったが、傍観者のひとりによれば、侯爵夫人の髪がひどく乱れていたことは一度もなかったそうだ。

貴婦人たちの身支度は朝と夕方に行なわれるのが習わしだった。一家の主が朝食の支度ができたと知らせにやっても、奥方の返事はたいてい「始めていていてくださいな」。貴婦人の身支度とはいわば私室《ブドワール》で開かれるパーティーであり、そこにはごく親しい内輪の友人しか招かれなかった。髪結いは作品の仕上げに一時間あるいはそれ以上かけ、その間、会話は途切れることなく続く。[1]

夕方の身支度は——たいていパリやヴェルサイユ中の髪がカーラーに巻かれている時間だ——朝と

同じくらい長かったが、客は迎えられなかった。ランジャック侯夫人がレオナールを呼びにやるときはいつでも、演奏会とか、ヴォクソール［十八世紀から十九世紀にかけてフランス各地で流行した舞踏会場や演奏会場などが入った複合娯楽施設］での舞踏会とか、古代の円形競技場《キルクス》に似た新しい劇場での観劇といったものがあった。そうでなければ、もはやほかにすることもないような年配の伯爵夫人邸で開かれる、喜劇か悲劇の朗読会だ。ランジャック夫人の門番は、レオナールが中庭の門から入ってくるのには慣れっこだが、夕方の身支度の後でふたたび出てくるところを見たことは一度もなかった。

夜になるとレオナールが頻繁にいなくなるので、ジュリーはまもなく怪しみ、ある晩、劇場のボーイにあとをつけさせた。若いボーイはレオナールが侯爵夫人邸に入るのは見たが、やはり五時間待っても出てこなかった。

翌朝早く、レオナールは誰かが自分の部屋のドアをノックするのを聞いた。ちょうど帰ってきたところで、まずいことにベッドはきれいなままだった。ドアを開けるとそこにジュリーがいたので、レオナールは仰天した。この訪問は相当なショックだったらしく、レオナールは一部始終を細かく日記に記している。

「いやあ、こいつはうれしい驚きだ！」レオナールは叫んだが、おそらくあまりうれしそうには見えなかったことだろう。

「うれしい驚きですって？」ジュリーは部屋に入りながら尋ねた。「レオナール、あなた、あたしを愛してるの？」

「なんてことを聞くんだ？　半年もいい仲で楽しくやってるのに、ずいぶんな質問じゃないか」

「そうかしら」ジュリーは言った。「じゃあ、もっとわかりやすいように言ってあげるわ、ひと言足して。あなた、あたしをまだ愛してるの？」

レオナールは、気まずそうにもじもじした。

「あたしは疑ってる」ジュリーは続けた。「こんな朝っぱらからちゃんと服を着て、それにゆうべはこのベッドに寝ていないみたいだし！」

「そんなことでぼくの愛を疑うのかい！」

「これ以上の理由はないでしょう！　でも、文句を言ってるわけじゃないのよ」。ジュリーはそう言い、鏡の中の自分の姿を眺めながら続けた。「知ってのとおり、あたしたちの契約の中にはお互いが貞節を守るなんて条項はありませんからね。あたしだって気に入った男がいたら手に入れるわ。ほら、うちで綱渡りのトップを張ってるプティ・ディアーブル、あたしが知ってるうちじゃ一番の魅惑的なアドニス［ギリシャ神話でアフロディーテが愛した美少年］ね。あたしだって綱渡り師とのことは見逃してほしいから、あなたのランジャック侯爵夫人のことも大目に見てあげるつもりよ」

「ランジャック侯爵夫人？　誰から聞いたんだ？」

「毎晩あなたが彼女の髪を整えに……いえ、むしろ乱しに行って、それが朝まで続くって、ええ、みんな知ってるわよ。あの侯爵夫人の情事はこれが初めてじゃないもの！　今度だって、あの人のほうは秘密にしておくほどたいそうなことだなんて考えもしなかったのよ。でもあたしたち劇場の女は、そういう上流社会のお美しい女たちには武器を取って立ち向かわなきゃいけないの。このままだと、あたしたちにはそこそこ品のいいファンなんていなくなってしまうわ。こういう貴婦人たちが、あたしたちから髪結いとかちゃんとした家の従僕とかを横取りし続けるならね。あたし、もうこんなこと我慢ならないの。絶対に反乱を起こしてやるわ！　さよなら《アデュー》、レオナール！」

ジュリーは部屋から飛び出していった。

◉

一七七〇年四月、それぞれ六頭の馬に引かれた、新しいフランス製の馬車五十七台の長い行列が、ウィーン郊外のシェーンブルンを出発した。オーストリア大公女マリー＝アントワネットが、緑の鎧戸が並ぶ宮殿の長く黄色い正面《ファサード》を見ることは、もう二度とないだろう。未来のフランス王妃はこのときわずか十四歳。新しいフランスの家族に正式に引き渡されるため、ライン川の中州へと向かうところだった。二万頭以上の馬と、少なくとも百三十二人の従者を連れた旅。道中ずっと、村から村へと移るたびに鐘が鳴り響き、礼砲が撃たれた。[2]

幼い王太子妃は中州にある小さな建物の「オーストリア側」の玄関から入ったが、（歴史家たちが記したように）祖国からのものは何ひとつ持っていかないよう一糸まとわぬ姿になる必要はなかった。この古い慣習はとうの昔になくなっていたのである。式服をまとい、短い儀式に出席すると、マリー＝アントワネットは「フランス側」の玄関を通ってその建物を後にした。こうして大公女は、フランス人になった。

この数か月前、王太子妃を迎えに行く二台の大型四輪馬車がパリで出来上がると、パリもヴェルサイユの宮廷もその話題で持ちきりだった。馬車職人フランシアンの工房には大勢が押しかけ、このうえなく優美な車体を拝んだ。馬車は、自分でデザインも手掛けたショワズル公爵の注文によって、かなりの費用をかけて作られたものだった。

ランジャック侯夫人は、自分がまだ王太子妃の馬車を見ていないことに大層憤慨していた。レオナールが来ると、夫人は実力以上の成果を出すようにと頼んだ――とびきりふざけた、コケティッシュなヘアスタイルにしたかったのである。国王の新しい愛妾のデュ・バリー伯爵夫人が、その朝、フランシアンの工房を訪問するという噂があったので、侯爵夫人はそこで伯爵夫人に会えることを願っていた。侯爵夫人はレオナールに、デュ・バリー夫人がお見えになろうとなるまいと、殿方がひとりたりとも自分から目が離せなくなるようにしてほしいと言った。

侯爵夫人はレオナールも一緒に来ないかと誘い、これは彼をデュ・バリー夫人に紹介する有益かつ「自然な」チャンスになるとほのめかした。レオナールは、ランジャック侯夫人をおこらせる気もなければ、宮廷での有力者に紹介される機会を断るつもりもなかったので喜んで従った。

侯爵夫人は、デュ・バリー夫人はレオナールを自分の新しい髪結いにするためにルグロ氏を解雇するかもしれないとつけ加えた。そして、「でも、あなたはあくまでルグロの代わりなのよ！」と意味ありげに注意した。レオナールが自分に対するのと同じ類のサービスを伯爵夫人にも提供するのでは、と恐れていたのだ。

レオナールが到着したとき、かの有名な馬車職人の工房の入口は、小さな人垣で取り囲まれていた。噂の馬車は車庫に展示されていたが、中に入るのはひと苦労だった。一台は深紅のビロードで覆われており、四つの季節が金糸で刺繡されている。もう一台は青いビロードで、ドアの飾りは四大元素だった。刺繡はどれもきわめて趣味がよく、どちらの馬車の屋根にも金色の花束がいくつものっており、とても「しなやかで、かすかなそよ風にも優雅になびいていた」

馬車はばねがよく利いていて、わずかに触れただけでゆらゆらと揺れ出すほどだった。王のお気に入りのデュ・バリー夫人は、国王の寝室付き第一侍従であるオーモン公爵と来ていた。夫人は馬車に軽く触れ、それが静かに揺れ始めると言った。「ご覧なさいませ、こんな馬車こそむしろやさしい愛にふさわしいのではないでしょうか」

デュ・バリー夫人はランジャック侯夫人に気づき、いそいそと近寄ってきた。「ご機嫌よう、親愛なる侯爵夫人。このところ何をしていらっしゃるの？　宮廷ではお見かけしませんわね。もしかしたらお加減が悪いのかしら。お顔の色がよくありませんわ」

ランジャック侯夫人は礼儀正しく、すこぶる元気ですと答え、近くに来るようレオナールに合図した。そして、レオナールをルイ十五世のお気に入りに紹介した。「デュ・バリー夫人、こちらが若きレオナール、非常に優秀な髪結いですのよ。これほど謙虚でなければとうに有名になっているところですわ」

伯爵夫人もレオナールのことはすでに聞き及んでいた。「ああ、大好きな侯爵夫人！　あなたのためなら何でもしてさしあげますことよ。この若い方は、私に会いにヴェルサイユへおいでにならなければいけないわ。そうすれば幸運を約束してさしあげましょう」

伯爵夫人がオーモン公爵に同意を求めると、公爵は伯爵夫人の手に接吻し、この髪結いがさらなる職歴を積めるよう手助けすると応じた。「感激です、伯爵夫人、ただもう感激でございます。この件につきまして、われらが魅力的で悪戯好きの侯爵夫人と同様に、伯爵夫人にもお喜びいただけますのであれば」。レオナールは礼を述べながらも、オーモン公爵が軽蔑したようにじろじろこちらに目をやっていることも見逃さなかった。

公爵の見下すような眼差しは、貴婦人が新しく後援することになった人間を紹介されたときに貴族の領主たちがよく見せるものだった。こうした新しい被後援者《プロテジェ》はたいていがハンサムな若い商人か弁護士かデザイナーで、莫大な財産を持っている。だが、必ずしも裕福とは限らない貴族にとって、十八世紀における成功とは、地位と特権であって富ではなかった。こうした新参者が成り上がろうとしても、たいていは貴族に鼻をへし折られる――つまり、こうした連中はしかるべき場所に収まっているべきだと公爵は頑として思っていた。レオナールももちろん「新参者」のひとりにすぎない。

◉

デュ・バリー夫人は、同時代の人間による回想録や本人が書いた書簡を読むかぎり、ポンパドゥール夫人ほどには上品でもなければ洗練されてもいなかったことがわかる。しかし執念深くはなく、政治への興味もなかった。実際、デュ・バリー夫人にとっては、国庫を支払人にして振り出す手形が有効とされ、ルーヴシエンヌにある自分だけのすてきな城［ルーヴシエンヌはパリ郊外、セーヌ川丘陵の村。ルイ十五世から贈られた城があった］にこもることができるかぎりは、せいぜい公金を浪費する機会さえもらえれば十分だったのである。彼女の名高い前任者のほうが、国王の業務に関してははるかに野心的だった。

一七四五年、当時の愛妾のひとりが亡くなり、その喪中に、ルイ十五世は廷臣たちからジャンヌ・アントワネット・デティオール夫人を紹介された。国王は、その女性をヴェルサイユの仮面舞踏会へ招待する。するとひと月後、その女性は夫と別居、ヴェルサイユに来て国王の居殿の真上の一角に落ち着いた。女性は宮廷で名乗るべき肩書きはなかったのだが、貴族の称号がついた広い土地、ポンパドゥール侯爵領を国王が購入したことから、ド・ポンパドゥール侯爵夫人の称号を与えられ、いつのまにか王の新しいお気に入りの地位に就いた。[3]

ポンパドゥール夫人は美術の素養があり、その振興の先頭に立っていたが、越権行為も際限がなかった。とてつもない額の年金をもらっていただけでなく、国政にもたびたび干渉した。夫人の政治的策謀は数多く、中でもプロシアとの破滅的な戦争を始めるよう促したのはポンパドゥール夫人とされている。

ポンパドゥール夫人亡き後の愛妾は、悪名高いグルダン夫人の「娼館」でランジェ嬢と呼ばれていた女性だった。デュ・バリー伯爵の愛妾となったため、デュ・バリー伯爵夫人と呼ばれるようになる。そして、伯爵が彼女を王に目通りさせたとたんに、王はその魅力にあらがえなくなってしまった。

いったん宮廷への出入りが許されると、デュ・バリー伯爵夫人はただちにその新しい地位を存分に活用して、当時の宰相ショワズル公を失脚させ、自分が贔屓《ひいき》にしているエギュイヨン公を後釜に据えようとした。そもそも国王の愛妾たちの務めが、王を悦ばせることに限られた試しなどないのだ。国王の第一寵姫《ちょうき》（ラ・メトレス・アン・ティートル）は文人たちから敬意を表され、その見返りとして彼らを保護した。こうして、国庫がデュ・バリー夫人の現金箱と化すにつれ、夫人御用達の帽子屋や鍛冶屋や宝石職人、家具の販売人や夫人を描く肖像画家たちに、金貨が絶え間なく流れ込むようになった。

デュ・バリー夫人はこうして王家の財布を空にしてしまったが、フランスの哲学者ヴォルテールによると、美しさやさしさといった愛される資質も数多く備えていたという。罪人のために命乞いをしてやったり、恵まれない人や慈善団体には、晩年、収入が限られるようになってからも気前よく寄付することで有名だった。[4]

デュ・バリー夫人を訪ねてヴェルサイユへ向かうレオナールは、「領主のもとに作品を捧げるお許しを得に行く詩人のような気分だった」。レオナールが到着したとき、デュ・バリー夫人のもとには王が訪問中だった。控えの間で待っていると、隣の部屋からルイ十五世とそのお気に入りの話が聞こえてきた。

「見栄えの立派さに関しましては」伯爵夫人は言った。「ルイの名で君臨なさる十五番目の王である陛下がご寵愛を授ける女性ならば、どこであっても一番であるようにお気になさるのは当然だと私は思いますわ」

「そうか、ならばそなたは余に、フラシアンが王太子妃の馬車よりもっとすばらしい馬車をそなたのために作ったと、こう言いたいのかな？」と王が尋ねる。

「これが図面でございます」と夫人は言い、大きな紙をがさがさと開く音がレオナールにも聞こえてきた。

「ご覧くださいませ、陛下」夫人は続けた。「金地に描かれた紋章ほどすばらしいものがありまして？それが両側についているのです。ひとつは籠いっぱいの薔薇の上で鳩がひとつがい、やさしく嘴《くちばし》を合わせている図柄。もうひとつは矢で射抜かれたハートに、矢筒や松明《たいまつ》やあらゆる愛の象徴が描かれていますの。そして最後に羽目板のまわりにめぐらされた数珠のような花輪が、こうした絵をとりどりの鮮やかな色で取り囲みますのよ。陛下、これほどみごとなものをご覧になったことがおありになりまして？」

「みごとすぎるのではないかな、伯爵夫人」王は言った。「おそらく意地の悪い者は、片方の鳩がすでに六十をとうに過ぎていることに気づくのではないかな。それに、薔薇や矢筒や松明を見て、笑う者もいるのではないだろうか」

「また、お戯れを。陛下、王たる者が老いたりするものでしょうか?」夫人が尋ねると王は陽気な高笑いをあげた。

王がもうひとつのドアから退室すると、レオナールは黒いお仕着せの侍従に、夫人の私室《ブドワール》の中へとそっと押し込まれた。デュ・バリー夫人は、頭を一方の手で支えながらソファの上に横たわっていた。その光景を見てクレオパトラを思い出した、とレオナールは書いている。夫人はレオナールを見ると、宮廷のどんな貴族の殿方よりも立派な身なりをしていると評した。そして、ランジャック侯夫人は後援する相手の趣味がとてもよいが、自分もレオナールの腕前を見てみなければ始まらないと言った。レオナールは、もし伯爵夫人がそのうち使いを寄越してくだされば、自分の才能をお目にかけられるのですが、と提案した。

夫人は賛成した。「よろしい。それでは明日正午、ルーヴシエンヌにおりますわ。その上下を着ていらっしゃい。あなたにとてもお似合いよ。ご機嫌よう、レオナール。小間使いに名前を言ってくれたら、わかるようにしておきますから」

パリへ戻る粗末な馬車の擦り切れたクッションの上で揺られながら、レオナールはすでに、デュ・バリー夫人との約束がランジャック侯夫人に知られないようにするための口実を組み立てていた。レオナールはおそらく罪悪感に苛《さいな》まれていたのだろう。自分は王室に入り込むために侯爵夫人を利用しているのではないか? あるいは、侯爵夫人が自分の働きぶりをたいそう気に入っているとわかっていたので、この寛大なパトロンを失望させるのが怖かったのかもしれない。

幸いなことに、レオナールが自宅に戻ると女優のギマール嬢から短い手紙が届いていて、その晩パンタンの自分の家へ招待したいということだった。ギマール嬢の家ではよく芝居が上演されていた。

この有名なバレリーナは、十人ほどの女性たちの髪をおまかせしたいので、すばらしいアイディアをたくさん持ってきてほしいと書いていた。

ギマール嬢の館に着き、出演者の髪を結い終わると、レオナールは開演を待つ間、舞台に近い客間で少し休むことにした。客間は小間使いや帽子屋、お針子、花売り娘でいっぱいだったが、レオナールは彼女たちの淫らな振る舞いにいささか驚いてしまった。レオナールが入り込んだのは、まさにパリの「グリゼット」[5]の世界だったのである。

グリゼットとは、十八歳で貧しい親の家を出て下宿に住み、生活のために働きながらその日暮らしをする若い女性のことだ。だが厳しい母親や献身的な伯母、威圧的な祖母などの監督の下で自宅に留め置かれる良家の若い令嬢とは違い、グリゼットたちは気の向くままに生きていた。ある意味ではグリゼットは完全に自由であり、新しい友人に出会う機会は決して逃さなかった。

後でレオナールは庭園に行き、濃い影を落とす太い木々の下で休もうとしたのだが、何かにつまずかずにはほとんど一歩も歩けなかった――ある場所では、それは白い靴を履いたグリゼットの小さな足だったし、またある場所では片方の長靴だった。レオナールはその庭園を、ギリシャ神話に出てくる天国「エリュシオン」と呼んだ。

パリに戻ると、もう真夜中を過ぎていた。タンプル大通りを通るとき、ジュリーの部屋の明かりが見えた。レオナールにはわかっていた。ジュリーはきっとブティ・ディアーブルと恋に落ちていて、自分のことはもう考えていないだろう。嫉妬と、ギマール嬢のところで飲んだシャンパンのせいで、レオナールはジュリーに対して、おこりっぽいのは役者だけではないのだと証明してやりたくなった。自分だって、ジュリーの綱渡り師と同じくらいひどいやつになれるのだ。

ジュリーはその小さな家に女中をふたりしか置いていない。石を投げて窓を壊せば、プティ・ディアーブルが走って出てくるに違いない――中にいればの話だが。プティ・ディアーブルが自分を探している間に、開いたドアから滑り込めるだろう。

ガラスが割れる最初の音で窓が開き、情夫の太った赤ら顔が現れた。下に誰も見えなかったらしく、男は窓を閉めてしまった。レオナールはがっかりして、そのまま帰ろうと思った。

そのとき、近くにいたパトロール隊が駆けつけてきて、レオナールを取り囲んだ。そこで何をしているのかと尋問されたレオナールは、自分は天文学が趣味で、こんな美しい晩には星を眺めるのが好きなのだと答えた。天文学が好きだからといって善良なパリ市民の家の窓を割ってもよいわけではない、と警官は言った。

警官がレオナールに詰め所まで来るようにと言うと、レオナールは大声で言った。「後生ですから、巡査部長さん、私を署長さんのところへ連れていってください。お会いして、身元を明かします」

警官はレオナールの要求を却下し、拘置所行きだとはっきり言った。だが、レオナールのひと言で警官の態度は一変した。「でも巡査部長、私はデュ・バリー伯爵夫人にお仕えする身なのです！」

王のお気に入りの名前を耳にすると、警官はこう言いながらすばやく帽子を取った。「デュ・バリー夫人ゆかりの方なら、話は別です……ですがやはり、窓を壊していらっしゃいましたよね」

レオナールは警官に、自分は伯爵夫人の命令に従っていたにすぎない、踊り子のジュリーの家の前にいたのだが、そいつは伯爵夫人を誹謗した、伯爵夫人はいつもこうやって仕返しをなさるのだ、それは国王もご同感である、と話した。

「まあ、確かに、そんなに悪い考えではないですな」警官は言った。「パリのガラス屋に、仕事を与えることになるのは確かですし」

「お休みなさい、巡査部長！」レオナールは踵《きびす》を返してふたたびわが家への道を歩き出した。

◉

レオナールがその晩、世界の頂点に立ったような気分だったのも当然だろう。最も高貴な貴婦人たちの私室《ブドワール》へ招き入れられ、女優やオペラ愛好家からは引っ張りだこで、そのうえ王のお気に入りの名前を出しただけで警官にまで好意的に扱われたのである。こんなにも短い期間に、才能あふれるこの新人髪結いはパリの人気者になっただけでなく、どんな貴族の紳士にもふさわしい敬意を払われてしかるべき人物になったのだった。

「ついに、レオナールが登場した」。作家のジャンリス伯爵夫人は書いている。「レオナールが登場した。彼は、王様だった」

第3章 マリー・アントワネット

一七七〇年五月　フランス、ヴェルサイユ

幸福ってやつは、ほとんどいつも酔っぱらっているものさ。もう有頂天になってしまって、たいていは節度なんて飛び越えてどこかへ行ってしまうんだ。
——レオナールがフレモンに（一七七二年）

ルイ十五世は、気がつくと自分の国よりも妾たちのことばかり考えていることがよくあった。このあまり評判のよろしくない王は、パリの汚れや悪臭とは正反対の、豪勢な安息所であるヴェルサイユで贅沢三昧に暮らし、パリまで二十四キロほどの遠出をすることはほとんどなかった。それどころか、パリ市民のほうが王に会うためにヴェルサイユまで来なければならなかったのである。とうとう商人、職人、仕出し屋などが、壮大な宮殿のそばに露店を開く権利をもらい、宮殿の居住者三千人分の需要をまかなうようになった。一般大衆は、廊下を歩きまわったり、王族が食事をするのを眺めたりしながら、事実上、宮殿のどこへでも自由に入ることができたのである（皮肉なことに当時の見学者の出入りは、今日よりずっと自由だった[1]）。

伝令の馬ならばパリからヴェルサイユまで三十分ちょっとで行けたが、馬車での移動は時間がかかる。レオナールの住まいを九時に出発した馬車は、デュ・バリー夫人の優美な別館に正午に到着した。玄関で名前を告げると、自分の訪問を皆がすでに知っていることにレオナールは驚いた。レオナールはどこにでも自由に入れた。さまざまな絵画や渦巻き模様の装飾、金箔でいっぱいの部屋を六つ（しかもだんだん豪華になっていく）通り抜けると、贅沢で乱れたベッドが祭壇さながらに置かれている、神殿のような場所に出た。すると、若い小間使いがレオナールに、伯爵夫人はご入浴中ですと告げた。

伯爵夫人がお待ちのはずだが、とまごつきながらレオナールが言うと、小間使いは微笑みながら手元の鍵で小さなドアを開けて、取り次ぎもせずにレオナールを隣の部屋へ通した。王のお気に入りは、浴槽から出て二枚の暖かいシーツの間に滑り込んだところだった。時間に正確ねと夫人はレオナールをほめた。だが、レオナールからは鼻の頭しか見えなかった。

夫人はまずレオナールに、東洋へ旅したことはあるかと尋ねた。海軍大佐である夫人の友人がアジアの独特な習慣について話してくれたそうで、夫人は、それが健康によいはずだと考えていたのである。裕福なアジア人は風呂から上がるとマッサージをさせるそうだが、それは大変に気持ちのよいものらしい。もしそれがフランスに伝わったら、髪結いにはとても役に立つ技術になるかもしれない。

しかし、レオナールは「マッサージ」という言葉に馴染みがなかった。伯爵夫人は、強壮剤代わりに体のさまざまな場所に手で圧力をかけることだと説明した。マッサージは異性によって施されるもので、東洋では普通は女性がするが、フランスで正反対のことをしても誰も異議を唱えないだろうと夫人は請け合った。レオナールは顔を赤らめた。それを見た伯爵夫人は、これはあくまでも「健康維持のためのお手入れ」であることを忘れてはいけないと言った。

レオナールはそうした要望を断るような人間ではなかったので、言われたことをそっくりそのとおても賢いわねえ！」

りに行なった。マッサージが始まると、夫人は称賛の声を上げた。「ああ、そうよ、東洋人ってとっ

◉

その後レオナールは、宮廷での地位が上がったことをかなり自慢に思いながらパリへ戻った（いかにしてそうなったかは別として）。レオナールはまもなくランジャック侯夫人の館に到着し、夫人の髪を整え始めた。

「レオナール……」ランジャック侯夫人は言った。「デュ・バリー夫人をお訪ねしてどうだったか、話してちょうだい」

「最初の訪問は、特にどうということもありませんでした」。レオナールは言った。

「それで二回目は？」

「二回目は……デュ・バリー夫人が、亡きポンパドゥール夫人に劣らず特殊な技芸の進歩を支持なさっていることがよくわかりました」

「どういうこと、レオナール？」夫人は尋ねた。

「伯爵夫人は私を浴室にお招きになりまして――」

「王様のお気に入りの有名な習慣よ、たいていあそこで画家のためにポーズを取るの」夫人は言った。

「でも今朝の場合、絵は関係ありませんでした」とレオナールは言い、伯爵夫人がレオナールに頼んだ東洋の親密な風習について話して聞かせた。

「それであなた、そのとおりにしたの！」ランジャック侯夫人は叫び、美しい指先でレオナールを

鋭く弾いた。

愛人をすぐに奪い取られることを怖れた夫人は、さらに言った。「レオナール、もうルーヴシエンヌに行くことは禁じます。さあ、あそこにはもう行かないと約束してちょうだい」

夢と櫛以外ほとんど何も持たずにパリにやってきたこのガスコーニュ人は、今やふたりの貴婦人が取り合うという、人もうらやむ立場に立たされていた。そして、これはほんの始まりにすぎなかったのである。

◉

何百年もの間、フランス王家は、ハプスブルク家との国境を防衛しなければならなかった。ルイ十五世の領地は、オーストリア、スペイン、ネーデルラントなどのハプスブルク家に取り囲まれていたのである。ハプスブルク家がスペインから駆逐され、ドイツに誕生したホーエンツォレルン家が大きな脅威となってくると、フランスとオーストリアは積年の確執を忘れて新しく同盟を結ぼうとした。ルイ十五世とオーストリアの女帝マリア・テレジアは、こうして次の王位継承者である若いフランス王太子ルイ・オーギュストと、オーストリアの大公女マリー＝アントワネットを結婚させる計画を立て始めたのである。マリア・テレジアは一番下の娘を選んだ。「自分の兵士たちがこれまで成し遂げたものよりも、マリー＝アントワネットの美しさが強大な力を持つ」ようにと願ってのことだった。この結婚は、公表よりずっと以前に取り決められていた。

王太子ルイに輿入れするためついにオーストリアからフランスに到着したとき、マリー＝アントワネットは、ショワズル公がウィーンに送った例の壮麗な四輪馬車に乗って現れた。デュ・バリー夫人の要望で、鳩と、夫人のトレードマークであるキューピッドの矢が、ただでさえ凝った馬車の飾りに加わっていた。

フランスでのマリー＝アントワネットに対する歓迎ぶりは、まさにいかなる期待をも上まわるものだった。オーストリアで崇められていたのと同じように、今やすべてのフランス国民の心はヴェルサイユに向かう王太子妃に向けられていた。[2] 農民があちこちからやってきて、道路には花が撒き散らされた。若い娘たちがマリー＝アントワネットの馬車を取り囲み、花を捧げてはこう叫んだ。「ああ、私たちのお姫様はなんてきれいなのかしら！」

一七七〇年五月十五日、王太子妃は夕方になって、やっとパリ郊外のサンジェルマン＝アン・レーに到着した。翌日、ヴェルサイユ宮殿の礼拝堂でルイ・オーギュストとの結婚式が執り行なわれる。祭壇の下にひざまずき、新しい夫婦は互いへの献身を誓い合ったのである。おごそかな式が終わるか終わらないかのうちに、激しい嵐になった。遠くからやってきた村人やパリっ子たちは、強い雨を避けようと庭園になだれ込んだ。その夜、ヴェルサイユを彩《いろど》るはずだった花火は中止となった。

ヴェルサイユでの結婚祝いが残念なことになったので、王室はパリでの盛大な祭りと花火を楽しみにしていた。だが王太子妃がフランスの首都を訪問すると、出迎えのためにあらゆる年齢や階級の人々が集まって騒然となり、王太子妃をひと目見ようと文字どおり互いに踏みつけあうありさまとなった。ルイ十五世広場での花火が機械の不具合で中止になると、群衆はいよいよ手がつけられなくなった。ルイ十五世像に組まれた足場で起きた火事は、混乱をさらに悪化させた。大勢の見物客がつぶされて死亡、あるいは押されて川に転落し、何百人もが負傷した。混乱が収まった後に発見された遺体は三十にものぼった。さらにひどいことに、警察の警備が不十分だったため、こうした状況がスリの絶好の標的になってしまった。宝石、時計、金貨が、多くの遺体から抜き取られた。レオナールの好敵手、あの高慢なルグロも熱狂した暴徒につぶされ、命を落とした。

伝えられるところによると、王太子夫妻はこのパリでの出来事にあまりに心を痛めたため、ルグロの家族をはじめ、悲しみに暮れる遺族たちに見舞金を出したという。迷信家は、この悲劇的な出来事が将来起こることの不吉な前兆と考えないわけにはいかなかった。新婚夫婦にとっても、彼らの国にとっても――。

◉

ヴェルサイユに戻ると、王太子妃マリー＝アントワネットは、広い大理石の中庭で王家の馬車から降ろされた。レオナールが王太子妃を初めて見たのはこのときである。レオナールが日記に描いたこの若き大公女の肖像は、ほかの人が実物よりもよく見えるように描いた肖像画とは、ほとんど共通点がない。この髪結いは、王太子妃の若々しい美しさにはまったく感銘を受けなかったのだ。マリー＝アントワネットのことは「美しくなる兆候」はあるものの、きれいだとも魅力的だとも思わなかった。ただし、ほっそりとしていて、まだ優美さに欠けてはいたものの、幸いなことに、少なくともあの「オーストリア人のいかつさ」はドナウの岸辺に置いてきたらしく、微塵も見られなかった。

髪結いとして最も残念に思ったのは、その髪だった。マリー＝アントワネットの髪は当時、淡いベネチアンブロンド［赤みがかった金髪］だったが、レオナールによれば、「下手に整えられて」いるように見えた。もっとも、この意見はラルセヌールへの対抗意識からきていた可能性が高い。ラルセヌールとは、出発前の王太子妃の髪をフランス風《ア・ラ・フランセーズ》に仕上げるためにオーストリアへ派遣された髪結いである。

　オーストリアの女帝が政治的な理由からフランスの王太子ルイに娘へ求婚させようと必死だったのは公然の秘密であった。その最終目的は、フランスとの同盟の確保である。だが、若さや美しさといった要素も、決して小さなことではなかった。君主は結婚を決める前に、王子や王女の「実物よりよく描けた」細密画《ミニアチュール》を送るのが習慣だった。婚約が成立する前に、本人がこうした相手と直接会う機会はないからである。とはいえ、同盟が目的の結婚ではあっても、こうした政治的持ち駒が魅力的で知性のある女性であるかどうかは無視できない要素だった。とどのつまり、王女はいつか一国の王妃となり、世継ぎを生まなければならないのだから。

　すでに一七六八年、女帝はショワズル公爵に末娘の細密画を描かせたいとの希望を書き送っている。実物大の肖像画のほうがよかったのだが、「こちらにはそんな仕事を引き受けられる人間がおりません」。パリのオーストリア大使メルシー伯爵は、パリの画家をウィーンに呼び寄せてはと提案した。だが、この伯爵がほかにもいろいろと策を練っていたことを、マリア・テレジアも知らなかった。メルシー伯は、マリー＝アントワネットの美しい巻き毛を魅力的に見せることができ、同時に細かい欠点を隠すことができる髪結いをウィーンに帯同させたかったのだ。伯爵の説明によると、「マリー＝アントワネット様はどちらかと申しますと、お髪《ぐし》の育ち方が思わしくないために、額が高くていらっしゃいます。上手な髪結いなら、この些細な欠点を修正、あるいは少なくとも隠すことができるでしょうから、陛下はご安心くださいませ[3]」

　この「些細な欠点」は、高い額がすでに流行遅れだったこの時代、かなり不利だった可能性がある。このすぐ後、女帝はウィーンに髪結いを呼び寄せることをしぶしぶ承知したが、信頼できるショワズルが見つけてくるなら、という条件付きだった。そしてやっと、かつてパリのオーストリア大使館でオーストリア大公女の髪を結ったという髪結いが見つかった。そのお墨つきの髪結いラルセヌールは宮殿に到着すると、ただちに高い額を目立たなくするため、王女の髪と「格闘」し始めた。[4]

ラルセヌールは、髪結いの責任者として何年かヴェルサイユに残ったものの、マリー＝アントワネットが自分の見た目をほとんど気にしていなかった時代の髪結いとして記憶されることになる。レオナールは自分の新しいライバルを厳しく批判している。「王太子妃は、お支度に関してあまりに放ったらかしにされておられるので、ウィーンからご一緒のラルセヌールのような者に何年も、まさに想像を絶するほどの下手さで髪を結うことをお許しになり、本人を傷つけないためだけにおそばに置いておられた」。王太子妃の目は明るい青で、利発そうだが少々大胆すぎる感じがした。悩みの種の額は別として、鼻は高く、口は小さく、唇は厚みがあり、肌はまぶしいばかりに白かった。いつも堂々と頭を上げていたため、その顔つきは少しばかり傲慢そうに見えた。当時の人たちはよく、高慢さと排他性を感じさせるこの高い額と、ハプスブルク家特有の突き出た顎について書いている。一方で、この横柄なようすは王太子妃の青い目と、その微笑みの魅惑的な心地よさで緩和されていると反論する者もいた。[5]

ランジャック侯爵夫人は、王太子妃に最初に紹介された貴婦人のひとりだった。夫人は王太子妃について、やさしい性質だが、まだ年がいかないせいでおこりっぽいと感じた。「女性らしさに関して言えば」とランジャック侯夫人は書いている。「王太子妃は基本的には高潔な方ですが、時に軽薄で、衝動的なことがおありになります」。マリー＝アントワネットにとっては、いかなる欲望であってもそれにあらがうことはきわめて難しかった。それは歴史がこの幼い王太子妃について繰り返し記している点でもある。オーストリアの家族が恋しく、新しい夫からはたびたび無視され、厳しいヴェルサイユの礼儀作法でがんじがらめになった王太子妃は、やがて賭博や観劇や度を超した夜遊びといった、楽しい娯楽でいっぱいの暮らしを始める。いずれも、未来のフランス王妃には似つかわしくない行ないばかりだった。

マリー＝アントワネットはまた、廷臣や王族たちを物笑いの種にすることで有名だった。愛妾デュ・バリー伯爵夫人でさえ、王太子妃の嘲《あざけ》りから逃れることはできなかった。デュ・バリー夫人のほうが身分は下であるいじょう、礼儀作法によれば、自分から王太子妃に話しかけることはご法度である。しかしだからといって、夫人を軽蔑していたマリー＝アントワネットは絶対にみずから話しかけようとはしなかったのである——そのことで国王からお叱りを受けるまでは。

礼儀作法の知識に精通したしかつめらしい女性、ノアイユ伯爵夫人が王太子妃の女官長に選ばれた。女官長の任務は、宮廷のあらゆる儀式に関して王太子妃を指導することである。この仕事は本当に大変だった。王太子妃は臣下たちと親しくしすぎることで有名であり、たびたび威厳のない態度をとったからだ。公務の最中にあくびをしたりくすくす笑ったりしては叔母たちや教育係をしばしば唖然とさせ、敬意を表するために進み出た臣下をがっかりさせた。

あるときなど伯爵夫人は、未来のフランス王妃が侍女の小さな子供ふたりを自室に呼び寄せ、最高級のドレスが汚れるのもかまわず一緒に床の上ではしゃぎまわっているのを目撃した。王太子妃に「エチケット夫人」と呼ばれたノアイユ伯爵夫人は、さまざまな衣類や壊れた家具、玩具などが散らばる、王太子妃の汚くて騒々しい私室に絶えず頭を抱えていた。ノアイユ伯夫人があまりにたびたび小言を言うので、マリー＝アントワネットはできるだけ夫人を避けていたほどだ。

さらに腹立たしいことには、王太子妃は一度、侍女のひとりに向かって、ノアイユ伯夫人を解雇してほしいと頼んだことがある。これにはノアイユ伯夫人も侮辱されたと感じて猛烈におこった。そして、自分よりはるかに身分の低い使用人から命令される覚えはないと返答したのだった。[6] これとは反対に、道徳的にややだらしないところがあるランジャック侯夫人は、すぐに幼い王太子妃に気に入られた。それどころかマリー＝アントワネットは、ランジャック侯夫人なしではとてもいられないことを宮廷中に示し、夫人を宮中に住まわせるよう命令したのである。

ランジャック侯夫人というかなり軽薄な女性を王太子妃の側近に加えることには、ノアイユ伯夫人が激しく反対した。王太子妃がランジャック侯夫人に、自分のための社交グループを組織するように頼むと、伯爵夫人の動揺はさらに激しくなった。それは、みずからの評判に関わる醜聞も含めて、何でも笑いものにしてしまう娯楽好きの女性の集まりだった。この小さな社交界の貴婦人たちの掟はひとつだけ。礼儀作法という薄い欺瞞のヴェールに隠れ、スキャンダル一歩手前のところで毎日を楽しく過ごすことである。

ノアイユ伯爵夫人は、マリー＝アントワネットがまだ若いことは承知していたものの、浮かれた王太子妃のまともとは思えない行動のために王国が破綻することを、すでに予測していた。夫人は一度、王太子妃が取り巻きたちを連れず、お供の貴婦人ひとりだけで庭園を歩いているところに出くわしたことがある。王太子妃が蝶を追いかけて走り出し、嘆かわしいことに、走りながら平民の通行人の目の前で靴を片方落としたのを見たときは、ノアイユ伯夫人は言葉を失った。

ノアイユ伯爵夫人はルイ十五世のもとに出向き、王冠の栄光と宮廷の名誉を大いに傷つけている問題について話したいとして、一対一での謁見《えっけん》を願い出た。話を聞くと王は、教育係がそれほど多くの宮廷の掟を幼い王太子妃に課していることに明らかに不快感を覚えたようだった。王にとってみれば、ノアイユ伯夫人が義務と呼んでいるものは「単にうんざりするような気配りの連続と、あのかわいそうな子供が退屈で死んでしまうような、鈍重で歯の抜けたオールドミスの集まり」だったのである。

すっかり意気消沈したノアイユ伯爵夫人は、ルイ十五世に深々とお辞儀をしたものの、この問題についてあきらめることはできず、急いで王太子妃付きの侍女、その名もミズリー［英語で「苦悩」の意］夫人に一部始終を話した（ミズリー夫人は、女官長の次に熱心な宮廷作法の支持者だった）。こうして王太子妃は――お堅い老女たちにはかなり無念なことではあったが――未来の王妃にはふさわしくない下品な娯楽を、誰にもとがめられずに続けることになったのだった。

◉

デュ・バリー夫人は、声に出しながら考える癖があっただけでなく、王に対しても、ほかの廷臣たちより自由に話すのがつねであり、宰相のショワズル公爵を更迭してエギュイヨン公爵を後釜に据えたらどうかといった大胆な提案さえした。王が知る由もないが、その理由は政治とはまったく関係のないものだった。ショワズルが「夫人の魅力を軽んじた」のに対し、エギュイヨン公は夫人を受け入れたからである。王太子ルイを政治から遠ざけるように王を説得し、王太子妃をその幼い浮かれ騒ぎから異性との戯れや不義密通に引きこもうと躍起になったのもデュ・バリー夫人だった。王太子妃はそんな王の愛妾が大嫌いだったが、まさにそれが王の逆鱗に触れた。もともと宮廷でのデュ・バリー夫人の地位は特にデリケートな問題であり、夫人は王にどんな些細な侮辱についても激しく苦情を述べ立てていたのである。一方、マリー＝アントワネットとその取り巻きの貴婦人たちは、王のお気に入りが求めるような優位を譲ることは断固として拒否していた。

宮廷での人間関係では、嫉妬が大きな役割を果たすものだ。ルイ十五世を最も楽しませた女性はデュ・バリー夫人だと聞くと、王太子妃は「それなら受けて立ちましょう。この先、お祖父様を楽しませることができるのは誰なのかしら。私はお祖父様がお喜びになり、お気持ちが晴れるよう、全力を尽くすつもりよ。そうしたら誰が一番の成功者かわかるでしょう」。マリー＝アントワネットのこの言葉をたまたま近くで耳にしたデュ・バリー夫人は、決して王太子妃を許さなかった。

一方、ランジャック侯夫人は、マリー＝アントワネットのお気に入りとしてみるみる地位を上げていった。ランジャック侯夫人の台頭こそまさに、ヴェルサイユではいかに短期間で出世できるかという好例だろう。王太子妃はランジャック侯夫人を親愛の情をこめて迎え、自分自身についていろいろと話した。それどころかレオナールがランジャック侯夫人から聞いたところによると、マリー＝アントワネットは夫人に対してきわめて不用意に、「普通ならとても考えられないほど砕けた口調で」夫婦の問題を話したという。

王太子妃がいつか王妃になることには疑いの余地はなかったが、将来の王である世継ぎを産めるかどうかについては、安心とは言いがたかった。宮廷のほとんどの者は、王太子の身体的状態と王太子妃の不妊の可能性について、ばつの悪い噂を耳にしていた。パリ中で戯《ざ》れ歌が作られ、中でも最も侮蔑的なのは、マリー＝アントワネットと「お気に入り」とは同性愛的関係にあるというものだった。お気に入りの侍女で根っからの貴婦人であるカンパン夫人は、のちに回想録の中でこうした噂をきっぱりと否定し、宮廷での最も親しい友人たちへの王太子妃の接し方は、つねに高潔で礼儀正しかったと主張している。[7]

王太子妃は、愛読する小説からセックスの魅力についてすでに多くを学んでいて、自分の結婚にそれが欠けていることはよくわかっていた。この王室カップルの婚礼後、ルイ十六世はしばらくの間、新妻の人気に嫉妬していたようだ。たとえば、王太子妃が夫と一緒にバルコニーに出ると、群衆の声は必ず大きくなった。お返しにルイは花嫁を無視し、夜に妻のベッドに行っても、ひと言も話さずに眠ってしまうのだった。マリー＝アントワネットも、ルイが狩りや、工房で趣味の錠前いじりをするほうが好きだということを知っていたが、王太子が夫の務めを果たそうとするとなぜ途方もない痛みを感じるのか、その理由がわからなかった。

ルイは包茎だった。包皮をむいて亀頭を露出させようとすると苦痛を伴うため、性的交渉が妨げられるのである。[8] この状態は世継ぎの誕生を不可能にするだけでなく、非常に決まり悪くもあった。屈辱的な話だが、夫婦のベッドはシーツに出血や射精の跡がないか毎朝調べられた。夫婦の性生活の有無は今や公に考慮されるべき情報であり、噂や、それを否定するまた別な噂や、冷やかしが幾重にも飛び交った。ルイ十五世は、大変な費用を払ってロンドンやアムステルダムに使いをやり、孫の性的不能について事細かに書いてあるビラを、出まわっているだけ全部買い取らせなければならなかった。

世継ぎなしでは、宮廷でのマリー＝アントワネットの地位も、王妃としての将来も危うくなる。「石女《うまずめ》」のオーストリア人王太子妃とは離婚だ、という噂まで流れた。結婚初夜、ルイ十五世はしきたりどおり若夫婦を部屋まで送り、初夜の床を祝福した。それなのにふたりの結婚は何年もの間、性交渉がないままなのだ。王太子妃は五年後、自分の子ではない世継ぎである王太子の甥が誕生して、大変苦しむことになる。

一七七八年、ついに最初の子が誕生したとき、これは王太子が手術をしたからだという噂が流れた。カンパン夫人とマリー＝アントワネットの兄は、いずれも手術を受けたことをほのめかしているが、未来の国王がそのような手術に応じたのかどうかは、歴史家たちの間でもいまだに結論が出ていない。もしこの問題が本当に手術なしで解決したとしたら、包皮を伸ばすための毎日の処置はうんざりするほど長期にわたり、しかも相当の痛みを伴っただろう。当時の医学雑誌によると、手術は三十分しかかからず、失敗することはほとんどなかったそうだ――ただし非常に痛いので、「意志の強い人でも、しばしば子供のように泣き喚いた」という。

◉

マリー＝アントワネットが王太子妃という新しい役割に慣れ、勢力を広げていたのと同じ頃、レオナールも、自分の幸運の星が昇り始めるのを感じていた。デュ・バリー夫人に出会ってからというもの、レオナールの富と名声は急速に大きくなっていったのだ。王のお気に入りはレオナールの働きぶりに満足するどころかそれ以上で、このまま手元に置こうと決めていた。

ランジャック侯夫人は、今では完全に王太子妃マリー＝アントワネット付き侍女の仕事に没頭していた。多忙のためやむをえず、夫人は自分の髪を王太子妃の宮廷で結ってもらっていた。年金をねだる詩人や軍隊での口を探す中尉などが集まる、ごちゃ混ぜの社交部屋である。おかげでレオナールには、デュ・バリー夫人にさらに手厚く保護してもらうために必要な時間がたっぷりできた。ヴェルサイユで最も高貴な貴婦人たちから、もっと小さな住まいを与えられている美しい女性たちまで、さまざまな化粧室に出入りすることができるようになったのだ。

レオナールの才能への称賛はすでにマリー＝アントワネットの耳にも入っていたが、王太子妃はすでに宮廷付き髪結いラルセヌールに慣れていた。ラルセヌールは、一七六八年に亡くなったルイ十五世の妃マリー・レクザンスカの髪結いだった。その年の十月十五日、ラルセヌールはウィーンに派遣されて幼い王太子妃の髪を結い、二千万フローリンと、オーストリアの首都でほかの貴婦人たちの髪を結う許可をもらった。翌年、王太子妃とともにヴェルサイユの宮廷に到着したラルセヌールは、王太子妃のそばに少なくともさらに三年留まることになった――デュ・バリー夫人が効果的なひと言で、老いたラルセヌールについての王太子妃の考え方をあっというまに変えてしまうまでは。

レオナールの運命が未来の王妃と決定的に結びついたのは、一七七二年のことだった。ある日、庭園を歩いていて王太子妃に出会ったデュ・バリー夫人は、このうえなく丁重で敬意に満ちた挨拶の言葉を述べた。マリー＝アントワネットはデュ・バリー夫人にやっと言葉をかけ始めた頃だったが、このときは王のお気に入りの挨拶をやさしく微笑みながら受け入れた。デュ・バリー夫人はこうして偶然出会えたおかげで、「お若い妃殿下にとってきわめて重要な」事柄について話ができることを喜んだ。そしてデュ・バリー夫人は、王太子妃の側近に加わるという光栄に浴している貴婦人たち、特にランジャック侯夫人が、どうして王太子妃が「時代遅れで、妃殿下のような魅惑的なお顔立ちとの調和を欠いた」ヘアスタイルで宮廷に現れるような事態を許しているのか、理解できない、と言ったのである。

これは、特に新しい話ではなかった。宮廷の貴婦人たちはすでに、マリー＝アントワネットにレオナールを側近に加えるよう勧めていたのだが、たいそう気に入っていた髪結いを王太子妃は替えたくなかったのである。デュ・バリー夫人は「よい趣味の王国における美徳とは、その変わりやすさにのみ忠実であること」だと説いた。ヴェルサイユでは、変化こそが人生を引き立てる香辛料なのだということを理解した王太子妃は、伯爵夫人の忠告を聞き入れることにした。レオナールが劇場で生み出した数々の作品で成功したことは十分わかっていた。あの忠実なラルセヌールには年金をたっぷり与えて引退してもらい、レオナールを新しい髪結いとして雇おう。そして王太子妃はまさにその晩、レオナールに髪を結わせることにしたのだった。

マリー＝アントワネットが衝動的に髪結いを交換したのには――ほのめかした女性が誰かは別として――いくつか理由があったのかもしれない。ラルセヌールは、王太子妃の母親マリア・テレジアが、マリー＝アントワネットの髪をフランス風に結うためオーストリアに呼び寄せた髪結いである。この髪結いに満足したからこそ、マリア・テレジアはラルセヌールを娘と一緒にフランスへ送り返し、宮廷での娘の髪の面倒を見させたのだ。だが、この頃までにマリー＝アントワネットは宮廷の厳格な規則に反抗するようになっていて、母親から次々と叱責の手紙が来るほどだった。レオナールを雇い入れたのは、王太子妃の反抗心の表れだったのだろう。

また、王のお気に入りであるデュ・バリー夫人を鼻であしらう新しい方法を見つけた、というのもある。才能ある新しい髪結いをデュ・バリー夫人から取り上げてしまうのだ。しかしここで疑問が生まれる。デュ・バリー夫人は自分が後押しする人間をなぜわざわざ王太子妃に提供しようと思い立ったのか？　王のお気に入りにとって、宮廷での自分の優位と王の寵愛が続くことも大切だったには違いないが、おそらく自分の将来についても考えたのだろう。ルイ十五世亡き後はマリー＝アントワネットがフランス王妃となり、宮廷でのデュ・バリー夫人の地位が危うくなることは確かなのだ。デュ・

バリー夫人は、自分が後援している人物を受け入れてもらえるのは言葉では表せないほどうれしいと述べ、レオナールは王太子妃の側近の新しい一員として申し分ないとつけ加えた。現実は皮肉だ。マリー＝アントワネットはレオナールを取り上げることでデュ・バリー夫人をひどい目に遭わせていると思っている。それに対してデュ・バリー夫人のほうでは、レオナールを渡すことで王妃に取り入っていると感じている。フランスの宮廷では、策略がこのように複雑にねじれることはめずらしくない。

とはいっても、この取り決めは関係者すべてにとって有益に思えた。そして、今やフランスで最も有名な髪に近づく許しを得たレオナールこそ、一番おいしい部分にありついた人物なのである。

◉

翌日正午、マリー＝アントワネットとの謁見のために、ランジャック侯夫人はレオナールを連れてヴェルサイユを訪れた。ふたりは、今では王太子妃の寝室付き第一侍女となったカンパン夫人に迎えられた。マリー＝アントワネットはお召し替え中で、義理の姉にあたるプロヴァンス伯爵夫人が王太子妃の髪を誤って崩してしまったところだった。

「まあ、お義姉様ったら」マリー＝アントワネットは笑いながら言った。「もう一度、髪を結い直さなくては」

マリー＝アントワネットは毎日の日課が大嫌いだったので、これはきっとノアイユ伯夫人へのあてつけだったに違いない。王太子妃の髪を整えるには、まず王太子妃の両の手が女官長によって清められ、それから寝室付き第一侍女によって水気が拭き取られる。次に、凝った刺繍の寝巻きから、もっとシンプルな昼用の肌着への着替えが行なわれる。新しい肌着を差し出すのはノアイユ伯夫人の特権だった。

マリー＝アントワネットは、まだくすくす笑いながら鏡の前の椅子にどさりと身を投げ出し、こう言った。「ノアイユ伯夫人、未来のフランス王妃は自分の廷臣たちの前に乱れた髪で現れなければいけないと、礼儀作法で決められていないとよいのですが。この件に関してももし私の希望を述べることが許されるのでしたら、髪を整えさせたく思います」[9]

数分後、カンパン夫人が入室し、告げた。「妃殿下、髪結いレオナールが控えの間に参っております」

「あら、呼んできてちょうだい、カンパン夫人」。王太子妃は、レオナールの折りよい到着がまるで偶然であるかのように言った。

「さあ、皆さん」マリー＝アントワネットは続けた。「半神《ドゥミ・デュー》のお出ましですよ。レオナールは今や、ファッション界では『髪型の神様《ル・デュー・デ・コワフュール》』と呼ばれているのですからね」

「レオナールですって！」ノアイユ伯夫人が叫んだ。「この部屋では女性以外の者のお世話をお受けになることが許されていないのを、妃殿下はお忘れなのですか？」

「許されていないですって！」マリー＝アントワネットは言葉を返した。「未来のフランス王妃が、男にしろ女にしろ髪結いを雇うのに臣下の許可を求めなければならないものなのか、見せてあげましょう！」

ドアが開き、カンパン夫人がレオナールを連れて入ってきた。「さあ、皆さん」マリー＝アントワネットは続けた。「広間で待っていてくださいね」。ノアイユ伯夫人の取り澄ました唇が開こうとするのを見て、王太子妃はすばやく付け加えた。「お作法係と寝室付き侍女たちはここに残ってよろしい」

王太子妃は寝椅子に半分寝そべって座り、当時多くの著述家たちがたびたび強調した、高貴さと軽薄さが入り混じったあの独特な眼差しを投げかけた。

王太子妃は髪結いに微笑みかけると同時に、あなたの髪結いとしての評判はすでにここに届いていますと言った。それからひとつ質問をしたが、それは、王太子妃が宮廷での自分の地位について周囲が思うよりもよく理解していることを示すものだった。「レオナール、自分の評判を保つのは、時に非常に難しいものだということをご存じかしら?」

「妃殿下、これだけはお約束いたします」レオナールは答えた。「私は、私の評判を保つために、懸命に努力いたします!」

秋も終わりに近づいており、帽子なしで外に出ては風邪を引く恐れがあった。マリー=アントワネットは庭園の外気の中を散策するのが大好きだったが、これは派手すぎる、あれは地味すぎるなどと言って帽子《ボネ》を被るのを嫌がった。王太子妃は自分の顔がよく見えるようにと、散歩の途中でたびたび帽子を取ったので、本当の理由は自分の美しさを見せつけたかっただけなのかもしれない。レオナールはあるアイディアを思いつき、「いける」と思った。帽子《ボネ》の代わりに、薄い絹の端切れを芸術的に髪に絡ませてはどうだろうか?

「私の髪結い道具を!」王太子妃は、突然、大声で命じた。小姓が足早に部屋を出ていき、侍女のランジャック侯夫人とレオナールが、マリー=アントワネットに続いて王太子妃専用の化粧室に入った。王太子妃はきっと、レオナールの手が初めて自分の額に置かれたとき、それが宮廷付き髪結いラルセヌールの手と比べて驚くほど軽いことに気づいただろう。レオナールはお付きの女性たちのほうに振り返り、欲しいのはただ紗《しゃ》の布きれ一枚だと言って皆を驚かせた。

髪が結い上がると、「とても美しいと妃殿下はお思いになった」とレオナールは日記に記している。

王太子妃は満足の証にその美しい両手を何度かぱちぱちと叩き、あなたは才能があるだけでなく芸術家ねとレオナールに言った。この瞬間、レオナールはもう将来について心配する必要はなくなった。今やレオナールは王太子妃のものだからである。王太子妃は、たとえ自分の一番仲のよい友人に頼まれてもあなたを「貸す」だけに留めることにすると約束した（これにはもちろん、レオナールを最初に連れてきてくれた王の愛妾は含まれていない）。

男性であるレオナールがマリー＝アントワネットの内殿に入ることができたのは、「起床《ルヴェ》」と呼ばれる朝の儀式に王太子妃が変更を加えたおかげだった。王太子妃は毎朝決まって、お付きの者たちに手を添えられながらベッドから出る。身分の高い婦人たちがドレスを選び、誰が王太子妃のお召し替えをするのかを決める。その後、王太子妃の髪が結われ、細心の注意を払って化粧が施される。[10]

だがこの儀式を簡略化するため、王太子妃は最初に髪をとかせることにし、身分の高い婦人に着付けをさせるのではなく、侍女を連れて内殿に移動した。これは貴婦人たちの気分を大いに害した。宮廷用のドレスで正装したまま、寝室に放っておかれるからだ。こうして王太子妃は、貴婦人たちからじろじろと見られることなく心安らかに着替えをし、新しい「芸術家」の手助けとアドバイスを受けながら自分でドレスや髪型を選ぶことができるようになった。

実際のところ、王太子妃は朝の儀式を変えざるを得なかった。それまでのしきたりでは、レオナールは王太子妃の寝室に入れてもらえることは決してなかっただろう。また、そういう宮廷の末席にいる者が、その「技能」を宮殿の外で発揮することも禁じられていた。しかしマリー＝アントワネットは、レオナールの創作力がヴェルサイユの「百歳を過ぎた年寄りに囲まれて田舎臭くなる」ことを心配し、自分のお気に入りの髪結いが引き続きパリの女性たちの髪も結うようにと、後に主張してさえいる。ノアイユ伯爵夫人をはじめとする宮廷作法の信奉者が、どれだけ怒《いか》りに身を震わせたことか！だがそれは、レオナールの名声をますます高めることにつながった。パリの貴婦人たちは王太子妃マリー＝アントワネットの髪結いに髪を整えてもらうため、何時間も並んで待つようになったのである。

王太子妃がレオナールの成功に祝いの言葉を述べているところへ（そしてレオナールがあふれんばかりの感謝を捧げていたところへ）、王太子ルイが弟のプロヴァンス伯爵とともに化粧室に入ってきた。レオナールはこのふたりの王子を初めて間近で見た。それまでレオナールは、一番下の弟王子、アルトワ伯爵が庭園の花壇の上を跳び越えて花をつぶしたのを目にしたことがあるだけだった。庭師たちはおこっていたが、王子に向かっては微笑むしかなかった。

ルイは十七歳になったばかりだった。背は高めで細身、脚は形よく、太腿は短く、そして頭は両肩の間にずんぐりと沈んでいた。顔立ちは威厳がないわけではなかったが、絶えず瞬きをする癖があって、王子としての外見を台無しにしていた。立ち居振る舞いはどこか品がなく、声の調子はぶっきら棒で、話し方は平凡だった。ひどく衝動的なところがあったが、自分の行動を反省する余裕ができると、誰にもできないくらい即座に過ちを認めて詫びるのだった。しかし時が経つにつれ、年齢が王太子の気性を大きく変えた。誤って弱さと取られかねないやさしさは、最終的には王太子の大きな特徴となった。

プロヴァンス伯爵は、兄の王太子よりひとつ年下だった。年齢のわりにどっしりとした体つきで、歩くというより転がっているようだった。この頃でさえ、この並外れて大柄な人物を馬に乗せるのには巻き上げ機が必要になると容易に予測できただろう。体は両脚の上でやっと支えられているという感じだったが、目は魅力的で、眼差しには機知《ウィット》があり、意地が悪そうに微笑む。きわめて口下手ながらも態度は尊大だった。マリー＝アントワネットはふたりの兄弟に駆け寄って出迎え、新しいヘアスタイルを見せびらかしながら、新任の髪結いを紹介した。レオナールは彼らに深々とお辞儀をしたが、王太子はばかにしたようにこう言った。「ああ、こいつが例の髪結いだな？」

王太子はレオナールに言った。「むしろフランス衛兵隊で働いてもらいたいものだ。鏝《こて》を扱うよりずっと名誉なことだし、敵に櫛の一撃《クー・ド・ペーニュ》、つまりガツンと一発お見舞いできるぞ」。王太子は、自分の言った洒落がおかしくて笑い出した。

レオナールは面白くなかったが、世の中の仕組みはわかっていた。おそらく、王太子妃の使用人としての地位がかかっているのだ。それに未来の国王の好意を得るには、今の冗談には応えないのが一番だ――少なくとも、真のガスコン人がするようには。伯爵は、流行に関する兄の無教養を詫びた。王太子妃の髪型をなかなか魅力的だと言い、フランス衛兵隊ではなく王太子妃の化粧室で働いていることをほめたたえた。

王太子妃の髪に使われたピンクの紗は、レオナールのキャリアの第一歩となったあの妖精の髪型とはまったく違ったセンセーションを巻き起こした。この薄絹は詩にも散文にも取り上げられ、パリの売れない吟遊詩人にとって大当たりの題材となった。歌や調子のよい詩がいくつも生まれ、レオナールは自分の栄光が詩人による賛辞で輝くのを見た。パリやヴェルサイユの何百人もの貴婦人たちが一度にレオナールを訪ねてきたが、レオナールはいつも王太子妃に呼ばれて留守だった。宮廷の誰に対してもそうなのだが、王太子妃は、自分の身支度《トワレット》については何でもレオナールの好みを知りたがった。自分のリボンや、花や、羽根飾りや、宝石類を、レオナールの意見を聞かないうちは決めないことも多かった。

若き王太子妃の心酔が、レオナールの評判を決定的なものにした。侯爵夫人や伯爵夫人、公爵夫人などが金に糸目をつけずにレオナールに来てほしがったが、本人はどの依頼にも応えるのはかなり難しいと感じていた。何しろ、マリー＝アントワネットが一日中ひっきりなしに使者を寄越すのだ。しかもレオナールは、宮殿の上階の狭い部屋に強制的に移らされていた。ほとんど隔離されたような状態で、王太子妃の許可なくレオナールが外出しないよう、ドアの前に近衛兵が歩哨に立ってもおかしくないような状況だった。

おそらくこの名誉は重すぎたのだろう。まもなくするとレオナールは、マリー＝アントワネットの好意の上にのみ成り立った成功にうんざりしてしまう。最近の歴史的研究によれば、王太子妃の好意には気まぐれな面があった。レオナールは、王太子妃の「寝室付き従者《ヴァレ・ド・シャンブル》」という誰もがうらやむ地位を与えられたものの、一度でも王太子妃の機嫌を損ねたら簡単にお払い箱になることは理解していた。「すべての財産を一隻の船に乗せてはいけない」とレオナールは日記に書いている。「今のところ引き受けられないでいる各地の客からの依頼に応えられるよう、なんとかしてみよう」

その頃レオナールは、パリやヴェルサイユの貴婦人たちからもたらされる、サロンや私室《ブドワール》に来てほしいという依頼に十分に応じることができなくなっていた。おそらく、フレモンや劇場の友人たちのことも恋しくなっていたのだろう。結局のところ、レオナールがトップに昇り詰めるために最も大事な役割を演じてくれたのはフレモンなのだ。この旧友を頼りにしてもよいことがわかっていたレオナールは、ペンを取った。

親愛なるフレモン

ぼくは、栄誉と評判という重荷の下でへたりそうになっている。君が助けに来てくれなければ、つぶれてしまうだろう。だから急いでくれ。ぼくは去年カフェ・プロコプで君にした約束を実現できる立場にいる。早く来てくれ。名誉、金、そしてその他のおまけも、兄弟同様に分かち合おう。急げ。ぼくの学校を出た髪結いは、必ずやぼくの幸運の翼に便乗して、成功の頂点に達するだろう。明日、昼食を一緒に取ろう。正午に自宅にいる。

翌日、フレモンは約束の時間にヴェルサイユ宮殿に到着した。それからふたりは新しい協定の基本部分を取り決めた。責任だけでなく、富や名声もフレモンが共有する、一種の提携関係である。友情だけが証人だった。何の書面もなく、おいしい昼食だけで締結されたふたりの騎士道的な契約は、以後誠実に履行されたのだった。

この新しい提携関係は旧知の友人に報いるために結ばれたのだろうか、あるいは、差し迫った問題を解決しようという魂胆だったのだろうか？　正式に髪結いの肩書きを持つには（フレモンがそれを持っていることをレオナールは知っていた）、レオナールは、法律で必修とされた四年間の見習い期間のほかに、研修費として四十リーヴル、肩書きのために三百リーヴル、免許のために三千リーヴルという、途方もなく高額な費用を払わなければならなかったのだ。

宮殿で午餐を取りながら、レオナールとフレモンは何時間も語り合った。料理は手際よく準備され、レオナール専属の召し使いが給仕を務めた。ワインはすばらしかった。王太子妃のお気に入りの髪結い兼デュ・バリー夫人の親しい友人として、レオナールは、ヴェルサイユの厨房や地下の酒倉の責任者たちと仲がよかったのだ。

「幸福ってやつは、ほとんどいつも酔っぱらっているものさ」とレオナールは言った。「もう有頂天になってしまって、たいていは節度なんて飛び越えてどこかへ行ってしまうんだ」。レオナールもフレモンも普段はあまり飲みすぎることはないのだが、その日はあまりに興奮してしまって、頭が「気化したアルコールで満杯になっていた」。相棒にグラスを上げながら、レオナールは乾杯の音頭を取った。「世界で一番と二番の髪結いに。フランスこそ世界の首都であり、ルイ十五世こそヨーロッパ一の君主だ。ぼくは、その王の一番の姫君の髪を結う、そして君はぼくの副官だ！」

　けたたましい呼び鈴の音が、レオナールのとりとめもないおしゃべりを中断した。召し使いがドアを開けると、王太子妃の従僕のひとりが立っていた。「王太子妃殿下が、ただちにおいでいただきたいとのことです。妃殿下は今夜、オペラを観にお出かけになります」。従僕がそう言う間、レオナールは目の前の家具がぐらぐらと揺れているように感じていた。これは雷に打たれるよりも大きな衝撃だ。こんな状態でどうやってオペラ観劇にふさわしい正装用の髪が結えるだろう？　レオナールは「才能の妨げになるどころか詩的インスピレーションを与えてくれる、あの酩酊の初期状態をとうに超えて」酔っぱらっていた。

　同じく不安になったフレモンが、コーヒーを二、三杯飲むといいと言うので、レオナールはそうした。足がしゃんとして、頭もはっきりしてくると、まわりのものがいくらか普通に見えるようになった。レオナールは「ぼくらの運命が危機に瀕している。この危険な冒険がぼくらとその夢を簡単につぶしてしまうことになるかもしれない」と言い置いて出かけた。

　レオナールは、酔っ払いに特有の自信に満ちて王太子妃の居殿に入ったが、マリー＝アントワネットはレオナールの状態に気づかないようだった。コーヒーがすばやく効いて、顔の赤味も消えていた。

魔法を呼び起こすべくゆっくりと王太子妃の髪を分ける間ずっと、レオナールはこめかみの痛みと闘った。王太子妃は突然の呼び出しについて詫びるかのように、今夜は外出する予定はなかったのだが、スウェーデンの王太子殿下とその弟君が突然ヴェルサイユに到着したのだと説明した。一同はその晩オペラを観に行く予定で、ルイ十五世から王太子妃も同席するようにとの伝言があったのだ。国王の望みを断るわけにもいかず、ひどく退屈なパリへ遠出することにしたという。ただし、マリー＝アントワネットは多少大げさに困ったふりをしていたのかもしれない。王太子妃がスウェーデンの貴公子フェルゼンに熱を上げていることはよく知られていた。

レオナールの狼狽は、インスピレーションへと変身しつつあった。すでにひとつのアイディアで頭はいっぱいだ。オペラに行くのに白い羽根飾りはいかがですか、とレオナールは提案した。王太子妃は、試してみるが、人の目を釘付けにするような仕上がりでなければならないと言った。レオナールはそれ以上は何も言わず、櫛を手にインスピレーションに身を任せた。一時間も経たないうちに、レオナールが作った巻き毛の塊の上には、三本の白いダチョウの羽が揺れていた。羽根飾りは頭の左側に、地毛で編んだロゼットの真ん中にしっかりと留められていた。真ん中に大きなルビーをつけて蝶結びにしたリボンが、その凝った髪型をまとめていた。

マリー＝アントワネットの高い額もすっかり隠す、この目を見張るような芸術作品はすばらしく本人に似合っていたが、最初の傑作だった紗の端切れとはまったく趣が異なっていた。それはもはや、それまでのレオナールの作品のようなコケティッシュな表現ではなかった。それどころか、王太子妃の威厳を感じさせるあらゆる特徴を引き立たせていた。レオナールは服の袖で鏡を拭うと、マリー＝

アントワネットに新しいヘアスタイルがよく見えるよう、高く掲げた。工夫を凝らしたこの髪型で、レオナールは、王太子妃の大人っぽさと高い地位を表現する方法を見つけたのだ。

王太子妃は黙って髪を細かく観察した。しばらくの間、眉をひそめていたので、なんだかがっかりしているように見えた。「完璧だし、みごとに考えられているけれど、おそろしく大胆ね」。だが、このしかめ面は一瞬のことで、王太子妃の顔はすぐにぱっと喜びに輝いた。「ああ、レオナール！　この髪、きっと高さが一メートルはあるわね！」

レオナールはこの髪型が思い切ったものであることは認めたが、翌日の晩までにもっと高さのある髪がパリ中で二百は誕生するだろうと請け合った。外国生まれではあるものの、マリー＝アントワネットは、ヴェルサイユやパリの社交界の流行を支配することで、ますますフランスの王太子妃らしくなりつつあった。臣民たちは、レオナールが生み出す凝ったヘアスタイルをひと目見ようと押し寄せ、まもなくレオナールの予言どおり、それを真似るために惜しみなく金をつぎこむようになるのである。

その夜帰宅すると、フレモンはレオナールのベッドに頭をもたせかけて寝入っていた。レオナールは肩を揺すって相棒を起こした。深い眠りから覚めたばかりのフレモンは、しどろもどろになりながら、あんなに酔っぱらって王室の仕事をして、何かとんでもない間違いをしでかさなかったかと心配した。ふたりともバスティーユに送られるのか？

レオナールは、ルイ十四世の宮廷だったら、きっと自分はあの作品のせいで縛り首になっただろうと認めた。ふたりとも絞首台に送られるのだと思ったフレモンは、たちまちすくみ上がった。レオナールが、王太子妃の頭は顎の下からてっぺんまで一メートル以上になったと言うと、フレモンは大声で叫んだ。「ぼくたち、終わりだよ！」

「いや、むしろ、『ぼくらは金持ちだ！』って言えよ」。レオナールは雄叫びをあげ、二年以内に億万長者になるぞと付け加えた。フレモンは、これほど自分の仕事に恍惚となっている人間を見たことがなかった。フレモンも、もし王太子妃が馬車に乗ったときに大階段の下にいることができたら、レオナールが王太子妃の頭上に建てたばかりの塔を垣間見ることができたはずだ。翌日には、パリ中の女性があのヘアスタイルを真似たがるだろう。そしてその要望に応じることができるのは、レオナールとフレモンだけなのである。

レオナールはフレモンに、一刻も無駄にしないようにと言った。富はすぐそこまで来ているのだ。フレモンは興奮のあまり飛びあがって帽子をつかむと、両腕を高く上げながら叫んだ。「レオナール、ぼくはもう行くからね！」

第4章

王妃とその民をとりこにする

一七七二年十月　フランス、ヴェルサイユ

陛下、新しい流行などございません。流行を作るには、陛下のお言葉があればよいのです。王妃様が流行を追われるのではございません。流行が王妃様に従うのです。

――ローズ・ベルタンがマリー＝アントワネットに（一七七二年、ヴェルサイユ）

ブルボン家の家系には、太くて見苦しい、召し使いよりも面白味のないことで知られる外国生まれの女性がたくさんいる。ルイ十四世時代の宮廷では、王女のひとりが侍女たちに「王太子妃殿下を見て。寝ているときも、起きているときと同じくらい醜くていらっしゃるわ」と言ったという。[1] また、サヴォア公女がルイ十五世の宮廷に初めて到着したときは、王は素っ気なく「じつに醜いのう」と言ったそうだ。[2] だが今や、ルイ十五世は有頂天だった。美しいオーストリアの姫君マリー＝アントワネットが、自分の宮廷を華やかに彩《いろど》っているのである。王太子妃の訪問があるたび、パリ市民も喜びのあまり熱に浮かされたようになった。王はこれに応えて、劇場に行くときは王に対する敬意の証は何であれ受けるように、と王太子夫妻に命じた。バスティーユから廃兵院《アンヴァリッド》にかけて砲声が響き渡り、劇場の入口と夫妻が座る桟敷の下にはスイス衛兵が配備された。

ルイとマリー＝アントワネットが登場して貴賓席を飾ると、常連客の喜びようは傍目にもわかるほどだった。特に俳優たちは、王太子妃の列席に大いに感謝していた。劇場の作法によれば、王室臨席の際の拍手はいかなる公演においても禁止だったのだが、王太子妃がとうとうそれを変えてしまったのである。王太子妃が合図すると、観客全員が熱狂のうちに立ち上がった。マリー＝アントワネットが高さ一メートル以上もあるレオナールの大胆な傑作を頭に乗せていた晩などは、メインフロア後方にある立ち見用の平土間の客たちが互いに踏みつけ合う始末だった。レオナールは、ガスコーニュ式の大げさぶりで、肋骨の骨折が二件、腕の脱臼三件、足首の捻挫が三件と報告している。本当にけが人が出たかどうかは別として、レオナールが――彼自身が予想したとおり――勝利を収めたのは確かであった。そしてレオナールの懐には、たちまち百フランが転がり込んできたのである。

さまざまな規制や、かつら職人組合への加入費用の支払いを避けるため、レオナールはフレモンと「アカデミー・ド・コワフュール［美容学校］」を始めることにし、まもなくショセ＝ダンタン通りに開校した。この学校はパリの最上流家庭の従者や侍女が対象で、有名な女優のギマール嬢や貴族たちの屋敷にも遠くない、パリの上品な地区への入口にあった。気位の高い貴婦人たちは自分の髪を、レオナールが自称するところの「美容モード・アカデミー会員」に結ってもらいたがった。特別な催しのある晩（あるいはその日の朝）、彼女たちはレオナールの手に身を委ね、何時間もまっすぐに座っては、彼のすばらしい作品が崩れないように努力した。それはもはや芸術作品と見なされていたのだ。[3]

学校設立という巧みなアイディアが功を奏して、レオナールはパミエから弟のピエールとジャン＝フランソワを呼び寄せることができ、一緒に櫛を手にするようになった。三人は事実上「レオナール社」を創業したのである。兄の名声を利用するため、ピエールとジャン＝フランソワも「レオナール」

と名乗った。のちに歴史学者たちを悩ませたことに、この三人は洗礼名、もしくはヴェルサイユでの役職名でしか区別がつかなかった。マリー＝アントワネットの使用人には「かつら屋兼風呂屋兼サウナ屋」がひとりしかおらず、あらゆる個人用の衛生用品の供給や、王太子妃の入浴や身支度の管理を請け負っていた。この人気ある地位は金で買われるのが慣習だったが、組合で研修を受けた会員でなければならなかった。王太子妃の使用人にはまた、第一髪結いであるレオナールと、日々の御用のための髪結いがふたり、つまり弟のジャン＝フランソワと従弟のヴィラヌーがいた。オーティエ兄弟の三人目のピエールは、国王の妹エリザベートに仕えていた。[4]

ずっと後の一八四七年にパリで上演された劇『かつら屋のレオナール』によれば、レオナールはこの時期にはすでに結婚していた。だが、レオナールの回想録はこの結婚についてほとんど触れていない。[5]貴族のお古を身に着け、顧客の家には六頭立ての馬車で乗り付けていたレオナールは、自分のイメージを気にしていたことだろう。当然、日記の中で自分の妻——下働きの娘——の話はしたくなかったに違いない。この妻は、パリに着いたばかりの頃に暮らしたノワイエ通りの古ぼけた部屋のように、自分の人生から消し去ってしまいたい体裁の悪い存在だったのである。このように妻の存在を無視するのはめずらしいことではなかった。当時の結婚は、愛とは別の理由で行なわれていたからだ。便宜的な結婚で結びついた夫婦は、初めはどうあれ、まもなく仲たがいすることが多い。結婚において、感情や愛情はほとんど意味を持たなかった。既婚男性が妾を持ち、既婚女性が目立たないように愛人を持つのは普通のこととして認められていたのである。

レオナールの妻マリー＝ルイーズ・ジャコビーは、ヴェルサイユの厨房助手ジャック・マラクリダの娘だった。*国王の使用人の娘と結婚することは、王室での地位を確保するためのレオナールの策略のひとつだったのかもしれない。夫婦には共通の関心があった(マリー＝ルイーズも女優だった)が、ふたりが恋愛関係にあったかどうかは疑わしい。成功しはじめたレオナールが、いろいろと噂されないよう身を固めるのが最善と思った可能性もある。十八世紀には、男がいつまでも独身でいると性的趣味や能力を疑われて眉をひそめられたのである。

＊　マリー＝ルイーズは「優美な三人娘」と言われた三人姉妹の二番目だった。一番上のカロリーヌはコメディ・イタリアン座の人気女優カルリーヌとして知られ、オペラ座のダンサー、ニヴルーと結婚した。一番下はクインシー夫人となった。この姉妹は従姉でフランスの有名な高級売春婦デュテ嬢とたびたび一緒に姿を現した。

マリー＝ルイーズが結婚した理由は、これとは違ったようだ。十八世紀のフランスでは、貴族の女性は愛や幸福のために結婚することができたが、身分の低い女性が結婚するのは家計の安定のためだった。マリー＝ルイーズが結婚したのは子供たちのパンを確保するためで、レオナールにはその手段があった。結婚証書発行の記録はないが、教会の記録によれば、一七八一年六月、レオナール・アレクシス・オーティエとマリー＝ルイーズ・ジャコビー・マラクリダの間には、娘のマリー＝アンヌ・エリザベートが誕生している。[6]

◉

「私の幸せの予感は実現されつつある」とレオナールは記した。「マリー＝アントワネットのピラミッドのようにそびえ立つ髪は、劇場に熱狂の嵐を巻き起こした!」。王太子妃のヘアスタイルのおかげでレオナールが歌劇場で輝かしい勝利を収めた一週間後、見知らぬ貴婦人がヴェルサイユ宮の住まいにやってきて、レオナール本人と話したいと言った。玄関で応対した下男によると、それは「若く、美しく、とびきりお洒落な女性だった」。レオナールがこの見知らぬ訪問者に会うため急いで出ていくと、ふっくらとやさしそうな顔をした魅力的な女性がいた。自分自身か身内のために仕事の依頼に来たのだろう、とレオナールは思った。最近のレオナールの評判を考えると、その可能性は十分にあった。そしてそれは、あながち間違いではなかった。

その若い女性は暖かい暖炉のそばに座ると、レオナール曰く「世界で一番かわいらしい足を片方」見せた。レオナールがのちに書いた手記によると「足のかわいらしい女性の言うことには、男はいつでも好意的に耳を傾ける」[7]。女性はすぐに、自分はコンティ公妃とシャルトル公爵夫人の後援を受けているローズ・ベルタンだと名乗った。そして、才能ある帽子屋《モディスト》、つまり婦人帽と装身具のデザイナーとして、公妃と公爵夫人がマリー＝アントワネットに紹介してくれるはずだったのだが、まだ実現していないと言った。王太子妃の支度に関して高い評価を受けているレオナールに助力を求めにきたのである。

レオナールは、ベルタン嬢の才能のことはよく耳にしていた。デュ・バリー夫人の「クチュリエ」つまりファッションデザイナーであり、サン＝トノレ通りに高級店をかまえ、外国から取り寄せた最高級の生地やレースを扱っている。レオナールは、喜んで王太子妃に推薦してあげようと答えた。レオナールの真意は親切心だけではない。宮廷での流行がいかに気まぐれで長続きしないものか、身にしみてわかっていたからだ。ローズ・ベルタン嬢はいずれ自分自身の役に立つかもしれない。この帽子屋の才能と趣味のよさがわかっていたレオナールは、それに賭けてみることにしたのである。

男性の部屋に付き添いもなく長居しているのが気まずくなったベルタン嬢は礼を言って辞し、レオナールはベルタン嬢を丁重に階段まで送った。本当にベルタン嬢の役に立てるかはレオナールにも定かでなかったかもしれないが、機会はその晩のうちにやってきた。マリー＝アントワネットから、例の薄絹を巻き込んだ髪にしてほしいと依頼があったのだ。あれにするとコケティッシュに見えるからと言う。

レオナールは、こうしたスタイルにはさまざまな極上の生地が注文できれば一番よいのですが、と提案した。新しい髪型が浮かんでいるのだが、それには白糸や、色とりどりの糸、それに金糸銀糸でそれぞれ刺繡されている麻とモスリンが必要だ。それから、たとえばヴァレンシア製やメヘレン［ベルギーの都市］製の美しいレースも欲しい。そういったものを全部そろえられるのは誰かといえば、たったひとりしか思い浮かばない。

「ローズ・ベルタン嬢ね！」マリー＝アントワネットは言った。「よく言ってくれたわ。今思い出したけれど、シャルトル公爵夫人がベルタン嬢のことを話していたのよ」。王太子妃はノアイユ伯夫人のほうを振り返ると、ローズ嬢に使いを出すよう言った。ヴェルサイユに至急来られたし。王太子妃はレオナールに、帽子屋が来るとき臨席するようにと言った。

一時間と経たないうちにローズ嬢が到着し、宮廷の礼儀作法と慣習に従って部屋まで案内されてきた。レオナールはできるかぎり目立たないようにしていた。王室のお仕着せを着た従僕が四人、箱を山のように抱えて若い帽子屋の後から付いてきた。

「マドモワゼル」マリー＝アントワネットは言った。「最新流行のものをお持ちいただけて？」

「いいえ、陛下」ローズ嬢は言った。「私は陛下のご注文にお応えできる生地を持ってまいりました」

「流行の見本を持ってくるように言われなかったのですか？」マリー＝アントワネットは、驚いて尋ねた。

「陛下、新しい流行などございません」ベルタンは言った。「流行を作るには、陛下のお言葉があればよいのです。王妃様が流行を追われるのではございません。流行が王妃様に従うのです」[8]。マリー＝アントワネットがこの言葉をどれほど真剣に受け止めたのかはわからないが、この帽子屋が王太子妃のパリでの影響力を知り尽くしていたことは明らかである。ローズ嬢は化粧室の隅にレオナールがいることに気づくとやさしく微笑んだ。次の週、ベルタン嬢は二万フランを上まわる価格の生地と装身具を宮廷に納品した。帽子屋はこうしてマリー＝アントワネットの宮廷で重要な役割を確保し、その名はまもなくレオナールのそれと同じくらい有名になるのであった。

人気者の王太子妃の威光は、多くの新進芸術家に富と名声を保証していることでも有名だった。ある廷臣は書いている。「王太子妃様の若々しさ、お顔、お姿はすべての人の心をとりこにし、熱狂させてしまう」[9]。王太子妃は実際、国中のアイドルであり、その影響力は非常に大きかった。レオナールもローズ嬢も、ほとんど魔法のように、ひと晩で有名人になってしまった。

ローズ・ベルタン嬢は、自分と王族を隔てている天地の差ほどの距離をつねに意識していた。彼女は一七六〇年、十六歳という年齢で両親の跡を継ぐべくパリへ修行に出された。「トレ・ギャラン」という帽子店に勤め、そこで存分に才能を発揮したおかげで、一七七九年十月に自分の店「グラン・モーグル」を開くことができた[10]。

一七七二年三月、ローズ嬢は王太子ルイの従兄シャルトル公（のちのオルレアン公）に紹介されるが、このシャルトル公がローズの若い美しさに夢中になってしまう。そしてローズに、今の愛人と替わってもらえるなら、美しい家具付きの家に馬と馬車、そしてダイヤモンドも与えると言った。誇り高い帽子屋のローズ・ベルタン嬢は、公爵の贅沢な生き方より「美徳を大切にしたい」と答えてこれを断る。ほんの無邪気さから出た言葉だったのだが、それからひどいいやがらせと侮辱の日々が始まり、それは王太子妃の宮廷に移っても続いたのだった。

レオナールは、まもなくこのいやらしい「血縁の王族《ブランス・デュ・サン》」に、きわめて異様な状況で出会うことになる。[11] 血縁の王族というのは、伝統的に王の息子、伯父、甥、従兄弟を指す。つまり、同じ君主の子孫たちだ。シャルトル公はオルレアン家の出なので、ブルボン家の王にとって直近の血族ではない。だがルイ十四世の子孫なので、王太子ルイやその弟たちに世継ぎが生まれずにブルボン家が絶えるようなことになれば、王位を継ぐのはシャルトル公だ。宮廷での公爵の地位は、王の近親者の次に高かった。シャルトル公がつねにブルボン家の悪口を言い、マリー＝アントワネットを嫌っていたのは、おそらくこうした理由からだろう。公爵が王の退位を企んでいるという話はただの噂ではあったものの、国王の敵だったことは確かであり、シャルトル公はのちに反王党派の指導者となった。[12] 後年、将来従弟となるルイ十六世の裁判で死刑に賛成さえするのである。

多くの私生児を持つ有名な女たらしのシャルトル公は、ローズの拒絶を認めずに追いかけ続けた。彼女は、まもなく公爵（あるいはその手先）と出会わずには一歩も出歩けなくなる。シャルトル公爵夫人がローズの保護者になり、毎日夫人に呼ばれるようになると、状況は耐えがたいものになった。ローズ嬢が訪ねていくと公爵が必ず妻の部屋にいるので、ひそかにささやかれる誘いの言葉に聞こえないふりをし、握られそうになる手をその都度すばやく引っ込めなければならなかった。ローズ嬢にとって、それは我慢の限界といえるほどの苦しい状況だった。

たまたま（あるいは神のご意志か）、ある晩ローズ嬢が後援者のひとりであるウッソン伯爵夫人の客間に着いたばかりのところへ、シャルトル公爵の来訪が告げられた。公爵は椅子に掛けたが、ローズ嬢には気づかないふりをしていた。これは、こうした集まりでの公爵のお遊びなのである。自分にとってチャンスだと考えたローズは、自分も肘掛け椅子に座ったまま立ち上がるのを拒否した。これは、細かく序列が決まっている階級社会ではあからさまな侮辱だった。

王族に対するローズの厚かましさにショックを受け、ウッソン伯夫人はローズに立ち上がるよう合図した。ローズが拒否すると伯爵夫人は小さく咳き込み始め、咳は次第に大きくなった。だがローズは依然として動こうとしない。ついに業を煮やしたウッソン伯夫人はローズを叱りつけ、殿下の御前であることを忘れたのかと問いただした。

「いいえ、伯爵夫人」ローズは言った。「もちろん、忘れてはおりません」

「それでは何故そのような振る舞いを?」

「ああ、伯爵夫人はご存じないのです。もし私が望めば、今夜私はシャルトル公爵夫人だったことを」。若い公爵は即座に顔色を変えたが、何も言わなかった。

「ええ、奥様」ローズ嬢は続けた。「私は、若くて貧しい女なら誰もが誘惑されそうな、ありとあらゆる申し出を受けました。それなのにお断りしたものですから、誘拐すると脅されているのです。ですから奥様方、かわいらしい帽子《ボネ》がいくつか足りなくなり、美しいドレスがひとつも出来上がってこず、そしてかわいそうなローズが消えてしまったとお聞きになりましたら、どうぞ殿下に行方をお尋ねになってくださいまし」

「どうお答えになりまして、モンセニュール?」伯爵夫人は尋ねた。

「なんということだ、伯爵夫人」動揺を隠しながら公爵は答えた。「反抗的な美女を征服するには、そうするしかないでしょう。人にはそれぞれ守らなければならない名誉がありますからね」

ローズ嬢が公爵に深々とお辞儀をすると、公爵は小さな声で言った。「あなたはまるで蛇のような人だ」

今や勝利を得た高潔なローズは、ウッソン伯爵夫人に暇乞いをし、部屋を出た。ローズは、もう二度と苦しめられることはないと確信していた。

◉

フランスに到着して以来ずっと、マリー=アントワネットが不真面目であり、特に王太子妃そして未来の王妃としての自分の地位についての配慮が欠けていたことは否定のしようがない。女官のひとりの訴えによれば、マリー=アントワネットはヴェルサイユに到着したその日から、「自分を制限しようとするいかなる状況からも逃れようと」し始めた。お付きの者の手助けなしで階段を下りたり、先導役のお供をはるか後ろに置き去りにして、取り巻きの宮廷の貴婦人ひとりかふたりと「ヴェルサイユの通りを走っていったり」する。宮殿ではすばらしい舞踏会が開かれると、マリー=アントワネットも喜んで出席するのだが、朝六時にならないと帰ってこない。それからミサにあずかり寝床に入るのだが、午後の二時まで寝ているものだから、午後の声楽やクラヴサンのレッスンには出ずじまい。

そのうえ、乗馬は姫君にはふさわしくないにもかかわらず、「こうした乱暴な運動」をすることに関しては絶対に譲らなかった。国王はかなり譲歩したものの、馬だけは認めなかった――王太子妃が乗ってよいのはせいぜいが驢馬だけだというのだ。ある午後、王太子妃は近くの森で取り巻きの貴婦人たちと驢馬に乗っている最中、笑いをこらえようとするあまり鞍から滑り落ちてしまった。ところが、お付きの者たちは王太子妃を助け起こすことができない。規範とすべき礼儀作法がないからだ。王太子妃は草の上に座ったまま放って置かれた。驢馬に乗ることについて宮廷での先例がないことも承知のうえで、マリー＝アントワネットは驢馬に乗り続けたが、本物の馬への思いはますます募った。[13]オールドミスの義理の叔母たちはマリー＝アントワネットを軽蔑していたが、彼女たちは王太子妃を喜ばせるためか、はたまた何か魂胆があってのことか、森の中に驢馬から乗り換えるための馬を用意させた。マリー＝アントワネットの母であるオーストリアの女帝はウィーンでこの知らせを聞くと啞然とし、ただちに娘に手紙を書いて叱責した。「乗馬は肌の色を悪くさせ、しまいには体形が崩れ、太ります」。なんとも信じがたいことだが、運動は当時、肥満の原因になると考えられていたのである。さらに悪いことに、王太子妃はどうやら馬にまたがって、つまり両脚を開いて乗っていたようで、その格好はどんな貴婦人にもふさわしくなかった——未来の王妃なら、なおさらである。

長年ヴェルサイユに住んだレオナールは、ほかの厳しい批評とはかなり違った王太子妃の姿を記録している。レオナールが見た王太子妃は、外国の宮廷にひとりやってきて、周囲の近しい人間、特に叔母たちのような義理の親戚の二枚舌にやすやすと影響されてしまう若い女性だった。絶え間ない噂、狩りと鍛冶場だけが生きがいの夫の無関心、そして厳格な礼儀作法について耳にするにつけ、レオナールは王太子妃の自由さ、そして「人生を楽しむ姿勢」をすばらしいと思っていた。王太子妃が私室で笑う声を聞くと、レオナールはいつもうれしくなった——「強要されたものではなく、まるで中流家庭で聞くような心からの」笑いだったからだ。

フランスに来て最初の何年か、王太子妃の私的な社交グループには女性しかいなかった。ただし、王太子ルイとその弟たちは例外で、定期的に王太子妃の居殿にやってきた。王太子は、たいてい居眠りしてしまう。弟のプロヴァンス伯爵は詩を暗誦したり即興で作ろうとしたりする。そして一番下の王弟アルトワ伯爵は、やかましくて人をばかにしてばかりの子供だった。この子供は、夕べの集まりの間ずっと義姉の取り巻きの貴婦人たちをからかったり、小姓たちに取っ組み合いや体操ごっこを挑んだりし、勝つと愉快そうに、だが見下したように小姓たちを蹴とばすのだった。

一七七二年、アルトワ伯は十五歳になった。背は高く、容姿は美しかった。評判によればかなりの女好きだったようで、義理の姉マリー＝アントワネットの美しさを臆面もなくほめたたえた。レオナールも、真面目だが冷たい夫と結婚している王太子妃は魅惑的な伯爵に無関心ではいられなかったと認めている。王妃の貞節に関するさまざまな中傷について、レオナールは聞かぬふりを決めこんでいたが、マリー＝アントワネットと義理の弟の間に何かあったことは明らかだった。

伯爵はフェートンと呼ばれる軽量馬車の操縦を練習中で、マリー＝アントワネットは御者の腕前をほとんど信用していなかったにもかかわらず、いつも一緒にそのスリリングな冒険に出かけた。門衛の脇をまんまと通り抜けられれば、ふたりで驢馬のレースや、カード賭博や、ヴェルサイユ庭園での夜中の散策などを楽しむことができる。まもなく、王太子妃はもうひとつの楽しみを見つけた――仮面舞踏会である。

ある日の午後、レオナールがマリー＝アントワネットの化粧室にいると、アルトワ伯が大はしゃぎで入ってきた。「わが美しき義姉上」アルトワ伯は言った。「今週の初め、私がどこへ出かけたかをぜひお話ししないといけません。そして皆の者、このことはわが兄、王太子には内密にするよう約束せよ」

マリー＝アントワネットは約束した。その新しい冒険談を聞きたくて仕方がなかったのだ。アルトワ伯が、これまで見たこともないようなすばらしくエキゾチックな仮面舞踏会に出かけたと言うと、王太子妃は夢中になった。ヴェルサイユの外のようすなど、王太子妃には知る術もない。夫はいつもそうした風変わりな催しについては聞く耳を持たず、ましてや連れていってなどくれなかった。

伯爵が女性たちの衣装や仮装ぶりを話すと、王太子妃はじっと聞いていた。月の女神《ディアーヌ》、美の女神《ヴェニュス》、羊飼い女、黒いドミノ［フードと目の部分を隠す仮面がついた仮面舞踏会用のマント］、鮮やかな花束、派手な色合いのリボン、輝くパイエット［スパンコール］、それに揺れる羽根飾り。数ある仮面舞踏会の中でも最先端を行くのはオペラ座で開かれるものだった。そこでは女性だけが仮面をつけることを許される。誘惑するのは女性で、男性から話しかけてはならない。そこにいる女性のほとんどが最上流家庭の婦人たちだが、この舞踏会では「束縛をかなぐり捨てる」ことが許されているのだ。ある仮面舞踏会の熱心な愛好者はこう書いている。

> 広間には温室からたくさんの宝物が運び込まれ、粋な紳士と淑女が、ほんのり赤く染まった薔薇やダリアの真ん中でお互いの耳元に愛をささやきあったり、歓喜に満ちた木立のそこかしこで憩ったりしている。［……］そのうえそこには興奮が、つまりめずらしい出来事、神秘的な雰囲気、危険な火遊びという刺激があって、女性にとってはたくさんの新しい楽しみを提供してくれるのである。[14]

マリー＝アントワネットはうっとりとして、すぐに侍女のミズリー夫人を外へ遣いに出した。生真面目な従者ミズリー夫人はただちに退室したが、このような悪巧みや軽薄な行動を知ったら、きっと眉をしかめたことだろう。ようやく自由に話ができるようになったマリー＝アントワネットは、「一週間以内に」仮面舞踏会に行きたいと伯爵に言った。

「きっとレオナールが手伝ってくれるわ」王太子妃は言った。「頭がよくて、気が利くもの。ベルタン嬢と一緒に衣装をそろえてくれるでしょう。彼女に頼めばテュイルリー宮でこっそり私の仮装を手伝ってくれるはずよ」

アルトワ伯爵は大喜びだったが、兄が反対するのではと心配だった。「あら、王太子様は九時にお休みになるのよ！」と王太子妃は答えた。

義弟は仮面舞踏会の手配を約束したが、レオナールが手伝うならという条件つきだった。レオナールは、アルトワ伯がこの計画にできるだけ関わりたくないのはよくわかっていたので、週の終わりまでに舞踏会を用意しますと約束した。有名なダンサー、ドーベルヴァルが次の土曜日の舞踏会の手配を手伝ってくれた。秘密の冒険が王太子や王族に見つからないよう、宮廷からは誰もお供してはいけない。

レオナールはまた、王太子妃の衣装についてベルタン嬢と打ち合わせをした。初めはグレーのドミノで登場、次の衣装はスイスの村娘にした。仮装用の衣装は、舞踏会当日の早いうちに、大至急用意したテュイルリー宮の部屋に運び込むことになった。

土曜の晩、夕食後に妻の部屋へやってきた王太子は、火のそばに肘掛け椅子を引き寄せてくつろいだ。マリー＝アントワネットは心配のあまり震えていたが、不安はまもなく治まった。夫は半時間ほど暖炉のそばで低く口笛を吹いていたが、ついにあくびをすると妻にお休みを言って自分の部屋へと帰っていったのだ。

真夜中の十五分前、マリー＝アントワネット、ランジャック侯夫人、アルトワ伯、レオナールは、テラスに面した小さなドアから宮殿を抜け出した。テュイルリー宮殿に到着すると、ベルタン嬢が助手ふたりと、凝った作りの衣装に最後の仕上げをしながら待っていた。舞踏会会場ではドーベルヴァルが三人の匿名の客を出迎えた。身元を明かさないように言われていたので、大声で到着を知らせることはしない。しかしこの秘密めいた行動が人々の好奇心を逆にかき立て、この謎の一行は、会場に入ったそのときから一挙手一投足が注目されるのだった。

マリー＝アントワネットとアルトワ伯は天にも昇る気持ちだった。ドミノの衣装は王太子妃をうまく隠していた。だが客の中に何人か、ランジャック侯爵夫人の身のこなしや振る舞い方をよく知っている人間がいた。特に魔術師の格好をした紳士は、それがランジャック夫人だと気づき、そのために一行の残りの素性も簡単にわかってしまった。魔術師がマリー＝アントワネットの手を引いて別の広間に連れ去ったと侯爵夫人が気づき、夫人から知らせを受けたアルトワ伯が気が狂ったように義姉を探し始めたが、もはや後の祭りだった。

隣の広間で王太子妃は、この魔術師は自分が誰なのかをよくわかっていることに気がついた。幸い、魔法使いが王太子妃の細い腰に腕をまわし、このうえなく情熱的な愛の告白をしている最中にレオナールが部屋に入ってきた。無礼な魔術師にまさに立ち向かおうとしたそのとき、魔術師の仲間がふたり、カーテンの後ろから棍棒を持って出てきた。本人の記述によると、レオナールは棍棒のうち一本をなんとか取り上げ、ふたりともこてんぱんにたたきのめしたという。実際に広間で何が起こったのかは、推測するしかない。

それからレオナールは魔術師のほうに向き直ったが、魔術師はうまいこと窓から飛び出してどこかに行ってしまった（だがその前に、節くれだった松の棒を二、三発お見舞いしておいた）。この魔術師との遭遇は口外無用ということになったが、レオナールは、その男がほかならぬシャルトル公爵であることを知っていた。したがってほんのわずかではあるが、ローズ・ベルタン嬢へのあの無礼なつきまとい行為に報復できたような気がした。後にレオナールは、あのとき自分が広間に入っていかなかったらと考えて震え上がった。この出来事は、レオナールの側《がわ》から見れば、無私無欲の武勇談とも取れるだろう。だが、公爵とその従者たちを攻撃したとなると、宮廷での立場はよくなるはずがなかった。

◉

仮面舞踏会は、マリー＝アントワネットのお気に入りの娯楽のほんのひとつである。王太子妃は音楽会やオペラ、観劇も大好きだった。ウィーンでの子供時代にはモーツァルトとクラヴサン［チェンバロの別名］を弾いたこともあるし、作曲家のグルックからレッスンも受けていた。演劇も大好きで、短い劇を自分の居殿で企画、上演していた（年老いた国王がとうとう禁止するまでは）。

王太子妃は、いったんパリの劇場の味を知ると足繁く通うようになり、フランスの女優たちはまもなく、王太子妃のこの新しい支援を非常にありがたく思うようになった。それまで二十年以上も劇場のアイドルだった美しいソフィー・アルヌーなどは、もはや観客を魅了する力を失ったと感じ、実際に野次ばかり浴びていたが、マリー＝アントワネットはそれを止めさせようと、この歌手に喝采を送ったのである。もっとも、王太子妃が列席していないとまた野次が飛び始めたのだが。

一七七三年の初め、新しい女優ランクール嬢がテアトル・フランセーズに大きなセンセーションを巻き起こした。ランクール嬢はそこで初舞台を踏んだばかりだったが、当時の報道によると「彗星のように輝いていた」という。ランジャック侯爵夫人も、この女優を大いにほめていた。劇を観てから数日間というもの、マリー＝アントワネットはひっきりなしにランクール嬢のことばかり話していた。しまいにはこの女優をヴェルサイユに連れてくるようにレオナールに命じている。この魅力的な新人女優は王太子妃に謁見して一時間もしないうちに退出したが、その際バッグには金貨五十枚が入っていた。

　残念なことに、この新しい「彗星」出現のためにランジャック侯爵夫人はマリー＝アントワネットのお気に入りの座から転げ落ちることになる。王太子妃はランクール嬢に大きな関心を示し、その非凡な才能に感服するに留まらず、しばしばヴェルサイユに招き、ほめそやし、借金を立て替え、愛情の証を雨あられと降らせた。当時マリー＝アントワネットの一番のお気に入りだったランジャック夫人は、女優の姿を見ると嫉妬で燃え狂った。侯爵夫人の涙と抗議は、夫人の解雇を早めただけだった。

　さまざまな報道が伝えるランクール嬢の人気に驚いたレオナールは、「彗星風《ア・ラ・コメット》ヘアスタイルを作ったらどうだろうか」と考えた。具体的なアイディアはまだ何もなかったが、たまたま王太子妃にその話をすると、すぐさま試してみるようにとの命令が下った。出来上がったとき、レオナールはそれを完全に失敗だと思ったが、火のような色のリボンを髪に絡ませたそのごちゃ混ぜのヘアスタイルを王太子妃はいたく気に入り、さっそくその晩、その髪で劇場に出かけた。すると、桟敷から桟敷へとざわめきが伝わった。

「『彗星風《ア・ラ・コメット》ヘアスタイル』ですって！」

「レオナールは、なんてすばらしい芸術家なのかしら！」

「まるで一週間も観測所にこもって研究したようではございませんこと？」

「細部にいたるまで絶品ですわ！」

レオナールは一七七三年の彗星をまったく見ていなかった。だが、レオナールのセンセーショナルな作品が劇場を騒がせてからというもの、パリの店には彗星風《ア・ラ・コメット》のスカーフやリボン、扇子や馬車、それに宝石類までもが並んだ。ジャム屋は彗星をジャムやゼリーにし、ケーキ屋はレオナールの最新デザインをかたどったケーキやタルトを焼いた。

こうした流行を広めたレオナールの秘訣は、意外に単純なものだった。劇場の中に協力者を仕込んで、「王太子妃殿下がしていらっしゃる彗星風《ア・ラ・コメット》ヘアスタイル」をほめちぎらせたのである——すばらしい専属髪結いの最新傑作を。

レオナールは、パリの流行がどのように広まるものかをよく心得ていた。時にはみずからセールスマンとなり、アーティストを誇大に宣伝するようなこともしたのである。

◉

一七七四年の冬、マリー＝アントワネットは贅沢なパーティーや仮面舞踏会にすっかり夢中になっていて、このオーストリアの姫君ほど優雅に踊れる者はひとりもいないほどだった。初めのうち、ヴェルサイユで開かれるマリー＝アントワネットの舞踏会には、未婚の女性は入れなかった。こうした王室主催の夕べ《ソワレ》で、アルトワ伯は最もお洒落な紳士のひとりだったが、もうひとりの王弟プロヴァンス伯爵はほとんど出席しなかった（たまに出席しても妻と一緒に壁の花となるばかりだった）。だが、それは大した壁の花だった。ふたりともあまりに急激に太ってきたのでドアを通ることさえできず、宮廷にはたびたび横向きで登場した。しかし、プロヴァンス伯はこうした舞踏会を機知に富んだ会話で盛り上げた。一方、夫人は「コルセットの下で息をし、食べ物を消化するだけで精いっぱいのようだった」が。

こうした舞踏会を注意深く観察していたマリー＝アントワネットだったが、あるとき、自分の取り巻きにはパリの最新流行を身に着けている者がほとんどいないことに気がついた。王太子妃は翌朝レオナールに、以前定期的に刊行されていたファッション雑誌『女たちの雑誌《ジュルナル・デ・ダム》』を復刊することは可能かと尋ねた（過去にすでに何度か復刊されたが、失敗に終わっていた）。「これはパリでもお目にかかれない、あっと驚くような、フランスらしさ満載の雑誌の創刊よ」とマリー＝アントワネットは言った。

レオナールは抜け目がない。自分の作品を推奨する雑誌とつながりを持てれば自分にとって最大の利益になると十分にわかっていたので、その仕事を進んで引き受けた。この冒険的事業を支える費用は出す、と王太子妃は保証した。

二週間以内に雑誌を発行すると約束したものの、予定もかなり詰まっていたので、レオナールはベルタン嬢に編集長を探してほしいと依頼した。ベルタン嬢はプリンゼン男爵夫人を推薦した。貴族とはいえ破産しているので、名前を貸すくらいしか貢献してもらえないだろうが。レオナールたちが話を持ちかけると、男爵夫人は『ジュルナル・デ・ダム』の経営を非常に意欲的に引き受けた。レオナールがこの雑誌を王太子妃に献呈する許可を本人に願い出るとマリー＝アントワネットは快諾し、編集者たちはたっぷりと時間をかけて王太子妃をより美しく見せようとした——その名高い髪結いの作品も。

「ケ・ザ・コ［ques-a-co「これは何?」の意］」はベルタン嬢の発案のひとつで、最初に『ジュルナル・デ・ダム』のページを埋めつくしたヘアスタイルである。これはのちに社交界で途方もない大当たりとなった。頭の後ろに付いた三本の羽根が疑問符のような形になっているのである。王室のすべての女性たち、特にデュ・バリー夫人がこの新しい髪型の真似をした。

◉

レオナールはベルタン嬢がとても好きで、ふたりの成功は「長く苦しい道程を、仲のよい姉妹のように手に手を取って歩いてきたようなものだ」と、たびたび表現した。両者の仕事は確かにお互いに補い合っていたが、同時にレオナールは嫉妬にかられ、悩んでもいた。帽子屋がひとりで生み出したケ・ザ・コの栄光が、レオナールを苦しめたのである。実際、ベルタン嬢が手にした名誉と称賛のことを考えると夜も眠れなくなることがあった。レオナールには、何か新しい、すごいアイディアが必要だった。既存の流行をすべて引っくり返してしまうようなアイディア——王太子妃の好意を取り戻し、ベルタン嬢への苦々しい思いを鎮めるだけでなく、レオナールの名がパリの人々の口に上り続けるためのアイディア——が。

第5章

「プーフ・サンティマンタル」

一七七四年四月　フランス、ヴェルサイユ

私も、自分の着想の破廉恥さにはぎょっとしたものだが、すぐに時代の狂気のほうがそれを上まわってくれた。プーフの中には、想像できるかぎりの奇妙なものがいろいろと入っていたものだ。

——レオナール・オーティエ（一七七四年、ヴェルサイユ）

いく晩も眠れずに過ごしたあと、レオナールはとうとう、大評判となる新作を考えついた。「プーフ・サンティマンタル［『センチメンタルなプーフ』。プーフは高く飾りたてた女性用の髪型の意］」である。とてつもない高さは、ローズ嬢へのライバル意識の高さの表れでもあった。このプーフを試したのは、一七七四年四月、シャルトル公爵夫人が最初である。公爵夫人はいつも、パリの最もエキセントリックな流行を大胆に取り入れてきたが、このプーフ・サンティマンタルもなかなかエキセントリックだった——どれほど控えめに言ったとしても。

公爵夫人のプーフは、十三メートルの紗の生地と、髪の塔の上で揺れるたくさんの羽根飾りでできていた。飾りに蠟人形をふたつ使い、そのひとつは乳母に抱かれた小さなボジョレの公爵（のちの国

王ルイ・フィリップ）を表している。そのそばに皿に載せたサクランボをつつくオウムを置き、さらに乳母の足元には小さなアフリカ人の少年の蠟人形を寄りかからせた。この少年は、公爵夫人のお気に入りなのである。あちこちの付け毛部分には、公爵夫人の夫、父、そして義父にあたるシャルトル公、パンティエーヴル公、オルレアン公の頭文字が、それぞれの本人の髪で作って付けられた。

こんなプーフは、まったく前例がなかった。誰もこんなごちゃ混ぜの代物を作ろうとはしなかったからである。レオナールでさえ、初めはこのばかげた案を披露するのが怖かった。だがほとんどのレオナールの作品と同じように、これもまた大人気となった。まもなくパリのプーフの中には、途方もなく奇妙なものが見られるようになる。軽薄な女性は頭一面を蝶で覆い、センチメンタルな女性は大勢のキューピッドを髪の中に憩わせ、軍人の妻は頭の上に小艦隊を乗せた。うつ気味の女性にいたっては、髪の中に火葬用の骨壺を埋め込みさえした。[1]

そして髪はますます高さを増した。一七七六年二月、王妃はオルレアン公爵夫人主催の舞踏会へ出かけようとしたが、羽根飾りが高すぎて取り外さないと馬車に乗り込めなかった。ヴェルサイユに帰るときには会場に置いていったという。その次に人気を集めたプーフ「エリソン［ハリネズミ］」は、髪粉をかけない髪を先までカールさせてひな壇式に盛り上げ、幾筋かの巻き毛をうなじに垂らしたスタイルである。前髪は非常に幅の広い束にして、ヘアピンで高く留め上げてあった。ふっくらとした髪型全体が、プーフをぐるりと取り囲む一本のリボンで支えられていた。

レオナールはさらに数多くの新しい髪型を考案したが、次第に大げさになっていった。あまりに高いので「女性の頭が体の真ん中に来るほどである」[2]。レオナールの作品のひとつ「そよ風《ゼフィール》」はまるで鮮やかな花々が揺れる庭園で、この髪結いの快挙を誰もがうっとりとなって噂した。

パリの劇場は、新しい髪型のアイディアやインスピレーションの源だった。パリでグルックのオペラ『アウリスのイフィゲニア』が上演されたときは、悲しげなイフィゲニア風のヘアスタイルが誕生した。黒い花輪で飾られた髪の上には銀の三日月が乗り、後ろには白いヴェールがたなびいていた。劇場にプーフで来る人が増え、そびえる頭が邪魔で舞台が見えないという苦情が続出した。このためオペラ座の支配人は、プーフの高さはほどほどにという規則を作り、警察に取り締まってもらうことにした。

「美しい雌鶏風《ア・ラ・ベル・プル》」というヘアスタイルは、厚く波打った髪の上を走る船で出来ていた。これはフリゲート艦［十八世紀終わりから十九世紀初めにかけての木造快速帆船］「ラ・ベル・プル」号が海戦で勝利を収めた後に考案されたものである。マストや索具《さくぐ》や銃がついた小型の船がプーフの中に再現された。この凝った作品はある意味でお祝い用だったのだが、ひと晩で大成功を収めた。

レオナール自身のお気に入りのエピソードによると、ある晩オペラ劇場で、シャルトル公爵夫人がレオナールのプーフにしていたことを忘れて父のパンティエーヴル公爵に話しかけようと前屈みになったところ、夫人の髪がジランドール［枝付きの飾り燭台］の飾りに引っかかってしまった。公爵夫人が起き直ったとき、ジランドールは微動だにしなかったものの、髪に巻き込んであった長い布が引っ張り出されオウムとサクランボがずり落ちてしまった。幸い落ちたのは公爵の上で、桟敷の下まで落ちることはなく、その晩のオペラと、あやうく「物笑いの種」となるところだった自分の娘を救えたという。

こうした陽気でくだらない騒ぎは、一七七四年五月のルイ十五世の急死で突然終わりを告げる。人々の関心は舞踏会や、オペラや、レオナールの有名な作品から、しばし遠ざかった。

ルイ十五世の死も、宮廷の陰謀や政治的策略から無縁でいることはできなかった。王が高熱を出してプチ・トリアノン宮で床に就いたとき、デュ・バリー夫人とその側近たちは王の病状を軽いものとして扱い、ただの消化不良だから宮廷へ移動したりしないほうがよいと進言した。王のお気に入りはできるだけ落ち着いたようすで王の枕辺にとどまり、誰も謁見ができないようにした。自分で王の看護をするつもりだったのである。夫人にはまた、ひそかな理由があった。自分の病状を心配した王が告解師を呼ぶようなことがあってはならない。もし王がみずからの罪の許しを求めたりなどしたら、その大きな一因である愛妾は宮廷から追放されてしまうだろう。[3]

デュ・バリー夫人にとって、告解師とは単なるこけおどしであった。ほかの告解師ならいざ知らず、自分自身の告解師ならば怖くもなんともなかった。こうしてルイ十五世の治世は、デュ・バリー派とその敵との戦いで幕を下ろそうとしていたのである。国王の神聖な儀式を（王室の意向に反して）少しでも先延ばしすることで、お気に入りは王が、そして誰より自分自身が助かる奇跡に望みをつないでいたのだった。

愛妾を敬遠する王族はプチ・トリアノンには来ようとせず、王室の侍医を派遣してきたが、この医師はヴェルサイユで静養するのが一番との意見だった。デュ・バリー夫人の反対にもかかわらず、王はこれに同意する。医師団は数日間、王の病状に首をかしげ、何度か瀉血《しゃけつ》を行なった。王に水を飲ませようとした侍医が、口の中の発疹に気づいた。天然痘であるとわかったので、王のそばにとどまるのはすでにこの病気に罹患したことのある者だけに制限されることになった。デュ・バリー夫人は、十八世紀の終わりに最も流行したこの病気にかかったことはない。天然痘は、高熱、腹痛、病斑などの症状が現れ、結果として引き起こされる脳炎や広範囲にわたる出血で死にいたることが多い。王の天然痘は、発熱時にも伝染性ではあっただろうが、発疹が出てからが最も感染力が強かったと思われる。だが、王のお気に入りは勇敢にも王の傍らにとどまった。それはおそらく、王への忠誠心と、この最期の日々に自身が感じていた恐怖、その両方の表れだったのだろう。

告解師を呼ぶ決心をしたとき、国王はまずデュ・バリー夫人を呼んだ。「余は、神と余の国民に対して義務を負っておる。そなたは出ていかなければならない」と王は言った。それは最期の日々にいかなる醜聞も避けたいとの願いからだった。翌朝、青ざめてはいるが落ち着いたようすの愛妾は宮殿を去り、政敵たちを喜ばせた。それから王は、高潔な心を持つ娘たちにも部屋を出るように言った。だが、娘たちは生まれて初めて父に逆らった。

五月九日午後一時、王の部屋のドアが開き、従者が告げた。「国王陛下が崩御あそばされました」。ただちに大混乱となり、知らせを待ち受けていた臣下たちが王の控えの間から飛び出していった。しきたりどおり新しい君主へ挨拶すべく、大急ぎで駆けつけ叫んだのである。「国王万歳！」

ルイ十六世とマリー＝アントワネットはルイ十五世の死をもちろん悲しみはしたが、同時に自分たちの新しい責任を前にすっかり震え上がってしまった。ふたりはひざまずいて、祈った。「神よ、私たちを導き守り給え。私たちは、君臨するには若すぎます！」。それがまさに真実だったことを、この後の出来事と歴史が証明することになる。

◉

新しい国王ルイ十六世と王妃マリー＝アントワネットは、喪に服すため王子や王女たちとともにただちにショワジー＝ル＝ロワ［パリからセーヌ川上流に十二キロの町。ルイ十五世が狩猟のときに使ったショワジー城がある］に引きこもる。新しい王室はまた、デュ・バリー夫人については、ポン・ト・ダム修道院へ丁重に追放することが決定された。

愛妾たちに宮廷で特別な地位を認めることは、ルイ十五世の宮廷で制度化されたものだった——たとえ、前歴が高級売春婦であったとしても。「ルイ十五世は、衰え気味の食欲を増進させるためにスキャンダルという塩気を必要とした」と、十九世紀のある歴史学者は書いている。[4] だが国王の死後、宮廷中が恥ずべき過去をきれいさっぱりなかったことにしようとすると、廷臣たちも偽善で応えた。自分も愛人を持っていた大勢の臣下は、国王の姦通問題に関しては知らぬふりを通したのである。

五月十四日、マリー＝アントワネットは母親に宛ててこう書いている。「あの者は修道院へ入れられ、その破廉恥な名前を支持する者は宮廷から追い出されました」[5]。そして、王のお気に入りの家族へも、以後、宮廷への立ち入りを禁ずるとの手紙が送られた。王の愛妾デュ・バリー夫人——レオナールにマリー＝アントワネットとの運命的な出会いのきっかけとなった人物は、修道院で二年過ごしたあと、ルーヴシエンヌの自分の城へ隠居した。

大臣たちの交代は八月までに完了したが、それは一種の無血クーデターのようなものだった。これをきっかけに、それまで誰も疑いもしなかったことも明るみに出てきた。噂によれば、マリー＝アントワネットは意志薄弱な夫に対して強大な力を振るっているらしいのである。

貧しい国民のための改革が必要だというのに、ルイ十六世は大臣たちを信用しなかった。妻と廷臣には吝嗇《りんしょく》だと叱責され、聖職者や貴族からは封建制度にいかなる変更も加えないように要求された王は、大臣たちを罷免しなければいけないような気になってしまったのである。この王が、君主制の崩壊を食い止めるにはあまりに軟弱だったことは、歴史を見ればわかるだろう。

ルイ十六世は、政治のことはほとんど考えていなかった。家庭内のいざこざでうんざりするあまり、統治の任務のことまで考えられなかったのだ。国王はもう四年以上も、マリー＝アントワネットの軽率な行動についての噂には耳を貸さないようにしてきた。王妃の「子供じみた言動」には賛同しなかったものの、その貞節を疑ったことはなかったのである。だが一七七四年八月、王の信頼はついに揺ぎ始める。取り巻きの紳士淑女と連れ立って王妃が夜な夜な遊びまわっているという噂の記された小冊子が、新しい王座にとってあまりに有害になってきたのだ。[6]

新国王はマリー＝アントワネットを叱責したが、この非難が真実かどうかはほとんど問題にしなかった。実際、そんなことはどうでもよかった。国王は、自分の宮廷の秩序を保つには人がどう思うかが肝心なのだとわかっていたのである。ルイは、この批判的な小冊子の執筆者を見つけるよう命じ、この浅はかな詩人は王の命令によりバスティーユ牢獄へ送られた。だがマリー＝アントワネットの評判に付いた初めての汚点は、決して消えることはなかった。

こうした夫婦のもめ事の最中、レオナールがマリー＝アントワネットの髪を結っているとき、ルイ十六世から一枚のメモが届いた。

王妃よ、余はやっと、そなたが申していた望みをかなえてやることができるようになった。プチ・トリアノン宮を受け取るがよい。この美しい場所はつねに、国王に愛された者たちの住まいであった。ゆえにこれは、そなたのものでなければならない。[7]

マリー＝アントワネットはプチ・トリアノンを手に入れると、「小さなウィーン」と呼んでそこで多くの時間をひとりで過ごし、臣下たちにはちょっとした好意の証として、庭園を訪れる許可を個人的に与えた。ところがある重臣が「小ウィーン」を訪問したいと願い出ると、王妃はいやな顔をした。多分マリー＝アントワネットも、世間に不義理だと思われることを心配していたのだろう。この廷臣はこのときも、そしてそのあともしばらくプチ・トリアノンへの出入りを許されなかった

マリー＝アントワネットはプチ・トリアノンをこよなく愛した。時には何か月もそこで過ごし、ごく親しい友人しか迎えず、宮廷の礼儀作法もいっさい守らなかった。そうしたことが可能だったからこそ、この宮殿が気に入ったのだろう。マリー＝アントワネットがサロンに入っていっても、貴婦人たちは針仕事の手を止めたり、クラヴサンを弾くのをやめたりしなかったし、男性たちもビリヤードやトランプのゲームを中断しなかった。

ただし、こうした王妃の隠れ家の贅沢な改築や凝った催しは金がかかる。ついに王妃は、国家財政悪化の原因として非難されるようになってしまった。一方、フランス国民はますます飢え、困窮していた。「赤字夫人」とあだ名をつけられた王妃は、水平線の彼方にぞっとするような黒雲を自分でも知らないうちに呼び起こしていたのである。

王妃はプチ・トリアノンに引きこもったことと引き換えに、パリでの人気を失ってしまった。ある日、ふと思いついてパリを訪問した王妃は、すぐにこの代償の大きさを理解した。王妃は泣きながらヴェルサイユへ急ぎ帰り、皆に尋ねて歩いた。「私があの人たちに何をしたというのでしょう?」。国民をおこらせたのが自分の引きこもりだと（そして浪費ではないと）考えた王妃は、サン＝クルー城を購入した。そこで日曜の午後に国民と仲直りの交流をし、王太子妃になったばかりの頃の国民から

の愛を取り戻そうとしたのである。[8] もちろん、サン＝クルーの購入は極貧の国民をおこらせただけだった。ふたつ目の城など、火に注ぐ油以外の何物でもない。フランス国民の心には、すでに革命の火種がくすぶっていたのだった。

◉

一七七五年六月十一日、レオナールとベルタン嬢は、戴冠式に列席する王妃のお供としてランスへ行くようにとの命令を受けた。この戴冠式もまた、さまざまな物議を醸した。ランスの大聖堂内に建設された王妃の居殿については、多くの記述が残っている。教会の中だというのに、王妃の部屋はどれも神聖さからは遠くかけ離れたものだった。私室《ブドワール》があり、贅沢三昧に飾りたてられた寝室があり、化粧室には何から何までそろっていた。レオナールがどうしても書かずにいられなかったのが、ゴシック建築のアーチの下に営倉まで作られたことで、そこからは「ヴェルサイユの営倉に負けないほどの、ひどい悪態が聞こえた」という。[9]

戴冠式は、当時のフランスで国王に対して与えられた最高の壮麗さで行なわれた。ルイ十六世はまだかなり人気があり、ほとんどすべてのフランス国王が戴冠した町ランスでは、人々が外に出て熱狂的にルイを迎えた。王もこれに感激し、押し寄せる群衆の真ん中を歩くのを喜んだ。聖歌隊の声が響きわたる中、いよいよ王冠が頭に乗せられたとき、ルイは片手を頭にやってこう言った。「きついな［Elle me gêne. フランス語で gêner は「妨げる」という意味もある］」。このひと言がどれほど将来を暗示していたかを、このときの王は知る由もなかった。[10]

ルイ十六世の贅沢な戴冠式もまた、フランス国民に対する侮辱のように見られた。王妃は母のマリア・テレジア女帝へ、「パンの値段が高いにもかかわらず、これほど歓迎してもらえたのは、驚きであるとともにうれしいものです」と書き送っている。いつまでも終わらないパンの価格高騰が引き金となった小麦粉戦争［一七七五年四月にパリ周辺で起きた食糧暴動。凶作と前年の穀物国内取引自由化で小麦の価格が暴騰した］の最中であり、暴徒たちは王妃に「揺さぶりをかけよう」と話し合っていた。革命の十四年も前のことである。パンがますます乏しくなっているというのに、王妃が貴重な小麦粉を凝ったプーフの髪粉にしているという噂が盛んに流れていた。不気味なとどろきが――空きっ腹と恨み双方の――すでに聞こえ始めていたのである。

宮廷の一行がヴェルサイユへ戻ると、王妃は自分の使用人人事について大きな変革を行なった。まずはランバル公妃のために、王妃の使用人の中に最高責任者の地位を設けた。夫人はその後、生涯にわたって王妃の忠実な味方であり続ける。王妃はまた、ミズリー夫人を解雇した。古くさい習慣に型どおりに従うだけで融通がきかないうえ、ドレスに関してはまったくセンスがなかったからだ。カンパン夫人については、より親切な相談相手で自分の趣味を――気まぐれも――理解してくれると感じていた。

カンパン夫人は、王妃の日課を変えるのを手伝った。おかげで先代までの宮廷のいかめしい礼儀作法は、優雅さと軽薄さに取って替わられる。新しい女官長は、つねに王妃の望みを先まわりして考えるようにと気を配り、物の値段など考慮に入れなかった。レオナールもベルタン嬢も、カンパン夫人の数多くの改革には心から賛成し、おかげでまもなく王妃の出費はとどまるところを知らず膨れ上がった。王妃は、王室の衣装棚の中身がものすごい勢いで増えていくので、ベルタン嬢にとって荷が重すぎないかと心配になる。そこで予備の帽子屋が必要だと判断したのだが、この帽子屋はまもなくベルタン嬢の協力者というよりライバルになってしまった。

レオナールは、あいかわらず髪結いの王国の王様だった。補助的な仕事は総理大臣であるフレモンに任せ、美容学校の経営もフレモンが行なった。何年もの間、レオナールは王妃のどんな些細な要望にもつねに応え、何事につけ王妃に対して忠実で献身的だった。王妃をめぐる状況が崩壊を始めてからでさえ、レオナールは断固として忠誠を守り、王妃が打ち明けた秘密や心配事は誰にも話さなかった。これに応えて王妃も、自分の髪結いにはいつも全幅の信頼を寄せ、次々と臣下たちが自分に背いていってもレオナールだけは信用した。髪結いの誠意は同じだけ報われたのである。ローズ・ベルタンの場合と違い、王妃もレオナールも、髪結いの玉座は分かち合うには狭すぎるという点で一致していた。レオナールは、ひとりで君臨したかったのである。

第2部　王妃の腹心

第6章 髪結いの噂話

王妃様は私のすることは何でもお許しくださるのです。本当に何でも……私たちは、同じベッドに横になったこともあるのです。

――レオナールがマリー＝アントワネットの侍女たちに（一七七九年、ヴェルサイユ）

一七七五年十月 フランス、ヴェルサイユ

何世紀も昔から髪結いの時間には噂話が付き物だったが、レオナールもきっと、ヴェルサイユで多くの時間をゴシップに夢中になって過ごす貴婦人たちから、たっぷりと噂話を聞かされていたに違いない。前国王ルイ十五世の治世でさえ、マリー＝アントワネットの権力に嫉妬したデュ・バリー夫人が、絶えずひそひそと陰口をきいていた。マリー＝アントワネットが礼儀知らずで、若すぎて、世間知らずで、訛りがあるというのである。だが夫人が最もいやがったのは、マリー＝アントワネットが身なりに気を遣わないことだった。王太子妃が気取らない格好で宮廷に現れることに対して、「王族としての威厳が欠如」し、「王太子妃の地位に払われる敬意を大きく傷つける」ものだ、と王太子に告げる者もあった。[1]

当時人気があった髪の色は黒と茶と金色で、赤毛は黒く染めることが多かった。マリー＝アントワ

ネットの髪は独特の淡い金色だったが、ほんのり赤みがかっていて、若いうちは特にその傾向が強かった。デュ・バリー夫人は、陰でいつも王太子妃を「赤毛のちび《ラ・プティット・ルッス》」と呼んだものである。新しい治世になると、外国生まれの不遜な王妃への嫉妬と憎しみで煽られる陰口は、デュ・バリー夫人のひそひそ話のような無害なものではなくなった。それどころか、ささやき声は耳を聾する怒号となり、革命の礎ともなったのである。

レオナールは回想録の中で、マリー＝アントワネットに関するたくさんのひどい話についてくわしく書いているが、同時に（そして時に矛盾をはらみながら）ほとんどの非難は真実のはずがないと主張している。個人的な側近として、また専属の髪結いとして多くの時間を王妃と過ごしたレオナールは、何が真実で何が噂にすぎないかを知る立場にあったと思われる。だがレオナールは自分の地位を危うくするのを恐れていたので、たとえ王妃に無分別なところがあったとしても、目をつぶることにしていたようだ。それに王妃を心から尊敬していたレオナールにとって、王妃の名を汚すような話はすべて認められなかったのかもしれない。マリー＝アントワネットをこのように美化しようとしたのは、もちろんレオナールだけではなかっただろう。

そうした例のひとつが、王妃と若きロザン公爵との関係である。ロザン公爵は、王妃の廷臣たちの誰もが認めるハンサムな男性だった。[2] 一七七五年、公爵がロシアでの外交任務を無事に終えて初めてヴェルサイユに現れたとき、その美しい容貌や優雅な物腰、エカチェリーナ二世の宮廷での高い評判は、ヴェルサイユ中の注目を集めた。貴婦人たちは誰もが公爵と知り合いになりたがり、中でも王妃が誰よりも熱心だった。王妃はお気に入りのゲメネ公爵夫人に、できるだけ早くロザンを自分の取り巻きに引き入れるよう頼んだ。

公爵が宮廷に連れてこられると、王妃はあまりにもあからさまな感激ぶりとほめ言葉で迎えたので、翌日の宮廷での話題といえば、感情を隠せない王妃のことばかりだった。数日後、公爵が遅れて到着したときなど、マリー＝アントワネットは叫び声まであげたものだ。「ああ、やっとロザンが来たわ！」。王妃のこの不適切な媚《こび》の話は、またもや宮廷中に広まった。噂や反論がヴェルサイユのあちこちの広間を猛烈な勢いで駆けめぐる一方、廷臣たちは未熟な君主を取り囲み、王妃の気まぐれひとつひとつについてくどくどと述べたてた。王妃は時々、こうした非難に途方に暮れてしまうことがあったようだ。誇り高い気性のおかげで人前ではしっかりしていたが、私室《ブドワール》に戻るとこらえきれずにたびたび泣いた。[3]

ロザン公爵は宮廷の人気者で、機知に富んでいるうえ女性にやさしいと評判だった。ある日、レオナールがゲメネ公爵夫人のサロンに居合わせたところ、ロザン公爵がみごとな白鷺の羽飾り付きの軍服姿で現れた。噂によれば、王妃がその羽飾りをほめたところ、ロザン公爵はゲメネ夫人を通してそれを王妃に献上してきたという。王妃はあとになってその贈り物を受け取ったことを後悔したが、公爵ががっかりするのではと思うと断ることもできなかった。王妃はその羽を、ただ一度だけ身につけた。礼儀上、贈り物で装ったところを見せたのである。しかしロザンの回想録では話は少し違っている。マリー＝アントワネットと小声で話していたゲメネ公爵夫人がロザンに近寄り、こう尋ねたという。「お召しの羽飾りに特に愛着がおありでして？　王妃様がどんなものと引き換えにしてでも欲しいと仰せなのですが、お断りになりますか？」。

男女の戯れの腕前というのは、こうした贈り物のやりとりをいかに巧みにこなすか（しかも宮廷中が見守る中で）にかかっていた。かすかな肘鉄や思わせぶりは幾巻もの書物に匹敵するほど多くを語り、宮廷での不義密通や小さな嫉妬を煽るのだった。宮廷のしきたりでは人前で王妃に贈り物をすることは禁じられていたため、ロザンは翌朝、羽飾りをゲメネ夫人に送った。王妃がその晩に羽飾りを着けると、貴族たちが口々に、ロザンへの愛情のしるしをあんなふうに人前で身に着けるとはなんと品のないことでしょう、ともらすのをロザンは耳にした。ロザン自身が回想録で認めているところによると、彼はただちにマリー＝アントワネットのお気に入りとして知られるようになったようだ。だが、それが単なる宮廷の噂なのかロザン自身の見栄なのかは、歴史的に証明できていない。確かなのは、ロザンが自分はサンクトペテルブルクとエカチェリーナ二世の宮廷へ戻るとたびたび口にしていたにもかかわらず、突然、そして何の説明もなく考えを変えたことである。誰に強制されたわけでもない、こうしたロザンの決断に、宮廷の憶測はとどまるところを知らなかった。ロシア軍最高の地位を与えようというエカチェリーナ二世の申し出を断るなんて、王后陛下の影響以外に考えられない、と誰もがささやいた。

一七七五年六月、国王と王妃の戴冠式前のこと。式典のためにランスへ発つ前、王妃は何度かオートゥイユにあるゲメネ夫人の屋敷を訪れた。王妃はロザン公爵に、王室の行事のためにランスへ移動するときになんとしてもついてきてほしいと切願した。しかしロザンは、ロワイヤル部隊に合流して指揮するようにとの命令を受けたので無理だと、その申し出を丁重に断る。ロザンの考えを変えさせようという王妃の試みは無駄に終わったかのように思われたが、王妃はあきらめなかった。

翌日、レオナールが王妃の化粧室に到着すると、王妃は中に入るいとまも与えにレオナールに命令した。ロザン公爵の館にすぐさま走り、その晩の集まりで会いたいと公爵に伝えるように、と。レオナールは王妃の言うとおりにしたが、公爵は突然の要望に困ったようだった。公爵のつぶやきがレオナールに聞こえてきた。「粘り強さもここまでくると横暴だな」。それからややぶっきらぼうに付け加えた。「ご命令に従いますと王后陛下に伝えてくれ」

その晩、ロザン公爵が王妃に敬意を払ってゲームに参加していると、同じテーブルにヴィオメニル男爵がいた。王妃は「男爵、あなたは部隊配備の責任者でしょう。それならロワイヤル部隊をヴェルサイユの近くに配備してくださらなければ。そうすればロザン様が遠くに行かなくてすみますわ」。明らかな逸脱行為だった。こうした命令は通常、国王が下すものだ。まして、王妃が自分のお気に入りを近くに置くためだけに軍事命令を出せというのだから、異様であった。

それでも男爵は、夫に対する王妃の影響力を十分に承知していたので、そのとおりにすると答えた。それに驚いたのは、マリー＝アントワネットのサロンに集まっていた大勢の紳士淑女である。翌日ヴェルサイユでは、公爵に対する王妃のあまりのお気に入りぶりがあちこちの回廊で声高に語られ、とうとうルイ十六世の耳まで届いてしまった。レオナールがのちに聞いたところによると、すぐにでもロザンが宮廷から出ていかなければバスティーユに監禁されるだろうと、もっぱらの噂だったようだ。

それが真実にしろ、噂にすぎないにしろ、王妃のロザンに対する関心は、反対派による風評をますます激しくさせるだけだった。王妃と顔をあわせない日は一日たりともなかったレオナールは、王妃とロザンとの関係にはいかなる不適切な点もなかったと断言している。だが、ロザンは社交界の人気者でフランス宮廷にとっては華やかな存在だったため、当時の人間の多くはそうは思わなかった。結局のところロザンは軍人で、洗練された紳士で、王妃のお気に入りだったのである。レオナールが王妃を弁護したのにも、それなりの理由があったのかもしれない。レオナールは自分の富と名声について王妃に感謝していた。そして回想録が書かれたのは、レオナールが王党派とともに、しかも王党派の庇護のもとで亡命していた頃のことだった。[4]

ロザン公爵の父親が亡くなったとき、フランス衛兵連隊長という重要な地位を継ぐのはロザンだろうと誰もが思った。しかし、王妃はこの地位をシャトレ公爵に与えた。そしてその日以来、王妃とロザンの関係については何の憶測もされなくなった。ロザンは突如、悪意ある王妃の敵となったのである。王妃の衝動的な気質はさまざまな形で現れ、その気まぐれぶりは風向きとともに変わるようだった。

◉

一七七六年の初め、突然、スキャンダラスな小冊子が次々とパリの街に出まわった。標的は、前国王の愛妾から、かよわい新王妃に替わっていた。『ジュルナル・デ・ダム』でファッションの女王となったマリー＝アントワネットは、こうした中傷刊行物では「化け物」と書かれ、やがて「犯罪者」と呼ばれるようになっていった。その理由は、不倫、性的逸脱、乱交パーティー、さらには国民が飢えているときに、小麦粉を髪に振りかけて無駄遣いしたことなどである。辛辣な韻文には、ロザン公爵だけでなくコワニー伯爵、ヴォードルイユ伯爵、ブザンヴァル伯爵の名前が挙がっていた。とりわけコワニー伯爵はマリー＝アントワネットの愛人であり、まもなく生まれる長男の父親ということになっていた。

コワニーの仕業、もうあとの祭り
情夫《いろ》の愛撫と助平な手

自然に逆らい嘲笑う
ルイが言うには太った王太子《ドーファン》
ちょうど十月《とつき》で生まれたと
立派な《ロワイヤル》「「ロワイヤル」は「王妃の」という意味もある」貝に仕込まれてから

王妃の好意や親切心の表し方は、四人のお気に入りでそれぞれ違っていたが、この年の初めの数か月、悪意ある記録はさらに五人目の名をつけ加えた。ディヨン伯爵である。宮廷の貴婦人たちは、この人物に「美男《ル・ボー》のディヨン」という異名を与えた。

エドゥアール・ディヨンはポリニャック夫人のグループのひとりで、ある午後、次の王妃の舞踏会のためにカドリールの練習をしているとき、突然真っ青になって倒れてしまった。ディヨンは長椅子に運ばれたが、そこでマリー＝アントワネットは軽率にも手をディヨンの心臓に当てて、まだ動いているか確認した。意識を取り戻したディヨンは、朝食をとらずにパリを出てきてしまったからだと詫びた。王妃がディヨンのためにスープを持ってこさせると、宮廷の貴族たちはおそらく嫉妬から、ディヨンは王妃とただならぬ仲に違いないと言い出した。後日、ディヨンが王妃の馬車に乗っているところが目撃されると、噂は激しさを増した。じつは当事者以外は誰も知らなかったが、ディヨンは狩りの最中に馬から落ちて両腕を骨折していたのだ。馬車といえばほかにはなかったので、その馬車で自宅まで帰るように王妃がディヨンに命じ、王妃自身は王の馬車で帰ったのだった。

ディヨンに最初に包帯を巻くとき、国王夫妻が立ち会いを求められた。涙を浮かべたマリー＝アントワネットが、事故のせいでたいそう動揺しているように見えたからだ。ところが噂では、そのあとで王妃が大きなマントをまとい、侍女をひとりだけを連れて一度ひそかに「美男のディヨン」を訪ねたことになっていた。こうした行為は、宮廷の誰から見ても、通常の同情の範囲を超えているように思えた。

レオナールは、「美男のディヨン」が仮に王妃のお気に入りだったとしても、ほんの短い期間だったはずだと記憶している。美しくカリスマ的な廷臣、ガブリエル・ド・ポリニャック夫人が宮廷に登場し、マリー＝アントワネットの愛と関心をひとりじめするようになったからだ。ランバル公妃とゲメネ公爵夫人は、宮廷のどの貴婦人よりも王妃のお気に入りだったが、王后陛下のご寵愛のかなりの部分を突然失ってしまった。

今や王妃は、始終ガブリエル・ド・ポリニャック夫人について話し、毎日のドレスや身支度についてはポリニャック夫人にしか相談しなくなった。王妃の寵愛のおかげでポリニャック家はかなり潤ったが、その増え続ける財産と贅沢三昧の暮らしぶりは宮廷中から怒《いか》りを買った。ガブリエルの夫には「ポリニャック公爵」の称号が与えられ、それによって夫人も「ポリニャック公爵夫人」となった。これで宮廷の貴族たちは、ますます文句が言えなくなってしまった。王妃は、この新しいお気に入りのために宮廷の金庫を開いた。ルイ十四世の愛妾マントノン夫人や、ルイ十五世のポンパドゥール夫人でさえ、このお気に入りほどには金がかからなかったと言われたほどだ。

ポリニャック公爵夫人は王妃の愛人だとする、卑猥な小冊子が広く出まわった。その中のひとつ『オーストリア大公女フランス王妃マリー＝アントワネットに関する歴史的エッセイ』は、公爵夫人が王妃を堕落させたか、あまりに愛に飢えていた王妃が「男が愛人を欲しがるように」公爵夫人を求めたかどちらかだと書きたてた。こうした主張はどれも根拠がなかったにもかかわらず、王妃が男女両方の恋人と性的関係にあったという噂は、王妃の治世とフランス王国の威信にはかり知れないほどのダメージを与えたのだった。

王妃は不安のあまり、プチ・トリアノンでのパーティーもキャンセルし、劇場をはじめ、あらゆる公共の場を避けるようになった。これは悪循環だった。王室は宮廷の貴族や国民から遠ざかることで、ますます君主として不可欠な宮廷での影響力を失っていったのである。ついに王妃はプチ・トリアノンの隠れ家で、まったく知らない人間か、自分の家族を楽しませることしかしなくなり、それについて責められるとため息をついた。「そのとおりです。でもこういう人たちは私から何も求めないのですもの」。プチ・トリアノンの塀の外では、あいかわらず王妃の品性を貶めるような唄や小冊子が出まわっていた。フランス国民からのこうした孤立は、王妃の力をますます弱くすると同時に、王政の正当性をも奪っていった。ヴェルサイユの外の世界で、本格的な嵐が起きようとしていたのである。

レオナールとしては、王妃の無礼な態度を深刻に受けとめないように努めていた。ほかの人間が王妃は公務に干渉していると非難しても、レオナールは王妃が公務には何の興味も持っていないと思っていたし、王妃は生まれつき陽気な性格だとたびたび記している。レオナール自身も、その機知や彼自身の不遜さのおかげで王妃に気に入られていた。その証拠に、王妃に対して驚くほど形式ばらずに話しかけることが許されていたし、そのあまりの気安さに、貴族たちやほかの使用人たちがしばしば仰天したほどだったのである。

◉

一七七八年四月の終わりのある朝、王妃が国王の書斎に入ってきた。

「私を暴力で侮辱した臣民につきまして、国王陛下のお裁きをお願いにまいりました」王妃は言った。

「王妃よ、いったい何のことだね?」王は尋ねた。「まさか、そんなことが」

「陛下、じつは……私は蹴飛ばされたのでございます!」

「ばかなことを! からかっているのであろう!」

「とんでもございません。厚かましくも、私のお腹を蹴飛ばした者がいるのでございます」

ここでようやくルイ十六世も話をのみ込み、喜びをあらわにした。ふたりは結婚して八年も子供を授からなかった。噂や小冊子では、王は性交不能であり、オーストリア生まれの后はフランスに世継ぎをもたらすため次々と愛人を作っているということになっていた。[6] こうした噂は、王妃の子供たちの正統性を疑わせるばかりか離縁の理由にもなるので、マリー=アントワネットの地位を危うくしていた。さらに、国王夫妻のそもそもの結婚の目的であるフランスとオーストリアの同盟も危険にさらされていたのである。王妃懐妊の知らせがパリ市役所に届くと、ただちに市長と助役たちがおごそかにヴェルサイユを訪れ、国王夫妻にしきたりどおりの祝いの品々を献上した。

ルイはさぞかし感激し、安堵したことだろう。何年も性交不能を疑われ、許しがたい愚弄にさらされてきたからだ。若い頃から引っ込み思案で不器用だったが、子の父となれない年月はルイの劣等感をますます増幅させていた。おそらくこうした罪悪感のせいで、ばかげた妻の気まぐれも見て見ぬふりをすることが多かったのだろう。

王妃は吉報を知らせる文書をヨーロッパ中の宮廷と自分の親戚全員に急いで送った。腹心であるランバル公妃は次のように書いている。

待ち望んだご懐妊が確かなものだとおわかりになったとき、マリー＝アントワネット様の喜びようは大変なものでした。王妃様のお心は母になるという喜びであふれんばかりで、舗道の敷石でさえ「私は母になるのよ！　母になるのよ！」と言いながら震えているようでした。[7]

今こそ、マリー＝アントワネットの勝利のときがやってきた。意地の悪い小冊子や戯れ唄も鳴りを潜めた。妊娠期間は、すばらしいお祝いや舞踏会、娯楽に彩《いろど》られながらあっというまに過ぎていった。そうした催しは偉大なるルイ十四世の時代を髣髴とさせるほど華やかで、贅沢なものばかりだった。

臨月の頃になると王妃は床を離れなくなったが、レオナールは髪を結い続けた。その仕事は毎日続けられたが、かなりの困難を伴った。「横になっている人の髪を結うほど難しいものはない」とレオナールは書いている。実際、レオナールは髪を整えるために王妃のそばで横にならざるをえなかった。

マリー＝アントワネットの母にちなんでマリー＝テレーズと名づけられたその娘は、一七七八年十二月十九日に生まれた。しきたりに従い、マリー＝アントワネットは全宮廷が見守る中で出産した。世継ぎではなかったのでフランス国民をがっかりさせたことはわかっていたが、王妃は母のオーストリア女帝にこう書き送った。「私は国王陛下に王太子を産んでさしあげられませんでしたが、だからといって私のかわいそうな小さな娘が、王子より愛されないというわけではありません。息子だったら私のものというわけにはいかなかったでしょうが、この子はいつでも私のそばにいてくれるでしょう。私が生きるのを助け、絶望のときは慰めてくれ、私たちはともに幸せになるでしょう」[8]

マリア・テレジアは新しい王女の誕生を大いに喜んだが、まずは子供を出産したこと自体がとりわけうれしかった。それはつまり、娘にはまだ王太子を産む望みがあるということを意味する。しかし、王女誕生から数か月もすると、マリア・テレジアは夜の夫婦の時間を賢く使っていないといって娘を叱った。そしてついに一七八〇年、王妃はふたたび身重になる。ところが残念なことにマリア・テレジアはその年に亡くなってしまう。フランス国王になる孫息子を持つ喜びは、ついぞ味わえないままだった。

◉

一七七九年、ヴェルサイユ宮殿の敷地内にある王妃の離宮プチ・トリアノンの話はパリ中にすでに広まっていて、激しい非難の的となっていた。この宮殿とそれに付随する庭園は国王からマリー＝アントワネットへの贈り物であり、王妃の好みに合わせるために金が湯水のように使われていた。マリー＝アントワネットだけがこのプチ・トリアノンの主人であり、王妃の招待がなければ誰も――国王でさえも――このおとぎ話に出てくるような館と緑豊かな庭園を訪ねることはできなかった。[9] 国民は、プチ・トリアノンの度を越した改築が国家の財政赤字の原因だと考えた。当時の報道は「プチ・トリアノンに何百万リーヴルもの金が沈んだ」と伝えている。[10] 国民が石鹸すら買えないでいるというのに、プチ・トリアノンでは大勢の客がもてなされ、一日に四千もの洗濯物が出た。その日の食べ物にも困っている国民をよそに「観劇、夕食、イルミネーション」の催しが当たり前のように続けられていたのである。[11]

だが、どんな批判も王妃の耳には届かなかった。王妃がいるのはフランス国民の日常生活から切り離された陸の孤島だったのだろう。マリー＝アントワネットは自分の時間を、お気に入りたちとともに上演する劇の準備をして過ごしていた。アルトワ伯爵は出演を許された唯一の男性で、観客はたいていた国王と王弟、そのほかの王室のメンバーだった。王妃の側近の貴婦人やその子供たちも列席したので、合計四十人ぐらいだろうか。国民の叫びから隔絶されていた王妃自身は、どんなに批判されても誇らしげにこう答えるのだった。「プチ・トリアノンに関しては、私、もう決めていますの。ここは宮廷ではありません。私は私人として暮らしているのです」

二月の終わり頃、アルトワ伯爵は毎晩ひそかにヴェルサイユ宮殿を出て、小走りにプチ・トリアノンまで出かけていった。供はひとりだけである。たいてい真夜中から午前一時の間に帰ってくるが、この未明の遠出のあとのアルトワ伯がいつも疲れたようであることに廷臣たちは気づいていた。

若い弟が夜な夜なプチ・トリアノンまで遠出するという噂を聞いた王は、ついに従者のひとりにあとをつけさせた。三日後、すべてわかったと従者が顔を輝かせながら王の部屋に入ってきた。アルトワ伯は王妃に会いにではなく、「綱渡りの練習をしに」行っているのだという。白いズボン、セーター、ピンクのベルト、羽のついた小さな縁なし帽といういでたちのアルトワ伯が手に持ったポールでバランスを取っていたと聞き、国王は体をふたつに折って大笑いした。アルトワ伯は王妃の取り巻きが夕べに上演する寸劇のために練習していたようだ。プチ・トリアノンでの不可解な「悪ふざけ」について、レオナールはほかにもいろいろと書いているが、この綱渡りのエピソードほど風変わりで意表をつくようなものは見当たらない。

◉

さて、海の向こうではイギリス植民地で独立の気運が高まり、その行方をヨーロッパ中が見守っていた。レオナールの回想録は、アメリカ独立戦争に一度しか触れていない。しかもそれは、自分の作品に関連した話題だけである。一七八〇年の終わり頃、レオナールが考案し、大西洋の向こうの独立論者たちにちなんで名づけた最新スタイル「反逆者風《オー・ザンシュルジヤン》」が、パリやヴェルサイユで大流行したのである。当時ベンジャミン・フランクリンが初の合衆国全権大使としてフランスに駐在していたため、宮廷中がすでにフランクリンに夢中になっていたところへ、このアメリカ人が象徴するものをレオナールの作品がほめたたえたのだ。レオナールはこのとき、芽生え始めた独立の大義を支持することで、当時自分が享受していた特権の廃止を無意識のうちに促すような真似をしていた。この大義は実際まもなくふりかかり、すべての特権を粉々にすることになる。だが、この時点では宮廷はきわめて狭い世界のままであり、時勢の変化による危険を認識することができなかった。それどころかレオナールは、この年が自分の栄光の絶頂期だと思っていたのである。宮廷のほかの誰とも同じように、レオナールもまた、革命とは無害で一時的な流行ではなく、きわめて現実的で、情け容赦なく残忍な試練なのだということがまったくわかっていなかった。

◉

それは一七八一年、王妃が二度目に身重となったときのことだった。レオナールは王妃がかなり上機嫌なのを見て取ったので、支度の間にいつもよりきわどい話題を持ち出してみた。カンパン夫人は何度かやめるようにと目でレオナールに合図したが、涙が出るほど笑いこけていたマリー＝アントワネットはレオナールに言った。「続けてちょうだい、レオナール、続けてちょうだい。なんてまあ、おかしいのかしら！」

「ほらね、皆様」レオナールは言った。「王妃様は私のすることは何でもお許しくださるのです。本当に何でも……私たちは、同じベッドに横になったこともあるのです」

「なんですって?」マリー=アントワネットは声をあげ、一瞬笑うのをやめたが、このあと何か気の利いたことをレオナールが言うのだろうと期待しているのがわかった。

「はい、陛下」レオナールは言った。「陛下はお忘れですか、王女様のお誕生をお待ちになって床につかれていた間、私は毎日お髪《ぐし》を結うため同じベッドに寝かせていただきました」

「ほんとだわ、皆さん、レオナールの言うとおりだわ」王妃は、吹き出しながら言った。

ますます大胆になったレオナールはさらに続けた。「そしてまもなく、ふたたびおそばで横になるお許しが得られることを願っております」

「もちろんですとも!」大声で笑いながら王妃は言った。

レオナールは、次の王子か王女の誕生のときにという意味で言ったのだが、この奇妙な会話は宮廷中の回廊やパリ中のサロンで繰り返された。貴婦人たちは、「レオナールにそんな好き勝手な想像をさせておくなんて、王妃様もなんと趣味のよろしいこと」と眉をひそめた。

一七八一年十月二十二日、王妃マリー=アントワネットがフランスに最初の王太子ルイ=ジョゼフをもたらした頃、王妃は抜け毛がどんどんひどくなっていた。もともと、王妃の美しい巻き毛と風変わりなヘアスタイルは人々が最も好む話題だった(その色でさえ「王妃の髪《シュヴー・ド・ラ・レーヌ》」と呼ばれ、流行した)。しかしこの一大事が初めて訪れたとき、レオナールは震え始めた――自分の生涯の仕事が突然消えてしまう危険にさらされている。その夜、レオナールは帰宅しても眠れず、自分の行く末についてうなされては寝返りを打った。もしマリー=アントワネットの髪がなくなりでもしたら、今の自分の力を、パリや宮廷の女性たちの心(と財布)を開かせることができるこの抜群の力を失ってしまうのではないか。レオナールは、この避けられない未来に備えて対策を練り、実践した。それを流行にしてしまったのである。

「陛下……」レオナールは王太子の誕生後まもなく王妃に言った。「高さのあるヘアスタイルは、ずいぶんありふれたものになってきました。最初はブルジョワ階級が真似をし、今ではパリの平民たちまで真似しています」

王妃は困ったように、そんなことを聞くのは悲しい、高いヘアスタイルはいつでも私にとても似合っていたのに、と言った。レオナールは、どんな髪型でも王妃様の美しさを完璧にすることはできるが、もはやグリゼットたち、つまりパリの尻軽な労働階級の女たちがしているようなヘアスタイルをしてはいけないと答えた。

レオナールは、王妃のヘアスタイルについて「全面的な改革」をじっくり計画したと付け加えた。レオナールは新しい髪型の王妃の肖像を描かせていたが、それは確かに王妃を六つか七つは若く見せていた。王妃は初めこそこの話に乗り気だったが、髪を十数センチの長さに切らなければならないとわかると考えを変えた。レオナールはすぐさま、もし王妃が「子供のような髪型《コワフュール・ア・ランファン》」を受け入れるなら、この新しいスタイルは必ずまた熱狂的に歓迎されるだろうと答えた。そしてレオナールは、このままだとはさみを使うまでもなく、王妃様のお髪は二週間以内に全部抜けおちてしまうでしょう、と警告した。すっかりおびえたマリー＝アントワネットは、とうとうレオナールにその長い巻き毛を切り落とすことを許し、あまり短く切らないでと懇願した。

王妃の美しい髪はレオナールのはさみで切り落とされ、二週間もしないうちに宮廷の女性は皆、髪を「ア・ランファン」にするようになった。魔法の櫛を持った髪結いはこうしてふたたび脚光を浴びた。新しい髪型はパリといわず地方といわず広がっていった。そびえたつプーフから短く切った髪へのこの突然の流行の変化は、ヘアモードの世界に新しい時代を創り出した。「女たちの悦び《オ・プレジール・デ・ファム》」「怠け者風《ア・ラ・パレスーズ》」「緊急事態風《ア・リュルジャンス》」といった、ショートヘアのための新しいスタイルが考案されたのである。[12]

◉

王妃マリー＝アントワネットへの中傷や寸鉄詩《エピグラム》や戯れ歌は、一七八一年の終わりには、すでにとどまるところを知らないほどになった。どれも王妃の評判を傷つけるものだったが、作者はついに見つからなかった。その年の終わりまでは、どの記録を見てもコワニー、ヴォードルイユ、ロザン、ブザンヴァル、ディヨンの名前しかあがっていなかったが、今ではさらに多くの名前が呪わしきお気に入りのリストに並ぶようになっていた。中には王室の給与者名簿に載っている名前もある。だが、十六年から十七年にわたる宮仕えの間、王妃の居殿に一日中いつでも出入りし、王妃の姿を見ていない時間はほとんどないといえたレオナールはこう書いている。

> 私は、悪い行ないはひとつたりとも、いや、そんなそぶりさえ目にしたことはない。私にはこうしたことを言う十分な資格があると思うのだが、マリー＝アントワネットは無実だった。少なくともその人生において非難され、その死後の名声を汚しているような過ちのほとんどについてはそうであった。私はそう固く信じている。

ただしレオナールも、その性格に対する非難についてはマリー＝アントワネットにも一部責任があったと認めている。

だが、残念なことに自分に対する世論の変化をあまりに軽んじていたため、王妃は自分の評判に十分な配慮をしてこなかった。つまり敵を軽蔑することで満足してしまい、自分がどう見えているかについて気を配ったことがなかったので、それが敵に武器を与えることになってしまったのだ。

レオナールの親友、帽子屋のローズ・ベルタンも、悪意ある会話から逃れることはできなかった。一七八一年の終わり頃、レオナールは、ベルタン嬢がふたたび王妃の身支度のメンバーに入れてもらえるかどうかを心配していた。

ベルタン嬢の店の主任帽子職人ジュリー・ピコーは非常に賢く（ずる賢く）、雇い主の顧客名簿を手に裕福な客の家をひそかに訪問していた。ピコーは客の注文を聞きながら、ベルタン嬢をけなすようなことをよく言った。おかげでこの客たちは、ベルタン嬢の替わりにジュリーを雇うようになったのである。これはピコー嬢がみずからレオナールに話したことである。

宮廷に頻繁に出入りしたベルタン嬢は、富や名声だけでなく洗練された作法も身に着けていたはずだ。一七八一年四月十五日の復活祭の日、王妃のもとへ向かう途中、ベルタン嬢はヴェルサイユの回廊のひとつでジュリー・ピコーに出会った。かつての助手が王妃の居殿に出入りしていることに猛烈に腹を立てていたベルタン嬢は、怒りを抑えることができず、ライバルの顔に唾を吐きかけた。がっしりとした体格で自制心が利かないピコー嬢は、かつての雇用主をひっぱたこうとしたが、回廊をパトロール中の近衛兵たちがすんでのところで止めに入った。[13]

近衛兵が宮殿の警備責任者にこのことを報告すると、ベルタン嬢は二十フランの罰金と慈善費用の名目でさらにいくらか払わされることになった。レオナールによれば、この罰は、王宮内での侮辱行為という罪状の深刻さのわりには軽いほうだったという。マリー＝アントワネットが罰を軽くするようにとりなしてくれたのだ。

王妃はつねにベルタン嬢とレオナールの趣味を信頼してきたが、この「唾吐き事件」後まもなくして、モンタンジエ嬢とギマール嬢も自分の名高い相談役の一員に加えることにした。この音楽家と女優は、王妃の有名な帽子屋と髪結いの評判を損ねはしなかった。それどころかこの改革のおかげで、レオナールとローズはますます成功したのである。新しいアドバイザーたちがアイディアやデザインを思いつくと、レオナールとローズがすばやく呼び入れられ、どれだけ費用がかかろうとそれらを具体化するのであった。

一七八二年、レオナールとローズ・ベルタンは王妃に（そして一般大衆に）ヴェンツェルの作品を初めて紹介した。ヴェンツェルは、イタリアの修道院で考案された造花の作り方を最初にフランスに持ち込んだ人物である。そのおかげでデザイナーたちは、当時広く使用されていた生花の替わりに造花を使うことができるようになった。ガスコン人レオナールの記述によれば、造花の流行はたいそう過熱したので、二十軒もの店がこの機を最大限に利用しようとしのぎを削ったという。

この新しい動きはフランスのファッションに大きな影響を与えた。ダイヤモンドや真珠は忘れ去られ、宝石類の価値まで下がってしまった。女性たちは薔薇の冠をかぶったり、鮮やかな色の花輪でドレスを覆ったりして自分たちをより若く見せようとした。乙女たちはどこもかしこも花で飾りたて、冬だというのに春の馥郁《ふくいく》とした気配があたりを覆った。こうした若い女性たちは王妃が催すお祭りごとの際に入場を許され、シャルトル公爵は女性たちが自分のファッションを年中見せびらかすことができるよう、パレ・ロワイヤルの庭園にオープンスペースを作った。おかげでレオナールは引っ張りだことなり、経済的にもかなり潤った。一方、王妃マリー＝アントワネットは、今やプチ・トリアノン宮で羊飼い女として過ごす時間が一番の幸せと感じていた。髪にはきらきら光る飾りではなく、色とりどりの花や花輪、羽飾りを挿していた。王妃は、プチ・トリアノンをますます美しくすることと、刺繍、それに子供たちの教育に夢中だった。

だが宮廷の伝統では、王子や王女の教育は貴族の廷臣の仕事とつねに定められてきた。長いこと衰えていた王妃の人気が子供たちの誕生のおかげでやや盛り返したというのに、王妃は教育係という憧れのポストを狙う廷臣たちを遠ざけてしまったのである。プチ・トリアノンという王妃のプライベートな宮廷から閉め出された恨みは、悪意に満ちた噂や中傷という復讐へとすぐに変わっていった。

王妃が引きこもりを続けている間、プチ・トリアノンのドアの外では嵐が激しさを増すばかりだった。王妃は庭に作る本物そっくりの村里《ル・アモー》の設計に忙しかった。一七八三年に作られたこの村里は、池や、粉挽き水車のある小川、コテージ付きの農家、それに何十もの庭があり、まるでおとぎ話に出てくる村のようだった。

この村里のために、王妃は最後まで残っていたわずかな支持者たちをも捨てることになった。もはや、王妃の味方は誰もいなかった。世間は、王妃の孤立と浪費を非難し続けた。そして宮廷は、王妃が無知な乳搾り女の真似事をしたりヴェルサイユを無視したりすることで、王国からその尊厳をむしり取っているとさえ感じていた。

第7章 王妃の気性

一七八四年十二月　フランス、ヴェルサイユ

そのうち、財務総監の許可なしでは下着さえ買えなくなるのでしょうね。
——マリー＝アントワネット（一七八八年、ヴェルサイユ）

ルイ十六世の治世の始まりからずっと、妻である王妃に好き勝手を許しているのは国王のわれ関せずといった態度なのだと、誰もがわかっていた。実際のところ、いくつかの問題についての王の沈黙や、全体的な押しの弱さがなければ、マリー＝アントワネットの君臨の仕方もかなり違っていたことだろう。

あるとき、レオナールが王妃の私室《ブドワール》で王妃とふたりでいると（王妃はソファに座ってハープの練習をしていた）、財務総監［フランス王国における経済担当大臣職］カロンヌの到着が告げられた。この前の妊娠中に思いついた「気まぐれと思いつき」について話そうと、王妃がカロンヌを呼び出したのである。[1] たまった債務のことではないかという財務総監の予測は正しく、その額を聞かれた王妃は答えた。「それほど多くはないのですよ、せいぜい九十万フランくらいかしら」

レオナールによれば、王妃はハープをもう少し弾いた。それはおそらく、カロンヌに「それほど多

くはない」金額（現在のおよそ三百万ドル）[2]の衝撃から立ち直る時間を与えるためだったのだろう。カロンヌは王妃に、どもりながら、自分はいつでも王后陛下のお役に立ちたいとは思っているが、今、自分が九十万フランを国庫から引き出すのは実際問題として不可能であると答えた。[3]

「でも、私、待てましてよ！」王妃は答えた。「急ぎではありませんの――小切手は一週間以内に署名すればよろしいのです。お願いはそれだけですの。きわめて理にかなったお話をしていることは、おわかりでしょう。明日の御前会議で国王陛下にお伝えするのをお忘れにならないで」

大臣は確かに、会議の前に王妃の金銭的苦境についてルイ十六世に話し、王は財務総監がこの問題を持ち出してくれたのは非常に賢明だったと述べた。また、そのような気まずい場面でカロンヌが王妃に対して毅然とした態度を取ったことを心からほめたたえた。

結局、九十万フランはその週のうちに用意された。

◉

それからまもなく、レオナールは身支度の侍女たちが到着する前に王妃の居殿に通された。広間に入っていくと王妃はすぐさまレオナールに大声で呼びかけ、新しい小説『危険な関係』を持ってきてほしいと言った。レオナールは、その本は読んだし、パリでかなり大評判になっているものの、そのように性的に過激な小説をフランス王妃にお持ちするわけにはいかないと言った。[4]

王妃はそれに答えて、スキャンダラスなその本の著者コデルロス・ド・ラクロが書いた詩で、王妃の敵デュ・バリー夫人をひどくばかにした『マルゴへの手紙』を引用してみせた。[5]そして、読みたくてたまらないので絶対に持ってきてほしいとレオナールにせがんだ。もちろん、その本はまさにその翌日、王妃の化粧テーブルの上に乗っていた。

ルイ十六世は、王妃の文学的好みに必ずしも賛同してはいなかった。ボーマルシェの『フィガロの結婚』を読んだときも、貴族への風刺の中に反体制的な姿勢を感じ取り、ただちに上演を禁止した。[6] だがボーマルシェはすでに王妃の保護を受けていたので、結局は王妃の後援で上演されることになる。

ボーマルシェの喜劇、しかも王と王妃をよりによって「獅子と虎」[7]と呼ぶような劇が途方もない成功を収めたことは、「〔ルイ十六世を〕王として不安にさせ、キリスト教徒としてあきれさせた」。

そこで王は、ボーマルシェを逮捕する命令書を書いた。五十三歳の大人を、通常は若い放蕩者が放り込まれるサン＝ラザール牢獄へ連行するよう命じたのである。だがさすがにこれは横暴との世間の声で、ボーマルシェはその後すぐに釈放され、王は「この機を逃さずボーマルシェに進んで善意の証を授け」さえしたのだった。

『フィガロの結婚』はたちまち成功を収めただけでなく、王室はのちにこの偉大な劇作家の作品『セビリアの理髪師』をプチ・トリアノンの小劇場で上演する。マリー＝アントワネットがロジーナ、アルトワ伯爵（のちのシャルル十世）がフィガロを演じた。[8] ボーマルシェに対する失策はまもなく忘れられていったが、新しい不祥事がフランスの新聞の一面を飾ろうとしていた。宮廷を揺るがし、レオナールの王妃への忠誠が何度も試されるような一大スキャンダルである。

◉

一七八四年、あの忌まわしき「首飾り事件」が起きた。世間は騒然となり、王妃マリー＝アントワネットの評判は恥辱と不名誉にまみれた。王妃は利用されただけで完全に無実だという事実は、まったく重要視されなかったのである。すべての犯行を企てたのはラ・モット夫人という人物で、かつての名はジャンヌ・ド・ヴァロワ、宮廷では認知されていないアンリ二世の庶子の子孫であった。[9]

ラ・モット夫人は、マリー＝アントワネットが子供の頃にウィーン駐在大使だったルイ・ド・ロアン枢機卿と懇意になる。ロアン枢機卿には、当時そのあまりの傲慢さで女帝マリア・テレジアにすっかり嫌われ、フランスへ送り返されたという経緯があった。マリア・テレジアはのちにマリー＝アントワネットに、決してロアンの訪問は受けないようにと注意しているほどであり、実際、王妃となったマリー＝アントワネットはロアンに自分の宮廷への出入りを禁止していた。

当時ヴェルサイユ宮殿の近くに住んでいたラ・モット夫人は、王妃にまつわるあらゆる噂話を耳にするうちに、突如この計画のあらましを思いつく。王妃御用達の宝石商ベメールがかつてルイ十五世のために宝飾品を作ったことがあり、その傑作のために何年もかかって石を集め、細工を重ねたことを、夫人は知っていた。それはダイヤモンドの飾り房が何連にも重なった首飾りだった。

ベメールはこの作品をヨーロッパのあちこちの宮廷に持ち込んだが、売れなかった。ルイ十六世に見せたところ、王はたいそう気に入って王妃のために購入しようと考えたのだが、王妃のほうが高価すぎると考えた。美しいダイヤなら、すでに多すぎるほど持っていたのだ。[10]

ラ・モット夫人はロアン枢機卿をだまし、王妃が手持ちの費用がなくて困っている、慈善費用の捻出も楽ではない、王妃はひそかにその有名な首飾りを欲しがっているのに国王の許可が下りない、と都合よく脚色して話をする。そして、もし枢機卿がこの件でなにがしかの援助を提供できるのであれば、ついに王妃の寵愛を勝ち得ることができるかもしれない、とほのめかした。夫人は王妃からの「肉筆の手紙」も作成した。それには、王妃への枢機卿の献身ぶりに感謝し、ダイヤモンドの首飾りを代理で購入する権限を与える、と書いてあった。この手紙には「マリー＝アントワネット・ド・フランス」と署名があったが、これは王妃が使用したことのない署名であり、枢機卿にも偽物であるとわかるようなものだった（「ド・フランス」がつくのは君主の子供たちのみで、妻にはつかない）[11]。

さらにラ・モット夫人は、夜のヴェルサイユ庭園で王妃とひそかに会えるよう手配すると言った。以前ラ・モット氏がパレ・ロワイヤルの庭園で目にとめた、若くてかわいらしい女性オリヴァ嬢が王妃にそっくりだったのである。王妃が身代わりになってほしがっていると聞くと、この淫らな女ははした金でその役を簡単に引き受けた。

一七八四年七月二十八日、台詞の練習もしてきたオリヴァ嬢が約束の時間にやってきた。ロアン枢機卿は自分の願いを自由に王妃に見せてもよいと言われていて、「王妃」はそのやさしさの証として、薔薇の花と肖像画が入った小さな箱を渡すことになっていた。

ラ・モット夫人の合図で枢機卿が約束の場所に急ぐと、白いドレスに栗色の髪、青い目、レオナール風の髪型に髪を結った背の高い女性の姿が、どうにか見分けられた。枢機卿が敬意のあまりひざまずくと、その王妃役の女は「台詞」を言って箱を手渡した。枢機卿が言葉を発する間もないうちに、見張りに立っていたラ・モット氏がそばに現れ、ささやいた。「誰か来ます」。白いドレスの女は薔薇を落とし、「この意味はおわかりになりますね」と言って消え去った。枢機卿も、見つからないようただちにその場から逃れた。

枢機卿から、王妃に首飾りを売却できるかもしれないという伝言を受け取ると、ベメールは値段をつり上げた。百六十万リーヴル（およそ八百万ドル）を十八か月間で五回に分割して支払うという条件で、ベメールと枢機卿は署名した。首飾りは枢機卿のもとへ届けられ、枢機卿はそれをラ・モット夫人に託したが、王妃のもとへは届けられなかった。それどころか首飾りはばらばらにされ、イギリスへ送られたのである。枢機卿が王妃からのやさしい言葉を待っている頃、ラ・モット氏はロンドンのニューボンド・ストリートの宝石商たちにダイヤモンドを売りさばいていた。

首飾り代金の最初の分割払いの日が来ても、支払いはいっさい行なわれなかった。だまされた、と枢機卿とベメールは思った。ベメールは自分で王妃に支払いを求めに行ったが、この話はすべて間違いに違いないと王妃が言ったので、震えながら宮廷を後にする。

八月十五日、ミサを執り行なうためにヴェルサイユを訪れたロアン枢機卿は、突然、国王の私室へ呼び出された。王と王妃が待っていた。

「枢機卿閣下、ベメールからダイヤモンドを購入されたか?」国王は尋ねた。

「はい、陛下」ロアンは言った。

「それをどうされたのか?」

「王妃様にお渡ししたと思っておりましたが」

「誰がそんな権限を与えたのか?」

「ラ・モット＝ヴァロワ伯爵夫人という女性からです。その方に王妃様からのお手紙を渡され、私はそれが王妃様のご要望なのだと本当に信じたのです」

マリー＝アントワネットは、怒りに震えながらさえぎった。「閣下、私がラ・モット夫人とかいう女とこんな交渉をするのに、よりにもよって八年間も口をきいていない人間を選ぶなど、いったいどうして信じられたのですか?[12]」

枢機卿は答えられなかった。

ロアンが王の部屋を出ると、ウィーンの大使館時代からの古いライバル、ブルトゥイユ男爵が追ってきた。回廊に集まった大勢の人たちが呆然と見守る中、男爵は警備の将校を呼んでから枢機卿に言った。

「閣下、逮捕いたします」

枢機卿は逮捕され、バスティーユへ連行された。ラ・モット夫人、王妃の役を演じたオリヴァ嬢などが、次々と逮捕された。

◉

マリー＝アントワネットはこの恥辱に慰めようもないほど涙を流した。この件は文書偽造だったとフランス宮廷が証明できたにもかかわらず、他のヨーロッパの宮廷は皆、この話でもちきりだったのである。王妃は、教会そのものではないにしても、強大なロアン家、スービーズ家、ゲメネ家、マルザン家、そのほか大勢の味方を敵にまわしてしまった。

ラ・モット夫人はむち打ち刑のうえ烙印を押され、終身禁固刑となった。王妃の筆跡偽造の実行犯ヴィレット・ド・ルトーは国外追放となった。ルトーは小粒のダイヤを売りさばいているところを捕まり、自分にダイヤを売るよう託したラ・モット夫人を密告したのである。だがロアン枢機卿は、完全に無罪となった。[13]

ラ・モット夫人は、まっ赤な焼き鏝《やごて》で両肩に「V（泥棒 Voleuse の頭文字）」の烙印を押されたが、従容《しょうよう》として、というわけにはいかなかった。夫人は悲鳴をあげて「山猫のようにかみついた」。王妃に悪態をつき、その後さるぐつわを噛まされたにもかかわらず、夫人が口にした言葉はパリ中を炎のように駆けめぐった。[14] 数か月後、ラ・モット夫人は脱獄する。もうひとつの王族ヴァロワ家の血筋を引いていたため、罪を被せられたのではという噂も流れたが、夫人は、イギリスから王妃をしつこく攻撃していた夫を止めに行かせるためにわざと逃がされた、というのが定説となっている。[15]

首飾り事件で王妃の評判は傷ついたものの、不幸で有名になるのも悪いことばかりではない、とレオナールは述べている。王妃のふりをした娼婦オリヴァ嬢には大勢の崇拝者ができた。バスティーユから釈放されたとたん、宮廷でも最も裕福な放蕩者たちから引っ張りだこになったのである。皆、誰がオリヴァ嬢のパトロンになるかに賭けていた。今や有名人となったオリヴァ嬢は、当時パリで出まわっていた小冊子のスターとなる。これも王妃のおかげだった。

王妃「卑しい売女《ばいた》、王妃の役がお似合いね！」
オリヴァ嬢「あら、もちろんよ、王妃様！　あなたもしょっちゅう私の真似をしてるでしょ！[16]」

首飾り事件が、モードの町パリを何の痕跡もなく過ぎるということはありえなかった。レオナールは、火のような色のリボンを巻いた麦藁帽子「藁の上の枢機卿《カルディナル・シュル・バイユ》」を発表する。これはロアン枢機卿の破産に対する、あまり趣味のよくないあてつけだった。赤は枢機卿の法衣を表す。藁は枢機卿が寝る場所、つまりバスティーユの床の藁布団を表していた。

だがまもなくレオナールの関心は、別の事柄へと移っていった。世間が、王妃に対してまったく別な種類の疑惑の目を向けるようになったのである。

◉

その頃ヴェルサイユに、外国の大佐が現れた。その品のある物腰と太陽神アポロンを思わせる風貌は、宮廷のどんな紳士も敵わなかった。アクセル・フォン・フェルゼン伯爵である。女性は皆フェルゼンに夢中になり、男性は皆フェルゼンに嫉妬した。レオナールが「大佐は毎日決闘している」と書いているのはさすがに大げさだったが、本当に決闘すると、大佐は必ず勝った（十八世紀に国王と教会が禁止しようとしたにもかかわらず、決闘は十九世紀になるまでよく行なわれていた）。大佐は、自分の名誉に関わるにときのみ、決闘を受けて立っているようだった。そして相手に傷をおわせると、大佐は冷静にこう言うのだった。「決闘せざるをえなかったことは残念です。あなたが愛する女性を奪おうなどとは、まったく思っていなかったのですが」。それは本当だった。王室スウェーデン人連隊長でもある伯爵は、宮廷のどんな女性も愛していなかった。このすばらしい将校は、もっと身分の高い女性のことで頭がいっぱいだったのだ。王妃その人である。

王妃の取り巻きに迎えられてからもフェルゼンは自分を厳しく抑制していたので、その態度や行動や話しぶりから彼の秘密をうかがい知ることはできなかった。マリー＝アントワネットはこのスウェーデン人将校のカリスマ性のとりこになった。愛さずにはいられなかった。そんなアントワネットの眼差しに――さらには言葉にも――フェルゼンも希望を持たないわけにはいかなかった。私の心を愛の想いで満たしているのは王妃様だけです、それがたとえ「絶望的な」ものであっても。大佐は王妃に告白した。

王妃のやさしさあふれる反応を廷臣たちから隠すのは至難の業だった。王妃はフェルゼンに手紙を送り、プチ・トリアノンの秘密の扉を彼のために開けるとまで言ったのである。このように、かなりくわしいことまであからさまになっているにもかかわらず、ふたりの間にはなんら不名誉なことは起こらなかったとレオナールは主張している。

王室はこの頃、私生活の面でも悲劇に見舞われていた。一七八七年、下の娘のソフィー・ベアトリスが一歳の誕生日を目前に亡くなったのである。王妃は深く悲しみ、取り巻きを連れずに王とその妹だけでプチ・トリアノンに閉じこもった。マリー＝アントワネットは義妹に書いている。「私のかわいそうな小さな天使のために、一緒に泣いてほしいのです。あなたの心で、私の心を慰めてほしいのです」

王妃の親しい友人たちが、悲しみを少しでも和らげようとして、王女様はまだ小さかったのですし、そんなに泣いていては王妃様の体に毒ですよと言うと、王妃は答えた。「あの子はやがて友だちになってくれたでしょうに、それがおわかりにならないの？」。マリー＝アントワネットには、このときほど友人が必要だったことはかつてなかった。女性として、友人として、母として激しく責められていたマリー＝アントワネットは、自分の不運を受け入れ始め、ため息をついた。「ああ、もう私には幸せなどない。みんなで私を陰謀家にしてしまったのだから！」[17]

子供たちのためなら、王妃はいつでも時間を割くことにしていた。夜だろうと昼だろうと、いつでも会いに行った。あるとき、ふと思い立って上の息子に会いに行くと、王子の体には王妃への予告なしに蛭《ひる》がいくつもつけられ、瀉血《しゃけつ》の最中だった。王妃は恐ろしさのあまり失神してしまう。その後まもなく侍医たちは、王太子ルイ＝ジョゼフの命が病気のためもう長くないことを国王一家に告げた。容態は急速に悪化し、すでに背骨が冒されているという。マリー＝アントワネットは、父の国王もこの年頃には病気がちだったことに、息子が助かる一縷の望みをかけた。王妃は苦しんでいたが、同時に下の息子ルイ＝シャルルが強くて健康であることには救われる気持ちだった――「正真正銘の田舎の子供よ」と、王妃は無理に笑みを浮かべながら言ったものだ。[18]

◉

マリー＝アントワネットが悲しみに沈んでいる頃、レオナールは、ベルタン嬢が収入を大幅に上まわる出費で危険な状態にあることを知った。ヴェルサイユへの頻繁な出張、王妃を喜ばせようという熱意、商才の乏しさ、そして後援者の貴婦人を大勢ピコー嬢に奪われたことなどが重なり、ベルタンは二百万フラン以上の借金を抱え込んで破産に追い込まれてしまったのである。[19]

破産の主な原因は、始終王妃のそばに仕えるために、ベルタンがしばしば長期にわたってヴェルサイユに滞在したことだ。出張のために店を若い女店員たちに任せざるをえなかったのだが、彼女たちは不真面目だったり色恋事で頭がいっぱいだったりでまともな仕事ができず、店は致命的な損害を被ったのである。数日後、破産したベルタンが王妃の仕事で宮廷に現れたとき、レオナールは大変な光景を見てしまった。あのベルタンが門前払いを食らったのである。

二十万フランもあればベルタン嬢を救えたはずだ、半年前に新しい事業に有り金全部をつぎ込んでいなければ喜んで貸しただろうに、とレオナールは書いている。当時彼は、王弟プロヴァンス伯爵がイタリア音楽の熱心な愛好家と知り、主にイタリア人の歌手を集めた劇団を作ることにしたのだ。すでに国王も弟に劇団設立の特権を与えていた。だが、まず劇場を建てなければならず、しかもプロヴァンス伯はそんな大がかりな建設計画に必要な額を出したがらなかった。

レオナールは自分の新しい事業――ほとんど自分ひとりの出費で建てる劇場に全力を傾けていた。レオナールは書いている。「私は、心から喜んでベルタンを助けただろうに。出世街道をともに歩むこの相棒を、私は本当に好きだったのだから」。しかし王妃はベルタンを解雇し、この帽子屋にさらにひどい不名誉と屈辱を与えただけだった。レオナールは、十七年間にも及ぶローズ・ベルタンの宮廷での活躍が終わってしまうのは悲しいことだと主張している。しかしながら、レオナールの回想録にはこの件についてほとんど何も書かれていない。あるいはレオナールは、宮廷でのベルタン嬢の影響力がますます大きくなるのに嫉妬し、自分の力が脅かされると感じ、ひとつしかない地位をふたたび独占できるのを喜んだとしても、不思議ではないかもしれない。

◉

即位直後のルイ十六世の妻への無関心がマリー＝アントワネットの軽はずみな行動の原因だったとするならば、一七八〇年代の終わりに国政に関して王妃に意見を聞いたのは、さらに大きな過ちだったと言えよう。それは、壊滅的な結果を招いた。ただしレオナールは、王妃の国政への介入はわずかなものであったし、しかもタイミングはすでに逸していた、とはっきり述べている。

王妃は革命という名の二輪馬車を止めようという思いを抱いたが、自身の過ちや革命による不幸から生まれたばかりのこうした考えと認識は、王国を引きずりまわそうとしている二輪馬車を制御する手段としては、残念ながらあまりに貧弱だった。

効率の悪い税制と費用がかさむ外国での戦争（アメリカ独立戦争における植民地の反乱への資金供給を含む）は、王政に悲惨な結果をもたらした。ルイ十六世は貴族たちを招集して事態を話し合ったが、「名士会［ヴァロワ朝からブルボン朝にかけて存在した、国王の諮問で重要議題を話し合う会議］」では政府の財政危機を立て直すことはできなかった。だが名士会は、王妃の長々しい不義密通の連続から世間の注目をそらし、のちに非難されることになるのだが、その法外な出費を減らすべく宮廷に経費削減計画を提案したのだった。

王妃はすでに使用人たちにはさまざまな改革を命じていた。そして、王妃関連の出費を監視する担当者らには、たとえ「必需品」を削減することになってもできるだけ節約するようにという指示を与えていた。たとえば、宮廷内の賭博について変更を加え、自分の取り巻きが行なうバックギャモンでは十二フラン以上の賭けは禁止するとマリー＝アントワネットは宣言した。こうした改革を軽く考えていたベルザンス、ヴォードルイユ、タルモンの各氏が以前のように賭けを続けたところ、国王はすぐに三人に宮廷への出入りを禁じ、新しい制限を守らなかったかどで国外の連隊に配属し、追放してしまった。

名士会は、次のような意地の悪いコメントを述べて、王妃と王妃発案の改革を侮辱した。「私どもは、王后陛下が本日、国王陛下の立派な奥方、そして王太子殿下の母君としてしかるべきごようすでお出ましになったことを、誇りに思わなければなりません」

「そのうち、財務総監の許可なしでは下着さえ買えなくなるのでしょうね」[20]王妃は答えた。

名士会の勧告にもかかわらず、王妃は自分で約束した改革をあまり本気で実行する気がなさそうだということが、まもなく判明する。名士会での審議の間、マリー＝アントワネットは五十万フラン以上かかるフォンテーヌ・ブローでの祝宴計画を承認させようと一生懸命だったのだ。

国民は悪化する国家財政を、ますます王妃のせいにするようになった。この騒然とした時期、国民全体が王妃への反感で非常に興奮していたので、王妃はお気に入りの隠れ家から出る勇気もなく、まるでプチ・トリアノンに監禁されているかのような気分だった。パリ市民の王妃への憎しみはきわめて敵意に満ちていたことから、警察はパリ担当大臣に、王妃の首都訪問はいっさい認めないようにと注意した。大臣は、すでに弱っている王妃にこの警告を直接聞かせるに忍びず国王に伝えたが、気のきかない王は妻の部屋へ駆け込み声高に言った。「王妃よ、追って知らせるまで、そなたがパリに行くことは禁ずる！」

この時点まで、名士会が勧告した経済政策は宮廷の王侯たちにとっては笑いぐさのひとつだったが、一七八八年八月十三日、国王は節約に関する令を発表して宮廷内に掲示するよう命じた。王の新しい試みにもかかわらず、辛辣なビラがパリやヴェルサイユ、はては王宮へ続く道端の木にまで貼りつけられた。高等法院の法官たちでさえ、そうしたビラを壁に掲示した。すべて「幕の後ろの見えない権力」つまり王妃に反対するものである。

出費削減のための対策（特にお気に入りのポリニャック夫人とその一族のような人たちの収入削減）はある程度歓迎されたものの、まだまだ不十分と考えられた。さらに重大だったのは、新財務総監ブリエンヌが、この混乱の中でまるで泥棒のように甘い汁を吸っていたことだ。ただ木を伐採するだけで九十万フラン以上の利益があがる地所を与えられたのである。ブリエンヌの出世はマリー＝アントワネットの後押しのおかげだったことから、高等法院の怒りを買った。それどころか、ブリエンヌに重臣の地位を確保してやったのは王妃だったのである。国王の命令に対して高等法院も明確に反論した。「陛下、かかる政策はご自身から出たものではございませんでしょう。そのようななさり方は、陛下の平素のお考えには似つかわしくありません。別なところから出たものでございましょう[21]」。そして「別なところ」である王妃は、自分の立場をますます悪くしていくのだった。

◉

こうした騒ぎの最中、一七八八年から八九年にかけての冬の厳しさは、革命の炎に油をそそぐことになる。レオナールは、その年の寒さがどういう結果を導くのか、よくわかっていた。

すでに抑圧されている者にみじめさを加えてみよ。すぐに革命が始まる。革命の勃発に大きく貢献したものはといえば、おそらくは貴族たちが見せびらかした贅沢だ。零下十度にまで下がった寒さの中、民衆が極貧に苦しんでいるまさにそのときに見た、贅沢である。

意図的にかどうか、レオナールがここで書いた「贅沢」とは、自分の作品のそれではなく、通りを滑っていくみごとな橇のことだった。その頃、金モールと毛皮の裏地のついたビロードのマントに身を包んだ宮廷の貴族や王族たちは、橇遊びに熱中しては王妃にウィーンでの子供時代を思い出させていた。

王妃の寝室付き第一侍女、カンパン夫人は回想録の中で、馬のくびきを飾る鈴やポンポン、羽飾りの優美さや白さ、さまざまな形の橇、そしてすべてに施されている金の縁取りで、橇遊びの一行は「どんな人の目も喜ばせてくれる[22]」と書いている。だが一行がパリのシャンゼリゼまで足を伸ばそうものなら、王妃反対派がその機をとらえて、王妃がパリの大通りを橇で通っていったと非難するのだった。最下層の国民が道端で凍死しているという、このタイミングでの冬の乱痴気騒ぎは、明らかに怒りを煽ったようだ。マリー＝アントワネットは賢明にも、この楽しみをやめた。

数々の非難や批判的な噂、たび重なる醜聞は、とうとう王妃の健康をも損ない始めた。レオナールは書いている。「王妃は、時折深いため息をもらした。つらい記憶や後悔でいっぱいのため息である」。王妃はたびたびこう繰り返した。「ああ、もしわかっていたならば……若さとは、なんと愚かなものでしょう！」

それからこの激しい内面の苦痛から逃れるように、マリー＝アントワネットは自分の髪結いに言うのだった。「レオナール、何かお話をしてちょうだい、何かとっておきの話を」。王妃の目はこう付け加えているようだった。「暗いことばかり考えずにすむようにね」

第8章 テアトル・ド・ムッシュー

一七八七年十月　フランス、ヴェルサイユ

敬虔なキリスト教徒である王弟が、なぜ悪魔の作品を上演する許可を与えられるのか？
──『ジュルナル・ド・パリ』紙（一七八九年二月）

ヴェルサイユの廷臣たちはすっかり甘やかされ、その地位を利用しては贈り物や肩書きを得ていた。彼らにとって、それは当然のことだった。レオナールでさえ、侯爵気どりだと言われた。新しいヘアスタイルをひとつ考案するのに十ルイ（およそ八百ドル）、ほかに週二回の常連客からは月々三ルイももらっていたのだ。比較してみよう。あるパリの工場主は、工員に一日当たり三十スーから五十スー払っていた。レオナールは新しいヘアスタイルひとつあたり十ルイなので、一回で四千スーもらっていたことになる。パン一塊の値段が四スーから五スーだったことを考えると、髪結いの収入はけた外れだったのである。やがて革命が始まると、この工場の日当は一日十五スーまで削減され、パンは一塊八スーとほぼ二倍にはね上がった。パリ市民はパンだけでなく肉やワインも買わなければならないし、家賃や高い税金も払わなければならない。だが労働者の福利について尋ねられた工場主は、簡単にこう答えた。「パンなんて、彼らには贅沢すぎますよ[1]」。この工場主はただちにその界隈から追い出された。

レオナールはたいてい、通常の得意先には「美男《ル・ボー》のジュリアン」と呼ぶ助手を派遣した。ジュリアンはレオナールほど風采が立派ではなかったが、すぐに貴族の顧客たちから大切にされ、甘やかされるようになった。王妃マリー＝アントワネットでさえ、この髪結いの「借り物」の地位についてはたびたびこう言ったものだ。「私たちのものである貴族の身分を、もてあそんではいけませんよ」[2]

世界を旅したシュヴァリエ・ド・ブーフレール「カトリックの騎士修道会マルタ騎士団の騎士」は、イタリアの王族ランティが、パリ訪問中にレオナールを呼びにやったときのことをくわしく書いている。この有名な髪結いは剣を脇に下げ、非常によい身なりで到着したので、王子は貴族と間違えてしまった。椅子を勧めるとレオナールは、私はそのような栄誉にあずかるような身分ではございませんと言う。レオナールは、ただ髪を結いに来ただけなのである。[3]

「ああ、君がレオナールか！」王子は言った。

「はい、殿下。ご用命を」

王子は、レオナールが髪を結い始めるものと待っていたのだが、こう言われたのでびっくり仰天した。「殿下、私はただの人相見でございます。どうか、助手を呼ばせてくださいませ」

ジュリアンが到着し、レオナールの指示に従って王子の頭をあちこちまわした。するとレオナールは出し抜けに言い放った。「顔は栗形だ、ジュリアン。この方のスタイルは『ア・ラ・シャテーニュ（栗風）』に！」。そしてお辞儀をするとさっさと出ていってしまった。

シュヴァリエ・ド・ブーフレールは、おこりっぽいランティ王子が、かつて似たような愚か者を故郷イタリアで窓から投げ出したことがあると書いている。だが、有名な髪結いが王妃の庇護のもとにあると知っていた王子は怒りを抑えた。栗のような顔だと言われても、何も言わずに受け入れたのである。

◉

レオナールは、十年前に始めて成功した冒険的事業「アカデミー・ド・コワフュール」に、名前だけとはいえ依然として関わっていた。もともと貴族の従者や侍女を対象に開設されたアカデミーは、パリの上品な地区への入口にあたるショセ＝ダンタン通りの一角にあり、香水店も併設していた。[4] アカデミーは当初から利益を上げ、一七八七年には王妃マリー＝アントワネットへ納品した美容関連用品だけで四千六十三リーヴル（一万六千ドル）の売り上げがあった。この二百九十四リーヴル（千二百ドル）の領収書〔図参照〕には、ある貴族の顧客へのひと月の納品とサービスが記載されている。

このタラント公妃のためのシャティヨン公爵夫人宛ての領収書には、カール料、櫛代、セット料、ヘアピン代、羽飾り代などが含まれている。[5] セット料は普段用の六リーヴルから、髪に宝石をあしらう場合は九リーヴル、子供は十二リーヴル、結婚式用は四十八リーヴル、特別な催しや晴れの日用は七十二リーヴルと幅があった。

ショセ＝ダンタン通りは、パリで最も活気ある通りのひとつとしても知られていて、ディケンズものちに、この通りがいつもにぎわっていたと書いている。「この通りは、パリのどんな通りよりも、馬車や歩行者でごった返していた」。[6] アカデミー・ド・コワフュールは、モンモランシー家の館や、オペラ座の花形バレリーナであるギマール嬢の住まいの近くにあった。ギマール嬢の屋敷にはいくつものフラゴナールの絵がかけられ、五百人が収容できる屋内劇場があった。アカデミーのスタジオがあるのは、フランス衛兵隊の倉庫の中である。国王の衛兵たちは馬上にいる間、指導教官が生徒たちの間を歩きまわるのを見物することができた。生徒たちは教官の目の前で、かつらに櫛を入れたり、伊達男風に仕上げたりするのに忙しかった。

すでに財産を築いていたレオナールは、一七八七年には髪結いとしての仕事をほとんどやめ、自分をこれほど有名にしてくれた髪巻き紙や自家製の整髪料、髪粉に別れを告げた。毎日王妃の髪を整えることもなくなったが、レオナールはあいかわらず「王妃の髪結い《コワフール・ド・ラ・レーヌ》」として知られていた。祝宴や舞踏会など特別な催しの際には王妃に呼び出されたが、日々の王妃の用事は弟のジャン＝フランソワが務めていた。ジャン＝フランソワはアカデミーの校長としての役割もレオナールから引き継ぎ、経営はフレモンが担当した。

一七八八年、レオナールはヴェルサイユ宮殿の中にある住まいを出て、演劇の世界で新しいキャリアをスタートさせる。王妃マリー＝アントワネットは、レオナールが新しい道へ進むことを応援し、許可を与えて幸運を祈ってくれた。王妃はイタリアオペラが大好きだったが、侍女のカンパン夫人によれば、それは「王妃様をお喜ばせするためだけに」パリに持ち込まれたのだった。[7] 王妃は、ヴェルサイユにある劇場の演出家モンタンジエ嬢と王立音楽アカデミー［一六七二年から一七九一年までのオペラ座の名称］の座長ジャック・ド・ヴィズムを後援していたが、ふたりともプッチーニとサッキーニのオペラに夢中だった。

一七八八年六月十七日の新聞広告は、王妃の髪結いがイタリアオペラの常設劇場を王妃に献上するという話がどうやら本気らしいことを裏付けるものだった。「王妃の髪結いレオナール・オーティエ氏、テュイルリー宮内の劇場でオペラ上演を計画」[8]

だがレオナールの新劇場計画は、さまざまな予想外の問題にぶつかった。まず、テュイルリー宮の近くに住む宮殿の使用人たちを、立ち退かせなければならない。夕方になると、彼らの家の台所から立ちのぼる煮炊きのにおいが劇場に立ちこめるからだ。また、音が出るので上演中はいっさい作業中止だと告げると、職人たち、特に鍛冶屋から抗議の声があがった。レオナールはただちに、テュイルリー宮殿の管理責任者との話し合いを開始した。[9]

レオナールの広告から一週間後、ルイ十六世はテュイルリー宮内の劇場を「テアトル・ド・ムッシュー［王弟《ムッシュー》殿下の劇団］」の劇場として使用したいというレオナールの願いを正式に聞き届けた。ただし、新しい劇場が完成するまでの間である。[10] 残念ながらレオナールは、王弟プロヴァンス伯の承認と後援をまだ正式に得られていなかったので、新しい劇場を建設することができなかったのだ。このテュイルリー宮の劇場は国王としては取り壊そうと思っていたのだが、レオナールは、桟敷席をもう一階分増やしてさらに広くする計画を立て、すでに宮殿の管理責任者と交渉を始めていた。この改築計画も、プロヴァンス伯のとりなしのおかげで許可された。ごく短期間のうちに、レオナールは抜け目のない起業家ぶりを発揮したわけである。レオナールの劇団は、このテュイルリー宮の劇場で、一七八九年という歴史に残る大混乱の年に四十一の作品を上演することになる。

レオナールがついにプロヴァンス伯からイタリア人歌手専門の劇場を開設する許可をもらうと、王はしぶしぶ承知した。しかし建物は、レオナールが自腹で建てなければならない。王もプロヴァンス伯も、そんな凝った建築に必要なだけの費用は出したがらなかったのだ。プロヴァンス伯は、自分用の桟敷の設置費と年会費のみ払うと言った。また、劇場の経営に関わることも拒否し、保護も後援も名前のみということになった。

レオナールは、王の決断に際し影響力を振るってくれたマリー＝アントワネットに、感謝の意を表するのを忘れるわけにいかなかった。この王の決断こそ、王室付き髪結いに対する、国家の信頼と信用の証だったのである。小さな客間、衣装室、六人の護衛のための詰め所、四人の従者のための控え室が付いた、マリー＝アントワネット専用の桟敷が造られることになった。この莫大な費用もレオナール持ちである。二十年ほど前、南フランスから徒歩でパリにやって来たときよりかなり裕福になったといっても、この途方もなく費用がかさむ事業のためには、やはり金銭的援助が必要だった。不足分を補うため、レオナールは仕方なく会社を始めることにしたが、王弟殿下《ムッシュー》の名前のおかげで、多くの貴族が株主になってくれた。しかも、モンタンジエ嬢と協力関係を結んだことでさらに十万リーヴルが集まり、この有名な髪結いの想像どおりの劇場ができそうだった。モンタンジエ嬢はレオナールが経営する香水店の上得意で、王妃の後援を受けている。また、ヴェルサイユにある劇場の総監督でもあった。

まもなくレオナールは、モンタンジエとは芸術的理想が違いすぎて一緒にはやっていけないと気がつく。そびえたつプーフの巨匠は壮大なことを期待していたのに、このパートナーは「偏狭」すぎるのである。野心的なレオナールは、自分の新しい劇場ではフランスオペラ、イタリアオペラ、ヴォードヴィルと、複数のジャンルの作品を見せたいと思っていた。だがモンタンジエはイタリアの作品のみを上演し、常駐のイタリア人団員を置くことを重要視していて、そこに根本的な違いがあるようだった。レオナールは、イタリア人劇団にはまとめて数か月間来てもらうだけにし、あとはパリのアマチュアを使って喜劇や物真似を見せたかった。モンタンジエは、そのような方法では、ほかのヨーロッパの都市にあるイタリア歌劇場に匹敵するような劇場を造ることはできないと主張した。

自分と同じ考えの共同経営者を見つけ、モンタンジエ嬢が持つ劇場の権利を買い取ろうと、レオナールは著名なヴァイオリニストのヴィオッティに後任の話を持ちかけた。残念ながらヴィオッティ氏は十分な資金を持っていなかったが、レオナールはモンタンジエを説得し、投資した十万リーヴルのうち返却するのは当座は四万リーヴルだけで勘弁してもらい、その代わりに、毎年二万リーヴルを終生支払うと約束した。レオナールの申し出を受けいれたモンタンジエは、ヴェルサイユにある劇場の仕事に戻ったが、のちにパリで独自に劇団をつくってテアトル・ド・ムッシューと張り合うことになる。この世慣れた女実業家は四十年ほどしてまた登場するのだが――そのときは、老いた髪結いの経済状況をますます苦しいものにすることになる。

王室の劇団の後援者という名誉は、伝統的に現国王の一番上の弟「ムッシュー」のものだ。ルイ十六世の下の弟アルトワ伯爵がマレ地区での劇団設立に興味を示すと、すでにムッシューことプロヴァンス伯爵に後援されているほかの劇団から非難された。一方プロヴァンス伯は、王族として自分の名前を冠した劇団をつくることを多くの貴族から非難された。革命熱がパリの小冊子や新聞にはけ口を見出している時期だっただけに、なおさらである。ある小冊子が道徳的な問題について疑問を呈した。「敬虔なキリスト教徒である王弟が、なぜ悪魔の作品を上演する許可を与えられるのか?」

レオナールは、プロヴァンス伯が演劇嫌いであることを知っていた。それどころか、妻がプチ・トリアノンで王妃の劇に参加するのも(観に行くことさえ)許したことがなかった。だがこのずる賢い「侯爵」は、プロヴァンス伯の全面的で積極的な後援を得ようと決意していたので、それを確保する策略を念入りに準備したのだった。

プロヴァンス伯には子供がなく、子供を持つ気があるとは誰も思っていなかった。子供が授からないのは伯爵夫人のせいだと噂する人もいた。眉毛を抜くことすらせず、いやなにおいがする公妃マリー＝ジョゼフィーヌは、ひとりで休むのを好んだ。[11] プロヴァンス伯は単に女嫌いなのだという噂もあり、宮廷ではプロヴァンス伯の性的関心が疑われていた。作家のアルノーは回想録の中で、「体裁をつくろうためだけに女性に言い寄っているところを見ると、伯爵の好みはプラトニックというよりソクラテス的［同性愛趣味］だっだ」[12] と明かしている。アルノーは、さらに痛烈にも、ムッシューは女性に散財していると世間に誇示するため、名目上の愛人しか作らなかったと書いている。「すばらしい馬を買いながら、一度も乗らないようなものだ」

プロヴァンス伯は、自分の取り巻きのうち、何人かの顔立ちのよい男性と明らかに親しくしていた。そんな美青年《アドニス》のひとり、アヴァレ公爵は国王の衣装係の息子だったが、ムッシューの「親しい」お気に入りとしてのほうが宮廷では有名だった。プロヴァンス伯は、ヴェルサイユでも自分の住まいであるリュクサンブール宮殿でも、宮廷の礼儀作法にはうるさかったが、この若いお気に入りがしきたりを破るのはいつも大目に見ていた（特にアヴァレ伯が宮廷で部屋着のまま登場するようなときなど）。アヴァレ公爵が亡くなると、ドゥカズ伯爵が次のお気に入りとなった。

レオナールは、プロヴァンス伯は意地の悪い噂を打ち消すための愛人（あるいはその見せかけ）を必要としていることがわかっていた。マリー＝ジョゼフィーヌ・ルイーズ・ド・サヴォワ公妃は、自分の侍女のひとり、アンヌ・ド・コーモン＝ラ＝フォルスを選んで夫の愛人の役を演じさせたが、宮廷は信じなかった。アンヌは高潔で、きわめて立派な女性であり、ムッシュー本人と同じくらい生真面目だったのである。

サヴォワ公妃は、ムッシューの評判を維持するにはあまり助けにならなかった。かなり知的で上品だと評判だったが、ひどく醜くもあった。結婚して初めの数年は夫とともに幸せに暮らしたが、夫はお気に入りたちに愛着を持ち始めると、妻とほとんど顔を合わせなくなった。サヴォワ公妃は、「侍女たちと親密になることと、人前でも酔っているのがはっきりわかるほど酒を飲むことで」[13]自分を慰めていた。

サヴォワ公妃はグルビヨン夫人との間に感情的に激しくかつ肉体的な関係があった。これは王室の取り巻きの中では有名だったが、革命派の新聞も、王と王妃がこの「不自然な」関係に目をつぶっていることを書きたてた。[14]いずれにしろ、この王弟夫妻には子供がないままだった。いくつかの噂が広まると、国王の敵はこの状況を利用するようになったのである。

レオナールは、ムッシューが若く美しいイタリア人歌手マリアンナ・リンペラーニの崇拝者で、気前のよい後援者であることを知ると、リンペラーニ嬢に髪を結わせてほしいと願い出た。歌手は、レオナールの目に留まったことを得意に思った。レオナールが、ムッシューを説得して味方につける計略に自分を利用しようしているのだとは、思っても見なかった。

その後、リンペラーニ嬢はレオナールの新しい劇団から誘われ、自分の後援者に許可を願い出たが、プロヴァンス伯は承知しなかった。マリアンナは泣き、それでもプロヴァンス伯が煮え切らないので、ふたりの愛人もどきの関係を終わりにするわよと脅かした。もしそうなったら、ムッシューにとっては壊滅的な状況になる。プロヴァンス伯は、この若い歌手に美しいショセ＝ダンタン通りの小さな館を与えることで、ふたりの関係を強調したところだったのだ。これ以上のスキャンダルを振りまかれては宮廷での噂や軽蔑がますますひどくなるだけだし、舞台好きの間での自分の評判も落ちるだろう。レオナールにとって喜ばしいことに、ムッシューはとうとう降参した。

マリアンナ・リンペラーニはのちにテアトル・ド・ムッシューで主役を演じ、『メルキュール・ド・フランス［フランスで発行されていた週刊文芸新聞］』紙は、その優雅な歌いっぷりと魅力的な声をほめたたえた。レオナールの策略は成功し、ムッシューの存在は、自分が後援する歌手に敬意を表するためであるにせよ、劇場の人気とチケットの売り上げに大いに貢献したのだった。

◉

ムッシューが劇場への関心を新たにしてくれたことは、さまざまな面でありがたかった。国王の重臣たちはレオナールの劇場への出資者たちに、テュイルリー宮を向こう少なくとも三十年間使用する特権を保証してくれた。一七八九年一月二十六日、テュイルリー宮内の劇場、テアトル・ド・ムッシューが完成すると、ムッシューから指名された四人の出資者が、この大きな冒険的事業の管理と運営をすべて監視することになった。新しい劇場の装飾と贅沢な設備のために、少なくともさらに二十五万リーヴルが費やされた。

悪天候のため、こけら落としは予定より三週間遅れたが、最初の演目である『愛の試練』と『奥様女中』は各紙の批評で絶賛された。ムッシューは、『愛の試練』の二重唱を歌ったランピーニ嬢が名指しでほめられたのを特に喜んだ。

各紙の批評が激賞していたにもかかわらず、フランス人団員とイタリア人団員との間には内輪もめや嫉妬が絶えなかった。イタリア人はフランス人より多くのギャラを受け取ると、「おれたちがやつらを食わせてやってるのさ」と自慢した。[15] フランスでは、俳優の地位はほかのヨーロッパの国々に比べて低かった。それどころか、フランスの俳優たちは「舞台俳優だというそれだけの理由で」教会から破門されていたのである。だがイタリア人俳優たちは、定期的にミサに出席していなくても破門されることはなく、それが絶えずもめ事のもとであった。

劇場でのいくつかのハプニングが、外で吹き荒れている嵐を暗示していた。『テオドール王』の上演中、どうしたら国庫をもっと金《きん》でいっぱいにできるだろうかと無慈悲な王が尋ねる場面になると、観衆の反応は熱を帯びた。ひとりが「名士会だ！」と叫ぶと、拍手で舞台が長いこと中断した。この頃ルイ十六世は、必要な改革を議論するための名士会や三部会の召集を拒否していたのである。何か政治的な発言があったというニュースが伝わると、次の公演でテアトル・ド・ムッシューは満席になった。皮肉なことに王族たちは、知らないうちにそうした政治熱を煽っていたのである。

うわべはすべて順調に見えながら、レオナールはすでに五月には金銭的に破綻していた。王妃の桟敷を含め、とどまるところを知らない劇場経費、そしてモンタンジエ嬢との共同経営の失敗を克服することができなかった。新しい事業そのものも厳しい時期に突き当たる。復活祭の休みで劇場を閉鎖しなければならなかっただけでなく、七月には、レオナールの力のはるかに及ばないもっと大きな出来事——歴史的な変化——で活動が中断されることになるのである。

第３部　革命の暗雲

第9章 運命の宴

さあ、髪を結ってちょうだい、レオナール。私をののしるであろう国民たちの目の前を、私は女優のように歩かなくてはいけないのです。
――王妃マリー＝アントワネットがレオナールに（ヴェルサイユ宮殿）

一七八九年五月　フランス、ヴェルサイユ

フランスの財政状況は、前年の八月以来、大幅に悪化していた。一七八九年五月にはルイ十六世も、聖職者、貴族、平民の代表からなる三部会を開かざるを得なくなる。ルイ十三世の治世に最後の三部会が開かれてから百七十五年がたっていた。先例がない会議ではなかったが、これは間違いなく怒濤のような変化の前ぶれであった。王政はみずからの弱さによって崩壊する兆しを見せていた。

一七八九年五月五日の開会式に向けて、四月の終わりにはすべての議員が宮廷近辺に集まった。国王はこの機を祝うために行列を催し、王族も全員参加させることにした――徒歩で、である。礼装をすることになっていた王妃は、行列の二日前にレオナールを呼びにやった。ひどく青ざめていて、具合が悪いし今回の式典がひどく苦痛なのだとレオナールに告げた。

「ああ、レオナール、私は時々悲しいことが頭に浮かんで、そのあとひどい胸騒ぎがするのよ」と

王妃は言った。

レオナールはますます悲観的になる王妃の予感を正しくないと思ってか、あるいは王妃のためにそのふりをしてか、そんな考え方はおやめくださいと言った。「雲はまた通りすぎて、よいお天気が戻ってきますよ」とレオナールは言った。

「どうかしら」王妃はかぶりを振った。「王冠の上が晴れていたとしても、それは君主としての栄華と引きかえに残酷にも背負わなければならない心配事を、皆が忘れている間だけよ。こういうことは、一度気づいてしまったら頭から離れなくなるものなのよ。さあ、髪を結ってちょうだい、レオナール。私をののしるであろう国民たちの目の前を、私は女優のように歩かなくてはいけないのです」

レオナールはその日、王妃が驚くほど変わったことに気がついた。顔つきだけでなく、全身が悲しみに沈んでいるように見えた。王妃の胸はしぼみ、腕は弱々しく細くなっていた。朝の身支度で王妃が非常なだるさを訴えたので、ポリニャック夫人もレオナールも、行列には参加しないでくださいと懇願した。カンパン夫人は、国王に状況を説明し、式典への参加は容赦してもらえるよう許可をいただきましょうかと申し出た。

「あなた方は、私に何をさせようとしているか、わかっていないようですね」。マリー＝アントワネットは答えた。「もう遅すぎるのです。そして私にとって、これに参加しないことは犯罪にも等しいのです」

王妃は、議場まで夫に付き添うことは義務だと感じていたのかもしれない。夫は議会でフランスのすべての階級の代表と向き合う。そこには禄がもらえない聖職者、患者や依頼人が来ない医師や弁護士、身分が十分でないために地位を追われた貴族がいるのだ。あるいはおそらく、国王の大臣の任命や解任に非常に大きな役割を演じてきたマリー＝アントワネットのことだから、王妃らしく出席しているところを見せたかったのかもしれない。マリー＝アントワネットはもはや、賭博のテーブルから仮面舞踏会へとひらひら飛びまわる、浮ついた若い王太子妃ではなかった。フランス王妃であり、王太子の母であり、恥知らずなほど不道徳な宮廷にありながらも、非の打ちどころのない妻であった。真実かどうかはともかく、それが、ほかのヨーロッパの宮廷が見ていたマリー＝アントワネットの姿だったのである。[1]

　王妃はますます絶望的なようすになっていたので、この二年ほどで王妃に接した者はみな「王妃の中に、かつて非難されていたような軽率さはみじんも感じなかった」という。結局、王妃はどうしてもと言い張り、ポリニャック公爵夫人の腕に寄りかかりながらこの長い行列に参加した。議員たちの長い列が、国王と王妃を後ろに従えて通りや四つ辻を抜けていく、その奇妙な光景にレオナールは驚いた。貴族議員たちは金で飾られたマントを、聖職者議員は法衣をまとい、平民議員は劇場の案内係のような格好をしている。国王夫妻のあとを行く王族たちは、男性は中世の衣装に十八世紀のかつらを被り、女性は長い裳裾《もすそ》を土ぼこりの上で引きずっている。これが王妃にとって、礼装に宝石という王妃らしい立派さで登場する最後の機会になる。

　国王が、通りや窓を埋めつくす国民たちの前を通る間、レオナールは悲しみで胸が痛んだ。王を迎えたのは、弔いのような静けさだけだったのだ。そしてマリー＝アントワネットが姿を現すと、必ず不満のつぶやきやののしり声――その多くは乱暴なものだった――があがった。労働者の女たちなどは不実にも王妃の敵をほめたたえさえした。「オルレアン公、万歳！」[2]

　群衆の間をすり抜けてすぐあとを追いながら、レオナールは王妃から目を離さなかった。敵意に満ちた目で埋め尽くされたなかを進む王妃が心配でならなかった。レオナールはあくまで忠実な臣下だったのである。王妃はほとんどまっすぐに立つこともできず、ポリニャック公夫人とランバル公妃の腕にもたれていた。レゼルヴォワール通りではよろめいて気を失いそうになったが、お気に入りたちがなんとか支えた。それでもいよいよ力つきそうになると、群衆の前に立っていた近衛兵がふたり、跳び上がるように駆け寄って手を貸した。フランス王妃は、敵意に満ちた群衆の前の泥だらけの歩道で、あやうく大の字になるところだったのである。

マリー＝アントワネットは姿勢を正すと、ふたりの兵士に言った。「何でもありません。列にお戻りなさい」。それから側近たちに小声で付け加えた。「もう心配いりません。勇気と憤りが、私にふたたび活力を与えてくれました。マリア・テレジアの娘は、この恐ろしい状況を乗り越えてみせます」

その瞬間からマリー＝アントワネットは完全に立ち直ったようだった、とレオナールは書いている。まっすぐ立って歩き、顔には自然な微笑みが浮かんでいた。議場に迎えられると、国王は王妃への愛情と尊敬を表明し、拍手を受けた。だが王妃は、頭を高くあげながらも、この拍手が国王への、そして国王のみへの敬意の表れだということをよくわかっていた。

◉

三部会は、三つの身分がそれぞれ別々に討議を行なっていた。第一身分は聖職者、第二身分は貴族、そして第三身分は小作人と農場主と資本家たちである。だが当時は――不当ではあるが――納税義務があるのは第三身分のみと考えられていたので、第三身分の議員たちは六月十七日、大胆にも自分たちを「国民議会」と宣言した。三部会の一部分でしかないのではなく、自分たちこそが国民全体の代表だと宣言したのである。国民代議制の始まりというこの歴史的な大ニュースが伝えられたとき、ルイ十六世はマルリに宮廷を移していた。国王夫妻はこの場所で息子の喪に服していたのである。[3] フランスの世継ぎであるルイ＝ジョゼフ・グザヴィエ・フランソワは、一七八九年六月四日、脊椎カリエスのため死亡していた。

この七歳児の死から二時間も経たないうちに、すでに走り出した革命は、こんな重大事にあたってさえまったく君主制に敬意を払っていないところを見せ始めた。第三身分の代表団が国王に用があると言って面会を求め、すぐに通すよう主張したのである。そのときルイ十六世は喪中であり、ひとり私室に閉じこもっていた。王は初め、議員らに会うのを拒否したが、ついに譲歩する。侵入者を迎え入れると、悲しみもあらわに言った。「議員の中に子を持つ者はおらぬのか？」[4]（国中の飢えた子供たちのことを考えていた侵入者らは、国王に同じ質問をしたことだろう）。議員らが大胆不敵にもみずからを国民議会と宣言したと聞き、王妃は自分の母としての悲しみを一時忘れ、夜着のまま王の部屋に駆けつけた。ルイ十六世は、まだ床の中にいた。その顔はまっ赤で、目は腫れ上がり、涙でいっぱいだった。

レオナールは隣の部屋にいて、国王夫妻の会話を漏れ聞いていた。ここ数年、国王への王妃の影響力は強まるばかりだった。愛想がよく親切だが、気持ちがぐらつきやすい王は、決断力に欠けていることが自分でもわかっていた。そして王妃はといえば、その母には似ず、王妃となってからもあまりに長いこと浮ついた生活を送ってきたので、王の代わりに統治できるほど政治を学べたわけではなかった。「陛下」と王妃は言った。「この無作法な愛国者どもの群れを統治するには、涙ではいけません。必要なのは気力であり、私がこうして自分の分をお分けしにまいりました」

「王妃よ、あの議員たちに対して私に何ができる？　彼らの後ろには国全体がついているのではないのか？」

「陛下の前に道は開けてございます。議会の懐に飛びこんでごらんなさいませ。陛下の王国の中で力のある者や、高貴な生まれの者が王冠のまわりに集まるよう、ご命令になるのです。そして国王の命令によって、それには高等法院も必ずや署名するはずですが、三部会を解散なさることです。彼らが勝手に採択した国民議会の権利などは考慮なさらずに」

「ああ、王妃よ」王は、床の中で起き上がって言った。「そなたの忠告はなかなかよさそうだ。確かに、この議会を単に三部会だと考えれば、私には解散させる権利がある」

「結局、肝心なのは権利なのです！」王妃は、興奮して言った。「三部会にしろ国民議会にしろ、あの者たちは陛下のご意思に反して集まっていてはならないのです」

「ならば王妃よ、話は決まった」王は答えた。「私はわがパリの高等法院を、わが王国の貴族たちとともに呼び集め、決断することとしよう」

レオナールは、宮廷がいわゆる国家の代表たちを解散させ、レオナールが言うところの「増大しつつある悪を制御」しようとして失敗したことについては書いていない。廷臣たちが提案したのは、昔ながらの親臨《しんりん》会議を創設するというもので、六月二十二日に予定された。土曜日、使者たちがヴェルサイユ中の通りに派遣され、月曜日に国王が三部会の会場で親臨会議を開くと公示して歩いた。

誰も会場に入ることを許さず、親臨会議が終わるまで議会の会期を中断することが国王の意図だった。だが、国民議会の議員たちは従わなかった。彼らは王国の憲法を制定し、社会的秩序をもたらし、君主制の真の原理を維持することを委任されている。この仕事を成し遂げるための審議続行を何者も止めることはできない。国民議会の開催を左右するのは、場所ではないのだ。

この議会のすべての議員は、ただちに厳粛な誓いを立てよう。王国の憲法が制定され強固な基盤の上に確立されるまでは、決して解散せず、必要とあらばどこにでも集まることを。そしてその誓いのもとにすべての議員、特にそのひとりひとりが署名することによって、このゆるぎない決意を確認しよう。[5]

三部会から閉め出されたため、議員たちはヴェルサイユの近くにある球戯場に集まった。ひとりを除くすべての議員が誓いをたて、それは「球戯場《ジュー・ド・ポーム》の誓い」として永遠に知られることになる。

王妃マリー＝アントワネットは、その後数日間はプチ・トリアノンで過ごしたが、そこへレオナールが朝早く髪を結いに訪れた。王妃はちょうど、ロンドンからの手紙を受け取ったところだった。前財務総監のカロンヌが何やら王室に不利な声明書を発表しようとしていて、その中には、王妃が兄であるオーストリアのヨーゼフ皇帝に多額の金を送ったことが書かれているという。手紙を読み終わると、王妃はベッドから飛び出て叫んだ。「早く支度をしてちょうだい！　それから馬車をすぐ――今この瞬間に出して、私が十五分後に行きますとランバル夫人に知らせて！」

王妃は髪結いに言った。「今朝は髪は結わなくていいわ、レオナール。でもプチ・トリアノンで待っていてちょうだい。多分今日中に何かお願いすることになります」

レオナールはカロンヌの脅しについて、カンパン夫人から聞いたばかりだった。カンパン夫人はまた、娼婦用のサルペトリエール牢獄で終身刑に服していたラ・モット夫人が夜のうちに脱走したと告げた。何者かが脱走させたという噂も流れていた。

ラ・モット夫人は、首飾り事件での犯行によって投獄されていた。公判で夫人が有罪判決を受けたにもかかわらず、フランス国民はいまだに、ダイヤモンドにかかった費用は王妃のせいだと思っていた。ラ・モット夫人はむち打ち刑のあと、両肩に烙印を押され、終身禁固刑となっていた。ひとつ目の刑であるむち打ちの最中、夫人は王妃をののしった。夫人はさるぐつわを噛まされたが、王妃の評判を取り返しのつかないほど傷つけるには十分だった。[6]

その頃、イギリスに亡命していたラ・モットは、妻がただちに釈放されないのであれば王妃の評判をさらに悪くするような小冊子を発行すると脅していた。ラ・モット夫人はこうして少年の格好をして脱走することを国王から許され、イギリスへ渡ったというのがもっぱらの噂であった。

王妃はカロンヌと交渉するため、ランバル公妃をロンドンへ派遣することにした。王妃はまた、逃亡中のラ・モット夫人を見つけて、確実に口止めするように公妃に指示した。レオナールによれば、公妃がイギリスへ出発するとマリー＝アントワネットはいくぶん心の平和を取り戻したようだったが、一週間もしないうちに、また以前のように心配そうなようすを見せ始めた。誰にも会わず、ほとんど一日中私室に閉じこもっていた。レオナールは何度か、王妃が泣いた後のような顔をしているのに気がついた。

王妃が普段よりもさらにそわそわしたようすだったある朝、レオナールは王妃がこま切れにこうつぶやくのをはっきりと聞いた。「愛情深さ、確かに……それは疑いようがないわ……千もの証拠があるもの、でも知恵はない……ばかがつくほど正直。私に必要だったのは、用心深い人、ずる賢いくらいの……」

それから王妃は、突然声を大きくして尋ねた。「レオナール、ロンドンに行こうというだけの男気はあって?」

「ロンドンでもどこへでも、陛下の思し召すままに」レオナールは答えた。

「わかっているわ。さて、私はあなたにある任務を託そうと思います。繊細な心配りが必要な任務を。わかるかしら、レオナール?」

「私が物事を器用に処理するすべを心得ているのを、陛下はお忘れではございますまい」レオナールは言った。

「頭のよい人が必要なのだけれど、もう一度よく考えてみます」王妃は言った。「出発の準備をしておいてください」。それから王妃は突然考えを変え、続けた。「でもだめ、そんなの不可能だわ、機嫌を損ねてしまうし、彼女は侮辱されたと思うし、いつまでも恨まれてしまうわ」

「陛下、お役に立てないのでしたら悲しいのですが」とレオナールは言った
「やはり行かなくていいわ」王妃は言った。「ごめんなさい。もうこのことは忘れましょう」

レオナールは、王妃が当初、ランバル公妃の秘密の任務を助けるために自分をロンドンへ派遣しようとしたのだろうと推測した。おそらく王妃は「ただの」髪結いに干渉されては公妃が侮辱されたと感じるのではと思い、考えを変えたのだろう。そこまでレオナールに頼っていたことを考えると、この微妙な時期、王妃はこの腹心なしではいられなかったようだ。すでに宮廷にも王妃の支持者はほとんどいなくなっていたが、レオナールはいつでも王妃の嘆きに耳を傾けていたのだ。

レオナールは王妃を楽しませようと最善をつくし、パリの最新の噂話や、貴族の間で耳にした興味深い逸話などを話してきかせた。ランバル公妃は結局、交渉に成功することなくロンドンから帰って

きた。この失敗で、王妃はポリニャック公爵夫人をイギリスへ送り、多額の金を積んで悪名高いラ・モット夫人の口を封じようとしたが、今度もあまり成功しなかった。それどころか、賄賂は無駄金になった。中傷的な小冊子は、第一版は焼き捨てられたものの、しばらくして第二版が出版されたからである。王妃とロアン枢機卿の陰謀説には、それまでいっさい証拠らしいものはなかった(マリー＝アントワネットに反感を持つ人の頭の中は別だ)が、こうしてラ・モット夫人の話が出版されると、状況は堰を切ったように激しくなった。[7]

王妃は、パリ市民の噂話とゴシップ紙と日常的な侮辱のえじきとなった。引きこもったプチ・トリアノンはもはや楽しみのための場所ではなく、悲しく孤独に過ごす隠れ家であった。マリー＝アントワネットは、軽蔑の風に乗って新たな非難と中傷が運ばれてくるのを恐れていた。

そしてまさしく、その風は吹いた。追放されて面目を失った財務総監カロンヌが、オランダから、何十億リーヴルもの赤字の責任者は自分だけではないと書きたてたのだ。支出を惜しまないことで財政難をごまかすというカロンヌの経済政策は、国家の赤字をますます増大させた。[8] だが、カロンヌはポリニャック家、コワニー家、ディヨン家、ブザンヴァル家、ほかにも国家台帳に記載された大勢の名前を莫大な金額とともに挙げ、王妃が国家の蓄えを宮廷のお気に入りの者のために浪費したとほのめかした。カロンヌは王党派ではあったが、風向きは心得ていた。自分が解任される原因となった国家財政の危機を、すべて自分のせいにされることは拒否したのである。しかも王妃は、イギリスへ派遣されたポリニャック公爵夫人に、トリアノン時代、王妃の熱心な取り巻きだった紳士が大勢ついていったことを知らなかった。一行は王妃の任務を、公金によるイギリスの島々への物見遊山に変えてしまったらしい。

レオナールは王妃を慰めようと最善をつくしたが、その青白い唇に笑みを浮かばせることはほとんどできなかった。昔なら王妃を笑わせたであろう逸話や冗談を聞かせても、その顔は明るくならなかった。だが、レオナールはあきらめなかった。

◉

一七八九年七月十一日、王は王妃に説得されて、平民に人気があった財務長官ネッケルを罷免した。翌日の午後、ネッケル罷免の知らせがパリに伝わると町のいたるところで市民が集まりはじめ、パレ・ロワイヤルには一万人が集結した。デモが行なわれ、政治的に問題ありとされた劇場が次々と閉鎖されるのをレオナールは目撃した。

パリに国王の軍隊が集結していた状況に加え、ネッケルが罷免されたことに対する国民の怒《いか》りは、後任にブルトゥイユ男爵が任命されるとますます激しくなった。前宮内大臣のブルトゥイユは人気がなく、パリ市民にはむしろ、さらに人気のない警察と関係が深い人物として知られていたのである。七月十四日には、何千人もの暴徒が武器を持って通りを練り歩き、王妃が国民議会を爆破するつもりだという噂を広めていた。ここで国王の命令が裏目に出た。流血はなんとしても避けろと軍隊に命じてあったため、勢いづいた群衆が家々に火をつけ、武器庫を襲撃し始めたのだ。

十分な武器が集まったところで、暴徒は、当時、囚人が八人しかいなかったバスティーユ牢獄へと押し寄せた。この堅固に武装された往時の要塞はパリ市民の自慢であったが、この日ばかりは国の牢獄――専制政治と残虐さの象徴でしかなかった。総勢わずか百名余の守備隊では、包囲攻撃を阻止するには不十分だ。城壁が乗り越えられて門が襲撃されると、怒れる暴徒は監獄に押し入り、所長のローネー侯爵を殺害した。暴徒たちはローネー侯の両手と首をはね、それらを槍の先に刺して街を練り歩いた[9]。

翌日レオナールは、王妃にバスティーユの陥落を知らせようとヴェルサイユへ急いだ。だが到着すると、宮殿の中庭からも庭園からも、ヴェルサイユのあらゆるところから軍楽隊の演奏が聞こえてくる。しかも衛兵は全員、パレード用の軍服に身を包んでいた。パリで起こっている恐ろしい出来事とはかけ離れた光景がそこにあった。宮廷の貴婦人たちは有頂天になって、レオナールに髪を結ってほしいと大騒ぎしている。レオナールをほとんど呼んだことのない、王の叔母たちまでもが。

レオナールは、自分の重大な報告を王妃があまりに楽しそうに聞いたのでショックを受けた。バスティーユの陥落は、おそらくレオナールの目をついに開かせたのだが、王妃やその取り巻きたちはあいかわらず暗闇の中にいるままだった。パリの暴動から二十五キロ離れたヴェルサイユでは、誤った安心感が広がっていた。王妃の楽しそうなようすに、レオナールは困惑した。

「私が上機嫌なので驚いたでしょう、レオナール。でも安心して。すばらしいことが起こっているのよ」王妃は言った。「パリの高等法院が私たちの側《がわ》に戻ってきてくれたのです。一七八六年に失った権力を取り戻せることになったのよ」

「ですが、陛下、パリ中が武器を取っているのです」レオナールは言った。

「あら、でもあちこちから軍隊が集まってきているのよ！」王妃はさえぎった。

そのとき、国王軍司令官であるブザンヴァル男爵が王妃の居殿に入ってきた。王妃は男爵に駆け寄って出迎えた。「男爵、すべてうまくいっているというのは本当ですね？　貴婦人たち全員に、昨日よりもさらに美しく着飾るように指示しましたの。私たちを支えてくれる勇敢な兵士たちを、精いっぱいの心配りで励ますために」

「陛下」男爵は重々しく言った。「陛下の夫君であられる国王様は、陛下に真実をお伝えするとお約束なさいましたか？」

司令官は暴動を目撃していた。それどころか、みずからその場にいたのだった。司令官は、宮廷にみなぎっている望みがいかに空しいものか、はっきりとわかっていた。王妃は、宮廷のきらびやかさと自分の治世の栄光を取り戻すという望みにしがみついている、ほとんど最後のひとりだった。

ブザンヴァル男爵が部屋を去ると、マリー＝アントワネットはレオナールに、とびきりきれいにしてほしいとうれしそうに頼んだ。国王が王妃の居殿に入ってきたが、近眼の国王にはレオナールのことがすぐにはわからず、目をしばたたかせながら髪結いを見た。

「レオナールでございます」王妃は国王に言った。

「ああ、よろしい、ならばいてもらってもかまわぬ、レオナールは味方だ」

レオナールは敬意を込めてお辞儀をし、王妃の髪を結う支度を始めた。

「王妃よ、われわれは予定を変更せねばならぬ。そしてあの暴徒たちを鎮めねば」と王は言った。「われわれは、彼らを服従させられるほど強くはない」

「誰がそのようなことを申したのです、陛下？」

「王国と余に心より愛情を持ってくれていると、余がよくわかっている男からだ」

「でも、いったい誰なのです。お教えくださいまし！」王妃はもどかしそうに床を踏み鳴らした。「誰なのでございますか？」

「ラ・ロシュフーコー公爵だ。夜中に余を起こして本当のことを話してくれた……パリで起こっている本当のことを……」

ラ・ロシュフーコー＝リアンクール公爵は、パリで起こっている事態を国王に知らせた。そして「暴動か？」と尋ねる王に、のちに伝説となるこの言葉で答えたのだった。「いいえ、陛下、革命でございます」

「ああ、わかりました」マリー＝アントワネットは叫んだ。「公爵はきわめて当然ながら、陛下がネッケルに権限をお返しになり、ネッケルとその一族を勝たせることで私を辱めよと、こう提案なさっているわけですね」

「そういう問題ではないのだ、王妃よ。余がネッケルを財務長官の職に戻すことを提案しているだけだ。そして実際、国民議会に対しては、それさえしてやればよいのだ。さもないと、いつまでも国庫は空のままだ」

「ほかには何か申しましたか、陛下？」王妃は尋ねた。

「公爵はこう懇願した。そなたの安全のために、明日、余が国民議会に臨席するようにと。ひとりでな。ラ・ロシュフーコーが余にそう申したのだ」

「そのようなすばらしい進言を、どうしようとお考えですか？」マリー＝アントワネットは皮肉っぽい調子で尋ねた。

「そのとおりにしたいと思う。少なくとも当面のところは」

「この王国を反逆者どもに引き渡すのですね！」王妃は叫んだ。レオナールの手から逃れると、王妃は不機嫌なようすで立ち上がり、興奮して部屋の中をぐるぐる歩きまわり始めた。

「それではそなたには、当てにならない幻以外のどのような計画、どのような考えがあるというのだ！

革命に対抗したいのなら、無計画な激しい敵意だけではいけない。革命と戦うための軍隊も必要だが、革命を鎮めるための道理も必要なのだ」

レオナールの記述によれば、王妃は混乱していくぶんまとまりのない話し方で、国民議会を解散させ、パリ市民に対して軍隊の進軍を開始する手順を説明し始めた。ラ・ロシュフーコーの慎重な勧告への代替案として、マリー＝アントワネットが提供できたのはそれだけだった。[10]

王は肩をすくめると、椅子から立ち上がり、ひと言も言わずに部屋を出ていった。その夜、ルイ十六世が国民議会への臨席を承諾したことを王妃は聞いた――王妃欠席のままで。

◉

レオナールはその回想録の中で、革命の歴史を書くつもりはなかったようだ。一七八九年七月のあの暴力的な日々が始まるまでずっと、レオナールは宮廷の外の出来事についてはかなり狭い、限られた見方をしていた。だがこの髪結いも、七月十五日――バスティーユ襲撃の翌日――、国王と国民の和解が可能だったであろうことは認識していた。もしルイ十六世が、ふたたび絶対的支配を手にするという望みに惑わされたりしなければ。

ルイ十六世は、時代の変化と国民の意志が持つ勢いについての判断を誤った。まもなくさまざまな権利、爵位、大権、特権が廃止される。新しい国民議会では、報道や宗教的見解の自由が、新しい法令で永久に保証された。とうとう八月には、歴史的にきわめて意味深い「人間と市民の権利の宣言」――国民に普遍的な人権を与える文書――を宣言、国王もこれを承認したのだった。

こうした事態の進展や、生活支援のための委員会の設置にもかかわらず、食糧不足はなお続いていた。パリではトウモロコシの価格の上限が設定されたため商人が売りしぶり、国民をますます困窮させた。情勢はきわめて深刻になり、まもなく市場には商人が暴行されないようにするための国民衛兵が必要になった。

レオナールの記述によれば、朝から晩まで次々にパン屋が襲われ、まるで国民の飢えの元凶であるかのようにののしられ、虐待され、首吊りにするぞと脅された。ただでさえ一触即発のこうした状況に、まもなく妄想の波が押し寄せる。小麦にライ麦やキビなどの安い雑穀を混ぜた黒いパンが出まわるようになると、貴族たちが国民を毒殺しようとしているという噂が流れたのだ。噂は勢いを増し、ついに暴徒は、そんなパンの販売を許可したとしてサン＝ドニ市長を縛り首にした。

秋が近づくと、宮廷はこうした謀反に対抗して、国王軍の正規の歩兵連隊であるフランドル連隊をヴェルサイユ市内の各地区に配備することにし、九月二十三日に実施した。宮廷に他意はなかったにもかかわらず、国民は非常に怪しんだ。四輪の荷車だけでなく、普段は囚人を死刑台に移送するのに使う二輪の荷車までが、長い列を作って連隊の後ろに続いていたのである。狂信的な王党派ぞろいと言われているフランドル連隊のことも、国民は信用していなかった。それどころか凶暴なパリの弁士たちは、ヴェルサイユに集められた兵隊は国民の寝首をかくつもりだと主張したのである。[11]

宮廷はまたもや、こうした噂を煽るような行動をとった。近衛隊や廷臣は、フランドル連隊が到着したとたん将校たちを並はずれた丁重さで迎え、朝の儀式で王に謁見させたうえに王妃のサロンにまで案内し、金に糸目をつけず酒や馳走をふるまったのである。

近衛隊にしてみれば、フランドル連隊を晩餐に招くのは当然のことだった。大宴会は宮殿のオペラ劇場で開くことにした。宴会の費用はひとり当たり三十リーヴルほどで、平時であれば驚くほど贅沢な額ではない。だが、このときはまさに平時ではなかった。宮廷は、そんな宴会が時世にふさわしくないことは十分に承知していたが、強行した。宮廷の美女たちは、一番優雅なドレスと一番きらびやかな宝石で着飾った。軍楽隊が演奏し、当時最も有名だった仕出し屋「アルメス」が料理を用意した。だが宴会が進むにつれ、座の様相は変わってきた。

次々と乾杯されるなか、階段式のオペラ劇場に招き入れられた大勢の平民出身の兵士たちが舞台の上に集められ、近衛隊の指揮官から気前よくワインを振る舞われた。「顔は呆けたようにまっ赤になり、舌は支離滅裂にまわり始めた。歓喜のうちに王妃の健康が祝され、乾杯が行なわれた」[12]

突然、大劇場のドアが勢いよく開き、王太子を脇に、国王を背後に従えた王妃が目の前に登場した。客たちは驚き、大喜びした。愛想のよい微笑みを浮かべながら、恍惚となった客たちの間を王妃は縫って歩いた。

瞬く間に二百以上もの剣が宙で振られ、「王妃万歳！　国王万歳！」の叫びがホールにとどろいた。貴婦人たちも、桟敷から乗り出して拍手を送る。国王一家はふたたびドアにたどり着くと、現れたときと同じように突然姿を消した。

だが王妃たちが去っても、熱気は冷めやらなかった。この宴に続き、十月二日と三日にも晩餐会が行なわれた。そして四日の日曜日、パリにきわめて不穏な空気が漂った。ヴェルサイユで大宴会が行なわれ、飲めや歌えの乱痴気騒ぎになったとの噂で町中が持ちきりだったのである。何千もの飢えた人々が言った。「おれたちが飢え死にしそうだってのに、国王の宮殿にはたっぷり食い物があるらしい」レオナールによれば、飢えと怒りが相まって、ついに最初の叫びが上がったという。「パンを、パンを！　ヴェルサイユへ、ヴェルサイユへ！」。そしてまもなく、八万人のパリ市民が、この起こるべくして起こった王宮までの二十五キロの行進を開始したのだった。[13]

レオナールがヴェルサイユに泊まることは稀であった。王妃や王族の姫君や何人かの宮廷の貴婦人たちが、いつ髪を結ってほしいのかを知っていたからだ。ひと財産を築いたレオナールは、テアトル・ド・ムッシューのようなほかの大きな事業へ手を広げてはいたが、時間もたっぷりあったので宮廷での仕事もわずかながら続けていた。だがこの十月六日、レオナールはパリのあちこちでぞっとするような市民の集団を目撃し、しかもそれがヴェルサイユへ向かっているのを知った。

王室の髪結いはその晩、王妃に危機を知らせ、身の安全を講じるよう進言するためヴェルサイユへ急いだ。だが、繰り返し耳にした恐ろしい脅し文句については黙っているつもりだった。宮殿に到着したのはかなり遅い時間だった。王妃は朝からずっと国王と会議だということで、会えなかった。

レオナールは、近衛隊の司令官ギーシュ公爵から、宮殿の防衛体制が甘いことを聞いた。また、宮殿を取り囲む暴徒の数がどんどん増えているというのに、ラ・ファイエット侯爵の申し出を国王が拒否したことを知った。ラ・ファイエット侯は、必要とあらば国王一家を守ろうと、パリの国民衛兵を率いてヴェルサイユに駆けつけていたのである。この不信は王妃が侯を嫌っていたためだが、レオナールをひどく悲しませた。宮殿の敷地は、今や深刻な危険にさらされていた。

王妃を――私の王妃を守らなければと頭がいっぱいのレオナールは、その夜は寝ずの番をすることにし、暖炉のそばで読書をしながら待機していた。宮殿の各門では、野営する群衆の敵意に満ちたどよめきと、燃え盛る炎の明るさと、「フランス万歳！」の叫び声（忠実な近衛兵の何人かが小声で「国王万歳！」と返していた）が、夜を不穏なものにしていた。

レオナールは、時計が三時を打つのを聞いた。腰掛けているのに疲れたので、自分がいるふたつの部屋を行ったりきたりし始めた。すると、ドアの向こうの廊下で大勢がささやいている声が聞こえた。薄いドアの羽目板に耳を当てると、たくさんの人間が足音を立てないように歩いていくのが、はっきりと聞き分けられた。

話し方も歩き方もこそこそしている。怪しい、とレオナールは思った。外にいる群衆の仲間か、あるいは宮廷の使用人に裏切り者がいるに違いない。ドアを勢いよく開けた。だが廊下はもはや人けがなく静まりかえっていて、共謀者たちはいなくなった後のようだった。蠟燭を手に廊下の端まで行ってみた。すると、異様な光景が目に入った――正面玄関へ続くドアが大きく開け放たれているのだ。宮殿に来るようになって十八年、こんなことはついぞ見たことがなかった。

パリの反乱者たちがすでに宮殿内に入ってきたのかもしれないと思ったレオナールは、部屋へ戻って拳銃を手にすると、秘密の入口から王妃の居殿へと向かった。侍女や衣装係たちが叫び声をあげながら逃げ出してくる。盗っ人たちが宮殿に入ってくる。王妃の居殿の入口に立っていた近衛兵たちがむごたらしく殺されている。王妃もおそらく暗殺者どもの刃にかかったに違いない。

行く手をさえぎるものをすべて払いのけながら、レオナールは突き進んだ。ゆらめくランプの光の中に、ほとんど裸同然で、髪は乱れ、裸足で歩いている女性が見える。レオナールの拳銃を見ると、王妃は略奪者のひとりと間違えて恐怖の叫びをあげた。

「ご安心ください、王妃様、レオナールでございます」ガスコーニュ人は言った。

「ああ、わが友よ、どうか助けて!」マリー＝アントワネットは叫び、レオナールの腕の中へ飛び込み、しがみついた。「近衛兵たちは殺されました」王妃の声はかすれていた。「私の部屋のドアが開けられ、恐ろしい顔を見ました」

「やつらはもう王妃様を捕まえることはできません。王妃様の安全は、私が保証いたします」

レオナールは上着を脱ぎ、王妃のむき出しの肩に羽織らせた。そして自分の靴を王妃に履かせると、小走りで王の部屋に送り届けた。ちょうどラ・ファイエットとその部下の将校たちが、国王一家を救うために寝室に——そうする許可を王に拒まれたにもかかわらず——到着したところだった。王の恥ずかしげな顔は将軍への報いとしては十分だったろう、とレオナールはのちに回想録に書いている。

◉

レオナールはほぼ間違いなく、怒りに燃えた魚売りの女たちが斧や槍を手に先導するヴェルサイユへの行進を見たことだろう。また国王一家が、「パン屋と、パン屋のおかみと、パン屋の息子を連れ帰ったぞ」と歌う暴徒たちに力づくでパリへ移送されるのも目撃したことだろう。だが自慢好きのガスコーニュ人が——自分で言うように——本当に勇ましくも王妃を救ったのかどうかは疑わしい。秘密の通路による王妃の脱出劇は、カンパン夫人ら侍女や従者の目撃証言も含めたほかの説明では、レオナールの役割については何も語っておらず、そもそもその場にいたとさえ言っていない。

命がけの一幕はなかったのかもしれないが、王家と親しかったレオナールが犠牲を払ったことは確かである。テアトル・ド・ムッシューがテュイルリー宮内の一角にあることは、まもなく問題となった。劇場の名前ですら、貴族や王室に関するものすべてを拒否する革命派たちの怒りを買うことになった。レオナールは別な場所を見つけ、名前も「テアトル・フェドー」と新しくすることを余儀なくされるのである（十九世紀の同名の劇作家と混同しないように）。

翌日、国王一家がパリのテュイルリー宮殿で監獄のような条件に置かれると、レオナールは、一家とパリの支援者らの間の使者および密使という危険な役目を請け負った。一家は皆、テュイルリーの荒れ果てたようすに衝撃を受けていた。

「ママン、ここはなんてきたないのでしょう！」と、小さな王太子ルイ・シャルルは言った。

「坊や」王妃は答えた。「ルイ十四世がここにお住まいになって、快適だと思われたのですよ。私たちがわがままを言ってはなりません」。そしてついてきてくれた貴婦人たちに、あたかも宮殿の欠乏状態を詫びるかのように、悲しそうな笑みを浮かべてこう言った。「こんなところに来ることになるとは、私も思っていませんでした[14]」

第10章

王室一家の逃亡

一七九〇年十二月　フランス、パリ

そしてレオナールよ、忘れるでない、フランス国王は満足の行く働きをした者を、貴族にすることもできるのだぞ。

――国王ルイ十六世がレオナールに（一七九一年六月　テュイルリー宮殿）

十月六日の午後一時を少し過ぎた頃、ルイ十六世とその王妃、妹、子供たちが贅沢なヴェルサイユ宮殿から連れ出され、王家の馬車に乗せられた。一家は、ぼろをまとった酔っぱらいの魚売り女《ポワサルド》や、飢えと貧困でますます殺気立った市民ら数千人の手で、パリへ移送されるのである。寝室付きの侍女、王の従者、そして宮殿の使用人らが宮廷の馬車であとに続き、何百人もの議員と大勢のパリ市民が行列を締めくくった。[1]

魚売り女たちは歩きながら国王一家の馬車を取り囲み、「パン屋とおかみとその息子」の歌を歌った。この怒り狂った女たちのまん中で、殺されたふたりの近衛兵の首が槍の先に掲げられていた。残虐な暴徒たちはさらに恐ろしいことを思いついた。セーヴルのかつら職人に無理やり生首の髪を結わせ、血のついた巻き毛に髪粉をかけさせたのである。カンパン夫人によれば、そのかつら職人は「そのとき受けたショックがもとで死んでしまいました」[2]

レオナールは、ヴェルサイユ宮のすべてが、荒れ放題のテュイルリー宮殿という新しい住まいに移る一部始終を目撃した。赤い目をしたマリー＝アントワネットが、長いこと火の気がなかったすすけた暖炉のそばに座っているのも、王妃の侍女たちが、割れ目から冷たい風が入らないようにと、王妃の部屋のドアを端切れで覆って釘づけするようすも見た。

レオナールには民衆の腹立ちも理解できたが、自分をあれほど大切にし、パリでの成功を後押ししてくれた国王一家のことを思うと、やはり心が痛んだ。王室の多くの使用人と同じように、レオナールも共和主義的な平等思想と主君への忠誠心との板ばさみに悩んだことだろう。だが生計を主君に頼る使用人であることは事実であり、ある意味で選択の余地はなく、心の葛藤についてはあまり述べていない。

レオナールはヴェルサイユに戻り、王妃のために大量の物品を取ってくる役目を負った。王妃は、どこもかしこも調べあげ、目録もすべて目を通し、そしてレオナールが忘れっぽいと知っていたので、何もかも持ってくるようにと言った。プチ・トリアノンに行ってみると、使用人はわずかしか残っていなかった。かつて仰々しいほどだった宮殿のあまりの静けさと、襲撃後に大あわてで出発した形跡に、レオナールは胸を打たれた。

王妃の居殿は、あの夜脱出したときのままだった。十月五日の晩に王妃が着ていたドレスや、寝床に入る前に脱いだ絹の靴下、履く暇がなかった部屋履きを見つけた。どうやら王妃はほんの数分の差で暗殺者の刃から逃れたらしい。まず、王妃にとって思い出深いとわかっている品々を集めた。王妃に渡された目録をもとに（その内容については墓まで持っていくつもりだった）、肖像画と宝石類を集めた。

レオナールは去り際、その広大な中庭の真ん中で立ち止まらずにはいられなかった。彼にはわかっていた。もう二度とここに来ることはないかもしれない。ここでかつて貴婦人たちが、自分が結った塔のような傑作を頭に載せて歩いていた。いつも回廊を埋めつくしていた廷臣たちは、もういない。衛兵詰め所にも哨舎にも、歩哨はいなかった。中庭は、今やうち捨てられた空間であり、陰鬱に静まりかえっている。亡霊のほかには、誰もいなかった。

テュイルリー宮に戻ると、マリー＝アントワネットは私室の中を行ったり来たりしていた。「やっと戻ってきたわ！」王妃は駆け寄ってレオナールを迎えた。「それで、全部持ってきましたか？」

「見つかったものはすべて」レオナールは言った。

「見てみましょう！　見てみましょう！」王妃は言った。

レオナールは、見つけてきたものをすべて王妃の目の前に並べた。何分かの間、心配そうに品物を調べていた王妃は、やっと晴れやかな顔になって言った。「けっこうです、レオナール、全部ありました」

「うれしゅうございます、陛下。たいそう運がよかったおかげで、ご満足いただくことができました！」

満足以上です、と王妃は言った。「あの略奪者たちの侵入以来、二度と見られないと思っていた宝石まであるのですもの」

だがレオナールは、あの朝、王妃の居殿へ押し入った男たちがダイヤモンドを盗らなかったのは、ごく自然なことだと思っていた。十月六日の暗殺者たちは、けちな盗みをしたかったのではない。復讐したい一心で王妃の居殿まで来たのである。

国王一家が恐ろしい事態に直面していた頃、レオナールもまた、みずからの家族の崩壊を必死に食い止めようとしていた。王室の髪結いには一年前、三人目の娘ファニーが生まれたものの、オーティエ家の直系の男子はこのまま絶えるかとも思われた。だが一七九〇年十一月二十七日、議会での討論が紛糾しているさなか、妻は男の子を産み、すぐにオーギュスト＝マリーと名づけられた。これは、マリー＝ルイーズがレオナールとの間に産んだ最後の子供だった。ふたりの結婚は、この後一年しか続かない。

オーティエ家以外の世界もまた、混乱が続いていた。一七九〇年の終わりまでに、国王夫妻は、宮廷に対して執拗に戦いを挑んでくる国民議会の何人かの議員たち、特に中道派のオノレ・ド・ミラボー伯爵を、なんとしても味方につけなければならないと悟った。議会の中心人物であるミラボー伯は、国王の従兄、オルレアン家のフィリップを王位につけるために、国王を倒そうとしているというもっぱらの噂だった。

王妃は、レオナールをはじめ複数の筋から、ミラボーがオルレアン公爵の仲間に入ったらしいという情報を手に入れていた。もし国王の従兄を王位につけるという噂が本当なら、宮廷としては、この著名な政治家の歓心を買うための新しい作戦が必要だった。王妃はレオナールに、こうした秘密めいた集まりについてもっと情報を集めるよう命令した。

レオナールはすぐに動いた。そして、ミラボー伯は国民議会で雷のような演説を終えると、いつも急いで夕食を済ませ、町外れの二軒の家のうちのどちらかへ行くことをつかんだ。一軒はサン＝タントワーヌ大通り、もう一軒はベルヴィルにある。レオナールはまた、何人かの部下を使い、オルレアン公も秘密の会合のためにミラボー伯と同じ方角へ向かうことを突き止めた。

レオナールは仕事をひそかに開始した。まずはオルレアン公もしくはミラボー伯の使用人から話を聞こうとした。そしてさまざまな口実や変装を駆使し、その謎めいた二軒の家に入り込み、使用人たちを近くの食堂へ誘い出すことに成功した。最初の頃の収穫といえば「恐ろしい飲み物によるひどいむかつき」くらいだったが、レオナールは使用人たちに疑われないよう、気前よく注文しては無理やり飲み続けるしかなかった。

ある晩、背が高くてがっしりとした使用人を居酒屋に誘い出すことができた。レオナールは長いことこの男を観察しており、主人にとても気に入られていることに（そして、ほかの使用人よりもミラボー伯の私生活についてよく知っていることに）気づいていた。この信用の厚い従僕は酒飲みだったので、うまいこと酔っぱらわせることができた――だが残念なことに、そのならず者はまったく理性を失わないのだった。

男は酔っているにもかかわらず、レオナールがたびたび油断のならない質問をしてくるのでとう怪しみ始め、下手くそなスパイというレオナールの正体を完全に見抜いてしまった。説明や買収の暇も与えず、けだもののような男はレオナールの左目に一発お見舞いした。「これまで人類が見た中で、最も美しい季節はずれの花火を拝むことができた」ほどの、ものすごいパンチだった。こうしてレオナールの初めての諜報活動は、完全な、しかもばつの悪い大失敗となったが、すぐにまた自分の力を試す別のチャンスがやってくる。

ミラボーは革命推進派ではあったが、イギリスの政治史を学び、共和制ではなく立憲君主制を望んでいた。しかし、国王が王座を取り戻すために国境の外に逃亡し、同盟国の支援に頼ろうと考えていることを知ると、ミラボーは激怒した。ミラボーは、王たるものは堂々とパリを出て、「外部からの支援など乞わずに」地方から国を直接統治すべきだと主張していたのだ。だからどんな状況であっても、逃亡といった類のものに加担するつもりはなかった。もしそのような逃亡が仕組まれたとしたら、ミラボーは「みずから君主制を糾弾する」と誓っていた。[3]

ちょうどその頃、オルレアン公の陰謀についての噂も持ち上がっていた。民衆がルイを追放し、オルレアン公を王座に据えるというものである。最悪の事態を懸念したラ・ファイエット司令官は、歩兵隊をオルレアン公とミラボー伯との間で分けたいと考えた。また、国王と王妃に、公爵の陰謀と王位乗っ取り計画についての警告を伝えた。

一七九〇年の半ば、テアトル・ド・ムッシューの女優の助けで、ミラボーが時機を見てオルレアン公から離れようとしていることをレオナールは知った。これは宮廷にとって、きわめて貴重な情報である。ミラボーは、オルレアン公の過激な意見に次第に危機感を強めていた。また、こんな信用できないゲームに関わっていては自分の首が危ないとも気づいていた。王妃マリー＝アントワネットは、ミラボーが寝返るかもしれないと聞いて大喜びだった。「あの人は私たちの味方よ！　私のものよ！」

「さあ」王妃は続けた。「時間を無駄にせず、鉄は熱いうちに打ってミラボーを引き込んでしまいましょう。ミラボーがその良心にどんな値段をつけてこようと、オルレアン公から引き離すことができれば安いものです。そのためには、まずあなたが突破口を開いてくれるものと期待していますよ」

「王后陛下は、私の陛下への献身をご存じでしょう」レオナールは言った。「しかしながら王妃様、ミラボーとレオナールという名前を同列に並べては、あまりバランスがよくないとお思いになりませんか？」

「なぜ？」と王妃は尋ねた。「極秘の任務では、周りにどんな立派な政治家がいようとも、より信頼に値する人間を使うのを、ミラボーはおかしいとは思わないでしょう」

「いかにも私は陛下のご命令に背いたことなど、これまでございませんでしたし、またこれからも考えられません！　それではあの傲慢な弁士になんと言いましょうか？」

「私から直接言うということはありません。国王陛下からはなおさらです」王妃は言った。「あの男を操るのに失敗するという可能性もありえます。危険は最小限にとどめておかなければなりません」

お考えはわかりました、とレオナールは言った。「それでは私は、『国王陛下が、ミラボー伯爵の支援を失ったことを残念がっていらっしゃる』と信頼できる筋から聞いた、ということにしておきましょう。『国王陛下は毎日、議会でミラボー伯が見せる才能に感心していらっしゃる』、そして『ミラボー伯なしでは、君主制は革命派と強固で長続きする合意に達することはできないと、一度ならず繰り返しておいでだ』と」

「『王のお考えは、王妃も賛成しているのでいっそう信憑性がある』と付け加えるのを忘れないようにね」と王妃は言った。「だってレオナール、わかるでしょう、国民議会の愛国者たちの政策に宮廷が反対すると、皆、私のせいだと思われるのですもの」

レオナールは王妃に、翌朝ミラボーに会えるだろうと言った。この政治家がほとんど毎晩、高級売春婦たちと飲み食いしながら過ごし、午前中はずっと寝ていることをレオナールは知っていた。さらに言えば、ミラボーは議員や判事、そして特に自分と話したがる女性たちを、寝床に入ったまま迎えるのであった。

その美しい夏の朝、レオナールは口上を前もって何度も練り直しながらミラボー宅に向かった。断られて王妃に不面目な思いをさせないためにも、できるだけ器用に立ちまわらなければならなかった。

何世紀も後にアルベール・カミュが言ったように、問答無用で「はい《ウイ》」を言わせるためには、技を駆使しなければならないのだ。レオナールは、中庭へ続く門のある、正面に二頭の馬の頭が彫刻された質素な外観の家を探しながら、ショセ＝ダンタン通りを三分の一ほど行った。自信たっぷり、とまでは言えないが、心配もしていなかった。長年の間に、学をひけらかしたがるような人間とのつきあいには慣れていたのだ。レオナールは自分の器用さを、音楽家のそれに似ていると思っていた。音楽家がヴァイオリンやフルートを奏でるように、自分は想像力と機知を操る。だが話し方についてはまわりくどくなりがちなので、ミラボーのような人間の前では自信がなかった。ミラボーの話しぶりといったら、雷のようにとどろき、激流のように速いのである。[4]

ショセ＝ダンタンのミラボーの家の前で、レオナールは小さな真鍮の呼び鈴を鳴らした。このときのことを、レオナールはこう書いている——心臓がどきどきと早鐘を打つのが聞こえ、こめかみが帽子を持ち上げるほど脈打ち、脚はがくがく震えていた。ドアが開くと下男が現れ、ただちにお通ししますと言った。愛国者はできるかぎり待たせない、というのがここの主人の習慣だという。下男はさらに、通す人間の名前もいつも尋ねていないと言った。すべてのフランス人は平等なのだという。

議員の寝室が開き、ハンカチーフを頭に巻いた吹き出物だらけの大きな顔が、こざっぱりした枕に乗っているのが見えた。「何のご用ですかな?」。有名なミラボーの声を聞くと、レオナールの勇気はほとんど萎えてしまった。

「伯爵閣下……」レオナールは言った。

「私の名はミラボーだ。称号は要らん」大臣はさえぎった。

「ムッシュー」レオナールは言った。「私が参ったのは……つまり……立憲君主制があなた様を最も雄弁かつ最も誠実な支持者とすべきであることを、私が存じ上げているからであります」

「ほう！」ミラボーはいささか驚いて言った。「どうぞおかけになって、いったい私がどなたとお話しする栄誉に預かっているのか教えていただけますかな」

「ムッシュー。私はレオナールと申します」

「レオナール……、詩人のかね？」

「いいえ、ムッシュー」

「ああ！　わかった、レオナール……」そしてミラボーは、掛け布団の下から筋骨たくましいむき出しの両腕を出し、髪をカールする真似をしてみせた。

「そのとおりでございます」。かなり無理して笑みを浮かべたものの、レオナールの顔は赤くなった。

「そう、レオナールさん」ミラボーは言った。「王妃様は十年前、美しい髪をしておられましたなあ」

「はい、ムッシュー」レオナールは言ったが、少々がっかりしてしまった。ミラボーは自分が重要な任務を負ってきたとは想像もしていないようだった。レオナールはあきらめずに続けた。「王妃様は十年前、美しい髪をしておられました。そして私は、そのお手入れにかなり忙しい思いをさせてもらったものです。しかしながらその美しいお髪《ぐし》も、白くなり始めました。法律的な職業差別というものがなくなったこの時代、私も自分の人権というものを駆使できるのではないかと思い、みずからこうした権利の最も熱心な推進者である国民の代議士とお話しに参りました」

「よろしい、レオナールさん！」大臣は言った。「あなたの話しぶりから、多才な人物とお話ししていると察するべきでしたな。お話をうかがいましょう」

「容易におわかりのことと思いますが」レオナールは言った。「私は宮廷に関係の深い方々とのご縁を続けさせていただいております。こうしたご縁は大変に密接なものでありまして、最も内輪の会合の内容でも、私の耳に届くことがございます」

「おお！　そいつはすごい！」ミラボーは言った。

「大変に親密なものなのです。そして私は非常に確かな筋から聞いたのですが、国王陛下はたびたびあなた様のお名前を口になさるのだそうです。王妃様でさえ」

「小生のことが話題に？　それで、おふたりはどんなことをおっしゃっているのですかな？」ミラボーは聞きたくてたまらないとばかりに、肘を突いて体を起こした。

「たくさんのおほめの言葉です」

「まさか！」大臣は言った。「それは驚きだな」

「それは、あなた様が現在の宮廷の心情をよくご存じないからです」

「というと……？」

「ミラボー様に対して、畏敬と称賛の念を抱いていらっしゃいます」とレオナールは言った。お世辞というものがいかに人間の自衛の壁を破壊するものか、レオナールはよく心得ていた。

「レオナールさん」ミラボーは、レオナールの目を見つめながら言った。「王妃様のお使いでおいでなすったのですかな？」ミラボーは、ベッドの上にまっすぐに起き直った。

「王妃様は私の本日の訪問について、まったくご存じありません。しかし、あなた様が宮廷の利益にかなうようにご判断くだされば、王后陛下は間違いなく大変高く評価されるでしょう」

「何のことを言っておられるのかな？　私がこれまで、宮廷の利益に反する行動をとったことがありますかな？」大臣は尋ねた。「私はただ、間違った政策を推進したことと、変革がうまくできずに君主制そのものを破壊しそうになったことについて、宮廷を非難しただけですぞ。容易におわかりいただけるだろうが、私は伝統的な王権の原理を支持しているいじょう、国王との和解を拒否することは決してありえない。私が国王陛下をお見捨て申し上げたのではなく、陛下が私からお離れになったのだ」

ミラボーの非常に熱を帯びた演説は、この雄弁家がレオナールの正体を正しく、つまり王妃の使いと解釈している証明だった。代議士は付け加えた。「国王陛下と王后陛下にはぜひわかっていただきたい。今も、そしてこれからも、私はおふたりの最も忠実な僕《しもべ》であるということを」

王妃は、レオナールからミラボーの腹づもりを聞くと、喜んだ。くわしい状況を聞いた王妃は、今ならこの人民の代表者と会うことにしてもよいだろうと考えた。翌日、レオナールはその約束を取り付けるため、ミラボーのところへ派遣された。

ミラボーと王妃の最初の謁見はその晩九時、テュイルリー宮殿の庭園にある高い栗の木の下で行なわれた。この会合についてはくわしい記録が残っており、当時の多くの回想録で読むことができる。だがレオナールは、この歴史的会見の記述には嘘が多いと指摘している。ミラボーを、やさしい愛人として描いているものもある。ミラボーが感極まって、王妃に接吻を求めたとするものもある。「そんなことは全部でたらめである」と、レオナールは書いている。

ミラボーはルイ十六世にも会い、革命の原則を変えずに国王が革命を制御する方法を提案した。ミラボーはまた国王にはっきりと、フランスから出ないようにと勧告した。ミラボーがモンメディを適当な逃亡先として提案した可能性はあるが、レオナールは、ミラボーが国境を越えるような逃亡計画に賛成したことはないと主張している。この人民の代表者は、国外脱出という手段は臆病のきわみであるとして大変嫌っていたのだ。王国から逃げ出すなど、犯罪と見なしたことだろう。

　国王と王妃のために尽力したミラボーだが、まもなく、国王と王妃には自分が開いてやる救済の道をたどるつもりがまったくないことに気がついた。ルイは絶対的な権力を握るという考えをあきらめる気がない、と。だがレオナールの見方は、微妙に異なっている。レオナールの説明によれば、ルイ十六世とマリー＝アントワネットは新体制をあからさまに非難したことは一度もなかったものの、夫妻の「緩慢な抵抗が、やがて飲み込まれる奈落へと、ふたりを次第に加速しながら追いつめていったのだった」。歴史はおそらく、レオナールの評価に同意するだろう。国王は拒否権を行使するほかは、何の抵抗も考えなかった。あとで見返りとして領土や金を渡せば済んだだろうに、近隣の王国からの支援も拒否したのである。だが一方でルイは、内戦が起きることも心配していた。外国の部隊をフランスの領土に入れれば、国民をますますルイから遠ざけることになる。

　革命派が要求することに対応できないルイ十六世の無能さのために、国王一家はヴェルサイユからテュイルリーへ追われることとなった。その時点から王はショックで混乱してしまったようで、最も重要な決断を政治経験のない王妃に任せるようになった。一七九一年四月十七日、王室はサン＝クルーの離宮へ行こうとして止められる。一家がテュイルリーの囚人であることは、もはや明らかだった。王妃はただちに、自分の崇拝者であるスウェーデン人のアクセル・フォン・フェルゼン伯爵と秘密の計画を検討し始めた。王妃らに勧められ、ルイはとうとう自分と家族を、唯一残された、そして惨憺たる結果に終わる選択肢に委ねることにした。パリからの逃亡である。

一七九一年六月十二日夜十時頃、レオナールは寝室で、届いたばかりの手紙を開いた。

ただちにテュイルリー宮殿へお越しください。フイヤン通り側の門へ来てくだされば、門番がお通しします。フロール館の庭に面した入口にいる従僕がご案内いたします。一刻も早くお願いいたします。

テュイルリー宮の中へ入り、暗く、ひと気のない部屋を次々と抜けて王妃の寝室まで案内されると、そこには王、王妃、王太子の妹エリザベートがいた。

国王は小さなソファに腰掛けていた。いつものように大量の食事をとった後でむくんでおり、襟は外してしまっている。だが、その顔は普段より元気そうだった。王妃とエリザベートはソファの両脇に置かれた肘掛け椅子にそれぞれ腰掛けていた。ルイ十六世はレオナールに目で合図した。

「長いな、レオナール……」国王は、ここ何年かいつもそうであるように、小さな声で言った。「そう、そなたの熱意と誠実さがわれわれの知るところとなってから、非常に長い年月が経った。ゆえにそなたは、われわれの信頼がそなたの献身に見合うものであることを、何度か見たことがあるであろう」

「陛下」レオナールは、頭を下げながら答えた。「陛下と王妃様のご親切には、ただもう感激するばかりでございます」

「レオナール、今日もその献身ぶりを見せてほしい。余はそなたに非常に重要な試練をくぐり抜けてほしいのだ。率直に申すが、そなたに任せようとしている任務には、知恵と熱意の両方が必要である。そなたほど適任の者を余は知らぬ」

「そうですとも、そうですとも！」王妃とエリザベートは、王のほめ言葉に唱和するように付け加えた。

王は続けた。「何もかも、知っていてもらわねばならぬ。よく聞いてくれ」

「陛下、私の関心と注意はすべて、陛下のお言葉にそそがれております」

「ここ最近、余がいかに勇気ある忍従を示してきたか、そなたは他の誰よりも心得ている。余の妻、妹、叔母たち、余のまわりにいるすべての者は、非常に恐ろしい思いをしてきた。しかし余は静かに、落ち着いていた。自分を責めなければならないようなことは何もしておらぬからだ。わが友人たちは、分別ゆえか無分別ゆえか余にはまだわからぬが、私に自分の王国を出ろと勧めた。だが私はいつも、父たるもの感情のままに義務を放り出し、みずからの子を見捨てるようなことがあってはならない、と答えてきたのだ」

「今日でも余は、この勧めに全面的に同意したわけではない」王は続けた。「だが余は、あの気の毒なミラボー［ミラボー伯はこの年の四月に急死］の計画の一部には従おうと決心した。数日のうちに、余は野営地へ行こうと思う。モンメディに野営地を設置するよう、ブイエ将軍に命じたい。そしてその命令は、親愛なるレオナールよ、そなたが将軍に届けるのだ。フランス軍元帥の委任状とその印を持って。こうした任務の重要性は、そなたにもよくわかっているだろう。ブイエ将軍のもとには十分な兵がいる。将軍が注意深く選んだ、まだ革命思想にとりつかれていない者たちばかりだ。だが兵を召集して余を迎えに来るのに十分な時間がとれるよう、将軍には細部にわたって正確に知らせなければならない」

「なぜ国王陛下は、私たちを迎えに、とおっしゃらないのです?」王妃は尋ねた。

「王妃よ」ルイ十六世は続けた。「余の意図は、後に話そう。まずはレオナールへの話を終えさせてくれ」

そして王は続けた。「たとえ余にそなたと同等の能力のある侍従がいたとしても、この任務を与えられるのはそなたしかいない。余は軟弱なやり方に慣れた男、ばねのきいた馬車でしか移動できない洒落者の従僕を必要とはせぬ。そなたのようなたくましい男が必要なのだ。待ち伏せる愛国者どもの手に落ちないために、必要とあれば野を歩き抜け、川を泳ぎ渡るような男が。モンメディまでまっすぐ突き進み、三日以内に到着する。これがそなたの任務だ。受けてくれるか、レオナールよ?」

「喜んで、陛下。一時間後に出発しましょう。私が二十二年前にパリに到着しましたときと同じくらい荷物が軽いのであれば、モンメディには、陛下が設定された期限前に到着いたしましょう」

「信じているぞ」国王は、やさしい笑みを浮かべた。「そしてレオナールよ、忘れるでない、フランス国王は満足の行く働きをした者を、貴族にすることもできるのだぞ」

この最後の言葉は笑いながら言われたが、レオナールはこの王の約束が真剣なものであることを見てとった——ガスコーニュの卑しい生まれである私の旅路は、ついに爵位にまで到達するのか? これが、これまでの立身出世に有終の美を飾る最後の一歩なのだろうか? レオナールは突然、「不老不死の薬」が全身の血管を駆けめぐっているかのような気がした。実際、貴族にするというこの約束は、この先何年もレオナールの心を燃やし続けることになる。

王はポケットから小さくたたんだ公文書を取り出し、レオナールに手渡した。「誰に宛てたものか、そなたさえわかっておればよい」。宛て名は書いていなかった。

王妃は文机から長さ四十センチほどの品物を持ってきて、王に手渡した。

「将軍へ渡す元帥杖だ」。王はレオナールに渡しながら言ったが、レオナールの困ったようすに気づいたようだった。「ちと、かさばるか？」

「この旅は隠密に行なわなければなりません。正直に申しまして、この軍最高司令官の印を持っていては、私の目的がばれてしまうのではないかと心配でございます」

「そう思っていましたわ」エリザベートが言った。

「妹よ」王は答えた。「レオナールには、この杖を誰にも見えないように隠すだけの知恵がある。それに危険が迫れば最後の手段として、どこか茂みの下か、遠くへ放り投げてしまうこともできる。だが、それは本当に最後の手段だ。わかるな、レオナール？　軍最高司令官には、国王から明らかな印を手渡すということが、代々の国王の御世におけるしきたりなのだ。定められたしきたりに反することは、国王の大権に逆らうことになる。われわれはここでブィエ将軍に元帥杖を授けることとし、なんとしても受け取ってもらいたいのだ」

エリザベートが笑ったように見えた。なぜ国王は元帥杖を将軍に渡すのを、よりにもよってただの髪結いに許すのかしらと、きっと不思議がっているのだろう。妹にその理由がわかるはずはなかった。国王はこの任務を託せるほど賢く献身的な貴族を、自分の周りに見つけることができなかったのである。

「それではレオナール、幸運を」ルイ十六世は片手を差し出し、レオナールはそれをうやうやしく胸に押し当てた。「そなたにはわれわれの希望だけでなく、君主制を救うおそらく唯一の機会がかかっていると考えよ。もう引きとめはしない。行け」

王妃とエリザベートが手を差し伸べ、王室の髪結いはふたりの手に接吻して暇を告げた。レオナールは、自分が使者として宮廷で最も機敏に動けるとわかっていたので、この任務を喜んで引き受けた。だが同時に、国王一家がこうした不十分で危険な計画――君主制を崩壊させてしまうかもしれない計画を実行しようと心に決めているのを残念に思った。テュイルリー宮からの逃亡自体も危険だが、もし捕まれば、国民は決して王家を許さないだろう。マリー＝アントワネットの祖国であり、長年の敵国であるオーストリアとの国境へ逃げたことを。

◉

密使となった王室の髪結いにはこの頃、愛人がいた。リュセットといって、自宅で雇っていた門番の美しい娘である。当時、愛人を持つことは名声の証だった。それどころか、十八世紀のフランスで愛人もいないなどと言ったら、男としての能力が疑われかねなかった。

父親の雇い主の目に「魅力的に映りたい」と初めて願ったとき、リュセットはまだ十七にもなっていなかった。リュセットはレオナールに来た手紙や新聞を隠した。そうすれば、レオナールに頼まれたとき、自分で持っていく口実ができるからだ。レオナールと一緒に暮らしたいとほのめかすと、レオナールは言った。「かわいい子、ぼくは地道に暮らすということがよくわからないのだよ」。そしてレオナールは、自分がしてやれるのは、テアトル・ド・ムッシューのフランス人劇団に仕事を見つけてやることだけだと言った。そこなら所有者としての権限で、口を利いてやることもできる。

誰かと地道に暮らしたいと言っていたその若い女性は、そのじついつでも心のおもむくままに生きていた、とレオナールは書いている。レオナールが王妃のために、オルレアン公とミラボーの会談の秘密を探ろうとしたとき、雇ったのはリュセットだった。この若い女優は、なかなか経験が豊富だった。「リュセットは、女性のおしゃべりというものを最大限利用する術《すべ》を知っていた。何かを考えているかのようにタイミングよくウィンクしたり口をすぼめたりすれば、頭のよさの表れだと簡単に思ってもらえるのだ」

自分のために——つまりは王妃のために——秘密の調査をしてくれないかとリュセットに持ちかけたとき、金儲けに興味はあるかとレオナールは尋ねた。リュセットは、いかにも若い恋人らしい答えをした。「いいえ、レオナール。私はあなたに、初恋の炎は絶対に消えないってことを証明したいだけよ」

リュセットがオルレアン公とミラボーの関係についてのくわしい報告を持ってくると、レオナールは感嘆の声をあげた。「ぼくのかわいいリュセット、君は本当に何にも代えがたいすばらしい女性だよ。そのうえとてもきれいで、とても魅惑的で、なによりぼくに対して本当にやさしい。ぼくはまず一番に君の女性としての魅力に敬意を払わなきゃね。調査の腕前は、その次だ」。リュセットを密偵として雇ってから、レオナールは自分がこの若い女優と恋に落ちたことに気づいた。報告書そのものは支離滅裂で取るに足りないものだったが、非常に細かく注釈が付いていたので、レオナールはオルレアン公の陰謀に関する重要な事柄だけをまとめて王妃に説明した。リュセットはオルレアン公フィリップの仲間とうまく知り合いになり、もしルイ十六世が逃亡に成功したら、テュイルリー宮の王座は空席と見なされるのだということを知った。もしそうなれば、ミラボーがオルレアン公フィリップとともに立憲君主制を提案し、革命の支援者オルレアン公が従弟の王座を奪うというわけである。

ミラボーは一七九一年四月、心臓発作を起こして死亡する——もっともその信奉者たちは毒殺だったと断言したが。ミラボーがじつは革命派と宮廷の仲介役で王妃から賄賂を受け取っていたことがのちに伝わると、大臣の功績はすっかり評判が落ちてしまった。

レオナールが君主制のために引き受けた新しい任務を聞くと、リュセットはからかうように尋ねた。

「王様はあなたを将軍にしてくださったの?」

「何も聞かないでおくれ。答えるわけにはいかないんだ。おまえはいい子だ、リュセット、それにぼくを本当に愛してくれているって信じている。だからこの家のことは頼んだよ。ぼくはすぐに出発しないといけないのでね」

「ここに馬車の迎えが来るの?」

「いや、歩いていくんだ」

「歩いて? まるで宿無しみたいね」

「その点はね、だが資金のほうは」レオナールは机のところまで行って、百ルイの札束をふたつ自分のポケットに入れた。「さよなら、さよなら、最後のキスだ」

◉

レオナールは夜中の十二時半に家を出た。礼拝堂の塔の鐘が一時を打ったとき、レオナールは足首まで泥に浸かりながらサン＝ドニの平野を歩き始めたところだった。それは一七九一年六月十三日のことだった。髪結いは、琥珀も、麝香《じゃこう》も、おしろい用のパフも、リボンも持っていなかった。レオナールは王室の密使、ほとんど大使として、夜、最も原始的な手段でドイツへ続く道を急いだのである。重要文書と、元帥杖と、「名高きレオナール男爵家」の一代目となる夢を抱え、レオナールは進んでいった。

国王には「まっすぐ突き進む」よう命じられており、それがこの平野だった。法を無視して勝手に人を裁く住民が大勢いるような地方では危険な目にあうかもしれないことはわかっていた。しかも、ブルボン家の紋章「百合の花《フルール・ド・リス》」に覆われた元帥杖を持っている。これではまるで、捕まえてくれと言っているようなものだった。一見、砂糖でできた棒切れのようだが、好奇心の強い愛国者ならきっと見抜いて、レオナールを村の牢屋にでも放り込むに違いない。

レオナールは「多大な犠牲」を払いながら馬を駆り、夜明けにモーの町の門に到着した――後にレオナールが書いたところによれば、その犠牲とは「どことは言わないが、私の体のある部位から剝げ落ちた、かなりの大きさの皮」だったようだ。

三時間で六十五キロ近くも進むことができたので、レオナールはたとえ体が痛くなっても、できるかぎり馬で行こうと決めていた。多くの名家が、戦闘での流血と引き換えに貴族の称号を勝ち得たことを知っていたので、文句は言えなかった。尻の皮など、代償としては小さなものだ。

一七九一年六月当時、フランス国内で旅券の提示が求められるようなことはあまりなかったのだが、このときばかりは違った。どの村にも見張りが立ち、服装や見かけが少しでも普通と違う旅人はすぐに逮捕された。レオナールはもちろん、普通でなかった。貴族のように結った髪型、宮廷を思わせる服装は、モーの住民の目を引いた。道中、運送屋の仕事着がそよ風にはためいているのを見つけたので、レオナールは変装のために一枚買った。念のために近くの地主のようなふりをして、自分の従者のために百姓の服が必要なのだと説明した。さらにもう少し行ったところでは、寝るときにかぶる縞模様の木綿の縁なし帽と、大きくて丸くて平たい帽子、それに丈夫な長靴を買った。

国王からの文書を縞のボネの中に入れて、その上に六フランのつば広の帽子をかぶり、運送屋の仕事着で上着を隠した。これにありふれた長靴を履けば、変装は完璧だった。美しいビーバーの毛皮と留め金つきの靴は山の中に捨てた。

こうしてハシバミの枝のむちを持った、不格好な御者に姿を変えたレオナールは、大胆に町を横切り、誰にも注意を向けられることなく、モーのすぐ北側にある御者たちが集まる食堂で平然と朝食をとった。ありがたいことに、シャトー・ティエリーとエペルネーへ向かう道沿いには替え馬が十分にあった。乗り心地の悪い幌つき二輪馬車ならすぐ見つかるので、それを宿駅［十五世紀から郵便業務のために主要道路沿いに配置された替え馬置き場。宿もあることが多い。「郵便宿」ごとに雇って乗り継ごうかとも思ったが、怪しまれたくなかったので、乗り手にとってはじつに苛酷な、全速力の旅を耐え抜くことにした。親切な馬丁が、蠟燭をズボンの中に差し込んでおくといいと教えてくれた——これは効果があった。

六月十四日の夕方、レオナールはデュン＝シュル＝ムーズという小さな町に到着し、ブイエ将軍が今まさに十九キロほど先のモンメディにいることを知った。武装した野営地に入っていくのは危険なので、まずはブイエ将軍宛てに手紙を送ることにした。道中、おあつらえ向きにみすぼらしい、だがすばしっこそうな羊飼いの少年と出会った。この子なら、翌朝早くに返事を持って帰れるだろう。

「おい、坊主」レオナールは、荷馬車の御者らしく乱暴な調子で言った。

「前金は払うからよ、今夜、モンメディまで用足しに行ってくんねえか。戻ってきたら、もっと礼をはずむからよ」

「あいよ、おっちゃん」まだ幼い羊飼いは言った。「今夜中に、モンメディまで行って帰ってきてやらあ」

「今夜中にだな？」レオナールは言った。

「ああ」少年は言った。「門にいるお役人に、家に帰って寝たいって言えばいいのさ。税官吏はおれのこと知ってるからな」

「そんなら坊主、すぐに出発してくんねえかな」

「いいよ、だけど、まず羊を農場に戻さねえと」

「そりゃそうだ」レオナールは答えた。「いつ行けそうだ？」

「三十分以内に」

「よし、『銀の獅子』亭の入口で手紙を渡す」レオナールは言った。「早く頼むぜ」

「まかせとけ、おっちゃん」

レオナールは前もってブィエ将軍への手紙を準備していた。それは、わざと荷馬車の御者のような綴りで書いてあった。


将軍さま、わたくしの荷車にあなたさまあての家具と旅行鞄をあずかっております。その車はいま、わたくしの仲間がぎょしておりますが、国境がちかづくにつれて税関で問題がおきるのが心配になり、わたくしがひと足先にまいりました。そこで侯しゃくかっか、おねがいです、馬でひとっぱしりデュンの町まで来ていただけないでしょうか。ここで、お荷物になにごともないよう見はりながらおまちしております。侯しゃくさまへ　けいぐ　運そう業ジャン・ロバンアメリカ独立戦争の英雄であるブィエ将軍は、国民議会で高く評価されていた。旅行鞄や家具といった荷物が転送されてきても、疑われる心配はなかった。レオナールは、パリから旅行鞄も家具も届く予定のない将軍が、この手紙の背後に何か隠されていることをすぐに読み取ってくれればよいがと願った。レオナールは、将軍みずから事情を確かめるためにこの短い距離をやってくることに賭けた。

宿屋の玄関前にある石のベンチに腰掛けていると、あの羊飼いの少年が走ってくるのが見えた。木靴を小脇に抱え、デュンからモンメディまでの距離を二時間足らずで歩くのに、準備万全といった感じだった。

レオナールは羊飼いに王冠が描かれた大きな六ルーブル貨幣を渡し、うまく役目を果たしてくれたらもう一枚やると約束した。それから手紙を渡し、出発させた。

レオナールは将軍とふたりきりで話ができるよう、出入口から十分に離れた部屋を選んで待っていたが、不安のあまり眠ることはできなかった。

真夜中頃、宿屋の入口に馬車が止まり、今朝到着した荷馬車の御者がいるかと尋ねる声が聞こえた。数秒後、ブィエ将軍が小さな使者とともに部屋に入ってきた。将軍は、羊飼いを馬車の後ろに乗せて連れ帰ったのだった。

「おまえか、私に手紙を書いたのは？」将軍は、見覚えがあるとばかりにレオナールの顔に目をやった。

「はい、閣下」レオナールは答えて片目をつぶって見せた。明らかに、「ふたりきりになるまで何も言わないでください」という表情だ。

ブィエ将軍は、少年が出ていくとドアにかんぬきを賭け、レオナールのほうへ一歩、歩み寄った。

「運送業者ではないな」

「違います、元帥閣下」レオナールは誇らしそうに言った。

「元帥？　なぜそのような称号で呼ぶ？」

「それは、私があなた様に任命書とその印をお持ちしたからにほかなりません」レオナールは言った。

「おまえは宮廷からの使者なのか？」将軍は、声を落として尋ねた。

はい、とレオナールは言った。「そしてこれが、私が国王陛下からお預かりした贈り物です」。レオナールは仕事着の下から元帥杖を取り出し、国王からの公文書と一緒に侯爵に手渡した。侯爵は、待ちきれないといったようすで包みを開いた。

「ムッシュー・レオナールか」将軍は、喜びにわれを忘れて叫んだ。「見覚えがあると思った。本当だ。そんな気がしたのだ。われわれの不幸な王の宮廷で本当に忠実な人間は、きっとおまえが最後のひとりだろうな。さあ、親愛なるムッシュー・レオナール、私を抱擁しなさい。おまえは私の名付け親だ。ルイ十六世の代理なのだから！」

「それで、話というのは？」ブイエ将軍は続けた。「国王陛下は、文書にしたくないような秘密を、私に用意されたのかな？」

「そのとおりです、閣下。どうぞおかけください。すべてお話しします」

レオナールは国王の逃亡計画の変更について説明した。計画実行のための手筈はすべて整っていた。

「国王陛下は、いつ出発したいとお考えなのだ？」

「陛下のご計画に変更がなければ、テュイルリー宮殿を十九日の夜、お出になります」

「それをこちらが知るのが十五日とは！」。侯爵はあえぐように言った。みるみる顔色が青くなっていく。

「将軍。私はパリを十三日の午前一時に出発して、国王陛下がその一時間前に託された任務を遂行いたしました。そしてパリから二百四十キロ離れたここに、十四日の夕方六時に到着いたしました」

「おまえのせいだと言っているのではない、親愛なるレオナール」ブイエ将軍は言った。「いやはや！あらゆる困難を乗り越えてきてくれたおまえの骨折りが、無駄でなかったことはわかっている。だが、陛下はなぜもっと早く知らせてくださらなかったのか？」

将軍は続けた。「いったいどうやって、この旅の安全を保証してさしあげればよいのだ？ここからパリの市門までの道沿いに、ひそかに騎馬隊を配備するだけの時間が必要だった。そうすれば陛下の旅の途中で何か邪魔が入っても、私の分遣隊が国民衛兵のクズどもを倒すことができただろう。ところで、国王陛下はおひとりで来られるのだろうか」

「いえ、そうとは思えません。ご予定では、エリザベート様とフランスのお子様たちはブリュッセルへお連れし、王妃様は国王様にお供なさるということのようです」

「愚の骨頂だ！」将軍は言った。「なんということだ。王妃様は、妻としての勇敢さをお示しになるのに最悪のときを選ばれた！どうして国王陛下はそのような間の悪い気まぐれに耳を傾けられたのだろうか？そして私に、成り行きが読めない軍の配備をせよとお命じになるのか！しかも女性連れとは！」

将軍は続けた。「親愛なるレオナール、私は絶望的な気分だ。国王陛下の旅については、きわめて悪い予感がする。昇進という陛下にいただいた名誉も、この悲しみのせいで台無しだ。これからパリへ帰るのか？」

「ここで国王様がご到着になるのを、お待ちするつもりでおりました――私の役目の結果をお知らせするために」

「戻って、国王陛下にお会いしたほうがよい。戻れるだけ戻るのだ、国王陛下の旅が成功する前にパリにたどり着けなくても……成功すればの話だが」

国王陛下にお会いしたら、と将軍は続けた。「必ず陛下に伝えてほしい。私は衷心より陛下のお役に立ちたいと願っており、陛下の試みをお助けするためなら血の最後の一滴まで流す覚悟でおります、と。私が予測している障害については、何も言わないでほしい。どんな警戒をしようにも、今からでは遅すぎる。われわれはルイ十六世に敗北の心配をおかけすることのないように、全力で戦わなければならない。さらばだ。私はモンメディへ戻って、夜明けとともにわが部隊に命令を出そう」

将軍は去った。その後、レオナールが将軍と会うことは二度となかった。*

＊ ブィエ将軍は、自分自身の回想録の中では、有名な髪結いの不意の訪問について一度も触れていない。しかし、将軍は確かに六月十五日に国王からの手紙を持った使者を迎えており、この使者がレオナールだったことはほぼ間違いない。国王の逃亡数日前に王室の髪結いが将軍を訪問したことは、のちに政治的出版物『ラ・ルヴュ・ブルー』によって確認されたほか、十五年ほど後に書かれた書簡でも触れられている。将軍は確かにみずからの日記の中で、六月十五日に国王から受け取った手紙が一家のパリからの出発を知らせるものであり、計画は一日遅れて二十日の真夜中から午前一時の間に実行された、と書いてある。この遅れというのは、じつは、逃亡準備を王妃の侍女のひとりから隠すために必要だった。この侍女は熱心な共和主義者で、王室での勤務が十九日夜までだったのである。王室一家は、この侍女の非番になるまで出発できなかった。ブィエ将軍は当然ながら困った。国王の到着時にクレルモンにいられるよう、ふたつの騎兵大隊に出発命令を出していたのに、倍も長いあい

だ町なかで待機させなければならなくなったのだ。この遅れが、おそらく市民の疑いを呼び起こしたものと思われる。

◉

レオナールはパリのすぐ外側で国王に会うため、来た道を急いで引き返した。帰りは、来たときよりもきつかった。国王の馬車を見逃さないように、昼夜を問わず、路上にいなければならなかったからだ。ようやくパリから十五キロほどのところにたどり着いたとき、王たちのものとみられる、とてつもなく大きな旅行用馬車の騒々しい音が聞こえてきた。その巨大な馬車を見て、レオナールは仰天した。荷物は満杯、三人の御者は兵士の格好をしているが、明らかに変装とわかる。しかも、ゆっくりと進む大きくて重い馬車の後には、やはり駅馬車のように満員のふたつ目の馬車が続いていた。

さらに驚いたことに、国王に同伴してきたのは王妃だけでなく、王子と王女も一緒で、二台目の馬車には三人か四人の貴婦人たちも座っていた。これではヴァレンヌに着くまでに気づかれ、止められてしまう。しかも王は、自分の逃亡がばれないようにするための用心を何もしていなかった。国王の肖像がきざまれた貨幣が国民すべてのポケットに入っているというのに、窓のすぐそばに座ったり、時々外に出て歩きまわったりしていたのである。王妃マリー＝アントワネットも同様に、その簡単に見分けられる顔を隠そうともしていなかった。

真夜中でかなり暗かったが、レオナールはすぐに馬車の正体に気づき、叫んだ。「レオナールでございます！」

「レオナール、レオナール」ベルリン馬車の後部座席から女性の声が聞こえた。レオナールにはすぐ、それが王妃だとわかった。国王は馬車を止め、レオナールを馬車の踏み台に立たせた。レオナールは任務のくわしい遂行状況と、慰めとなる将軍の言葉を伝えた。レオナールはのちに、自分が国王一家に非現実的な望みを抱かせすぎたかもしれないと認めることになるのだが、このときは国王からの大変な感謝の言葉を喜んで受けた。レオナールはまた、爵位に関するさまざまな約束も取りつけたのだが、もちろんそれは君主制とともに消滅することとなる。

レオナールが暇を告げると、王は言った。「ムッシュー・レオナール、何が起きようと、まもなくふたたび相まみえることを願う。何か予想外のことが起きても、われわれはまた会うのだということを忘れないでほしい」

パリに入った頃に夜が明け、レオナールは急いで御者の服を脱いだ。国王夫妻がどのようにテュイルリーから抜け出したのかを早く知りたくて、情報に通じているに違いないベルタン嬢のところへ急いだ。

レオナールは、ずっと後になってフランスの新しい君主に書いた手紙で、ヴァレンヌ逃亡の際に果たした自分の役割を認めている。だがレオナールは当時、自分の弟ジャン＝フランソワも王室一家の逃亡に関わっていたことは知らなかった。そしておそらく、逃亡失敗の原因でさえあったことを。

第11章

もうひとりのレオナール

一七九一年六月　フランス、パリ

でも、どうやってパリに帰ったらいいんです？　履いているのはエスカルパンと白い絹の靴下だし、着替えもお金もないのですよ。

——ジャン＝フランソワ・オーティエがショワズル公爵に（一七九一年六月二十日　パリ）

ベルタン嬢は、レオナールの留守中にテュイルリー宮で自分が見た出来事を熱心に話してくれた。「私たちの親切な雇い主ご夫妻の計画は、うまく行かないんじゃないかしら。私の勘違いかもしれないけれど、あの方たちの逃亡は、愛国者たちにばれているみたいなのよ」。レオナールはそんな話を聞いてひどく狼狽した。

ベルタン嬢は、国王一家の出発前の四日間、一度もテュイルリー宮から出なかった。ベルタンによると、こうである。

十八日の朝、王妃のところに行こうとテュイルリー宮のカルーセル庭園を歩いていると、ラ・ファイエット侯爵にばったりと出会った。二言三言社交辞令を交わした後、ラ・ファイエットは、小さな緑色のモロッコ革の手紙入れをポケットからとり出し、はさんであった一枚の紙を開いてベルタンに見せた。それは二枚のマントの型紙で、侯爵の知り合いのひとりが旅行用に選んだものだという。
ベルタンは一瞬、体中の血が凍るかと思った。司令官が見せたのは、国王と王妃が出発のために作らせていた服の型紙だったのである。ラ・ファイエットがじっとこちらを見つめていたが、彼女は不安をおし隠した。ラ・ファイエットは国王一家の逃亡計画を知っている、とベルタンは確信した。ラ・ファイエットに、それを止める気がないのも明らかだった。ベルタンがマリー＝アントワネットと親しいことはよく知っていたのだから。

ラ・ファイエット侯爵がベルタンに話しかけたのは、理由があってのことに違いない――これは王妃への警告なのだろうか？

国王の計画について、ベルタンは王妃から直接聞かされたわけではなかった。だから国王夫妻に迫っている危険について自分から注意するわけにもいかず、かといってレオナールは出発した後だった。
翌日ベルタンは、ラ・ファイエットが漏らしたことを、それとなく王妃に知らせることに決めた。夏用の化粧品のご注文をお忘れですかと、妙な質問をしてみせたのである。何のことを言っているのかと尋ねる王妃に、ベルタンは自分が逃亡計画について知っていることを明かした。そして、誰か不実な者が、国王夫妻が出発の日に着るマントの型紙をラ・ファイエット侯に送っています、と打ち明けた。

「すべて無駄になったわ」王妃は叫ぶと、すぐに国王と話をするために部屋を出ていった。ベルタンは困惑した。ラ・ファイエットの指揮の下で、何やら秘密の背信行為が行なわれているに違いない。もしかしたらラ・ファイエットは一家を出発させておき、後になって国民議会で、反逆行為として非難するつもりかもしれない。

王妃は戻ってくると、予定の変更はないとローズに告げた。その日、王妃はベルタンに旅の支度を手伝わせ、ベルタンは、国王夫妻が出発するまで宮殿を出ないと約束した。

翌日、王妃マリー＝アントワネットは予定より遅く、ひそかに宮殿を出た。御者に変装していたのはフェルゼン伯爵だ。荷物を詰め込むフェルゼンに、国王はきっぱりと、ついてきてもらうのはパリの市門までだと念を押した。国王もフェルゼンの手助けには感謝していたものの、それ以上助けてもらってはフェルゼンにとって危険すぎたのである。フェルゼンは悲しそうに命令を受け入れた。王妃は何も言わなかったが、もしかしたらその沈黙は、国王夫妻がフェルゼンの助けを断らなければならない、もうひとつの理由をほのめかしていたのかもしれない。

ついに国王一家全員が大型馬車に乗り込んだ。王妃の侍女たちは二台目の四輪軽馬車（シャリオ）に乗った。二台の馬車は出発し、ローズ・ベルタンは鈍い車輪の音が遠くに消え去るまでその場を動かなかった。ベルタンはその日午前一時頃、家に戻った。

「よくわかるでしょう、レオナール。あの晩私はよく寝付けなかったし、眠ってもすぐ目が覚めてしまったの」。話を終えると、ローズは言った。「おまけに今しがたあなたから、ブイエ将軍が心配してたなんて聞いたものだから、いよいよ安心できなくなったわ」

◉

レオナールの下の弟ジャン＝フランソワ・オーティエがこの計画に関わっていたことをレオナールもローズも知らなかったというのは、ありうる話である。ふたりの会話に、ジャン＝フランソワのことが出てこないからだ。フランス革命史上、いや、フランス史上最も重要な出来事のひとつ、モンメディへ逃亡中の国王が逮捕されるという大事件が弟の仕業かもしれないなどとは、ふたりとも考えもしなかったに違いない。

オーティエ兄弟の果たした役割は、逃亡未遂事件に関する回想録や歴史的資料において、あいまいなことが多い。レオナールとジャン＝フランソワは、ふたりとも「レオナール」と呼ばれ、しかもふたりとも従弟のヴィラヌーとともに王室の髪結いとして雇われていた。これは歴史家たちにとって、特に国王一家逃亡の全貌を知ろうとする際には頭痛の種だ。

◉

近衛竜騎兵連隊のショワズル公爵［ルイ十五世時代の宰相エティエンヌ・ド・ショワズルの息子クロード・ド・ショワズル。一七八七年より公爵］は、ブイエ将軍によってメッツからパリへ派遣されていた。国王に、逃亡準備に関する最新情報を伝えるためである。ショワズルは、国王に忠実ではあるものの、政治家としては軽薄でそそっかしいと有名だった。だがなにしろ裕福であり、優秀な連隊を率いる大佐でもあり、自分の領地内で厩から厩へ乗り継いで行けるという強みがある（これはヴァレンヌの国王一家がモンメディまで旅を続けるのに必要だった）。ショワズルは、国王より十時間早くパリを出発する予定だった。

同じ六月二十日、王妃マリー＝アントワネットは、普段の髪の手入れを担当していたオーティエ家の弟ジャン＝フランソワを呼んだ。テュイルリー宮中に住んでいたジャン＝フランソワは、ものの数分でやってきた。王妃は小声で言った。「ムッシュー・レオナール、力を貸していただけないかしら？[1]」

「私は、陛下のひたすら忠実な僕《しもべ》でございます」ジャン＝フランソワは答えた。

「あなたの忠誠を心から信じていますよ。まず、このダイヤモンドをポケットにしまいなさい。ここに手紙があります。これを、アルトワ通りのショワズル公爵に届けなければなりません。必ず本人に渡してください。家にいなければ、叔母君のグラモン公爵夫人にお願いして捜すのです。大きなマントとつばの広い帽子を被って、顔がわからないようにしてお行きなさい。私に従うように、公爵の言うことに従うのですよ。いかなる疑問も迷いもなく！ さあ早くお行きなさい！」

王妃がそう言うと、宮廷の髪結いはあわてて帽子とコートを取りに兄の家へ走った。

帽子を目深にかぶり、マントで宮廷の服を隠したジャン＝フランソワは、ショワズル公爵の館に午後二時に到着し、王妃の手紙をショワズル公に渡した。その手紙には、読んだらただちに焼却のことと書かれてあり、末尾はこう締めくくられていた。「お送りした私の僕に、私に従うように閣下に従えと命じました。ここにその命令を証明します」

手紙を読んだショワズルは言った。「おまえは満足なのか？ すべて私の命令どおりにしろという王妃様のご意志に」

「はい、閣下」髪結いは答えた。

ショワズルの使用人が、公爵の馬車の用意ができたと知らせに来た。「来い、わがレオナール」

「えっ！ 私も行くのですか？ それでダイヤモンドは？」

「持っていけ」

「どちらへ？」

「私が連れていくところへ」

「それで、どちらへお連れくださるのですか?」ジャン＝フランソワは、叫んだ。

「ちょっと何里か先まで」公爵は言った。「おまえに特別な任務があるのだ」

「無理です。閣下!」

「何が無理なのだ!」公爵は尋ねた。「王妃様は、ご自分と同じように私に従えとお命じにならなかったか?」

「そのとおりです——が、どうすればよいのです? 私は自分の部屋のドアに鍵を差しっぱなしにしてきました。兄が帰ってきたら、乗馬用コートと帽子がないのに気づくでしょう。このまま私が帰らなければ、どこにいったか兄にはわからずじまいです。それにラージュ夫人のご予約が入っていて、お待ちになっています。その証拠に、私のキャブリオレ[一頭立てふたり乗りの折りたたみ式ほろ馬車]と従者が、テュイルリー宮の中庭で待っているのです」

「さあ、さあ、わがレオナールよ、どうしたのだ?」ショワズル公は笑いながら言った。「おまえの兄は、新しい帽子と乗馬用コートを買うさ。ラージュ夫人の髪はまた今度にしよう。おまえが戻らないとわかれば、従者は馬を外して厩へ連れて帰るだけだ。その間にわれわれは馬をつないで出発しないといけない」

公爵がしょげかえっている髪結いをキャブリオレに押し込むと、馬車は速歩《はやあし》で出発した。公爵が保証してくれたところによると、ジャン＝フランソワは王妃からの特別な任務のため家からほんの十キロ程度のところに連れていかれるだけで、それさえ済めば自分の仕事に戻ってよいとのことだった。

ボンディの村で馬車が止まる気配を見せたので、ジャン＝フランソワはほっとした。だが降りようと支度を始めると、ここが目的地ではないと公爵に止められてしまった。そこには前もって馬が注文されており、すぐ馬車につながれた。馬車はふたたび矢のように走り出した。

「どこへ行くのです、閣下？」

「どこだろうと関係ないだろう、明日の朝、帰途につけるなら」

「ええ、まあ。王妃様のお髪を結うのに間に合うように、テュイルリー宮に朝十時までに戻れるのでしたら！」

「それなら満足か？」

「もちろん、でも兄を安心させてラージュ夫人に事情を説明できるように、もう少し早く帰れたらありがたいのですが」

「それなら心配しなくていい、わがレオナールよ。すべてうまくいく」

ジャン＝フランソワはしばらく口をつぐんでいたが、クレイエの村でもまた新しい馬が待っていて、行き先についてはあいかわらず何も言われないので、ついに悲鳴をあげた。「ああ、閣下、私たちは地の果てまで行くのですか？」

「聞くんだ、レオナール」公爵は真面目な顔になって言った。「私はおまえをある田舎家に連れていく。そこはパリ近郊ではない。国境だ」

ジャン＝フランソワはうめき、両手を膝に当てておびえたような目でじっと公爵を見た。そしてどもりながら言った。「こっ……国境？」

「そうだ、わがレオナールよ。そこで私の連隊が、王妃様宛てのきわめて重要なお手紙を持って待っている。私は自分で届けることができないので、信用できる連絡係が必要だったのだ。王妃様に、誰か指名していただくようお願いしたところ、そのような信頼に値するほど忠誠心のある人物としておまえの名前をあげられたのだ」

「ああ、もちろんです、閣下。王妃様が、私を信用に値する人間と考えてくださったなんて、非常に誇りに思います。でも、どうやってパリに帰ったらいいんです？　履いているのはエスカルパン［甲が浅く、かかとのない軽い靴。パンプス］と白い絹の靴下だし、着替えもお金もないのですよ」。あわれな髪結いは、自分のポケットに二百万フラン相当のダイヤモンドが入っているのをすっかり忘れていた。

「心配するな、友よ」公爵は言った。「必要なものはすべて馬車の中に用意してある。靴、服、金。足りないものは何もない」

ふたりの馬車は風のように走った。ショワズルは自分の従者に、到着地のモンミライユで泊まるので、ベッドふたつと十分な食事を用意するよう命じた。誘拐同然で連れてこられたジャン＝フランソワだったが、そのような重要な任務のために自分が選ばれたと聞き、少しは慰められていた。

夕食後、旅人たちは寝床に入った。公爵は朝の四時に馬車を用意するよう命じていた。起きられない場合に備えて、宿屋の主人らが十五分前にドアをノックして起こすことになっていた。

◉

逃亡準備にひそかに、しかし最も精力的に関わったのはおそらくフェルゼン伯爵だった。王室に仕えるスウェーデン人連隊の司令官だったフェルゼンは、王と王妃の親しい友人であり、六月二十日の午後も国王一家を訪れていた。計画についての情報が漏れているようだとベルタンがほのめかしていたが、一家が予定どおり出発する覚悟でいることがフェルゼンにはわかった。

国王夫妻は、フェルゼンの訪問にいたく感激した。国王は別れ際、フェルゼンが自分たちのためにしてくれたことは何ひとつ決して忘れないと言い、王妃は激しく泣いた。それから王妃は、疑いをかけられないように、子供たちをティヴォリ庭園へと散歩に連れ出した。歩きながら王妃は娘に、これからの数時間は最大限の慎重さでふるまい、何を見聞きしても驚いてはいけないと言い聞かせた。

その後、フェルゼンは最後の準備をした。クリシー通りのカンタン・クロフォール氏を訪ね、国王の旅のために作らせた新しい馬車が到着したかを確かめた。九時十五分前、国王一家の護衛を務める三人の近衛兵が指示を仰ぎに来た。フェルゼンは、国境まで国王一家をみずから連れていくため、馬車の御者台に座った。

王妃が自分の客間に戻ると、妹のエリザベートに胸の痛む別れを告げてきたばかりのプロヴァンス伯爵がいた。伯爵とその妻も身の安全のため、その夜、国王一家とは別のルートでパリを出ることになっていた。そしてこの日が兄弟にとって最後の別れとなる。プロヴァンス伯が帰ってくるのは一八一四年、国王ルイ十八世としてであった。

夜十一時頃、王妃マリー＝アントワネットは息子の部屋のドアをノックした。ルイ＝シャルルはほとんど眠っていたが、今から城塞で連隊を指揮するのよと王妃が言うと、ベッドから飛び出して叫んだ。「早く！　早く！　ぼくに剣とブーツをちょうだい！　出発するよ！」。だがこのときルイ＝シャルルは、女の子に変装するため、トゥルゼル夫人が用意したドレスを着ていたのである。もっと早く起こされていた姉は、数日前に購入した安物のモスリンのドレスを着ていた。

ふたりの子供は、教育係とふたりの侍女に付き添われて、王妃の部屋に集まった。王妃は中庭を見て、すべて静まり返っていることを確かめる。貸し馬車はドアのすぐ外に止まっていた。すべてを巧みに準備したフェルゼンは変装して御者台に座っていた。

王妃が重々しい顔つきで子供たちをトゥルゼル夫人に託すと、夫人は子供たちを急いで暗い廊下から鍵の開いたドアへ、そして中庭へと連れていった。フェルゼンは子供たちとトゥルゼル夫人を貸し馬車に乗せて出発した。少しあとにはふたりの侍女が別の階段から降り、ロワイヤル橋の反対側で待っていたキャブリオレに乗り込むと、最初の目的地クレイエへ向けて出発した。[2]

フェルゼンは、国王夫妻とエリザベートがすぐには降りてこないとわかっていたので、セーヌ河畔をぐるりとまわってから、サン＝トノレ通りを通ってプチ・カルーセルまで戻った。四十五分ほど待ったが誰も来ない。そのとき、竜騎兵に護衛されたラ・ファイエット司令官の馬車が、あたりをまぶしく照らしながら通りかかった。ラ・ファイエットは国王の「就寝《クシェ》」の儀式に向かうところだったのである。衛兵の数は倍に増やされ、誰もが宮殿の動きに警戒していた。

やっとラ・ファイエットが帰ると、国王は部屋係の召し使いの手を借りてベッドに入った。鏡の間へ通じるドアは担当の守衛が施錠し、鍵は翌朝まで守衛のマットレスの下にしまわれる。国王はひとりになるとすぐ起き上がり、逃亡のために自分で服を着た。

一時間近くカルーセル庭園で待機していた貸し馬車に、ついにエリザベートが、そのすぐ後には国王が到着した。ラ・ファイエットの馬車が二度目に通ったとき、一行はまだ王妃を待っていた。

まるで看守のようなラ・ファイエットに呪いの言葉を吐かないよう、国王は口をしっかり結んでおかなければならなかった。王妃は、宮殿の階段の上の歩哨が去るのを待って庭園にやってきた。やっと王妃が馬車に乗り込むと、国王は王妃を抱いて叫んだ。「そなたが来てくれて、どれほどうれしいことか！」

フェルゼンはまわり道をしながらクリシーの市門へ向かった。市門の衛兵詰め所には煌々と灯りがともっていたが、結婚祝いがあって酒や踊りでにぎわっていたため、国王の一行は気づかれずに通ることができた。市門を出てすぐのところに、四頭の頑丈なノルマンディー産の馬が引く特注の大型馬車――六人乗りの旅行用の馬車が止まっていた。フェルゼン家の御者が騎乗御者としてそのうちの一頭に乗っており、背の高い近衛兵ムスティエが御者台に座っていた。カルーセル庭園を横切って逃亡者たちを連れてきたもうひとりの近衛兵は、貸し馬車の後部座席に座っている。三人目の近衛兵は、一行がボンディに到着したときの替え馬を手配するため、フェルゼンの馬の一頭に乗って先に出発した。

貸し馬車は、ベルリン馬車の近くにつけられた。両方の馬車のドアが開けられ、国王一行は見とがめられることなく馬車を乗り換えた。それから役目を終えた貸し馬車は溝の中へ捨てておかれた。新たな馬車の御者台にはフェルゼンが、隣にはムスティエが座った。ボンディに到着すると、元気な馬が用意してあった。

そこでフェルゼンは、つらい別れを告げた。ベルリン馬車の馬の手配に来ていた近衛兵ヴァロリーが馬から下りると、フェルゼンはそれに乗って去っていった――その後、フェルゼンは無事ベルギーにたどり着くことになる。

クレイエでは侍女たちが国王一家に加わり、一行は白昼堂々、モーの町へ向かった。国王は上機嫌だった。「やっとあの苦い汁ばかり飲まされたパリの町から逃げ出すことができた。安心するがよい。ふたたび権力を握り、余はこれまでとは見違えるようになるぞ」。朝八時頃、王は時計を見て言った。

「ラ・ファイエットは今頃大あわてだろう！」

馬車には旅をするのに十分な食糧が積んであった。シャロンに到着するまでに馬が二度転倒し、そのうちの一回はくびきが折れて修理に一時間かかった。パリからの出発が遅れたため、一行がシャロンに着いたときは予定より二時間遅れていた。*

＊ 遅れは、国王がうかつにも日光浴を楽しむために馬車の前を歩いたためだとされているが、間違いである。子供たちが丘陵地帯での長い散歩に繰り返し出かけたためというのも真実ではない。

午後五時にシャロンに到着したとき、これで自分は安全だと国王は思った。次の宿駅ポン＝ド＝ソンム＝ヴェルまで行けば、ブイエ将軍が率いる部隊の一部と合流できる。また、同じような分遣隊がモンメディまでの道沿いに配置されているはずだった。しかし一時間半後に一同がポン＝ド＝ソンム＝ヴェルでただ一軒の宿屋に到着したところ、兵士の姿はひとりも見当たらなかった。シ、ョ、ワ、ズ、ル、は、ど、こ、だ？　ここで待っているはずの軽騎兵はどこにいる？

馬を急いで替えて旅を続けたが、旅人たちは強い不安を感じていた。

予定どおりいかなかったのは、ブイエ将軍のせいではなかった。将軍は巧みに、そして注意深く手筈を整えていた。問題は、部下たちが不慣れだったことにある。ほとんどが任務の重要性を知らされておらず、国王一家ではなく、高価な金の延べ棒か何かの護衛をすると思っていたのである。また、部隊はポン＝ド＝ソンム＝ヴェル、クレルモン、サント＝ムヌー、ヴァレンヌ、ストゥネ、セダンに配置されることになっていたが、一連の連絡の最初のひとつがうまくいかなかったため、どれも不首尾に終わってしまったのだ。

手配の最終段階で、国王夫妻はブイエ将軍の補佐役としてゴグラ男爵を派遣したが、これはまずい選択だった。ゴグラは重要な命令にほとんど従わず、しかも自由裁量で行なったことがすべて裏目に出た。ポン＝ド＝ソンム＝ヴェルに誰も迎えの者がいなかったのも、そのためである。王は、「足元にぽっかりと奈落への入口があいたかのような」気がしていた。

第12章 運命の伝言

一七九一年六月　フランス、ポン＝ド＝ソンム＝ヴェル

国王陛下はパリを出られたものの、もろもろの状況からみて、どうやら旅をお続けになれなかったようなのです。
――ジャン＝フランソワ・オーティエがシュヴァリエ・ド・ブイエに（フランス、ヴァレンヌ）

王妃が出発の日にジャン＝フランソワをショワズルのもとに送ったとき、王妃の髪結いは自分がどこに連れていかれるのか、わかっていなかった。ショワズル公爵はジャン＝フランソワを、行き先も告げずに馬車で連れていったのである。ふたりはモンミライユで泊まり、翌朝四時に出発、十一時少し過ぎにポン＝ド＝ソンム＝ヴェルの宿屋に着いた。ここで初めてジャン・フランソワは、国王一家が夜のうちにテュイルリー宮を脱出しており、まもなくここに来ることを知らされた。宿屋ではショワズルの当番兵が馬を二頭用意して待っており、一時間後には軽騎兵も到着した。

指揮官のゴグラ男爵は、まだ支度中のショワズルに、二日前にブイエ将軍から受けた山のような命令を伝えた。命令は、微に入り細にわたるものだった。街道沿いのすべての部隊はショワズルが指揮

すること。必要とあればいくらでも自由に武力を行使してよい。もし国王がシャロンで捕らえられたら、町を攻撃して王を救出する。その場合は、街道沿いのすべての部隊に援軍を要請する。国王がポン＝ド＝ソンム＝ヴェルに到着したら、ショワズルは国王から直接命令を受ける。もし国王が正体を明かしたいと望めば、軽騎兵たちが剣を抜いてサント＝ムヌーまで護衛する。もし身分を隠したままでいたいということなら、静かに通す。そして三十分後、ショワズル自身は街道沿いに国王のあとを追う。サント＝ムヌーとクレルモンの間には軽騎兵の一部隊を配備して、パリ方面から来る者はすべて、馬でも馬車でも捕らえさせる。要するに、国王が追跡されることを阻止するのである。そして、国王の姿が見えたら、ショワズルはいくつかの分隊に知らせるため、ゴグラを派遣する。それが不可能であれば、ショワズルが自分で知らせに行く。

ショワズルは、このうちの何ひとつ実行しなかった。

不可解にも、国王を乗せた大型馬車がポン＝ド＝ソンム＝ヴェルに到着するのは遅くとも午後二時半だと誤算された。三時になり、四時になっても国王の馬車を先導する従者が来ないので非常に心配になった、とショワズルは回想録に書いている。兵隊が来たのは借金の取り立てか担保の差し押さえのためだと思い込んだ付近の村人が騒ぎ始めると、ショワズルの状況はいよいよまずくなった。興奮した農民たちが部隊を脅すような態度を取り始めたからだ。[1]

四時にショワズルは、ジャン＝フランソワを自分の馬車から降ろし、遅れが生じていることと、自分がまだポン＝ド＝ソンム＝ヴェルから動けないでいることを、街道沿いに配備した各分隊に伝えさせた。その後ショワズルは、軽騎兵たちと五時半まで待ったあと、街道ではなく支道を通ってオルベヴァルまで撤退したと書いている。国王が六時半にポン＝ド＝ソンム＝ヴェルに着いたとき、軽騎兵がどこに行ったかを国王に伝える人間は誰もおらず、付近の農民の間にもおかしなようすは見られなかった。

ショワズルが近衛兵のヴァロリーを待たなかったことは、許しがたい失態だった。ヴァロリーは、もし国王がボンディに到着できなくても、自分は馬で走り続けて各分隊に失敗を知らせるよう命令を受けており、ショワズルもそれを知っていたのである。

ポン=ド=ソンム=ヴェルに到着し兵がいないとわかったヴァロリーは、躊躇しなかった。馬車につける新しい馬を注文すると、次の宿駅サント=ムヌーへ馬を進めた。

サント=ムヌーでは、待機していた軽騎兵が混乱し、ざわついていた。しかしジャン=フランソワが、「高価な積荷」はおそらくその日のうちには届かないと知らせてまわったので、指揮官のアンドワン大尉は準備していた馬の鞍をはずさせ、兵士たちを解散してしまった。その三十分後、馬を全速力で走らせてきたヴァロリーが到着。さらに二十分後、王家の逃亡者たちを乗せた大型馬車がやってきた。

この頃までには町は大騒ぎになっており、住民たちが続々と通りに集まってきた。何か事件が起きているようなのだが、それが何なのか、誰にも見当がつかなかった。

大型馬車が止まると、それはもう大変な注目の的となった。アンドワン大尉は目立たないようにしながら、馬車の中に向かってささやいた。「計画は失敗です。疑いをもたれないように、私は行きます」。アンドワンはヴァロリーにも早く馬をつなぐようにと合図をしたが、これをヴァロリーは自分と話したがっているのだと解釈したので、ふたりの会話はますます群衆の注意を引くこととなった。

馬車に新しい馬がつながれている最中、宿駅長のジャン=バティスト・ドルーエがやってきた。かつてコンデ竜騎兵だったこの二十八歳の若者は、ヴェルサイユで王妃を見たことがあり、目の前にいるのがまさにその人ではないかと疑った。と、その瞬間、国王が窓から頭を突き出した。それを見たとたん、ドルーエは「アッシニア」と呼ばれる革命政府の紙幣に印刷された国王の肖像を思い出した。長いわし鼻、近眼の目、そばかすのある顔。ドルーエは、馬車の中にいるのが国王一家だと確信した。見物人の中にも、国王だと気づく者が出てきた。ささやき声が広がり、群衆は旅人たちのまわりを嗅ぎまわり始めた。馬車はすばやく、次の宿駅クレルモンへ向かって出発した。

ドルーエはただちに町民三人を引き連れて、国王一行がいるという情報を広めに行った。だがシャロンの市門を全速力で駆け抜けたとき、武装したばかりの国民衛兵が、ドルーエたちを国王の兵士たちと勘違いして発砲した。ひとりが射殺され、もうひとりが重傷を負った。そして叫び声があがった。「武器をとれ!」。警鐘《トクサン》が鳴らされ、町中に警戒態勢が敷かれた。

◉

その頃国王一家は、エール川沿いの美しい田園地帯を走っていた。* 一行は街道沿いで馬を替えてからヴァレンヌに入り、エール川上流地区を抜け、狭い橋を通って川を渡ることになっていた。ところが一行は知らなかったが、この頃新しい馬は川の対岸の「偉大なる王《グラン・モナルク》」亭に移動されていた。ゴグラが最後の最後になぜか計画を変更し、しかも当人たちに知らせなかったのである。**

* シャロンでのエピソードについてはさまざまな記述があるが、マリー＝テレーズ王女は後に、一家は村を出発する前に国王一家だと気づかれたに違いないと記している。

** ショワズルが手配した馬はもともとヴァレンヌ郊外の「ブラ・ドール」という宿屋につながれ

ていて、そこなら馬を替えても怪しまれなかったものと思われる。しかしなぜかゴグレは、その馬を町の反対側のグラン・モナルク亭に移動するよう命じた。ブィエ将軍はすぐに馬を戻せとの命令を出したが、馬の係であったブィエ将軍の息子は、町に「新たな動揺」を招くのを恐れて、馬を引きあげさせなかった。

◉

そもそもヴァレンヌは馬や騎乗御者を替える町ではなく、ヴェルダンなどへ向かう旅人はほかの道を通るのが普通だった。静かで小さな町ヴァレンヌは川でふたつの部分に分かれており、この川を渡るには古い石橋を渡るしかなかった。午後八時、王妃の髪結いジャン＝フランソワが部隊への伝言、つまり失敗と絶望の知らせを持って到着したとき、住民たちは村の祝い事の支度の真っ最中だった。[2]

「シュヴァリエ・ド・ブィエ［ブィエ将軍の息子］でいらっしゃいますか？」ジャン＝フランソワはグラン・モナルク亭の前にいた将校に尋ねた。

話しかけてきたのが誰かわからず、ブィエ将軍の息子は冷たく「そうだ」と返事をした。

「ああ、ここでお会いできて本当によかった。お話ししなければいけないことがたくさんあるのです」と髪結いは言った。だが好奇心旺盛で疑いぶかい住民たちがすぐに集まってきたので、ブィエはジャン＝フランソワに宿屋の中へ入るように言った。

「ここに置いてある馬を、私にお渡しください」ジャン＝フランソワは続けた。

「馬とは、どの馬だ？」騎士は言った。

「私にお隠しになる必要はありません――すべて存じ上げております」

ジャン＝フランソワは、相手の反応にはお構いなしに続けた。「ええ、みんな知っていますとも。国王陛下はパリを出られたものの、もろもろの状況からみて、どうやら旅をお続けになれなかったようなのです。私がお知らせしましたので、ダマス閣下はすでにご自分の分隊を引きあげられました。それから、近衛竜騎連隊は反乱を起こしました。クレルモンで騒ぎがあったので、通りぬけるのがひどく難儀でしたよ[3]」

シュヴァリエ・ド・ブイエともうひとりの将校レージュクールは、宿屋に用意した馬をいつでも使えるようにしておくことが任務だったが、この偉そうな召し使いの予期せぬ到着に啞然としてしまった。

ジャン＝フランソワは説明した。「私はレオナールと申しまして、王妃陛下の使用人で髪結いでございます。私はすべて知っております。この馬車の中には、国王陛下の宮廷でのお召し物と、王后陛下の宝石もございます。私はこれからルクセンブルクへ参りまして、ご命令を待つことになっております。もし国王陛下がモンメディへお着きになるようであれば、私もモンメディへ参りますが。逮捕される恐れがありますので、私は旅を続けなければなりません。そんなわけでここで預かっていらっしゃる馬を私にお渡しください。そして私のご忠告をお聞きくださるようでしたら、あなた様も出発なさることです。ここにおいでになれば、大変危険な目にあわれることになります[4]」

ブイエの息子はジャン＝フランソワから早く逃れたい一心で、宿屋の主人に頼んで新しい馬を二頭調達するのを手伝ってやった[5]。髪結いはこうして任務を果たしはしたが、失望と困惑と不信も街道沿いに点々と残してきたのだった。

おそらく国王一家の逃亡が未遂に終わったという不幸な知らせに気落ちしていたためだろう、ジャン＝フランソワは、ブイエ将軍とその部隊が国王のストゥネ到着を待っていたモンメディではなく、ヴェルダンを通っていくことにした。国王がとるはずだったルートに沿ってずっと悪い知らせを運んできたものの、ジャン＝フランソワはなぜかこの時点で任務を中断してしまった——自分が役に立ちそうなまさにその瞬間に、である。そのままモンメディまで進んでいれば、途中でブイエ将軍に出会ったはずだった。そしてこの奇妙で最も使者らしくない使者の話を聞けば、きっと将軍は大型馬車を目的地まで護衛するために、軍を率いてシャロンへの道を戻っていったに違いない。*

＊　一説によると、ジャン・フランソワの任務には、ブイエ将軍の息子への伝言は含まれていなかった。ジャン＝フランソワと出会わなければ、ふたりの兵士はおそらく日没とともに、馬をヴァレンヌ入口の約束の場所へ移動させただろう。住民は安全に家の中へ入り、寝てしまった人も多い。開いている店といったら「ブラ・ドール」だけで、宿屋の中には数人しかいなかった。馬を移動しても、誰にも気づかれなかっただろうし、国王一家を救うことになったかもしれない。

◉

ウレルモンから街道沿いに進んできた国王一家は、馬が用意されているものと思ってヴァレンヌの入口で止まった。だがそこには誰もおらず、家々の窓に灯りもなかった。王はその中の一軒のドアをノックしたが、腹立たしげに追い払われただけだった。三人の護衛が馬を探しに行くと、サント＝ムヌー宿駅長のドルーエとその友人が乗った馬が全速力で馬車を追い越していきながら、騎乗御者たちに向かって叫んだ。「止まれ。馬をはずせ。中に乗っているのは国王だ！」

「だまされた！」ヴァロリーは叫んだ。町の入口からずっと一本道で前に進むしかなかったが、騎乗御者たちが拒否した。女主人に、翌日干し草の刈り入れがあるからヴァレンヌの入口より遠くへは行くなと言われたという。この女主人は後に、国王と王妃の不幸の原因を作った自分を決して許さなかったと伝えられている。近衛兵たちは、もう一度馬に乗ってヴァレンヌの町へ馬車を乗り入れないと命はないと騎乗御者たちを脅さざるをえなかった――だが、遅すぎた。

ドルーエは、まだ数人の若者が残っていた「金の腕《ブラ・ドール》」亭に馬を乗りつけると、急いで中に入り、主人を隅へ引っ張っていってニュースを伝えた。それからただちに外へ出て、町中の人間を起こしにかかった。国王を逮捕しなければならぬ。宿屋の主人は近くに住む市長のソースを起こし、ドルーエは町のふたつの地区をつなぐ橋を封鎖しにかかった。その頃ふたりの大尉ブイエとレージュクールはグラン・モナルク亭の窓辺に座っていた。ふたりも町が少しざわついているのには気づいていたが、特に注意を払うまでにはいたらなかった。

市長は自分の子供たちに、町の住民を起こしてまわらせた。若者七人が武装して、馬車を止める用意をととのえた。そこへふたりの侍女を乗せた駅伝馬車が先に来た。侍女たちは旅券を見せるように言われたが、二台目の馬車の中だと答えると通過を許された。

国王の馬車の乗客はフランクフルトへ向かう途中だと主張したが、全員その場で尋問された。ソース市長はカンテラをかざし、旅行者たちの顔を詳細に調べた。そして、旅券は国王によって署名されたもので、国民議会議長の署名がないことに気がつく。これは普通ではない。事情がはっきりするまで留め置かないわけにはいかなかった。騎乗御者たちは先へ進もうとしたが、武装した男たちが行く手を阻み、「一歩でも進んだら撃つぞ!」と叫んだ。

国王一家は、馬車から降りるしかなかった。市長は、国王一家を丁重に自宅に案内した。一階は食料品店で、羊の脂の強烈なにおいに王妃は顔をしかめた。狭い螺旋階段の上の二階には部屋がふたつあった。ひとつは道路に、もうひとつは中庭に面している。国王一家は、裏手の部屋に集まった。

国王は、部屋の真ん中にある肘掛け椅子に腰かけた。王妃はお湯と、ワインと、清潔なシーツが欲しいといった。王太子と姉はベッドに寝かされるとすぐ眠りにつき、トゥルゼル夫人がそばについた。近衛兵たちは窓の下のベンチに座った。

この時点なら、国王をたやすく助けられただろう。六十人の軽騎兵が橋からすぐの兵舎におり、馬にも鞍が置かれて出動するばかりになっていたのだ。この危機に兵士たちが役に立たなかったのは、ゴグラの失策のせいである。なぜかゴグラはこの軽騎兵隊を、何の役にも立たないブイエ将軍の野営地に送ってしまった。ブイエの息子とレージュクールもブイエ将軍のもとへ向かっていた。

ヴァレンヌの町は混乱をきわめていた。町の外へ続くあらゆる通りにバリケードが築かれた。午前一時頃、ショワズルが四十人の竜騎兵を率いて到着する。バリケードと二門の古い大砲に行く手を阻まれたが、容易に突破して町に入った。ショワズルは通りに沿って行軍し、国王一家が捕らえられていた家の前を通りすぎて軽騎兵の兵舎まで行った。だが、中には誰もいなかった。軽騎兵とその若い司令官は、すでにブイエ将軍のところに全速力で馬を駆って移動した後だった。

ショワズルは部下であるドイツ人竜騎兵を集めて、国王と王妃はこの町で捕らえられている、救出は諸君の肩にかかっていると告げた。ショワズルは部隊を引き連れ、急いでソース市長の家へ戻った。しかし、ここでもぐずぐずしているうちに機を逃してしまった。

市長の家で、国王は身分を明かした。感激のあまり涙を流す者もいて、ソースも情に流されそうになった。だが外には、ドルーエに煽られて人だかりができている。国王は集まった住民に向かって、自分はフランスを出るつもりはまったくなく、国境を越えるつもりはないと請け合ったが、誰かが叫ぶように言った。「陛下、われわれはあなたを信じません！」

家の中では、王妃が賢くも、ソース市長の妻と母親の同情を引こうとしていた。市長の母は八十歳で、ひざまずいて泣き崩れ、王の子供たちの手に接吻した。偉大なる王ルイ十四世の時代に生まれたその貧しい老婦人は、生涯にわたってずっと王族を崇めてきた。いまだに昔ながらの習慣を捨てられないのだった。だが市長は、国王一家を行かせるべきか否か、迷っていた。[6]

ゴグラが部屋に入ってくると、ルイ十六世は言った。「さて、いつ出発するかな？」

「陛下、ご命令をお待ちしております」ゴグラは答え、一行全員を軽騎兵隊の七頭の馬に分乗させ、護衛のもとに移送することを提案した。だが国王は、流れ弾に当たって誰かが死ぬことを心配した。まず通りを攻撃して人々を一掃し、それから王家の馬車で去るほうがずっと簡単そうだったが、最終的には、ブィエ将軍を待とうということになった——この判断が、壊滅的な結果を招くことになる。

朝四時までには噂はかなりの速さで広まっており、何千人もの農民が付近の村や町からヴァレンヌに到着していた。ゴグラは、国民衛兵との撃ち合いでけがをしたところだった。大量虐殺につながりかねない事態だったが、軽騎兵たちは群衆を攻撃する代わりに懐柔策を選択した。ワインが入った水差しが衛兵から衛兵へとまわされた。兵士たちはすぐに酔っぱらい、叫んだ。「フランス万歳！」

美しいエールの谷に日が昇り始めると、ソースは国王に、通りに面した窓から姿を見せてほしいと頼んだ。ルイは密集した農民がマスケット銃や、大鎌や、熊手で武装しているのを見た。中には酔っぱらって千鳥足の女もいる。国王が窓から姿を現すと群衆はしんと静まり返った。王が、声の届くかぎりの者たちに、モンメディへ行くつもりだがそのあとヴァレンヌへ戻ってくると大声で伝えると、嵐のような拍手が起こり、「国王万歳！」「フランス万歳！」の叫びが繰り返された。

午前五時、軽騎兵隊の将校が剣を抜いて、国王一家が集まっている部屋に駆け込んできた。まぬけなゴグラのせいでブィエ将軍のところへ行かされていた、エロン大尉だった。エロンは午前三時に、男性ひとりと女性数人と子供たちが乗った二台の馬車がヴァレンヌで止められたと聞いた。そこで部下七十人を連れて、全速力で馬を走らせてヴァレンヌに到着したのだ。橋でもめ事になりかけたが、弾薬をほとんど持っていなかったので、あえて攻撃はしなかった。交渉の結果、エロンは徒歩で町に入り、国王のもとへ行って命令を受けることを許された。王は、今や自分は囚われの身なので命令などないと答えた。[7]

町の役人たちが、国王の出発にあたって何が必要かを慎重に検討しているところへ、国民議会の使者ふたりが到着した。ひとりが王妃に、国王一家はパリへ戻るようにとの議会からの命令を手渡す。ルイは、王妃の肩越しにそれを読んだ。「フランスにはもはや国王はおらぬのだな」ルイは言った。一方、王妃は素直には受け入れずに叫んだ。「なんと無礼な！」。そして命令書が王太子のベッドに落ちたのを見ると、王妃はそれをつかみ、息子のベッドを汚したと言って床に投げ捨てた。

今や国王にとっての唯一の策は、ブイエ将軍が到着するまで出発を引き延ばすことだった。議員と住民は国王をただちにパリへ出発させたがったが、ルイは十一時まで待たせてほしいと懇願した。出発する代わりに、急いで朝食が用意されることになった。

最後の手段として、侍女のひとりヌヴィル夫人が、ひどく具合が悪くなったふりをした。国王は夫人を見捨てることを拒否し、医者が呼ばれた。しかしこうした騒ぎも一時間半しか時間を稼げず、ブイエ将軍と兵士たちはついに現れなかった。

表では、業を煮やした群衆の叫び声が次々とあがっていた。馬車にはすでに馬がつながれ、市長の家の玄関前に用意されている。国王一家はゆっくりと、そして悲しげに、螺旋階段を降りた。国王が先頭を歩き、次にトゥルゼル夫人とふたりの子供たちが続いた。ショワズルが王妃に腕を貸した。近衛兵たちが御者台の持ち場につき、銃剣つきのマスケット銃で武装したふたりの擲弾《てきだん》兵が護衛についた。国王一家が馬車に乗り込むと、ショワズルはドアを閉め、王に別れを告げた。

◉

帰り道は、暑さと埃で耐えがたかった。午後、サント＝ムヌーに到着し、市長が挨拶をする間、一家は市門で待たされた。その後、国王一家は市庁舎で昼食をとる。そして王妃は、王太子を抱きかかえて群衆の前に現れた。礼拝堂の中を通ったとき、ちょうど囚人たちがミサに預かっていたので、国王と王妃はその不運な者たちに金を配った。私たちによく似ている、と王妃は思った。王族も、まもなく這いつくばって生きなければならなくなる。自分たちのせいで貧しくなった庶民が、生まれてからずっとそうしてきたように。

六月二十五日土曜日、国王一家はパリに戻ってきた。市境は黒山の人だかりだった。誰も帽子をとらず、言葉も発しない。一行は旋回橋を通ってテュイルリー宮の庭園に入り、ラ・ファイエットの指揮による護衛のもと、馬車から降りた。

ブイエ将軍および「国王の誘拐に関わったすべての人間」に対し、革命派によって訴訟手続きが進められた。国民議会は、王党派全員を意味する言葉としてこうした婉曲表現を考え出したのである。逃亡に関わったすべての人間には――亡命していようといまいと――逮捕状が出た。興味深いことにジャン＝フランソワは起訴されなかった。そればかりか、彼は何の危険もなくフランスに戻れたにもかかわらず、そうするようすもなかった。お得意先の貴婦人の髪をあれほど心配し、パリを出るときには金に困っていたレオナールの末の弟は、三か月間誰にも知られずに外国で生活できるだけの何らかの手段を見つけていた。

九月の終わり、ジャン＝フランソワはようやくパリに帰ってきた。ふたたびテュイルリー宮殿に住むと、翌年の八月十日まで王妃の髪結いを務めた。ヴァレンヌでの失態にもかかわらず、王妃の使用人として元の地位に戻ることができ、立派に務めあげた。八月十日に君主制が崩壊した後は収入の道が絶たれたが、すぐに軍隊で行政管理の仕事を見つけたという。世間から忘れられているほうが賢明だと考えてのことだった。

第13章 亡命先のレオナール

一七九一年六月　フランス、パリ

今じゃ髪粉は軽蔑するが、火薬のにおいは恋しいってわけか？
――アルトワ伯爵がレオナール・オーティエに（コブレンツ、一七九二年）

国王一家の悲しい帰還について知らされたレオナールは、ただちにテュイルリー宮殿へ急いだ。王妃の居殿に着くと、マリー＝アントワネットがローズ・ベルタン嬢と一緒にいた。

「さて、レオナール」王妃は言った。「戻ってきましたよ。あんなに一生懸命やってもらったけれど、ブイエ将軍は間に合わず、私たちを護衛することができませんでした。そのうえじつに信じがたいことに、私たちが捕まったときに助け出すこともできなかったのですよ。まわりには、ほんのわずかな農民たちしかいなかったというのに」

「陛下のご見解の一部には同感でございます」レオナールは言った。「しかしながら、出発は二十四時間遅れました。フランス国内へ進軍するはずだった部隊の司令官は、国王陛下がお考えを変えられたと思ったのかもしれません。陸軍大臣からの命令なしに王国の中枢にまで部隊を進めては、両陛下を侮辱することになってしまいます。こうした状況では、国王陛下から直接受けたご命令を遂行するのは、危険すぎたことでしょう」

「確かに」マリー＝アントワネットは言った。「フランスに王が二百人もいる今となっては、君主からの命令だけでは足りないのですね。それに、私たちの運命はすでに天がお決めになっているのです。私は、眠っている間に時折、神が謎めいた警告を送ってくださると本当に信じているのですよ」

それから王妃はベルタン嬢のほうを向いた。「私のローズ、昨夜、あなたの夢を見ました。あなたが色とりどりのリボンを持ってきてくれて、私はいくつか選ぶのだけれど、手に取るとすぐに真っ黒になるので怖くなってまた箱の中に放り込んでしまうのよ。緑とか白とかライラックとかほかの色も試してみたけれど、私が手にしたとたんに死の色になるの。私が泣き出すと、あなたも泣き出してしまったわ。夢の中でも現実と同じく、私のことをとても愛してくれているのね」

「あんな恐ろしい思いをされたばかりなのですから、そんな夢を見てもおかしくありませんわ」ベルタン嬢は答えた。「でもどうぞ神様、その夢が、私の王妃様への愛情以外は、すべて逆夢でありますように」

「あなたは間違っているわ、ローズ」かすかに顔をそむけながら、王妃は言った。「十月五日と六日の人食い鬼どもは、またきっと私の居殿に押し入ってきます。私は、あの人たちに殺されるのです」

「なんてことを王妃様、そのような恐ろしいことは考えないようになさいませ！」ベルタン嬢は語調を強めた。

「それができないのよ。いくら忘れようとしても、気が滅入るような胸騒ぎがすぐによみがえってくるの。私は、自分が殺されるとほとんど確信しているのです。ああ、少なくとも、そんなおぞましい悲劇が国王様の御身にだけは起こりませんように！　私だけが犠牲になるなら、そして私が死ぬことで息子の頭に王冠をしっかりと載せることができるなら、あの子のために喜んで血を流しましょう。でも、あなた方をこんなふうに困らせてはいけませんね」王妃は続けた。「話題を変えましょう。こう言っては何だけれど、私たちの旅の収穫と言えば、こうして完全に監禁されるようになったことのほかは、ひどくたちの悪い風邪を引いたことくらいね。あの親切な近衛兵……ああ！　あの忠誠ぶりのおかげでこれから大変な目にあうでしょうけれど、あの兵士が、私にバック通りの排水路の中を歩かせたものだから足がひと晩中濡れたままだったのよ。フランス王妃がそんな目にあうなんて、めったにあることではないわね」

◉

一七九一年十月初旬の秋も深まり始めた頃、マリー＝アントワネットの生活が驚くほど変わったとレオナールは書いている。王妃は、パリ市民がいつも不満に思っていたあの尊大さや自尊心を捨ててしまったようだった。たとえば、自分の居殿で民兵たちの間を歩きまわるようになった。しかも儀《ぎ》仗兵《じょうへい》［儀礼・警護のための兵士］ではなく、通常の警備兵として宮殿に配備された兵士たちだ。王妃はたびたび将校たちと、あるいは兵卒たちとさえ親しげに話をし、彼らの家族や地位について、あるいは幸福かどうかなどと尋ねるのだった。

王妃には忠実で献身的な支持者が多くいたが、頭の切れる者はあまりいなかった。あらゆる権力が大衆の手に握られてしまう革命時には、反乱勢力に対抗するためには賢さだけが頼りなのだが、実際に最も勇敢に振る舞ったのは、賢さなどまったくない忠臣たちだった。賢さと勇敢さというこのふたつの資質は、特に危機に際しては正反対に働くらしい。

宮廷がテュイルリー宮に移されてまもなくの頃から、王妃の使用人の最高責任者で長年の腹心ランバル公妃が、革命運動に対抗するための同盟相手を探しに外国へ派遣されていた。しかし残念ながら公妃は、こうした任務にこれ以上ないほど不向きな人物だった。非常に美しかったが、いかなる外交的センスも持ち合わせていなかったのである。その証拠に公妃はイギリスでフランスの新聞を読み、君主制がいよいよ崩壊したことを知ると、王妃を助けるため帰国しようと決心したのだ——たとえどんな危険があろうとも。

十月のある寒い雨の晩、レオナールは、王妃に言いつかった用件を報告するためにテュイルリー宮を訪れた。王妃は一階の小さな居間で、カンパン夫人をそばに従えて針仕事をしていた。国王は、小さな王太子を膝に乗せてまばらに燃える火の前に座り、地理の勉強を見てやっていた。雨は激しく窓に打ちつけ、雨混じりの風がむき出しになったクルミの木の枝を縫って、笛のような音を立てていた。王妃はレオナールに、そっとドアを引っかくという合図をするだけで入ってもよいとの許可を与えていた。今や取り次いでもらう必要はなかったのだ。最後の数年間のルイとマリー＝アントワネットほど近寄りやすい王や王妃は、かつて存在しなかったことだろう。彼女は肩書きだけはいまだにフランス王妃であったが、もはやヴェルサイユの荘厳な華やかさに包まれてはいなかった。紫のカーペットが敷かれた王座への階段に立ち、着飾った廷臣たちと謁見することもなかった。秘密のとばりは取り払われたのである。今では王妃は、議会から来る同情的な議員や、近衛兵や、いまだに王妃に忠実なパリ郊外の貴婦人たちなどを喜んで迎えていた。

レオナールが遠くまで使いに出て戻ってくると、王妃はいつもレオナールを座らせて外のようすを報告させる。だがこの日、レオナールは腰を下ろす前に、宮殿に入ってくるときに旅行用の大型馬車が止まっていたのを見たと報告した。

「旅行用の馬車ですって！」マリー＝アントワネットは驚いて叫んだ。「誰でしょう？　見当もつかないわ」

　そのとき、ドアが開いてランバル公妃が部屋に入ってきた。レオナールは、その「美しく高貴で、旅の疲れで青ざめてはいるもののやさしい情愛に輝く顔」を決して忘れないだろうと思った。公妃はイギリス製のうっとりするほど美しいビーバーの帽子――脇を黒い絹の紐とゆらゆら揺れる三本の黒い羽根でまくり上げて留めてあった――を被っていた。また、薄い綿入りのコートを着ていたが、正面をいくつものリボンできっちりと締めてあるので、公妃の上品な体形を損なうことはなかった。

　公妃は王妃のようすと、国王一家が置かれたテュイルリーでのみじめな状況を初めて見て、きっと衝撃を受けたことだろう。[1]王妃の髪はかなり白くなっており、眼は落ちくぼみ、顔はげっそりと痩せていた。屈辱に打ちひしがれて、悲しみに沈んだ口下手な国王ルイは、ほとんど何も話さず、温かくランバル公妃の手を取っただけだった。王室使用人の定めとして、公妃もまた、絶えず監視されることになった。そのため、フロールの翼館にあった昔の公妃の住まいが、急きょ整えられた。だがレオナールはまもなくイギリスへ発ったので、ランバル公妃と直接会ったのはこれが最後だった。レオナールは、後にイギリスの新聞で公妃を描いた絵を見ることになる――それは決して忘れられない、信じがたい姿だった［一七九二年九月十日付の『ロンドン・タイムズ』で、ランバル公妃の惨殺が報じられている］。

　一七九一年の終わり、もはやテュイルリー宮が国王一家の牢獄でしかなくなった頃のある晩、王妃はレオナールを呼び出した。王妃は、自分と国王が置かれたひどい経済状況について説明した後、きわめて危機的な貧困状態に追い込まれていることを涙ながらに打ち明けた。「出費を賄うためにダイヤモンドを売らなければならないと聞けば、親愛なるレオナール、私の言っていることが真実だとわかるでしょう」

「陛下のことを思いますと、私も胸が張り裂けそうでございます」レオナールはかすれた声で言った。「かわいそうなレオナール、あなたの熱意と忠誠心には、私たちは一度も失望させられたことはありません。今日はまた、その立派な証を見せてほしいのです。多分あなたが困るようなことをお願いしたいので」

「陛下が正しいと思ってお命じになるなら、私が困ることなどございません」

王妃は書き物机から緑色の革の小箱を取ってレオナールに手渡し、開けるように言った。「このダイヤモンドにはフランスのお金は一スーも使っていません。これは私が一七七〇年にウィーンから持ってきた石で、私がどう使おうと誰にも文句を言う権利がないものです。レオナール、これをイギリスへ持っていってください。ロンドンなら、この小箱を買い取る宝石商が簡単に見つかるでしょう。この仕事の運び方、そしてあなたがどのように私たちに尽くしてくれるかは、すべてあなたの高潔さに任せます」

「それを売ることができたら」王妃は続けた。「銀行家ヴァンドゥニヴェールのロンドンの代理店へ売上金を渡してください。しかるべき送金先へ送られるよう、取り計らってくれるでしょう。すべてが終わったらロンドンで私の指示を待ちなさい。すぐに連絡します。できるだけ早く発ってもらわなくてはなりません。国民議会が旅券に関する法令を撤廃しましたが、またすぐ細かい手続きが復活するかもしれません。そうしたら、あなたは出発できなくなります……そんなことになったら、私は非常に苦しい状況に追い込まれるでしょう。私のすべては、この旅の結果にかかっているのですから」

「陛下。出発の準備はすぐにできます。二十四時間いただけさえすれば」

「けっこうです、レオナール。忠実なあなたのことですから、きっと引き受けてくれると信じていました。これほどの熱意と辛抱強さで私たちに仕えてくれたことは、必ずや報われるでしょう」

「ああ、陛下！　陛下からのご信頼をいただけたことで、私はもう十分に報われています。それを信じていただくことが、最上のご褒美です」

「さあ、お行きなさい。私たちがふたたび君主となって、友人たちが優勢となり、敵が敗北する日が来るでしょう。そう願っています」

レオナールはその夜、ただちに出発の準備を始めた。

◉

一七九一年六月二十四日、国王一家がパリへ不名誉な帰還を遂げたとき、レオナールのテアトル・ド・ムッシューは正式に改名し、「テアトル・フランセ」となった。劇場の名前を変えることにレオナールは強く反対したのだが、ムッシューとは国王の弟である。王家との関わりは何にせよ危険すぎた。しかし、改名の問題などはレオナールの悩みとしてはまだ序の口にすぎなかった。レオナール自身の評判があまりに悪くなっていたので、辞職してほしいと劇場から言われたのである。最初は断固拒否したが、ある晩、劇場で激しい言い争いをした後で考えを変えた。観客のひとりがレオナールを荒々しく非難したのである。「おまえはここで何をやってるんだ？　胸くそ悪いかつら職人が。さっさとテュイルリーへ行って王妃の面倒でも見な。あそこなら歓迎してもらえるぜ」

劇場の正面や広告板から自分の名前を撤去するのを承知したレオナールは、王妃からの新しい任務に専念することにした。髪結いの仕事はしばらく前に辞めていたが、レオナールはいまだに「王妃の髪結い《コワフール・ド・ラ・レーヌ》」として知られていた。弟のジャン＝フランソワが、できるだけ兄を世間の目に触れないように努力してくれてはいたものの、パリにはあまりに多くの噂が流れていた。最も痛烈なのは、レオナールが王妃のダイヤモンドを盗んだと非難するものだった。あのヴァレンヌへの不運な逃亡の際、不思議にも消えてしまった宝石類の一件である[2]［ジャン＝フランソワはヴェルダンでブィエ将軍に追いついて王妃の宝石を渡し、ブィエ将軍はそれを部下のひとりに託したが、その兵士は翌朝何者かに刺殺され、宝石は消えていたとする資料がある。Varennes en Argonne, mardy 21 juin 1791: le roi est arrêté. Noëlle Destremau］。やはりレオナールとして知られていたジャン＝フランソワは、不本意ながら兄の名も汚していたのである。

レオナールは、自宅を引き払うことにした。パリを離れるのはつらかったが、かわいいリュセットを置いていくのはもっと悔やまれた。一緒に連れていこうかと思ったが、この旅には不安な要素が多すぎる。リュセットに秘密の任務のことは言えないので、日記にこう書くことで自分を納得させた。「軍隊に女連れとは、大いに沽券に関わる」。こうして、レオナールはリュセットをパリに置いていった。後で迎えをよこすと約束しながら。

レオナールの妻はといえば、一緒に祖国を出ることを拒否した。それどころかレオナールは後に外国で、妻が離婚を成立させたことを知る。レオナールはこの妻について二度と触れていないが、そのことが多くを物語っているだろう。

レオナールは金策に走った。できるかぎりの元手を集め、ロンドンとアムステルダムの銀行と交渉して、フランス国外でも現金のやり取りができるように信用状を発行してもらった。推定価値およそ三十五万リーヴル（百五十万ドル）[3]の王妃のダイヤモンドは三つに分けられ、レオナールの荷物の中に注意深く隠された。一七九一年十二月二十七日の出発前、レオナールは弟のピエールに、自分がまだ所有していた財産の管理を動産も不動産もすべて託したが、結局それはほんの短い間のことだった。革命政府は、外国へ移住する者の財産をすべて没収するようになったからである。

ピエール・オーティエに関しては、ほとんど記録がない。ピエールは、国王の妹エリザベートの使用人で、髪結いおよび従者として働いていた。王室とつながりのあることは危険だと判断して髪結いを辞めたが、パリで「普通の」髪を結うことはいやがった。[4]長年王室に仕えてきたため、自分も並みの髪結いとは違うと思っていたのだろう。もっともパリの「普通の」髪の持ち主たちは、この大変な時期にピエールに髪結いを頼む余裕などなかったようだが。妻が亡くなったとき、ピエールはヴェルサイユの町に住み、煙草屋を経営していた。意気消沈し、そしておそらく経済的にも破綻して、ピエールは子供たちを見捨ててイギリスへ移住してしまった。何年も経ってからふたたびパリを訪れたという短い記録があるが、それ以降の消息は途絶えている。[5]

◉

十二月三十日にロンドンに到着したレオナールは、少なくともフランス人旅行者からは当時ロンドンで最高との評判だったピカデリーの「ゴールデン・キャノン」に宿をとった。ここはパリ風の料理が得意と聞いたのだが、レオナールにはとてもそうは思えなかった。とろみのあるスープを注文したら、「大きな生煮えの牛肉の切り身が三枚浮いた、嘆かわしいほどに色の薄い煎じ汁」が出てきたので、手もつけなかった。鶏のフリカッセ・ア・ラ・フランセーズは、鶏肉の小さな塊をお湯で煮ただけの「フリカッセもどき」で、汁気がなかった。ソースが欲しいと言うと、少し前に給仕がテーブルに置いていったガラス瓶を示される。その瓶の調味料を何滴か料理の上に垂らして味見したレオナールは、こう断言した。「無防備な旅人の喉もとにこれほど乱暴な一撃を加えるとは、この恐ろしいソースには、ボンディの森のどんな追いはぎでさえかなうまい」。レオナールは、鶏肉の残りにただの塩を振りかけて飲み込むと、食べたものをグラス三杯のポートワインと称するもので流し込み、夕食を終えたふりをした（そのポートワインもまた「食道が焼けそうな」代物だった）。

「ああ、勤勉かつ博学なイギリス国家よ！　なんとひどい宿と食事で隣国人をもてなすのだろう！」

レオナールは、ベッドの上で大の字になって叫んだ――そのベッドも、鶏肉同様、イギリスの室内装飾の評判を高めるようなものではなかった。その晩は我慢して眠ったが、翌朝にはフランス人の下宿屋を見つけようと心に決めた。

レオナールは、外国でひとりさびしかったに違いない。昔の共同経営者フレモンはしばらく前にロンドンで亡くなっていたが、フレモンには友人も家族もいなかった。レオナールをさらに困らせたのは英語がひと言も話せないことだ。当時ロンドンではフランス語はほとんど通じなかった。ここには知り合いがたくさん移り住んでいるはずだったが、どうしたら見つけられるのだろう？

レオナールは、以前、羽飾りや造花を宮廷に納めていたマルタン夫人（タンプル通りの）がロンドンで新しく商売を始めたことを急に思い出した。夫人は、かつて羽振りのよかった大勢の債務者たちを外国まで追いかけていくため、最近パリの店をたたんだのだった。[6]

マルタン夫人は、ゴールデン・キャノンからわずか数メートルのところに店を開いていることがわかった。一階と二階が店舗。三階が造花と羽飾りの職人たちの仕事場。四階の屋根裏部屋には、マルタン夫人がフランスから連れてきたかわいい助手の一団が寝泊まりしていた。

夫人はレオナールを温かく迎えた。レオナールはこの造花職人と仕事上のつきあいを十九年近くも続けてきた。宮廷の貴婦人が気まぐれを起こして金貨で気前よく支払うと約束すると、レオナールはいつも、とびきりすばらしいヘアスタイルを予告して客をわくわくさせた。それから急いでマルタン夫人のところへ行き、その日受けた「不可能な」注文について話して聞かせる。そして、気前のよい報酬はふたりで山分けしたものだった。マルタン夫人が、自分たちふたりのことを「身づくろいの妖精たち」と呼んでいたのは有名な話だった。

「まあ、あなたがロンドンに！」。店でフランス人の司祭たちにとり囲まれていたマルタン夫人はレオナールを見つけると、そう叫んだ。黒い服の間をすり抜けてきて、こうささやいた。「とっても奇妙に見えるでしょうね。それでもこの善良な聖職者の皆さんはフランスからのお客様で、毎日おみえになるのよ。時々貴族の方もおいでになるわ。一文なしで、時にはシャツさえなくて、紋章だけはたくさん持ってね」

「なんですって？」レオナールは大声を出した。「ご自分の費用で、そういう信心深い老齢の聖職者の皆さんを匿っていらっしゃるのですか？」

「親愛なるレオナール、私にどうしろと言うの？」マルタン夫人は尋ねた。「ノルマンディーからの追い風が、イギリスへあの人たちを運んでくるのよ。保証のない国家への忠誠のほか何の望みもなく、私の住所のほか何のあてもなく、手に職もないのよ。そんな人たちを、ほかに受け入れる人は誰もいないとわかっているのに、どうして閉め出せて？　それはそうと、あなたのお話しをしましょうよ。どんなすてきな用事でロンドンにいらしたの？」

「お懐かしいマルタン夫人、私はあなたの尊敬すべきノルマンディーの司祭様ほどの貧困に打ちひしがれてはおりませんが、やはりよるべのない状態でここに参りました。しかしながら私の場合は、王妃様から重要な用事をいいつかってきたのです」。レオナールは続けて旧友に、王室の経済的な窮乏ぶりを話した。

「おかわいそうな王妃様！」マルタン夫人は言った。「そんな窮地に追い込まれていらっしゃるなんて！　あなたのお役に立ちそうな人といったら、宝石商のウィリアムぐらいしか思い浮かばないわ。私の一番上の息子を、いつでもご都合のよろしいときに行かせますわ。通訳もさせましょう」

レオナールは、マルタン夫人の親切な申し出を受けることにした。夫人は、ぜひとも夕食まで残るようにと勧め、裁断師のひとりに仕事場を案内させた。三階に上がると、そこは見たこともないほど活気に満ちた造花の工房だった。

「世間の人は」その青年裁断師は言った。「ぼくたちがここで外国から仕入れた花を花輪や花束にしていると思っているんです。もしこれほどいろいろな種類の花をここで一から作っていると知ったら、買うのをやめてしまうでしょう。イギリスの女性たちはどうやら、ブリテン諸島の気候が生花の成長だけでなく、ピンクや薔薇色の着色料の生産にも適していないと思っているらしいのです」

レオナールはその裁断師を注意深く見て、どうやらこの人も、「突如吹いた不運の風で全財産を失った」らしいと気がついた。

それから案内役はレオナールを、小さくて、ほとんど優美と言ってよいほどに整えられた部屋へ連れていった。そこでは現場主任の女性が腰かけて仕事中だった。作業台の上に屈みこんでいたので、レオナールが近づいても気づかない。

「ジュリーさん」裁断師は言った。「ちょっとお顔をあげてください！　こちら、レオナールさん、私たちの仕事場を見に来てくださったんです」

「レオナール！」現場主任は大声をあげた。

「ジュリー！」レオナールは叫んだ。

現場主任はいきなりレオナールにぎゅっと抱きついた。案内役がぽかんとして見つめる。レオナールの目の前にいたのは、パリでの初めての恋人、あのニコレ座の妖精だった。彼女の頭の上にレオナールは、自分の富の礎を置いたのである。

「レオナール、あたしよ！」ジュリーは興奮してレオナールと両手を取り合いながら言った。「あのニコレ座のかわいいジュリーよ。ほんの二十二歳ばかり年をとったけどね」

「そんなこと関係ないさ」レオナールは言った。「ぼくの前にいるのはあいかわらず美しいジュリーだよ」

「今日の仕事は、おしまい」はさみを作業台の上に置いてジュリーは言った。「夕食までには、まだ三時間あるわ。あのぐらぐらする椅子に座ってよ、レオナール、あたしがどうやって生きてきたか話してあげるわ」

ジュリーはノルキッテン伯爵と結婚したが、夫が死んだのでかなり裕福な未亡人となった。しかし次なる大恋愛の相手のポーランド人が詐欺師で、ジュリーから一切合切を盗んでいった。ジュリーはパリで極貧状態に陥り、マルタン夫人のところで働くようになったのだ。レオナールとジュリーはパリでの思い出と、ある伯爵夫人に対してレオナールがいかに不実だったかを笑いながら語った。「あれは犯罪ね！　もっとも伯爵夫人は利子をつけて報いてくださったけれど」

◉

マルタン夫人は約束を守り、翌日、夫人の息子がストランドにあるウィリアムの宝石店に連れていってくれた。若い通訳を介して、レオナールは宝石商に、フランス王妃から託された取引について率直に話した。レオナールは、王妃から預かったダイヤモンドを取り出して見せさえした。

「なんと！　どれもドイツで細工された石ですな。それに、最近のものでもない。ここにひとつ、マリア・テレジア様のものだった石もある」

「はい、これは女帝陛下がご息女にお譲りになったものです」

「このダイヤはここにお持ちになる前にパリで査定なさって、王妃様におおよそいくらになるかお伝えになったのでしょうな」

「はい、いたしました。こちらで買ってくださる方が公正な値をつけないのではと心配したからではなく、王妃様が私に託す宝石の価値を、できるだけ正確にお知りになれるようにです」

宝石商は、石の重さをひとつひとつ手の中で量った。「それで、その査定は正確だったとお考えですか？」

「私が会いに行った宝石商は、最高の専門家のひとりと見なされています」

「そうですか、そのときの査定は全部でいかほどに？」

「そのフランスの宝石商は、三十五万リーヴルの販売価値があるだろうと考えています」レオナールは、王妃の利益をできるかぎり守ろうとして言った。

フランスの方は、とウィリアムは答えた。「非常にお口がうまいか、判断力に欠けていらっしゃるか、どちらかですな。見ればすぐわかりますが、前世紀の職人にありがちな未熟な細工のせいで、お持ちになったブリリアント・カットのダイヤはどれも半分、台座の中に隠れています。取り外して量ってみなくても、パリの宝石商の見立てより十万リーヴル以上の価値があるでしょう。私は台座なしの石の重さを推測できるのですが、それをすぐに証明してさしあげましょう」

宝石商は続けた。「ほら、ここの石一個で、フランスのお金にして九千リーヴルの価値があると思います。台座なしで、ですよ。これを外して重さを量り、関税表と比べてみれば、私の言った額がかなり正しいことがおわかりいただけるでしょう」

実験が行なわれ、そのすばらしいブリリアント・カットのダイヤモンドを台座から外して入念に測量すると、八千九百七十四リーヴル十スーの価値があることがわかった。

「ほらね」イギリスの宝石商は笑いながら言った。「私の評価はかなり正しかったでしょう。というわけで、四十五万リーヴルで購入させていただきましょう。ヨーロッパのどこでもお好きな場所で、一括払いでお支払いできます。これはほんの小さな取引ですので、宝石類を詳細に調べて時間を無駄にするまでもないと思います。私のご提案はご満足いただけますでしょうか？」

「満足以上ですよ」レオナールは、宝石商の手を握りながら言った。「誠実で良心的な方のお申し出ですから」

「それでは商談成立ですかな？」

「もちろんです。お支払いは、フランス宮廷御用達の銀行家ヴァンデニヴェール氏の代理人へお願いします」

「代金をロンドンでお受け取りになりたいということでしたら、午餐をご一緒願わないといけませんな。四十五万リーヴルは現金で、デザートのときお出ししましょう。それではまた、二時に」

レオナールが二時に到着すると、ウィリアムは豪華な居間にいた。レオナールは先ほど別れてから、ウィリアムが一七八八年にロンドン市長を務めていたことを知った。午前中は無愛想な商人だったが、午後は、ゆったりと洗練された物腰の大貴族のようにレオナールを歓迎し、家族を紹介してくれた。

午餐は豪勢だった。ただし、食べ方はいささか嘆かわしかった。イギリス人がなかなかの食道楽で、時間の使い方がうまいことを発見した。レオナールの回想録によれば、客たちはお互いに肘で押しのけあい、部屋はポプリのにおいが充満し、人々はこうした集まりでも際限なく、ほとんど我慢もせずに大あくびをしたという。

宝石商が、ピアノ幻想曲とイタリア歌曲との間の休憩時間を利用して、レオナールに王妃のダイヤモンドの代金を清算してくれたので、レオナールと案内役は九時に暇を告げた。

レオナールはただちに、王妃のダイヤモンドの売却代金をヴァンデニヴェールの代理人のひとりに託し、できるだけ早急にパリへ送金するよう頼んだ。ウィリアムはこの取引を秘密にすると約束してくれていたが、マリー＝アントワネットの敵たちのことがまだ心配だった。連中はすぐに、王妃が不正行為を働いたと見なすだろう。こうしたレオナールの用心にもかかわらず、この取引は数か月後レオナールを大変な苦境に立たせることになる。

王妃マリー＝アントワネットがレオナールに委ねたのは、ダイヤモンドの売却だけではなかった。レオナールは数多くの用事を言いつかっており、ロンドンでの仕事を終えたらすぐにライン河畔へも行くよう指示されていた。トリーア大司教領コブレンツでは、兄のヴァレンヌ逃亡と同時にパリを脱出したプロヴァンス伯が、早くに亡命していたアルトワ伯と合流し、王政復古の機をうかがっていたのだ。ロンドンでの最初の任務のひとつはあの悪名高いラ・モット伯爵夫人を見つけることだ。革命時には、侮辱が収まるのをただ待つのではなく口止め料を払うのが一番よいと、王妃はわかっていたからである。

◉

一七九二年三月、レオナールはロンドンでの任務をすべて終えて、ライン河畔へ出発する準備に入った。イギリスからは、在英亡命者らの地位、親交関係、日々の過ごし方まで報告しなければならなかった。それは必要不可欠なことだった――王妃は、こうした貴族たちがどの程度信用できるか、そしてフランス君主制の再建にあたって支持を期待できるか、知らなければならないからである。

レオナールがロンドンで収集して送った情報は、あまり心強いものではなかった。亡命貴族たちは、フランスの君主制になどまったく興味を持っていない。今現在を安楽に暮らすことしか考えておらず、陰謀も偽りもなかった。ロンドンは突然、国際的専門学校のようなものと化し、貴族の称号を持ったフランス人たちは生活のためにやむをえず、みずから「教授」や「名人（ヴィルチュオーゾ）」を名乗っていた。こちらには侯爵設立の管弦楽団、あちらには陸軍准将経営の剣術学校、そしてセント・ジェームズ通りには海軍大佐指導の製図学校などがつくられ、なかなか繁盛していたのである。

また、レオナールが何度も偶然すれ違った伯爵夫人のような例もある。三年前、この夫人のまわりには、ヴェルサイユの蝶という蝶が皆、ひらひらと飛びまわっていた。今ではこの夫人は、ロンドン中を走りまわってピアノの個人指導をしており、その美しい足は靴が擦り減って直に地面に触れんばかりで、一張羅の黒いビロードのドレスには泥が跳ねあがっていた。さらに嘆かわしいことにこの伯爵夫人は、今では——フランスの踊り子たちに成り代わって——「旦那《ミロード》」方の愛撫に身を任せるまで落ちぶれているという噂だった。

◉

レオナールはついにオーステンデ（今日のベルギーの一部）に向けて出航し、十時間の船旅の末に到着した。ただちに亡命者たちの交友関係について王妃に報告を送り始めたが、その情報はコブレンツ、ケルンおよびその周辺地域と進んでいくにつれますます増えていった。亡命者たちの性的関係についてのあまりに不道徳な情報までもが集まる始末で、レオナールはそれを王妃に送るのを控えたほどだった。

レオナールは何か月も、サンクトペテルブルクに出かけたというアルトワ伯爵の帰りを待っていた。アルトワ伯はついに、エカチェリーナ二世に贈られた剣を持って帰ってきた。レオナールがロンウィ近郊の城に訪ねていくと、この王弟はレオナールを例の魅力的な快活さで迎えた。この陽気さは、不運のときも栄華のときも、金と愛情が意のままになるかぎり、彼が生涯持ち続けたものであった。

「それじゃあ、レオナール」王弟は言った。「おまえは今、軍と一緒なのか。今じゃ髪粉は軽蔑するが、火薬のにおいは恋しいってわけか？　驚きはしないがね。私の兄、ルイ国王は、フランス元帥杖をおまえの鞄に入っていた口紅と交換したときに、すでにおまえを軍隊に召集して戦地への遠足に送り出したんだものな」

「遠足と申しますのは、殿下、まさに的確なお言葉です。そして私の遠足は、髪結いに託されたものではございましても、もし国王陛下がもっと積極的にブィエ将軍を支援してくださるご友人方をお持ちになっていれば、きっと成功したことでしょう」

王弟は唇をゆっくりなめてから、一瞬噛み、それから話題を変えた。

「王妃様から私に何か伝言があるのか?」王弟は長靴を履きながら言った。レオナールが来たとき、アルトワ伯はちょうど寝床から出ようとしていたのだ。

「はい殿下。少しの間、殿下とふたりきりでお話しできましたら、王妃様が、文字にするのにはふさわしくないとお考えのことを、いろいろお知らせいたします」

王子は、ディゴワンヌ侯爵と、居合わせた何人かの将校を下がらせた。レオナールは王妃からの伝言をくわしく伝えた。

「かわいそうなレオナール」王弟は言った。「私は王妃様がおまえを私でなくプロヴァンス伯のもとに遣わさなかったことを、心から気の毒に思うよ。ムッシューは本当に観察力の鋭い人だ。王妃様がお知りになりたいことをお知らせするには、厖大な量の書類を丹念に調べなければならないが、私の召し使いでそういうことをする時間のある者はいないのだよ」

王弟はレオナールに、手紙の山と化しているテーブルを見せた。そのほとんどは、封がされたままだった。

「ほら、そこに、どれほど根気強い積荷検査人もたじろぐほどの文書があるが、私の兄、プロヴァンス伯だけはびくともしないだろう。ああ、兄は違うのだ。私たちをここに追いやったあの忌まわしい名士会が開かれたとき、殺到する請願書や、陳情書や、嘆願書の山の中で、兄はなんと喜んで奮闘していたことか」

「だが、私に考えがある」王弟はにっこり笑って続けた。「おまえがやってはどうかな、レオナール。この手紙の山の中から、宮廷が欲しがっている情報を探してみては？　二週間ばかり、あの荷物を積んだ荷車と一緒に私の側近の後ろをついてまわるがいい。仕事が終わったら、直接両陛下に報告ができるだろう」

「殿下、ご命令に従います」

「よろしい、レオナール。これでおまえは私の臨時秘書に昇格だ。ところで私の髪だが、ちょっとカールが崩れかけていないか？」

「櫛で少しだけ整えれば大丈夫でございます」

王弟の新しい臨時秘書はカールを整え、髪粉をふりかけた。アルトワ伯爵は、レオナールに手伝わせてスイス衛兵隊上級大将の制服を身に着け、剣を取ってほしいと言った。

王弟が出ていってしまうと、レオナールは新しい仕事に取りかかった。三日間というもの、レオナールはアルトワ伯の机に積み上げられた書類に目を通した。だが、パリで軟禁されている国王一家への忠誠心が感じられる文章は、かろうじてほんの数行を見つけたのみだった。むしろ、金《かね》の無心や昇進の要求、誠意のない言葉、脅迫ばかりが目についた。

王弟の資料に埋もれて四日目、最後の日に、レオナールはとんでもない手紙を発見した。ふたりの王弟は、ムッシューことプロヴァンス伯爵に君主としての権限を握らせようと計画しているのだ。兄のルイがタンプルの塔に幽閉されている間、プロヴァンス伯がフランスの摂政となるというものだった。

亡命中の王弟たちの軍隊は、ムッシューによる摂政政治には賛成していなかった。そもそも「ムッシュー」を見たことさえほとんどないのだ。亡命先でのプロヴァンス伯のいわゆる「お気に入り」であるバルビー夫人は、伯爵がフランス軍の野営地に顔を出したことがないと聞くと、「行って、もっと兵士たちにお会いにならないと」[7]と進言したほどである。軟禁された国王の救出という任務には軍の支持が不可欠なのだが、プロヴァンス伯はこの進言に耳を傾けなかった。この怠慢さは、伯爵の「なんとしてでも国王になってやる」という姿勢の表れだった。しょせんプロヴァンス伯は、王位継承順位としてはまだルイ・シャルルの次なのだ。それはレオナールにもわかっていた。この発見を王妃に知らせるわけにはいかない。王妃は、自分たちの君主制が外国の力で救われる望みを、まだ手放そうとしていない。この知らせを聞いたら、必ず打ちのめされてしまうだろう。

第4部　生きのびるための戦い

第14章 悲しい出来事

一七九二年八月　ドイツ、コブレンツ

ああ、わが愛しのヴェルサイユ！　わが魅惑のパリ！　そなたたちはどこへ行ってしまったのだ？　さあ、レオナール、われわれのよき時代の話をして、少し元気づけてくれ。
——アルトワ伯爵がレオナール・オーティエに（一七九二年九月）

レオナールは、コブレンツ近郊でふたりの王弟と合流するためにヴェルダンを出発した。王弟らの伯父が寛大にも、夏の住まいであるシェーンボルンスルスト城でふたりを養っていたのである。レオナールは、王弟たちが発つときに忘れていった書類を持っていった。それを渡した後、レオナールはふたりに、引き続き王妃からの指令に従うため、イギリスへ戻るつもりだと伝えた。

プロヴァンス伯は、レオナールがいったいどうやって王妃の指令を受けているのか、わけがわからなかった。王妃は「タンプルの塔に幽閉されている」[1]というのに。

「王弟殿下、八月十日の事件以来、私は絶えず王妃様からのご指示をいただいているのです」。レオナールが言っているのは、パリの暴徒が怒《いか》り狂ってテュイルリー宮殿に侵入したあの八月の朝のことだ。宮殿に住んでいた人間の多くが惨殺され、贅沢な家具や美術品は破壊された。そして国王一家は

身の安全を確保するために近くの国民議会場へ連行された。議会は一家を、テンプル騎士団が建設した中世の牢獄「タンプルの塔」へ移すことを決定する。二日後、一家はタンプルの塔に幽閉され、これからの運命を待つことになった。フランスの君主制は、あっという間に消滅したのである。

プロヴァンス伯は、レオナールが囚人である王家とまだ連絡を取れていることに驚いた。「大したものだ。だがレオナール、おまえが国王一家とやり取りしている機密情報がどんなものなのか、私にも知らせるべきだと思うがね」

「私は戦争にも政治にも、口を差しはさむようなことはいたしておりません」レオナールは言った。「確かに、王妃様が私にお命じになることは、一介の髪結いがお引き受けするようなたぐいのものではございません。しかし、私を助けてくださる方々がいつ命の危険にさらされるかわかりませんので、私が勝手に報告先を増やすわけにはいかなかったのです。それほど危険な秘密は、私の胸だけにしまっておかねばならないことは、殿下にもご理解いただけるでしょう」

「けっこうだ、レオナール。けっこうだ」伯爵は答えた。「漏らしてはいけない秘密を打ち明けろとは言わないよ。それで、いつロンドンへ戻るのだ?」

「王妃陛下、それからアルトワ伯爵のご命令を承り次第」

「明日、私からの命令も用意しよう。おまえがロンドンに行ってくれて、うれしいよ。ロンドンにやったわれわれの使いはまったくだめだね。あちこちでお茶を飲んではイギリス女性を口説いて、有名なヴィオッティを聴いているだけだ。おまえはわれわれの使者として、連中の目を覚ましてほしい。わかったかね、レオナール?」

「わかりました、殿下」

「アルトワ伯に会いに行け。弟もおまえに命じたいことがあるだろう。ところで、記憶力はいいほうか？」

「もちろんです、殿下」

「それはよかった。弟は一行たりとも書き留めることができないのだ。時間がかかりすぎると言うのだが、あいつは時間の使い方自体がわかっていないのだ。夜から朝にかけて以外はな」

プロヴァンス伯の言葉には少々皮肉が込められていた。王弟たちはいつも、互いに主導権を争っていたからだ。アルトワ伯はおそらく、ルイ十六世幽閉中にプロヴァンス伯がみずから非公式に宣言した摂政職など認めたくなかっただろう。プロヴァンス伯にしてみても、弟のアルトワ伯のそうした異論を喜んでいなかったに違いない。レオナールは、ここでうかつに返答して兄弟げんかに巻き込まれてしまうほど愚かではなかった。そこで、すぐさま暇を告げて、アルトワ伯の指示を仰ぎにいった。

◉

レオナールが到着すると、アルトワ伯爵のそばには、ちょうどミラボー子爵の死の知らせを持ってきた将校がいた。ミラボー子爵は、あの偉大な大臣の弟である。将校が葬儀の詳細について話そうとすると、王弟がさえぎった。「正直者の子爵が死んだのは、あの腹のせいだ。戦場では大きすぎて、いずれ敵の弾が当たる運命だったのだ。戦をやっていなければいないで、食いしん坊が過ぎて消化不良は避けられなかっただろう。寝床の中で死んだそうだから、きっと『激しい戦闘による死』ではなく、『激しい晩餐による死』だったのだろうな。続けろ」

将校はこの不謹慎な冗談には答えなかった。王弟はレオナールのほうを向くと、こう言った。「笑えよ、レオナール。笑うことに害はない。われわれの最大の敵、退屈を吹き飛ばしてくれるからな。もう退屈にはうんざりなんだ。これ以上退屈が続くようなら、間違いなく私も、ミラボー子爵と同じ運命をたどることになる」

王弟は続けた。「それでいったい私に、どうしろと言うのだ？ 亡命者たちは皆、破産している。どうしようもないのだ。亡命してきた貴婦人方はもうお年を召しているし、私も昔の話ばかり聞くのには飽き飽きした。ドイツのご婦人方は感傷的で冷たく、ドイツの小国の君主たちの領土は狭すぎて、そこからはみ出す心配なしには一時間と一緒に狩りができない。ああ、わが愛しのヴェルサイユ！ わが魅惑のパリ！ そなたたちはどこへ行ってしまったのだ？ さあ、レオナール、われわれのよき時代の話をして、少し元気づけてくれ。もう一度、おまえの髪粉の袋をかきまわして、とっておきの話を取り出しておくれ。英雄レオナールの生涯を、おまえが公爵、伯爵、そして大統領……も同然だったときの話を」

レオナールからヴェルサイユ時代の思い出話を聞いた後、アルトワ伯はイギリスでの任務について、いつもどおりの方法で伝えた。つまり兄が言っていたとおり、すべて口頭で。それから王弟は、ポケットからその朝受け取ったばかりの短い手紙を取りだし、レオナールに読むように言った。

レオナールは声に出して読んだ。「アルトワ伯爵の馬車三台とその他のフランス貴族所有の馬車九台は、安全な場所に保管されていたにもかかわらず、先ほどミヒャエル・ホルンという者に見つかり、王弟殿下たちにお貸しした千百四リーヴルの代わりとして差し押さえられました」

「確かにわれわれは、よい方法を見つけた」。王弟は言った。「その彫刻師の手を借りてね。それなりに役に立ったものの、長続きはしなかった。コブレンツの人たちにわれわれの秘密を見抜かれたのだ「コブレンツに亡命貴族たちが反革命の策謀として工場で大量のアッシニア偽札を印刷し、のちにロンドンでも続けられたことを指す」」

「われわれは、今ほど不運だったことはない」アルトワ伯は続けた。「亡命貴族が支払いに使ったり割り引きして売ったりしたアッシニア紙幣が偽物だと言われて、次々とパリから送り返されてくる。そんな紙幣が四百万リーヴルも出まわっているそうだ」

「殿下はコブレンツの人々がいかに自分勝手か、ご存じでしょう。彼らが強く抗議するようすが思い浮かぶでしょうが、犠牲になっているのは私たちなのです」

「わかってくれているんだな、わがレオナール。王族の血縁として、スリ呼ばわりされるのは不愉快きわまりない。もはや我慢できない。もし本当にわれわれが助かる手段があるのなら、今こそ実行すべきだ」

「方法はございます、殿下。ドーヴァーで殿下もよくご存じの方とお会いする約束がございます。この方は、私たちを大いに助けてくださるはずです」

「なんと！　それでその者の名前は？」王弟は尋ねた。

「今は申し上げることはできませんが、非常に確かな方で、二百万か三百万の支援はいただけるでしょう」

「宮廷の女性に違いない。行け、そして頑張ってくれ、われわれはズボンまで売るほど落ちぶれているのだから。冗談だと思うな。見ろ、レオナール。ここに私の参謀将校のひとりが友人のル・ブヴール夫人から受け取った手紙がある」

レオナールは、その内容にショックを受けた。

ご依頼のお洋服、それからズボンを売却いたしました。できるだけ高く売ろうと、あらゆる手を尽くしました。本当に一軒一軒持ってまわらせたので、大変でした。やっとキュー氏に一ルイでご購入いただきました。胴着《ジレ》とズボンに関しましては、お支払いただけませんでした。なんてひどいことでしょう！[2]

一七九二年のある夕方、レオナールはドーヴァーの桟橋に立って、一艘の連絡船が対岸のカレーから到着するのを見守っていた。引き潮だったので、乗客は船員に背負われて上陸しなければならない。レオナールは小型望遠鏡で、上陸する乗客たちをよく見ようとした。中に、船員がかなり重そうに運んでいる女性がいる。女性は自分の格好には無頓着で、イギリス人の肩の上で片脚をあらわにしていた。

レオナールは、あの脚をよく知っていた。数分後、船員の背中からぴょんと飛び降りたデュ・バリー伯爵夫人を、レオナールは両腕に受けとめた。夫人は四十を超えていたが、まだ以前のように若々しく美しい。夫人はレオナールに優雅に挨拶した。夫人にぎゅっと手を握られたとたん、レオナールはルーヴシエンヌでの日々を鮮やかに思い出した。

「私たち、昔からの友だちよね、レオナール」伯爵夫人は言った。レオナールがフランス人経営の宿屋へ案内する間、夫人はレオナールの腕にもたれながら歩いた。

「昔からの友人とおっしゃいますか、伯爵夫人。じつのところお姿を拝見しますと、あなた様はそんな友人がおいでのようなお歳にはとても見えないのです」レオナールは、思い切りお世辞を言った。

「そうね、若い友人もいるわよ」夫人は言った。

途中ずっとおしゃべりをしながら宿に着くと、伯爵夫人はすぐに部屋へ入った。レオナールと早く話をしたかったので、夫人は小間使いと下男に馬車と旅行鞄のようすを見に行かせた。

ふたりだけになると、デュ・バリー夫人はレオナールをそばにかけさせ、レオナールがライン河畔で書いた手紙も、一七八九年にデュ・バリー夫人が申し出た経済的援助への返事も受け取ったと言った。夫人は、ルーヴシエンヌの家が昼夜を問わず愛国者たちに監視されているため、タンプルへもドイツの亡命王族へも、フランスからは何も送ることができなかったのだと説明した。「爪楊枝一本動かそうとしても調べられるのよ」夫人は言った。「それにあの家にある財宝を、あえて日の下にさらそうなんて思わないわ」

デュ・バリー夫人が王家を助けるには、フランスを出るしかなかった。夫人はルーヴシエンヌやその他の町の役人に、自分はロンドンに盗まれたダイヤモンドを捜しに行くのだと信じ込ませた（あくまで旅の口実にすぎないのだが）。デュ・バリー夫人のダイヤモンドの物語——それは、実在した高名な人物も数多く登場する、あの有名な首飾り事件に劣らずスリルに富んだものである。

ルイ十五世のお気に入りが宮廷から丁重に追い払われたとき、ルイ十六世は自分にとっても王妃にとっても最も憎むべき敵のひとりだった夫人に年金を与えた。夫人は宮廷から下がると、十五年間は修道院で、その後はルーヴシエンヌの自分の城で過ごした。

一七九一年一月十日の夕方、デュ・バリー夫人は城に下男ひとりを留守番に置いてパリの友人を訪ね、そこにひと晩泊まった。翌朝、城を見まわった下男は、デュ・バリー夫人の寝室が夜の間に荒らされているのを見て仰天する。

すぐに巡査部長とふたりの騎馬警官が駆けつけて城の中をくわしく捜査した。書類や手紙が床に散乱していたことから、賊たちは文書ではなく、宝石や金だけをあさったらしい。帰宅した伯爵夫人は、盗まれた厖大な数のダイヤやルビーやサファイアのリストを提出した。

この大胆な犯罪に、フランス国民は大騒ぎとなった。国民は、伯爵夫人がルイ十五世の圧政を利用し、「ぼろぼろになるまで働いた国民から乱暴にしぼり取った」金で財産を貯めこんだことを忘れていなかった。一方でこの話をまったく信じない者もいて、デュ・バリー夫人はフランスから出る口実を作るためにこんな嘘をでっちあげたのだと主張した。[3]

デュ・バリー夫人は、謎が解けるまで心が休まる間もなかった。賊は宝石を持ってロンドンに潜んでいると考えた夫人はすでに三回も渡英していたので、今回はじつに四回目の旅だったのである。

「私は本当にクルッソルご夫妻、カロンヌ夫人、ドゥヴィル議長、そしてあなたとお話しに来たんですのよ、親愛なるレオナール」デュ・バリー夫人は続けた。「私がサン＝ジェルマン近郊の森の安全な場所に埋めた、二百万リーヴル相当のふたつのダイヤモンドを売る、最良の方法をね。収益は、高名な囚人の方々か王弟殿下たちのために使いましょう。どちらでも、より緊急に必要なことのためにね」

「私を信じてくださるなら、伯爵夫人」レオナールは言った。「今おっしゃった、どなたのところへも行かないでください。その方々は皆お金に困っていらっしゃいます。王冠という大義のために使える金額が、個人的なことのために使われてしまうでしょう。国王のための決起の準備は、ライン河畔で行なわれるべきですが――その場合でも、供給の分配はすでに難しい問題なのです。お聞きくださ い、伯爵夫人。あなたのふたつのダイヤを買って、その場で支払ってくれるイギリス人の宝石商を私は知っています」

「なんですって？　二百万リーヴルを？」

「あなたの言い値より、もっと高い値をつけてくれるかもしれませんよ。それがその宝石商のやり方なのです」

「それでは、あなたにお任せしましょう」夫人は言った。

「ですが伯爵夫人、あなたのように監視されていては、ダイヤモンドが盗まれないかとご心配になったことはありませんか」

「それは大丈夫です。ふたつとも、身に着けて持っていますもの」

「それならなおさらご注意ください」レオナールは、にっこり笑いながら言った。

◉

デュ・バリーとレオナールはその晩のうちにロンドンへ出発し、翌朝早く到着した。伯爵夫人のために、すでにブイエ将軍が宿を手配していた。オルレアン公爵の息子、エナン公妃、モルトマール公爵夫人、ベルトラン・ド・モルヴィル伯爵、そしてブルトゥイユ男爵は同じ建物に住んで王党派のコロニーを作っていた。彼らの任務は、フランスの共和国政府に対して宣戦布告するよう、イギリスのセント・ジェームズ内閣を説得することである。イギリスでは政府と貴族階級がフランス宮廷と同じ立場を取っていたが、イギリス国民はそうではなかった。一七九二年にはパリと同じくロンドンでも、人々は自由、平等、国家主権といった概念や共和主義を口にしていて、政府をきわめて危うい立場に追い込んでいた。革命の精神がドーヴァー海峡を渡ってくる恐れがあったのだ。

レオナールはふたたびエア通りの小さな下宿に戻ったが、二日後、そこへデュ・バリー夫人が尋ねてきた。十月の朝、七時にもならない早朝で、レオナールはまだ寝床の中にいた。伯爵夫人はためらいもせず入ってくると、彼の足のほうにどさりと座った。

「もうお会いしたくて待ちきれなかったのよ、親愛なるレオナール」デュ・バリー夫人は言った。フランス貴族についてのレオナールの考えがじつに正しいことがわかったと、知らせたくてたまらなかったのだ。彼らは皆、デュ・バリー夫人に金を要求し、すでに一万二千リーヴル以上が夫人のポケットから彼らのポケットに移動したという。今ではデュ・バリー夫人は、ズボンを売ってしまったライン河畔の「かわいそうな人たち」を支援しようと決心しており、亡命貴族たちがふたつのダイヤモンドを飲み込んでしまう前に安全なところへ預けたがっていた。

「簡単なことですよ」レオナールは言った。「王弟殿下方をお助けし、タンプルに軟禁されている方々をできるだけ早く解放するためにダイヤを売ると決心なさったのですから、これからさっそく宝石商ウィリアムのところへ行って、取引してもらいましょう」

「それはよい考えだわ。いつでも出発できるわよ、レオナール」

「ですが伯爵夫人、私はあなた様の目の前で、朝の身づくろいなど、どうして始められますでしょうか?」

「慎ましくて恥ずかしがり屋のレオナール」デュ・バリー伯爵夫人は、おかしくてたまらないというように笑い出した。「よく言いますことよ。何か危険なにおいを感じたら、何が問題なのかを知るためにできるだけその方角に向かっていくべきだと……」

「危険なにおい? ああ、なんという言葉でしょう、伯爵夫人!」レオナールは、ルーヴシエンヌの夫人の城へ足しげく通ったことを思い出しながら言った。

◉

ウィリアムの店に一緒に入る段になって、デュ・バリー夫人はレオナールがひとりで取引したほうがよいだろうと考え、ダイヤの持ち主は明かさないようにしてほしいと言いだした。ルイ十五世の愛情がいかに金になるものだったか、ヨーロッパ中に知られたくなかったのである。

デュ・バリー夫人は、店の外に止めた馬車の中でレオナールを待った。すると、レオナールが商談をまとめている間、ひとりの紳士がデュ・バリー夫人の馬車のそばを通りかかった。紳士は中にいるのがデュ・バリー夫人だと気づくと、自分に予告もなしにロンドンに来たことを責めた。

夫人はいくぶん冷たく答えたが、紳士はその語調に気づかずしゃべり続けた。そして夫人が「世界で一番金持ちの宝石商の店」の外で何をしているのかと、不思議がった。

夫人が、借金の返済のために「小さなダイヤモンド」を売るのをレオナールに手伝ってもらっているので、それを待っているのだと答えると、紳士は驚いたようだった。伯爵夫人の不安定な状況と、「宮廷の腹心で世界で一番うぬぼれの強い男レオナールが、ちっぽけなダイヤモンドを売ることに同意した」という、そのふたつの事実に。

紳士が別れの会釈をすると、デュ・バリー夫人はこの紳士がいなくなると思ってほっとした――それほど長い間いたわけではなかったのだが。

純真な喜びは、つねに無分別を招く。ふたつのブリリアント・ダイヤが二百二十万リーヴル、つまり夫人が望んでいたより二十万リーヴル高く売れた喜びで、レオナールはこの途方もなく大きな数字を宝石商ウィリアムの店の入口からデュ・バリー夫人に向かって大声で叫んでしまった。その瞬間、馬車のそばに店を開いていた靴磨きが突然走り去ったことに、レオナールは気づかなかった。

イギリスへの三度の旅の間に、デュ・バリー夫人は非常に礼儀正しい青年と知り合った。その青年は夫人が船酔いで苦しんでいたときに助けてくれた。そして、ロンドンでデュ・バリー夫人のために働きたいと言った。夫人は承諾した。しかし、この親切な同国人が共和主義者のブラーシュ、宮廷の不倶戴天の敵であるとは知る由もなかった。

デュ・バリー夫人のところから走り去って一時間と経たずに、靴磨きのブラーシュは仲間である共和制派のスパイに、なくなったダイヤモンドは退位させた国王の手先によって盗まれたのは間違いないと思うと報告した。デュ・バリー夫人がダイヤモンドを売っていたと聞き（そしてレオナールが売却価格をウィリアムの入口で叫ぶのを聞き）、あれがルーヴシエンヌで盗まれたダイヤモンドの一部だとブラーシュは確信したのだ。だとしたら、ダイヤは国王が王座に返り咲くための資金に使われる可能性がある。

それは夜十時、レオナールがデュ・バリー夫人や、同じ宿にいる夫人の貴族の仲間たちと一緒に一日を過ごして戻った頃だった。貴族たちは、親しくなったレオナールが一緒に晩餐の席に着くことを許した――あたかも、レオナールに貴族の身分を与えるというルイ十六世の約束が、ついに実現したかのようであった。晩餐が終わり、疲れ果てたレオナールが寝支度をしていると、突然、ひとりの女性が恐怖に息をはずませながら部屋に駆け込んできた。ジュリーだった。

「ついてきて！」ジュリーはレオナールに叫んだ。一刻の猶予もなかった。レオナールは逮捕されようとしているのだ！

戸口にはすでに警官がいる。ジュリーは、自分には何も恐れるものはないと言い張るレオナールの腕をつかみ、階段まで引っ張っていった。だが、遅すぎた。警官たちがすでに建物の中に——階段の下に迫っていたのである。

ジュリーは、突き当たりの、窓がある狭い廊下にレオナールを押し込むと、窓を開けて飛び降りて、と言った。下の草地までは二メートル半もなく、ジュリーも後から行くつもりだった。

ふたりは飛び降りた。小さな庭を横切って門から出て、すぐにふたりはピカデリー近くの小さな通りに面した家に着いた。二階のジュリーの部屋へ入ると、ジュリーは言った。「ほらレオナール、これがあたしの全財産よ。家賃は四ギニーと四分の一ポンド。今のところ誰とも一緒に住んでないわ」

「何だって？　君の裁断師はどこなんだ？」レオナールは、ジュリーの恋人兼保護者について尋ねた。

「昨日、あなたは話す時間をくれなかったじゃないの、二代目ルイ十五世を演じに行きたがってさ！」ジュリーは、デュ・バリー夫人との待ち合わせのことに触れて言った。「伯爵は、二か月前からポーランドよ」

「困ったやつだなあ、そのデルインスキー伯爵ってのは！　それで結局、彼とは終わりなのかい？」レオナールは言った。

「あたしのために、もっと頑張ろうとしてくれてるの」ジュリーは言った。「それで、ポーランドにある財産の残りを取り戻そうと努力してるのよ。でも、特に名誉の問題ね。それをあたしと分けようねって言ってくれてるの」

レオナールは、暖炉の中であかあかと燃える火のそばにすわって、ジュリーの話を聞いた。ジュリーは貴族の客のところへ花を届けに行った帰り、英語で話す三人の紳士に出くわしたという。あの有名なレオナールを、フランスで盗まれたダイヤモンドを売った容疑でただちに逮捕すると話していたという。この逮捕にはイギリス側の大臣の許可も下りている。明らかに本国送還となる事件だ。デュ・バリー夫人も尋問されたようだが、大臣は夫人は事件には関係ないと言っている。

レオナールは、自分が王家のダイヤモンドを盗んだと思われていると聞いて仰天した。デュ・バリー夫人の名誉に関わることを心配したレオナールは、ただちに夫人のところへ行こうとしたが、ジュリーはこの部屋から出てはいけないと言う。通りに足を踏み出したとたんに逮捕されてしまうだろう。ジュリーは、翌日デュ・バリー夫人に手紙を届けてあげようと申し出た。レオナールは承知し、礼を言った。

レオナールは、その晩どこで寝るかという、より差し迫った話題を持ち出した。ジュリーは、ポーランド将校の軍服を着たデルヴィンスキー伯爵の肖像を指さして、伯爵と結婚の約束をしたと言った。伯爵に対して貞節を守りたいというのだ。

「ぼくはあさましい奴だ」レオナールは言った。

「無理もないわ」ジュリーはにっこり笑って言った。「丸一日、デュ・バリー夫人に尽くした後じゃあね」

レオナールは、声に出しては答えなかったが、心の中で思った。「このつれない扱いには、いつかきっとばちが当たるぞ」

ジュリーは笑いながら枕とマットレスを床に放り投げ、即席のベッドを作って言った。「ほら、危険なレオナール、あなたのベッドよ。よくくるまってね、昔から言うでしょ、美徳に汝を包めって。寝心地はとってもいいはずよ」

レオナールは何も言わなかった。ジュリーはランプを消し、ふたりはそれぞれのベッドにもぐりこんだ。だが三十分後、ジュリーは叫んだ。「レオナール、レオナール、あの人たちの言うとおり、あなたは本当に泥棒なのね！　でも私は親切だから、あなたを国外追放なんてさせないわ！」

◉

フランスの古い諺によれば、「夜は助言をもたらす」[4]という。レオナールには、自分の状況についてよく考える時間があった。どうやら事態は、思っていたよりずっと深刻なようだ。ただちにロンドンを発って海峡を渡りフランスへ戻るか、それともここに残ってウィリアムへ売ったダイヤモンドの出所を説明せざるを得なくなるか、どちらかだった。もしダイヤモンドの代金を受け取らないままロンドンから出れば亡命中の王弟たちからの任務を果たせなくなるが、かといって、ここに残って、売ったダイヤモンドがデュ・バリー夫人のものだと明かせば王党派から疑われ、デュ・バリー夫人まで疑いがかけられてフランスへ帰れなくなってしまうだろう。うまい解決策は、思い浮かばなかった。

ジュリーは造花の工房へ出かけたが、すぐに戻ってきた。マルタン夫人のところでレオナール宛ての手紙を見つけたが、届けにきたのがデュ・バリー夫人の使用人だったので、預かってきたという。レオナールはすぐに開封した。

親愛なるレオナール、安心してください。あなたは、手足を縛られてフランスへ強制送還されるようなことはありません。あなたの権利は保証されました。昨日私は、何が起きたのかを知りました。財務大臣を訪問するには少々遅い時間だったのですが、危機が迫っておりましたし、ピット氏は昼夜の区別なく働く方です。お宅にうかがい、従僕に名前を言うと、すぐに通されました。[5]

手紙によると、ピット氏が逮捕を許可したのは、レオナールがダイヤモンドの窃盗に関わっているという訴えがあったからだという。デュ・バリー夫人は、一七七三年にダイヤを購入したときに宝石商から受け取った請求書を見せた。だが、大臣はそのダイヤがデュ・バリー夫人の所有物であることをすでに知っていた。

ピット氏は伯爵夫人に、ウィリアムはフランス人亡命者から買い取ったものはすべて自分に報告することになっているのだと言った。大臣は、ウィリアムの店で起きたことはすべて把握していた。だから、伯爵夫人がレオナールの逮捕を中止してほしがっているのも知っていた。レオナールを通さなければ、ふたりの王弟は金銭的支援を受けられないからだ。そしてリュセットのおかげで、レオナールはタンプルの牢獄にいる国王一家との、唯一の連絡手段だったのである。

レオナールの逮捕は、ほんの見せかけだった。じつのところ、レオナールは逃げる必要がなかった。警官たちはレオナールをただ夕食に連れ出し、それから釈放するよう指示されていたのである。それから大臣は伯爵夫人に、レオナールはロンドン中どこでも自由に動きまわってよいと言った。デュ・バリー夫人は、より明るい調子で手紙を締めくくっていた。

親愛なるレオナール、これが今の私たちの状況です。殻の中に隠れている小さなかたつむりさん、怖がらずにどうぞ出てきてください。愛国者の大きな足があなたを踏みつぶすようなことはありませんよ。あなたにこのことを知らせるまで、私も寝るわけにはいきません。ひどく眠いのですが、この手紙をマルタン夫人に手渡すまでは寝床に入らないつもりです。マルタン夫人なら、きっとあなたに渡す方法を見つけてくれるでしょう。夕方、会いに来てください。それでは、また。[6]

その日の夕方、レオナールが会いに行くと、伯爵夫人は、ヴェルサイユ時代もかくやと思われるほど多くの廷臣たちに囲まれてベッドにいた。かつて要職や、爵位や、命令を求めてデュ・バリー夫人のもとに集まっていた人たちが、今や、金だけが目当てで夫人のご機嫌を取っている。その多くは一文なしの司祭、高齢の貴婦人、主人への愛情から一緒に亡命したものの主人を養えない従僕などであった。

「上流の若い男性と四十前のきれいな女性は」と、かつての国王の愛妾は言った。「どこに行っても困ることはないのよ」

ご機嫌取りに集まった人たちが皆帰ってしまうと「フランス語で「クルティザン（廷臣）」には「ご機嫌を取る人」という意味もある」、デュ・バリー夫人とレオナールは、王弟たちへの送金の手配を始めた。これで王弟たちは、馬車を取り戻し、これ以上アッシニア紙幣を偽造することなく、王党軍に支払う給料の一部を賄うことができるだろう。

しかし、このときすでにルイ十六世はパリで断頭台の露と消えていた。革命広場として知られるようになったその広場では、くる日もくる日も、大量の血が洪水のように流されていたのであった。

第15章 今は亡き王妃

一七九三年一月　イギリス、ロンドン

ああ、あの化け物どもにあんなに気前よく微笑んでやったことを、私はどれほど悔やんで
いることか！　やつらに親切にした自分が、いやでたまりません！
――リュセットからレオナールへの手紙（一七九三年十二月）

兄のルイ十六世のために何日か喪に服した後、プロヴァンス伯爵はみずからを王太子ルイ＝シャルルの摂政であると宣言した。ルイ＝シャルルは、母のマリー＝アントワネットや叔母のエリザベートとともに、まだタンプルの塔に幽閉されていた。王家の相続に関する基本的な法律によれば、伯爵は王太子が未成年の間は摂政を務めることになっていた。実際には王太子は、今や王党派からはルイ十七世ということになっていたのだが。

ブルボン家による君主制を復活させるべく、プロヴァンス伯爵は革命と共和国軍に対抗して亡命貴族たちを指揮していた。だが、反逆者たちの集まりである共和国軍はフランス国境を譲らず、隣接する国々に侵入して伯爵の軍を攻撃してきた。テュイルリー宮殿を攻撃し、近衛兵たちを殺害し、自分たちの国王をギロチンにかけた連中と、まさに同じ反逆者たちである。

◉

ルイ十六世の死の知らせは、一七九三年一月二十三日にロンドンへ届いた。ロンドンにいるフランスの亡命貴族たちは、大義に殉じた国王のため喪服に身を包んだ。[1] その夜、レオナールはデュ・バリー夫人に会いに行ったが、夫人はあいかわらず廷臣《クルティザン》たちに囲まれていた。廷臣の一群が去ると、レオナールと伯爵夫人は、ライン河畔の王弟への大量送金の手配を続けた。

デュ・バリー夫人は、友人たちの忠告や、自分を待ち受けている危険についてはすでにいろいろと耳にしていたにもかかわらず、絶対にフランスに帰るつもりだと言い、レオナールを愕然とさせた。

「お待ちください」レオナールは言った。「革命の嵐は自然の嵐と同じで、一時的なものかもしれません。あなたはきっと裁判に勝たれるでしょうし、盗まれたダイヤモンドは返ってくるでしょう。それをお売りになり、さらにイギリスへお持ちになった資金を合わせれば、しかるべき生活をしながら長生きなさるのに十分です。もう一度繰り返しますが、フランスで起きている混乱は長く続くはずがありません」[2]

「親愛なるレオナール」伯爵夫人は言った。「でもあの人たちは私に対して何ができるというの？私が堂々と戻って、あの人たちとの間で暮らそうとしているのに？」

「陰謀罪で訴えられます」

「ありえないわ！　ライン河畔へのお金は絶対に見破られない方法で送っています。それにイギリスの内閣が、共和国政府に反対の立場を表明しようとしている今、ピット氏が約束を破る心配はまったくないわ」

「亡命中のわれわれの同国人のためにあなたがなさったことが、罪になるのです。そして伯爵夫人、たとえあなたが赤い三角帽［フランス革命でサン・キュロットの象徴とされたフリジア帽］をかぶっても、あなたの財産そのものが罪の証拠と見なされてしまうのをお忘れになってはいけません。彼らがどんなふうに叫んでいたか覚えていらっしゃいますか。『城には戦を、田舎家には平和を！』ですよ」。

「私が持っているものは全部あげると言うわ！」

「伯爵夫人、あなた様がそれほど頑なに、ご自分が立てた不利な計画に固執なさるのを見ていると、絶望的な気持ちになります――それでは、あなたは殺されてしまいます」

「そうは思わないわ。それに、私はどうしてもフランスに帰らなければなりませんの。レオナール、私は四十二歳で、もう色恋沙汰はスープや牛肉と同じ。何のときめきも感じなくなりました。でもひとつだけ、燃えてしまったミルテ［美の女神の象徴である木］の灰からなお立ちのぼってくる情熱があるの。それは私の胸を焦がすものではないけれど、私の頭はそのことでいっぱいなの。私は、自分の財産に夢中なのよ」

そして立ちあがると、元国王のお気に入りは文机に行き、大判の文書を一枚取りだすとレオナールに渡した。

それはルーヴシエンヌにあるデュ・バリー夫人の隠し財産の目録だった。銀食器や金食器、ダイヤモンドの首飾り、何千個もの金貨、真珠、エメラルドが、城や、その地下室や、庭に隠されていた。

「そうですね、伯爵夫人」レオナールは、デュ・バリー夫人に書類を返しながら言った。「これほどの財産を喜んで手放そうという人はいませんよね」

「ねえ、考えてみてちょうだい」デュ・バリー夫人は言った。「こんなもの何の苦労もなしに手に入れたくせにと言う人に、私、言ってあげたいの。『そうかもしれない。でも同じ方法でこれ以上手に入れることはできないのだから、私は今あるものを守らなければならない。たとえ命をかけても』ってね」

「ああ、伯爵夫人……それは代償としては高すぎます」

「あなたはいつも代価のことを考えているのね、レオナール。私は絶対的な価値しか見ていないの。一週間後に発つわ」

◉

この頃、亡命するか財産を守るかで迷っていたフランス人にとって、イギリスに残ることは不可能になってきていた——大英帝国が、混乱したフランス共和国との戦争に突入したのである。フランス人は自分を亡命者として申告して事業のためにイギリスに帰化するか、ただちにイギリスを離れてフランス国籍を持し続けるか、どちらかにしなければならなかった。たとえばマルタン夫人は、帰化申請すればトゥレーヌの土地を没収されてしまうので、イギリスを離れざるを得なかった。外国人はフランス国内で土地を所有することができなくなったのだ。

レオナールはと言えば、ふたたび宮廷と運命をともにしていた。ショセ゠ダンタン通りにあるすばらしい家財道具一式とテアトル・フェドーへの出資金が国家財産として没収される、あるいは売却されるという危機にさらされていたが、国王一家からの任務で頭がいっぱいだったので、自分自身のイギリス亡命についてはあまり考えていなかったのだ。弟からの手紙にはフランスの情勢がくわしく書かれており、王弟たちおよびピット氏の手先と考えられていたレオナールはフランスに戻ることもできなかった。リュセットからも手紙が来たが、この愛らしい女優はそれまで、レオナールの財産が没収されるのをなんとか防いでくれていた。

リュセットは王党派でありながら共和主義的な美徳のおかげで愛され、タンプルの塔と公安委員会の間を——共和国の赤い三角帽と王家の白百合の紋章との間を——やすやすと行き来していた。リュセットは自分の立場に大変な自信を持っていたので、自分の人気で守ってあげるからとレオナールに強く帰国を勧めた。だがレオナールは、それは危険すぎると思った。「待ってくれ、待ってくれ」レオナールは書いた。「ようすを見よう」

レオナールはデュ・バリー夫人をドーヴァーまで送ったが、彼女の出発をひどく悲しんだ。別れを告げた後、岸に佇んでいると、デュ・バリー夫人が連絡船のブリッジの上に立っている姿が目に入った——一瞬レオナールには、夫人がすでにあの恐ろしい革命の道具の上にのぼったかのように見えた——断頭台の上に。

ロンドンに戻るとすぐ、朝早くにジュリーが訪ねてきた。ジュリーはフランス人のままなので、イギリスから出なくてはならないのだ。とはいえジュリーは、パリへ行って愛国者たちに加わるには年を取りすぎていた。ポーランドへ行ってデルヴィンスキー伯爵と結婚し、ポーランドの貴婦人として老いることに決めたという。

生活の当てはあるのかと尋ねると、家具と裁断用の道具で十分な旅費ができたと言う。だがレオナールには、それで大丈夫とは思えなかった。伯爵のもとに行くまでにはもっと必要だろうし、二十二年来のよい友だちがロンドンにいることを思い出してほしいと言った。

「もちろん、わかってるわよ。この前の晩、私がそのことをよく覚えてるって、あなたに証明したでしょう」

「じゃあ、しっかり思い出して。そしてぼくに、君の銀行として二百ルイや三百ルイは融資させてほしい」

だがジュリーは、レオナールの申し出を断った。ふたりの友情に、そんな水臭い思い出は作りたくないと言う。できるだけ早く出発すると言うので、レオナールは、ジュリーが用事があるというオランダまで送っていくことにした。

レオナールは、自分の金を受け取るよう強く言ったが無駄だった。ニコレ座のすてきな妖精は、レオナールが古ぼけたノワイエ通りの部屋からタンプルの大通りへ引っ越せるよう手助けしたことを、おそらく忘れてしまったのだろう――魔法の櫛ひとつしか持っていなかったレオナールを。ロンドンを出ようと決心したとき、レオナールはすでに亡命貴族たちに無心されて四百か五百ルイ置いていくことになっていた。それ以上は失わずにすめばよいがと思いながら、レオナールは、そろそろ去り時だと感じていた。

◉

三十六時間の船旅の後、レオナールとジュリーは、フランドルの海岸沿いの町オーステンデに到着した。翌朝早く、ふたりは運河をのぼる艀《はしけ》に乗ってオランダへ向かった。ジュリーにどうしてもと言われてしぶしぶ承知した交通手段だ。[3] アムステルダムに着いてひと月経ち、目的だった王妃の任務は終わったが、ふたりはさらにひと月半滞在して再燃した恋を楽しんだ。「初めて知ったことだが」とレオナールは記している。「古い絆はふたたび結ばれると、二度とほどけないものなのである」*

＊一八一二年にこの一行を書いたとき、レオナールの頭の中は、もう六十歳を過ぎていたであろうジュリーのことでいっぱいだった。「もしもう一度彼女に会えるなら、また恋に落ちるだろうと、私は本当に信じている」

まもなくレオナールは、任務のために王弟たちと合流しなければならなかった。そこでは、ドイツのあちこちの住所宛てに届いたレオナール宛ての手紙も待っているはずだった。ポーランド行きがこれほど遅れたことに、ジュリーはうしろめたさを感じていた。とうとう出発する決心をすると、ジュリーは言った。「私、ダンツィヒへの船に乗るわ。後悔と悲しさしか道連れがないような旅は、さっさとすませなくちゃね」

「ぼくも出発することにするよ」レオナールはそう言って、ジュリーにキスをした。「そうすれば、一緒に暮らしたこの部屋のあちこちに隠れている、悲しみや後悔に出くわさなくてすむからね」

「そうね。どんな別れの後でも、一番つらいのは置いていかれる側よね」

レオナールはジュリーを船まで送っていった。そして、自分が乗るドイツ行きの馬車の準備が終わると、航跡が水面《みなも》から消えるのを待たずに出発した。

◉

レオナールが到着するまでに、王党派は退却を余儀なくされていた。ライン戦線は一か所ならず脅かされており、王弟たちの本拠地はドイツ北部のパーダーボルンに移動していた。王党派の退却にもかかわらずプロヴァンス伯は非常に元気そうだ、とレオナールは思った。

「レオナール先生、情勢はわれわれに有利になってきているよ」王弟は言った。「トゥーロンの王党派が、私の甥を国王ルイ十七世と宣言したんだ。あの子の名前はわれわれの役に立つよ。王妃が、何が君主制の利益になるかをもっとよく理解して、牢獄の中で陰謀をたくらむのは無理だといい加減納得してくれさえすればね。やれやれ、わが親愛なるレオナール、もし私が好きなようにできたら、成り行きに任せて、共和国がみずからの行き過ぎと狂気で自滅するのを待つのだがな。多分それが一番てっとり早い方法ではないかな」

アルトワ伯は、兄の野営地と同じ町や村に自分の本部を置くことはほとんどなかった。レオナールが訪問しているのはパーダーボルン近郊の小さな城で、プロヴァンス伯はそこを主な将校たちと占拠していた。

レオナールが王弟たちの本拠地に戻ってから四か月が経っていたが、レオナールはなぜ自分がそこにいるのかわからなくなり始めていた。レオナールはいまだに銀行の役割を果たすと思われていて、フランスから持ち込んだ資金の半分以上が、すでにほかの人間の手に渡っていた。金を借りたがる貴族はどこにでもいて、皆、フランス時代のレオナールを知っていた。レオナールが持ちこんだ金貨は、急速に減り続けていた。

レオナールはまた、リュセットからいろいろと不穏な知らせを受けとった。パリでは、すべてが引っくり返っていた。レオナールの財産はすべて革命政府に没収され、レオナールの劇場は国家の所有物として売りに出されていた。手紙はまた、レオナールの「弟ヴィラヌー」が革命政府によって断頭台に送られたと知らせていた。[4] レオナールはこの悲惨な出来事については回想録の中でもくわしく述べておらず、ただ「最もつらい知らせ」とだけ書いている。

弟ヴィラヌーが処刑されたという話には、よくわからないところがある。レオナールには弟がふたりしかいないが、名前はジャン＝フランソワとピエールである。ジャン＝ピエール・ヴィラヌーという従弟はいたが、革命裁判所の一七九四年七月二十五日の処刑名簿によると、処刑されたのはレオナールの弟ジャン＝フランソワということになっている。さらにわからないのは、ジャン＝フランソワは断頭台に上がっていないという噂があちこちであることだ。そのうちのひとつによれば、一七九四年七月二十五日、死刑執行人に引き渡され、続いて死亡が確認されたにもかかわらず、その男は生きていたという。死刑宣告を受けてから牢獄を出されるまでの間に、誰か不幸な人間がジャン＝フランソワとすり替えられ、代わりに断頭台に登らされたことになる。[5] またしばしば、スパイのレッテルを貼られたフランス語を話せない外国人が誰かの身代わりに投獄されていたという事例も確認されている。さらに、革命時代のフランスの監獄では、あまりに非人道的な環境に耐えかね、はやく処刑してくれと懇願する囚人たちが多くいたともいう。

ジャン＝フランソワを救うための策がとられた、というのはありえないことではない。もしジャン＝フランソワが生きのびていたとしたら、生涯彼は沈黙を守ったということだ。おそらく共謀者であった兄とリュセットを守るために、そして噂どおりアメリカで新しい人生を始めていたとしたら自分自身を守るために。ギロチン送りになるはずの囚人をすり替えるには、大金がかかったはずだ。看守、護送係、そして特に登記係など関係者全員を買収しなければならない。外国にいるレオナールにはきっと資金があっただろう。リュセットは政府のさまざまな部署に人脈を持ち、推測だがジャン＝フランソワも、かつて手にした王妃の宝石を使えたのかもしれない——国王一家のヴァレンヌ逃亡の際、ジャン＝フランソワが手放した翌日に不思議にも消えてしまったとされるあの宝石である。ジャン＝フランソワは、目撃者の証言のように逃げおおせることができ、裕福な兄の助けで別の囚人を身代わりにしたのだろうか？　それともほかの囚人が、悪臭を放つ独房で暮らすのがいやになって、「誰でも同じだ、連れていけ！」と言ったのだろうか？

リュセット自身もレオナールへの忠誠のために、危うく逮捕されそうになった。レオナールの外国での任務を手伝い、レオナールが国王一家や亡命宮廷と連絡をとるのを助けたからである。幸い、リュセットは重要な地位に就いている友人が何人もいたので、投獄されて死刑になることは免れた。その友人らは、いくら器量よしで頭がよくても、王党派やその主義のために働くのは早いところやめるべきだ、とリュセットに警告した。

このリュセットからの最後の手紙――革命政府に見つからずに無事届いたもの――には、革命の恐ろしいようすも書かれていた。レオナールはそれをアルトワ伯に見せた。伯爵は読みながら何度か額の汗をぬぐい、言った。「これはひどい！」。次にプロヴァンス伯にも見せたが、彼は非常に注意深く読んだものの、驚いたことに微笑んだ。「いいぞ。うん、うん、なかなかいい感じだ。そんなに驚いた顔をするな。流血によるこんな支配があと数か月も続けば、われわれのほうが勝つだろう。あの悪党どもは、革命をさっさと終わらせるために私が提供したかったとおりの筋書きに、細かいところまで従ってくれているよ」

プロヴァンス伯は、革命派がすべての王党派を排除した後に同じ階級同士で対立することを期待していた。彼らがお互いの喉笛をかき切ったところで、プロヴァンス伯がフランスの王座に座るのだ。伯爵が、タンプルの塔にいる自分の甥や義理の姉の話をするとき、レオナールはぞっとしたに違いない。ふたりとも恐怖政治のえじきになるだろう、と言うのである。すべてが破壊されることで、プロヴァンス伯は、すべてを再建できる立場になる――今度はフランス国王として。

プロヴァンス伯の予告は、果たしてそのとおりになる。十月の中頃、レオナールは最悪の知らせを受け取った。王妃その人についての知らせだった。

◉

一七九三年一月に国王が処刑された後、マリー＝アントワネットは裁判を待つためにタンプルの塔からコンシエルジュリー牢獄へ移された。八月一日午前一時十五分、王妃は移送の令状を持った警察局員らに起こされた——眠っていたとしての話だが。二十人の憲兵がタンプルの敷地内で待っていた。[6]警察は王妃に、小さなハンカチと気つけ薬の小瓶を持っていくことを許した。途中で失神されては困ると思ったのである。王妃は娘を抱いてキスをしたが、これが最後であることはよくわかっていた。小さな王女は石のように固くなり、母の抱擁に応えることができなかった。

　幼いルイ十七世は、すでに何か月も前に母親の腕から奪い取られていた。息子がちょっと外の空気を吸うために看守たちにタンプルの屋上へ連れ出されるときだけ、仕切り壁の小さな割れ目からその姿が見える。小さな息子を一瞬でも見るために、王妃は毎日何時間も壁に向かって立ち続けた。[7]

　王妃は、タンプルから身に着けてきたドレス以外、何も持っていなかった。くる日もくる日も、麻の布地が欲しいと必死に懇願したが、規則だからと相手にされなかった。鏡を使うことさえ何度も頼まなければ許可が下りなかった。見かねた看守の妻が小間使いのロザリーに自分の安っぽい鏡を王妃に貸してもよいと言ったほどだ。

　王妃の髪を結ってもよいのは新しい看守、ボールの妻のみで、しかもボールの立ち合いが必要だった。ロザリーの記述によると、王妃は左右のこめかみ付近にまばらな白髪があったものの、前髪その他には白いものはほとんどなかったという。王妃はロザリーに、白髪はパリの暴徒がヴェルサイユへ行進して宮殿を攻撃した、あの十月五日と六日の騒ぎでできたものだ、と語った。

一七九三年十月十六日、今やカペー未亡人（夫の先祖であるフランク王国最初の王ユゴー・カペーからつけられたあだ名）となった元フランス王妃を、粗末にも牛に引かせた二輪の荷車《シャレット》が迎えに来た。ウィーンの街なかを曲がりくねりながら抜けていった、二十三年前のあの行進との違いたるや、じつに恐ろしいものだったことだろう。あのときのマリー＝アントワネットは熱狂的に愛された美しい王太子妃であり、フランスに喜んで迎えられる存在だった。今ではみすぼらしい身なりの未亡人で、髪は悲しみで白くなり、死の荷車に座ろうとしていた。

何年にもわたる暴力、繰り返される処刑、そして子供たちとの別離によって、王妃は打ちのめされていた。コンシエルジュリー牢獄で七十六日間過ごした後、王妃はついに革命広場へと向かう荷車に乗せられた。乗り込む前、マリー＝アントワネットは腸の具合が悪くなり、コンシエルジュリーの中庭で失禁してしまう。隣には死刑執行人のサンソンと立憲派の司祭［一七九〇年の聖職者民事基本法に基づき宣誓した司祭］がひとり乗っていたが、王妃は司祭に祈ってもらうことを拒否する。

その朝、断頭台へ続く道で、王妃の死刑に賛成票を投じたジャック＝ルイ・ダヴィッドが、ギロチンへ向かうかつての王妃の肖像をすばやくスケッチした。その絵には王妃の最期の時間が描かれている。沿道には、涙を流し、あるいはののしりながら唾を吐きかける観衆がいるなか、質素な白いモスリンの服を着た王妃は抵抗もせず、じっと動かなかった。

王妃は、外見からはもはや誰なのかほとんどわからないほどだった。短く切られた髪は縁なし帽からいく筋かはみ出しているだけで、かつてレオナールがその頭を飾ったみごとなヘアスタイル——パリ中の憧れの的とは雲泥の差だった。王妃のかつての髪型がフランスファッションの絶頂を示し、王妃が国民に受け入れられる一端を担ったことを考えると、王冠の替わりにかぶった麻のボネもじつに象徴的だった。マリー＝アントワネットは、今やただの「オートリシエンヌ［オーストリア女、あるいはオーストリアの雌犬］」だった。

そして、今はもういない。

◉

王妃の死と、そのおよそ半年後にやはり断頭台に送られた王妹エリザベートの死の知らせに最も激しい悲しみに打ちひしがれたのはアルトワ伯だった。兄のプロヴァンス伯は、弟よりは冷静であきらめたような悲しみ方だった。「こうなることはわかっていたよ。事態は、今や私が予測した方向へと進んでいるようだ[8]」

一七九三年の終わり、レオナールはリュセットの手紙で、またもや気の滅入るような知らせを読んだ。それは気の毒なデュ・バリー夫人の処刑の知らせだった。夫人は静かには逝かなかったという。

「残りの人生を、砂漠の中に行って過ごせたらと思います」とリュセットは書いている。「ああ、あの化け物どもにあんなに気前よく微笑んでやったことを、私はどれほど悔やんでいることか！　やつらに親切にした自分が、いやでたまりません！　レオナール、私は今では王党派なのかもしれません……あなたの仲間でも、残念ながら激情に走ることがよくあるのは知っていますが、もし逆の立場だったら王党派は少なくともあの不幸な王妃様を助けたでしょう。あの人食い鬼どもが、貧しくみじめな思いと屈辱を味わわせ、じわじわと苦しめた後で、荷車に乗せて断頭台へ引いていった王妃様を。あの人でなしどもめ！」
「デュ・バリー夫人には多大な関心を向けるほどの価値はありませんが、それでも興味深い人です。よく施しをし、人柄もよかったので、誰もが、あの人がそれまでの人生で犯してきた過ちを忘れそうになるからです。夫人は王妃様のすぐ後に革命裁判所へ呼ばれました。断頭台は、マリー＝アントワネットの血がまだ乾かぬうちに、国王のかつてのお気に入りの血にまみれました。処刑の直前、あの気の毒な女はすっかり正気を失っていました。『助けて！　助けて！』と叫ぶ声が聞こえました」

デュ・バリー夫人の処刑についてのリュセットの報告は、事実からそう遠くない。目撃者の証言によると、断頭台の下まで来た夫人を、死刑執行人の助手がふたりがかりで持ち上げなければならなかったという。厚板の上に体を固定しようとすると走って逃げようとし、助手は夫人の体を縛りつけなければならなかった。命を助けてくれるなら富も財産もみんな捨てると申し出たが、最後の嘆願も相手にされなかった。板が倒され頭が刃の下に突き出されると、最後にぞっとするような金切り声を上げたという。

ほかの報告でも、デュ・バリー夫人は、同じような犠牲者たちが運命に立ち向かったときのような静かな勇気は見せなかったとされている。夫人の臆病さは、マリー＝アントワネットの穏やかな自制心とあからさまに比べられた。ただし、ふたりをこのように比較するのはいささか不公平かもしれない。死刑判決を受けたとはいえマリー＝アントワネットは自尊心に満ちた王妃であり、加えて地下牢で何か月も過ごして衰弱の極みにあった。一方のデュ・バリー夫人は丈夫で健康な女性であり、抵抗するのは「罠にかかった鳥が人間の手をつつくのと同じで」自然なことだったのである。[9]

デュ・バリー夫人を弁護する立場から言えば、夫人は政治のことなど何ひとつ知らなかった。貴族ではなく、むしろ農民の生まれであり、国王のお気に入りになる前は娼婦だった。夫人に対する法的に最も不利な容疑は、不道徳な人生を歩んだことや、公金を無駄遣いしたことや、王室の宝石を隠蔽したことではなかった（宝石は後に夫人の城の庭で見つかった）。夫人の罪状はむしろ、亡くなった国王のために喪服を着たことだったのである。

リュセットはこの手紙を感動的な調子で締めくくっている。「国王のお気に入りだったジャンヌ・ヴォーベルニエ［デュ・バリー夫人の本名］は、断頭台の上に引きずられていくとわずかに正気を取り戻し、死刑執行人にあわれな声で言いました。『少しだけ待ってください、お願いです』。でもこの最後の言葉は、美しい首を突然飲み込んだ血の海の中に沈んでしまいました――それは、かつて国王の接吻をやさしく受けとめた首でした」

第16章

レオナール、ふたたび櫛をとる

一七九五年七月　イタリア、ヴェローナ

情勢はわれわれに有利なのだ。だから、おまえがサンクトペテルブルクにいなければならないのもそう長くはないだろう。まもなくフランスで、王冠を載せた頭をしょっちゅう結わなければならなくなるぞ。

——ルイ十八世がレオナールに（一七九八年）

ルイ十六世が亡くなると、王太子ルイ＝シャルルはブルボン家の長となるには幼すぎたため、その伯父プロヴァンス伯爵が亡命中のまま摂政となった。もっとも、フランス君主制は数か月前に廃止されていたので、幼いルイ十七世は実際に統治したわけではなく、伯父が主張する摂政という地位も名ばかりにすぎなかった。一七九五年六月八日、幼いルイ十七世は長いこと看守たちに虐待されたあげく、結核のためタンプルの塔で死亡する。どぶねずみが走りまわり、排泄物が溜まったままの暗くじめじめした独房に、長期にわたって隔離された末のことだった。

レオナールと亡命中の王族は、幼い王の死にいたるまでの恐ろしい話を知らなかった。レオナールは六年前、息子のルイ＝ジョゼフを亡くしたマリー＝アントワネットとルイ十六世の嘆きぶりを目の

当たりにしている。赤ん坊だったルイ＝シャルルを抱いた王妃の髪をベッドで結ったこともあるレオナールが、幼い王子の不名誉な運命を聞いていたら、ひどく悲しんだことだろう。

国王ルイ十六世の子孫で生き残っているのは、娘のマリー＝テレーズ・シャルロットだけだった。マリー＝テレーズもタンプルの塔に幽閉されていたが、環境はずっとましだった。だが、フランスには男性継承者にのみ統治を認めるというサリカ法典があるため、王女は王位継承者と見なされない。そこで亡命中の王弟たちは六月十六日、プロヴァンス伯爵を「フランス国王ルイ十八世」と宣言した。

一七九五年、ルイ十八世は交渉の末、姪のマリー＝テレーズを、オーストリアにいたフランス人囚人たちと引き換えにタンプルの塔から釈放させることに成功した。新しい国王は、どうしてもマリー＝テレーズを甥のダングレーム公爵ルイ＝アントワーヌと結婚させたかったのである。マリー＝テレーズは貴重な存在だった。彼女と結婚する夫は、ほぼ間違いなくフランスの王座に就くことができるからだ。オーストリアの母方の親族、従兄のフランツ＝カール大公も結婚を申し込んできた。だがルイ十八世は姪をだまし、マリー＝アントワネットとルイ十六世の最後の願いは、マリー＝テレーズが自分の甥と結婚することだったと言った。そして亡くなった国王夫妻に忠実だったマリー＝テレーズは、それを承諾する。

こうしてマリー＝テレーズは母親と同じく政治的理由から、引っ込み思案で優柔不断な外国の王子と結婚することになった。しかも、一八三〇年にわずか二十分間だけのこととはいえ、やがてフランス王妃になるのである（認めない歴史学者も多いのだが、マリー＝テレーズの義父が退位文書に署名した時刻と、マリー＝テレーズの夫が同じ文書にしぶしぶ署名した時刻の間、夫妻は王位に就いていた）。母親とは違い、マリー＝テレーズは人生のほとんどを亡命のうちに過ごし、子供を持たずにこの世を去った。

◉

レオナールがイタリアのヴェローナに到着すると、亡命中のルイ十八世は宮廷を組織し、新大臣を任命しているところだった。世の男性の常として、どの国王にもお気に入りの趣味がある。ルイ十六世は錠前いじりが好きだったが、ルイ十八世の唯一の楽しみは、どこであろうと、どんな状況であろうと、王の象徴である王座に座ることだった。王との謁見を待つ間、レオナールは、新しい君主の威厳とその住まいの極端なつましさとの落差に驚いた。ルイ十八世は古ぼけた建物に間借りしており、家具と言えば、虫が食ったテーブルとすり切れた赤いビロードの肘掛け椅子くらいで、その椅子も、隅から詰めものの馬の毛がはみ出していた。レオナールは、すり切れて継ぎが当たったお仕着せを着た召し使いや、着古しててかてか光る軍服を着たひもじそうな顔つきの将校が数人、家具もない控えの間を行ったり来たりしているのを見た。すべてが幽霊屋敷のようだった。

　厨房は、昼食どきでさえいつも静まりかえって冷え冷えとしていた。このヴェローナの宮廷のあわれな状況は、よくあることだが同盟諸国がルイ十八世に約束した年金を支払っていないためだった。[1]ナポレオン軍の報復を恐れたオーストリアはプロヴァンス伯爵をフランス国王として承認することを拒否し、いっさい支援しなかった。王党派たちは、要するにまったくの孤立無援だったのである。

　レオナールが初めて謁見したとき、ルイ十八世は、手にしたばかりの王権が発する最初の令をみずから起草しているところだった。お気に入りのアヴァレ伯爵に、王家の百合の紋章を家紋に加えてアヴァレ公爵となることを認める令だった。アヴァレ公爵はフランスを発つとき、つまり国王が言うには「リュクサンブール宮殿の牢獄」からのあの恐ろしい逃亡のときに献身ぶりを見せてくれたのだという。

しかしレオナールは、国王一家のヴァレンヌ逃亡と同じ日に企てられたルイ十八世のパリ脱出が何の滞りもなく終わったことを、はっきりと記憶している。道中に国王が被った災難と言えば、野生の獲物（ジビエ）の代わりに子牛のローストを食べなければならなかったことくらいだったはずだ。

王は、少しでも融資してくれる臣下には誰にでも感謝の意を表すると言いだした。そうすれば、時折厨房に火を入れ、兵士たちの長靴の底を修理してかかとをつけてやることができるだろう。レオナールは、すでに多額のルイ金貨を王のために散財していたので、以前はみずから貸付を申し出ていたものだが、今回は少なくとも向こうから依頼されるまでは融資しないことに決めていた。レオナールは、貪欲な痛風もちが率いるさすらいの王国の宮廷に幻滅していたのだろう。ヴェローナの貴族の多くは、ルイ十八世には何の関心も持っていなかった。付近に亡命しているフランス貴族でさえ、なるべく目立たないようにし、ルイ十八世の宮廷への参内を避けていた。[2] フランスの記者たちはルイ十八世のことを「ヴェローナの王」と呼び、決して「フランス国王」とは呼ばなかった。それどころかフランスでは、亡命した王党派や貴族たちは反逆者と見られ、政府によって財産が没収されていたのである。

いろいろな意味で、レオナールは束縛されていた。かつて自分にあれほどの自由と権力を与えてくれたものとまさに同じものが、今では足枷《あしかせ》になっている。王党派とあまりに近いと思われてきたため、どうしたらそのイメージを切り離すことができるのか、わからなかった。一七九五年の終わり、情勢は驚くほど大きく変化していた。ルイ十八世が近いうちに宮廷をヴェルサイユに移動できる可能性はきわめて低く、レオナール自身の失脚ももはや避けられないように思えた。そう認めるにはプライドが高すぎたのだろうか、レオナールは日記の中で、自分はそれほど心配していないと書き、自分自身に対して決然とこう宣言している。「最後の資金が尽きても、平然と振り出しに戻ろう。洗練されたマナーとルイ十五世時代のカールを多用した髪型がまだ残っているサンクトペテルブルクへ行って、もう一度、櫛を手にするのだ」

亡命中とはいえ、国王はいまだに、王室の儀式や象徴的なものをできるだけ守りながら宮廷生活を送っていた。ある晩、レオナールがひとり「就寝《クシエ》」の儀式に立ち会うと言うと、国王は喜び、レオナールに対してやさしく打ち解けたようすになった。そして、国王がマリー＝アントワネットの思い出を話し始めたので、レオナールは驚いた。

「亡くなった王后陛下、余の義理の姉は時折おまえに、自分の好き嫌いについて打ち明けたことだろう。きっと一度ならず、余のことを嫌いだと言ったのではないかな」

「決してそのようなことは、陛下」

「そうか。だが王妃マリー＝アントワネットが余をひどく嫌っていたのは本当だ。どうしてそう思うか、教えてやろう。余にははっきりとわかっているが、義姉は母親のマリア・テレジアから、余たち血族の王族への信用貸しをできるかぎり無効にするよう指示されていたのだ。そして――おまえも認めるだろう――王妃はそうやって受けた指示はほとんど完璧に守っていた」

「高潔さこそ」と国王は続けた。「おそらく君主が最初に示さなければならない資質だろう。数多くの過ちを償い、ほかの美点を引き出すのにこれほど適したものはない。もし神がいつか私に、わが王国へ帰ることをお許しになるなら、余はフランス国民に、余が革命を引き起こさないような条件をすべて備えていると証明するつもりだ。余の考えをすっかり聞かせようか、レオナール？　余こそは国王として、わが一族のほかの人間すべてを合わせたよりも多くの徳を備えていると思うのだよ。[3]余は、わが貴族たちの中に、卑しい利己主義があるのを発見してしまった。無限の献身を期待していたのだがね。あの貴族たちがどれほどの財産を持っているのかは余もよく知っている。にもかかわらず、彼らはおまえと違って国王への立て替え金を出そうとはしない。なんとも情けないではないか？　彼らだってその気になれば、何の困難もなく用立てできたろうに」

「陛下」レオナールは、さえぎった。「私はいつでも、誇りと満足をもってこうしたお立て替えをしてきたつもりです」

「やれやれ、余にはわかっているぞ、レオナール。そして同時に信じてもいる。余の返済が少しばかり遅れていても、おまえはきっとアヴァレ公爵に、余がぜひとも必要としている五百ルイを渡してくれることだろう」

「陛下のご希望をかなえたいという私の切なる気持ちをお信じくださり、光栄に存じます」

「立派なこころがけだ、レオナール」ルイ十八世は、レオナールに手を差し出しながら言った。「余の期待どおりだった」

レオナールにとっては、国王の期待がもっと小さければさらにうれしかっただろうが、新しいフランス国王は、こうした微妙な頼み事を切り出すのが確かにうまかった。レオナールはふたたび甘い言葉に乗せられ、忠実な王党派としての役割を演じることになってしまった。まもなく破産するとわかっていても、黙って君主の願いに応えるしか選択肢はないのである。

◉

ルイ十八世は、さすらう自分の宮廷を、少なくともしばらくの間はヴェローナに置かせてもらえるとよいがと願っていた。だが誰もが予想できなかったことに、一七九五年、ナポレオン・ボナパルトが意気揚々とイタリアに進軍してくる。[4] ヴェローナで平和のうちに「統治する」望みはもはやなく、自分の宮廷は絶えず放浪と交渉を続けることになると理解したルイ十八世は、ドイツのブランケンブルクへ出発した。戦いの前線から遠く離れたその地で、国王はブラウンシュヴァイク公爵の庇護をうけることができた。あいかわらず従順な臣下だったレオナールは、国王についていく――事実上、ヨーロッパの地の果ての町まで。

ブランケンブルクは、ブラウンシュヴァイク公国にある、ゲルマン人のちっぽけな町だった。住民は大量の煙草を吸い、命知らずのビール飲みとして有名だった。それに比べて女性たちは非常に弱々しいとレオナールは思った。「菌床に生えたキノコのように家の中でじっとしていて、やはりキノコのようにすぐ消えてしまう」。ここでの毎日は、レオナールにとって特別わくわくするような休息期間とは言えなかった。「パリの愉快なにぎわいを覚えている者にとっては、ブラウンシュヴァイク公国の町は一秒ごとにあくびが出る」

財政的な面以外では、国王はレオナールを政治的腹心と見なしていなかったので、レオナールは宮廷を出て公国の首都ブラウンシュヴァイクへ向かった。首都でならそれほど退屈せずに、わずかに残った財産を有効に投資できるのではないかと思ったからだ。残されたのは二千ルイ。生活のためにふたたび魔法の櫛を手にせざるを得ないかどうかの瀬戸際だった。[5]

ブラウンシュヴァイクは、ブランケンブルクよりは好きになれた。活気に満ちた明るい雰囲気の都市で、中心部には領主である公爵の優雅な宮殿がそびえている。街並みは小パリと呼んでもよいくらいだった。サン＝トノレに似た通り、粋なカフェ、客の目を引く小さな帽子屋……趣味よく整えられた店が建ち並び、乗り心地のよい馬車が走っていた。

ホテルはどこも品のよい内装が施されており、レオナールはフランス風の定食と風呂つきの宿に泊まることにした。旅行用の長靴を脱ぐと、ホテルの風呂に案内された。贅沢ではないが、まずまずだ。地元の風習なのか、風呂の接客係はみな女性だった。蛇口をひねりに来た係の女性がタオルを持って戻ってきたとき、レオナールを見て叫んだ。「レオナールさんじゃありませんか！」

大柄でふくよかな体格の四十代半ばの女性だった。「私、ローラです。あわれなフレモンの恋人、ニコレ座の妖精ジュリーの友だちです！」

「ああ！　思い出したよ！」レオナールは言った。「でも、いったいどんなめぐり合わせでブラウンシュヴァイクで風呂の接客係なんかしてるんだ？」

荒々しい呼び鈴の音に呼ばれたローラは、その晩レオナールの部屋を訪ねて面白い話を聞かせると約束して去っていった。

夜十時、ローラはレオナールの部屋にやってきた。

「レオナールさん、今から聞かされるのは――ばかなことばかりしてきた、あたしの冒険談だと思っているでしょう。だとしたら大間違いよ。あたしは一七七五年以来、ほとんどずっと宗教的な生活をしてきたんですから」

レオナールは驚いた顔をしたが、ローラはつけ加えた。「ええ、レオナールさん、宗教的な生活です。正統なものではないですけれど！」

それからローラは、自分とジュリーがオペラ座に入団してからの長い物語を聞かせた。ある晩、劇場でローラは、トゥールからパリを訪問中の裕福な修道士ジョゼフ師から話しかけられた。ふたりはすぐに恋に落ち、ローラは娘をふたり産み、十五年後、その娘たちはふたりともオペラ＝バレ［バロック時代、フランスで流行したバレエの一ジャンル］のバレリーナになった。夫がパリ大隊の大尉に任命されて前線に送られたとき、ローラも後から合流する。だが、夫は一七九六年の戦闘で重傷を負い、ブラウンシュヴァイクのホテルに運ばれた。ジョゼフは次第に弱り、二か月後、とうとうローラの腕の中で息絶える。ローラには借金とホテルへのつけが残された。風呂の接客係が必要だったホテルは、飢え死にしかかっていた大尉未亡人が借金を返済できるよう、その低い地位の仕事を与えたのだった。

「親愛なるローラ」レオナールは言った。「二十八年前、ポケットにすべて収まるほどの荷物しか持たずにパリに着いたとき、ぼくはふたりの魅力的な女性に助けてもらって、ノワイエ通りのみじめな部屋から大通りのすてきなアパルトマンに引っ越した——そういうことは、誠実な人間は決して忘れないものだよ。ジュリーはプロシア軍司令官の妻で、君はフランス軍司令官の妻なんだね。そしてぼくは、予想もしていなかった幸運で成功した後、君たち両方に再会した。君は、望むならすぐにフランスへ出発できるよ。明日、君の借金を清算して、フランスの当局でしかるべき年金を申請できるよう、資金も出してあげよう。戦傷がもとで亡くなった、共和国兵士の寡婦への年金をね」

ローラは、レオナールの寛大さに深く感謝した。神の加護を祈ってくれたところをみると、ローラは長い年月を経て本当に信心深くなったようだった。レオナールは、若いニコレ座のダンサーとのきわどい会話や、人目もかまわず膝の上にガードルを留めてみせる無頓着さや、酒びたりの毎日など、精神論とは無縁だった若い頃のローラのさまざまな欠点を思いだした。「時間とは、なんと奇妙な可能性を秘めているものだろう！」レオナールはフランスの諺を思い出して、こう記している。

翌朝、レオナールはホテルの女主人にローラの借金を返済した。さらにローラに百ルイ渡そうとしたが、ローラは旅費の五十ルイしか受け取らなかった。五十ルイでも多すぎると言うのだ。フランスに到着後、ローラは正規の年金千フランを定期的にもらえることになった――戦死した英雄の妻にふさわしく。

◉

ブラウンシュヴァイクでは金目当ての貴族と出会うことがなかったので、レオナールはほっとした。そういう貴族が、ロンドンにもラインにもドナウにも、これまでは行く先々には必ずいた。そろそろ自分自身のことを考えるときだ。そう思ったレオナールは、ロシアへ行ってふたたび櫛を手にする決意をますます固めた。幸運を切り開いてくれたさまざまなものの中で、この櫛だけは一度もレオナールを裏切ったことがなかった。

レオナールは、ロシアのパーヴェル一世との謁見と、サンクトペテルブルクでフランスからの亡命貴族に出会った場合に備えて、ブランケンブルクまで国王の命令を聞きにいった。最後にルイ十八世の宮廷に別れを告げたその小さな町に到着すると、国王はすでにプロイセン王国へ出発していた。レオナールはただちにベルリンへ向けて出発したが、またしても新国王は政治的な理由でクールラント公国ミッタウ［現在のラトヴィア共和国］へ発った後だった。

ミッタウに着くと、今やデルヴィンスキー伯爵夫人となったジュリーからの手紙が届いていた。そこには、レオナールが旧友に用立てた金額分の小切手が入っていた。パリを出てからばらまいた金が返ってきたのはこれが初めてだった。

「親愛なるレオナール、私は告白しなければなりません。タンプル通りの、一七七〇年に住んだあのつましい部屋の前を通るたびに、私の胸は激しく高鳴ります。ああ、私はどれだけあの頃のことを考えているでしょう！　愚かで、享楽的で、無分別なことばかりしていたけれど、なんて幸せな日々だったことでしょう！　人生四十五年目を迎えようという女がこれほど鮮やかな思い出を持っているのですもの、特別な感慨なしには、あの頃の友人に手紙を書くことはできません。わかるでしょう、レオナール、女は四十を過ぎると、友人については話せても、愛人について話すわけにはいかないのです。ああ、パリはなんて昔と変わってしまったのでしょう！　レオナール、以前、宮廷の貴婦人たちが着けていたあの巨大なフープを覚えていますか？　ペチコートに持ち上げられたあのふくらんだスカートが、どれだけ貞操を守るのに役立っていたことか。ところで一七九八年のフランス女性たちは、ああいうゆったりしたドレスとは正反対の格好をするようになりました。晴れた日にテュイルリーの公園を歩いたら、流行の最先端を行くすてきなフランス女性の姿と、やわらかな肌の色合いを、たっぷりと楽しめることでしょう。画家も彫刻家も、美の女神を描くために高いモデル料を払う必要はもうありません——女性たちは、真に芸術的なヌードのためなら、いつでもどこでもポーズをとってくれます」

ジュリーによるパリの描写とはうってかわって、ミッタウに置かれたルイ十八世の宮廷には、娯楽どころか安楽さえなかった。しかも国王は、安全と満足は必ずしも同時に手に入れることはできないという厳しい教訓を得ていた。流浪の国王の耳をなでるのは、もはやアドリア海の暖かく穏やかなそよ風ではなく、バルト海の冷たい突風だった。住民はほとんどが毛や革の商人で、しかも狂信的なフリーメイソンの信奉者とあっては、王は同好の国民の中にいるとはとても感じられなかった。「どこへ行けばよいのか?」王は言った。「人々が自由だの平等だのと言うのを聞かないためには」

レオナールが最初にサンクトペテルブルク行きを思いついたのはずいぶん前のことだったが、国王のもとを去ることは躊躇していた。それは、約束の貴族の称号をルイ十八世が与えてくれるかもしれないからではない。むしろ国王との決別をためらっているうちに、自分は頼りにされているという自尊心が芽生えてきたからだ。だが一七九八年時点でのレオナールの資産はあまりに少なく、ちょっと計算しただけでも生活費さえおぼつかないことは明白だった。

もう一度櫛を手にしなければならない。しかもロシアで。レオナールは覚悟を決めた。ロシアの女性のヘアスタイルは、一七六九年にパリで髪を結うことを辞めた頃とだいたい同じレベルだ。フランスでは古くさくて流行遅れでもサンクトペテルブルクでならば、レオナールの才能はまだインスピレーションに富み、若々しく、想像力豊かで新鮮に映る可能性がある。かつてヴェルサイユで、その櫛で生み出した流行をすべて復活させることができるかもしれない。

だが——国王になんと言おうか。自分は最後まで宮廷に残った臣下のひとりであるいじょう、いなくなることは王にとってつらすぎるのではないかと心配だった。しかしそんなうぬぼれはばかばかしいとふんぎりをつけ、勇気を出して、本職に戻らざるを得なくなったと王に告げた。もう長いことフランス王室に頼ってきたので、自立するのに不安はあったが、レオナールはパーヴェル一世の宮廷へ打って出ると決心していた。かつての財産を多少とも取り戻す必要もあった。

「なんだって? あわれなやつめ、そこまで大変だったのか?」ルイ十八世は尋ねた。

「はい、そうなのです、陛下」レオナールは、答えた。「陛下もご存じのもろもろの出来事が、私たちすべての期待を裏切りました。しかも私は早い収穫を望むあまり、大量に種を蒔いておりました」

「そうだな」考え込みながら、国王は言った。「われわれは皆、不覚をとった。余は国との、中央との分離を考えたが、遅すぎたのだ。私の言うことを忘れるな、レオナール。王政復古を目指すわれわれが恐れるべき男はただひとり、それはボナパルトだ。あの小さな司令官は吹けば飛ぶような体のくせに、嵐にも負けない根性がある。やつがまだヨーロッパにいたら、革命にとどめを刺すのは大変だっただろう。幸い、やつはエジプト遠征に出かけてしまった。われわれは大規模な作戦がとれるだろうし、ナイル川では、イギリス艦隊がフランス軍を阻んでくれるだろう」

「われわれの作戦はうまくいっている、レオナール」国王は、手をこすり合わせながらつけ加えた。「情勢はわれわれに有利なのだ。だから、おまえがサンクトペテルブルクにいなければならないのもそう長くはないだろう。まもなくフランスで、王冠を載せた頭をしょっちゅう結わなければならなくなるぞ」

レオナールは、国王の最後の言葉をほとんど信じられない思いで聞いた。王室にとって、自分はいまだに「髪結いレオナール」であるとは！　いや、「髪結いレオナール」でしかないのだ。レオナールは記している。「私は政治について、なんと無知であったことか！」

ルイ十八世はたった今、復活したフランス宮廷にレオナールを髪結いとして迎えると約束したということか？　一七八九年に髪結いを辞めたところからまたやりなおせというのか――その後の何年もの献身も犠牲も、まるでなかったことのように？　国王はレオナールが、髪粉の箱や、おしろいのパフや、髪巻き用の鏝《こて》を、もう一度手にすればよいと思っているようだった。ちょうど亡命貴族が、自分たちの財産や爵位や特典をすべて取り戻すことになるように。[6]

いまだに自分を単に髪を巻く人間としか見ていないのだと知ったレオナールにとっては、国王と別れるのが楽になったに違いない。失望したレオナールは自分の出発について、「かわいそうなスパニエル犬が、しばらく『持ってこい』という命令に従って主人を楽しませた後、起き上がって出ていく」のとなんら変わりはないのだろう、と書いている。

◉

一七九八年、レオナールはついにミッタウを出発し、サンクトペテルブルクへ向かった。フランス国王はロシアの皇帝パーヴェル一世宛ての公式文書をレオナールに手渡し、必ず皇帝に直接渡すようにと言った。皇帝は、誰も信用しないことで知られていた――どんな人間も例外なく陰謀の疑いがかけられる。だが有名な髪結いの名は、サンクトペテルブルクではかなり前から知られていた。パーヴェルが若い頃の剣術の師匠シュヴァリエ・ド・エオンは、髪結いの技術について話しては皇帝を面白がらせていた。そして皇帝もまた、革命前にパリを訪問した際、ヴェルサイユでレオナールの傑作を目の当たりにしている。実際、めずらしいサルを見たいというのと同じ類の興味で、皇帝はレオナールの到着を待っていたのである。

レオナールが皇帝の前に通されたとき、パーヴェル一世は書斎でイタリアとスイスの地図でいっぱいの机の前に座っていた。レオナールが入っていくと皇帝は立ち上がって自分からレオナールに歩みより、国王からの文書を受け取った。そしてさっと目を通すと机の上に放り投げ、話し始めた。

「さて、レオナール」皇帝は、完璧なフランス語で、まるで古くからの知り合いのように言った。「するとそなたは、髪結いの帝国をロシアへ移設しようというのだな？　そなたの国王と同じで、どこかで王座に就きたいと見える」

「陛下、逆境にありますと、誰でも夢みたいなことを思いついて、自分を慰めようとするものでございます」レオナールは言った。

「ふむ、そなたの帝国は、ここでは何の夢物語も見つけられないであろうな。ただし、よい事業ならできるだろう。考えても見よ、皇后がどれほどおまえを贔屓にすることか！　そなたはあの不運なフランス王妃に忠実に仕えたと聞いておる。わが貴族たちも皇后にならい、そなたの仕事ぶりに期待しよう」

「成功するかどうかはわかりませんが、うまくいきましたら、それは陛下のおかげでございます」

「ああ、その成功は、そなたが苦労して手に入れなければならぬのだぞ！　わが国の貴婦人たちは気まぐれとは無縁で、そなたの忍耐力がいちいち試されるようなことなどないと考えておるのか？いやいや、レオナール、ヨーロッパでも北国で薔薇を咲かせようと思えば、育てなければならぬ。しかも一生懸命にな。だがそなたはここに、名声を携えてやってきた。それは元手としては大きいぞ！」

ちょうどそのとき、皇后マリア＝フョードロヴナが現れた。レオナールは、そのふくよかな顔をヴェルサイユで一瞬だけ見かけたことがあった。筋骨たくましい肢体が女性の魅力と考えられている国なら絶世の美女だったろうに、と感じたことを思い出した。

「皇后よ」皇帝パーヴェルは言った。「これが、しばらく前に到着の知らせがあったレオナールだ。ヴェルサイユの最上の伝統を持ち込んでくれるだろう。おまえが気に入るとよいが」

「もちろんですとも、陛下。ではさっそく今日から。私の髪ときたら乱れに乱れて恐ろしいありさまですのよ。あの、本当に」皇后はレオナールのほうに向いて言った。「どうにかできるものですかしら。まるで長いこと放っておかれて、草花があちこち好きなように生えている花壇みたいでしょう。

ロシアの髪結いときたら、はさみの使い方を知らないのですよ」

「陛下、思し召しのままにいたします」

レオナールが皇后と話している間に皇帝パーヴェルは地図に戻った。謁見は終わった。レオナールはうやうやしく皇帝に近寄り、暇を告げようとした。「陛下は、フランス国王に何かお伝えになりたいことはおありでしょうか？」レオナールは尋ねた。

「いや。ここには、さほど熱心にルイ十八世に味方する者はいないのでな」[7]

レオナールは、パーヴェル一世の人生最後の三年間を通じてこの皇帝のことをよくわかっていくのだが、皇帝はルイ十八世のいったいどこがよいのかを決して理解できなかっただろう。皇帝から見れば、君主の最も大事な徳とは軍事的知識であり、その意味では新しいフランス国王はまだまだ初心者だったのである。この価値基準があったからこそ、皇帝はみずからをナポレオンの崇拝者と宣言したのだ。

皇帝パーヴェルは、高い教育を受けた人でもあった。機知に富み、聡明だが、移り気だった。レオナールはその後、ある晩には快活で、話好きで、親しげだったかと思うと、翌朝には高慢で独裁的になるといった皇帝の姿を見ることになる。

レオナールには、ひとつ気がかりがあった。皇后という高貴な女性の頭上で初めての髪型をまもなく試そうというのに、もう十年も女性の頭にさわっていなかったのだ。宿に着くとレオナールは、女将と一緒にいたかわいい女の子に部屋に上がってきてもらい、髪を結わせてほしいと頼んだ。少女は、お菓子を買うおこづかいと引き換えに喜んで承知した。レオナールは、自分の手を少々重く感じ、かつてのように霊感が降りてきてアイディアが次々と湧き出るまで、悪戦苦闘しなければならなかった。

だがレオナールの手は、魔力をまったく失ったわけではなかった。その日の晩レオナールは、皇后マリアの長い絹のようにやわらかな髪をほぐしてみせた。

不格好なスタイルにうんざりしていた皇后は、レオナールのヘアスタイルをたいそう喜んだ。レオナールは、革命の嵐の中で廃れてしまったパリの流行《ヴォーグ》をサンクトペテルブルクで復活させるのもさほど困難ではないと思った。ただし、ロシア宮廷の髪結いとしての仕事を、自分ではあまり高くは評価できなかった。それは最初の成功の色あせたコピーにすぎなかった。櫛を手にして作業するだけの、味気ない朝と夜が続くだけに思えた。

レオナールは、ヴェルサイユ宮で存分に味わった、あのうま味のあるおまけ、才能と大胆さの代償として与えられたあの心地よい特権を、サンクトペテルブルクでふたたび望むわけにいかなかった。それどころか、あわやむち打ちの刑という経験さえした。それも、二、三人の公爵夫人たちから髪結い料以外にチップをもらったとほのめかしただけのために！

一七九八年にロシアに来たとき、レオナールはすでに五十二歳だった。地元の女性たちを口説こうものなら笑い者になる年齢だ。それにレオナールは、自分よりも若くて魅力的な男たちがする噂話から、自分のロシア女性についての見方が正しかったことを再認識していた。フランスやイタリアやスペインではごく当たり前だった女性の官能的魅力というものは、決してライン川を越えない――それが結論だった。

サンクトペテルブルクでは顧客に不足することはなかったから、もし未払いのインペリアル金貨［旧ロシアの十ルーヴル金貨］を回収することができていたら、レオナールの事業もそれなりの利益を上げることができただろう。だが壮麗なロシアの首都は、当時、困難な時期を迎えていた。ロシア貴族の富は所有する農奴《ムジーク》の数で決まっていたのだが、ナポレオン戦争によってその農奴が全滅しそうになっていたのである。もう十年以上、ネヴァ川の岸辺を飾る豪華な宮殿中にすら窮乏がはびこっていた。皇后マリアはレオナールに多大なる関心を寄せ、それは次期皇帝アレクサンドルの妻、高貴で美しい皇太子妃エリザヴェータにも受け継がれた。専制君主パーヴェルもレオナールに、決して忘れられないような優遇を少なからずしてくれた。もっとも、その不機嫌の矛先がしばしば向けられることもあり、それを我慢しなければならなかったが。

パーヴェル一世は一八〇一年三月二十三日に急死する。自国の貴族たちによる暗殺だった。[8] 執念深いばかりで意気地のない統治者であった皇帝は、国民生活のために退位を求められていた。皇帝が断ると陰謀が企てられた。罷免された将校たちが寝室に押し入り、カーテンの後ろに隠れていたパーヴェル一世に退位文書の署名をさせようとした。抵抗するパーヴェルを、ひとりの兵士が殴り倒した。もうひとりが将校の肩帯で皇帝を締め上げた。そして将校全員で、息が絶えるまで皇帝を踏みつけたのである。[9]

皇帝は、美男の君主というにはほど遠かった。それどころか画家のヴィジェ＝ル・ブラン夫人はこう書いている。「平たい鼻、非常に大きな口をしておいでのうえに、歯もたいそう長かったので、まるでしゃれこうべのように見えました」[10]。しかし慣例によって、皇帝の遺体は国民に見せなければならない。刻々と腐敗する状態をできるかぎり皇帝の容貌に現れないようにすることが必要だった。皇后はレオナールを呼んだ。

顔の変貌は、顔面の筋肉の変化というより、むしろ肌の色のせいだと見たレオナールは、おしろいと頬紅を目立たないように施せばよいはずだと判断した。レオナールは、皇帝の髪をとかしてカールし、すでにぞっとするような腐敗が始まっていたその顔を修復することに成功した。それどころか、生きていたときよりも感じがよくなったという。

髪結いとしての人生の中で、あらゆる種類の髪型を考案して名をあげ、どんな色や質の髪でも操れないものはないレオナールだったが、ひとつだけ、まだ成し遂げていないものがあった。一八〇一年三月二十四日のこの最後の妙技が、レオナールの栄光を完璧なものにする。五十五歳になったレオナールは、自分の名声に有終の美を飾った。亡骸の髪を、美しく結い上げたのである。

第17章 十六年後

一八一四年四月　フランス、パリ

それで、あなたのような人のよい方は一度も思ったことがないんですの?　なにか報酬があってしかるべきだって?
——リュセットがレオナールに（一八一七年）

レオナールは、六十八歳の老人になっていた。サンクトペテルブルクで、親切だが面白味のないロシア貴族の髪を結いながら十六年過ごした後、レオナールは一八一四年、ついに好きなときにフランスへ帰れると知った。一八〇〇年のあの有名な恩赦以来［一八〇〇年（と一八〇二年）に出された、亡命者十五万人の永久追放を解く恩赦］、いつでも祖国へ入国することはできたのだが、レオナールは自分が皇帝ナポレオンの宮廷で「大きな顔ができる」ほどの重要人物だとは思わなかったのである。[1] それに、もっと早くフランスへ戻っていたら、独裁者ナポレオンの統治を認めざるを得ず、亡命中の王室の機嫌を損ね、約束の報酬や爵位を犠牲にすることになったかもしれない。

おまけに早く帰国しても、パリではサンクトペテルブルクほど髪結いの仕事で稼げなかっただろう。ナポレオンの宮廷では、男も女も、短く切った髪をカールした「ティトゥス［紀元七九～八一年のローマ皇帝」」のような頭をしていた。レオナールを大金持ちにした、プーフや高くそびえる髪の時代は終わったのである。時代の流れということで言えば、パリでは髪を結うこと自体がそれほど上流向けのものではなくなっていた。ロシアでレオナールは、いまだに手編みレースのカフスがついた、刺繍を施した絹の上着を着て貴婦人の髪を結っていたが、パリの髪結いは貧弱な狩猟用の上っ張りに、拍車がついた靴を履いていた。また、サンクトペテルブルクではいまだに四輪馬車で顧客の家に行くのに対し、パリの髪結いは馬で移動した。帝政下のフランスでは馬で出張する髪結いの団体ができていたが、レオナールはモンメディへ初めて馬で旅してひどい目にあって以来、鞍にまたがったことさえなかった。

◉

ロシアにあったレオナールに関する資料は火災ですべて焼けてしまったので、この髪結いのロシア最後の数年間についてはほとんどわかっていない。[2] しかし、一八一四年にブルボン家が王座に復活し、プロヴァンス伯爵がルイ十八世として王位に就いたことで、彼が新たな希望を持ったことは明らかである。回想録にレオナールはこう書いていている。

ルイ十八世が褒美を与えるのは、もはや髪結いレオナールに対してではない。先代の国王夫妻のみならず、現国王とその立派な弟君にも果てしなき献身ぶりを証明した、忠実なる王党派レオナールに対して与えるのである。[3]

名残惜しいものもひとつならずあっただろうが、レオナールはいそいそとサンクトペテルブルクを後にした。このブルボン家の髪結い兼銀行家は、フランスおよび外国における生涯をかけた奉仕と犠牲に対し、報酬が与えられるものと信じていた。きっと、すぐにでも受け取れると思っていたことだろう。

国王陛下はきっと、数多くの役職の中でも名誉ある、そして実入りのよい地位を、古くからの僕《しもべ》レオナール、いやむしろ、ヴェローナの銀行家のために取っておいてくださるに違いない。ああ、私はフランスで幸せに暮らすのだ。そして少なくとも私の愛する祖国に、私の亡骸を横たえる場所を見つけることができるのだ。

レオナールはパリに到着したが、新しい王家の本拠地テュイルリー宮殿の玄関は、請願に訪れた大勢の廷臣たちでふさがれ、めざすアルトワ伯爵のところまではたどり着けなかった。レオナールは、まずアルトワ伯に会いたかった。伯爵ならきっと、ルイ十八世に引きあわせてくれる。もしかしたら、親切なひと言――レオナールの献身ぶりを思い出させるようなことも言ってくれるかもしれない。だが混雑はあまりにひどく、レオナールが人垣の向こうに王の姿を垣間見ることができたのは、丸一週間も経ってからだった。

新しい体制になって、パリもまた変わっていた。たとえばナポレオンによる帝政の間に、貴族たちの教育レベルが上がっていた。伯爵たちは、今や学士号を取得してラテン語とギリシャ語を操るようになった。その姉妹たちはピアノを弾き、油彩で風景画を描き、読書にふける。サン=ドニ通りに並ぶ商店では、どの店主も算術ができる。そして複式の帳簿をつけ、飾り文字で署名をしていた。

商人たちは、商売を手広くするようになった。パリにはもう、ひとりでやっている靴屋もパン屋も八百屋も酒屋もおらず、大がかりな販売業者がとって替わっていた。かつら職人の団体がレオナールの同業者を相手に訴訟を起こすことも、もはやない。パリにはもうかつら職人がいないのだから。レオナールが到着して以来、注目に値するような髪結いはまだ見ていないものの、それでも町にいるのはかつら職人ではなく髪結いだけだった。

革命前の典型的なカフェといえば、グレーに塗られた内装に不格好なテーブル、座り心地の悪いベンチ、そしててっぺんに巨大な銅製のパイプがついたばかでかいストーブがあるような薄暗いたまり場だったものだ。カウンターの向こうには、たいてい不細工な女性があまり清潔そうでないボネを被って座っていて、その胸もとはゆるく結んだスカーフで隠れている。そして、汚いエプロンを着け、ワインの栓抜きをベルトにぶら下げた男の給仕が、すすけたランプの光の下でのらりくらりと客の注文をとる。だが一八一四年のカフェはどこもまるで小さな神殿のようで、金めっきできらきらと輝き、鏡や塗装がまばゆく、光が洪水のようにあふれていた。[4]

パリが誇る三千軒のカフェは、どこもおしゃべりをしながら飲み物をする人たちでいっぱいで、今日の国際的なカフェ文化とよく似ていた。きらめく宝石を身につけた、うっとりするほど美しい女主人が座るカウンターは、さながら祭壇のようだった。給仕たちは心づけをもらうため、テーブルからテーブルへと走りまわらなければならない。男性客からのチップを争って、女性の給仕が「悪徳に走る」ことなど、ごく当たり前だった。[5]

たっぷり時間をかけて新しいパリを歩きまわっていた頃、レオナールはついにアルトワ伯との謁見を許された。やっと迎えてくれた王弟は、レオナールのことを「ひどく見苦しくなった」と言った。その侮辱には少し傷ついたものの、少なくとも王弟が自分を忘れていなかったことにレオナールはほっとした。

レオナールは王弟に、ロシアでは髪結いは大してもうからない、特に五十二歳でふたたび櫛をとって六十八歳になっても続けているような場合は、と話した。王弟はそのほのめかしが飲み込めないようだった。レオナールの献身を忘れてしまったのかどうかはわからない。レオナールは何ももらえないまま、暇を告げた。

ついにレオナールは、ありがたくも国王から職務を賜った——王の居殿のドア係である。レオナールの自分に対する評価と、待ち続けた長い年月と、宮廷のために払った犠牲を考えると、大きなショックだったに違いない。ルイ十六世が約束した貴族の称号とは天地雲泥の差であった。それでも、国王が遠くから自分にかけた微笑みは、親切にも何かを思い出してくれた証《あかし》だと思うことにした。レオナールは期待し、そして待った。

レオナールは何度か続けてルイ十八世と謁見することに成功したが、国王はいつも親切に迎えてはくれるものの、レオナールの地位は変わらなかった。彼は単なる国王のドア係にすぎない。黒い上着に鍵のついた鎖を首から提げたレオナールと出会うと、国王はいつも親しげな言葉と愛想のよい微笑みという栄誉をレオナールに与えた。ほかの王族たちや、マリー＝アントワネットの娘であるアングレーム公爵夫人［マリー＝テレーズ］もレオナールに大きな関心を寄せたが、それは言葉だけでしかなかった。レオナールの帰国は、本人が計画していたほどめでたいものでなかったのは明らかだった。

レオナールは、ロシアを去ったことを後悔したかどうかについては一度も言及していないが、いずれにしてもにぎやかなパリの街や劇場、舞踏会に戻らずにはいられなかったのだろう。サンクトペテルブルクでは髪を結う貴婦人には事欠かなかったにしても、低い沼地に作られた都市の暮らしは活気がなく、眠っているようなものだった。冬はひどく寒く、夏はきわめて短い。人々はたいていもの憂げで、芸術家ときたら「まったくインスピレーションがなかった」[6]

ブラカス伯爵に昔の融資についてそれとなく話してみようか、とレオナールは思いついた。ブラカスは王室の大臣で、宮廷でも大きな影響力を持っていた役人である。レオナールは伯爵に会う機会もあり、いつも親身になってもらっていたので、王家が亡命中、自分が銀行の役割を果たしていたことを話そうと決めた。レオナールは、王弟たちに用立てた金額の小さなメモを見せながら、ブラカスに話をした。「国王にこの話を取り次いでもらえないだろうか?」

ブラカス伯爵は、答える前に何度か頭を横に振った。「これは割の合わないビジネスだよ、親愛なるレオナール。私は何の疑いも持っていないが、国王陛下も王子様方も、亡命中に作った負債はいずれきっと返済したいと心から思っていらっしゃる。だが今の時点では、君の請求はいくらなんでも早すぎるのではないだろうか。はっきり言おう。私は、この話を持ち出すのは危険だと思う」

「えっ、危険ですって?」レオナールは尋ねた。

「そう、危険だ! どこでもそうだが、宮廷でも、要求が不当だと伝える一番の方法は、要求に対して怒《いか》ることなのだ。聞きなさい、君は分別のある人だ。この問題について、本当のところを教えてあげよう。イギリスにアルトワ伯爵閣下の債権者がいた。この債権者は長いこと大変な忍耐を見せ、多分損をすることになっても仕方ないとあきらめていたようなのだが、プロヴァンス伯爵が国王となられてからというもの、非常に強く返済を求めてくるようになった」

「じつは」ブラカス伯爵は続けた。「私が今、アルトワ伯にお話しに行こうとしているのは、まさにそのことなのだ。この件については、すでに伯爵と話を重ねてきたのだが、これまでのところ、その心配しているイギリス人に伝えられるようなお言葉は、まだいただけていないのだよ」

「それはそうでしょう、閣下。アルトワ伯爵には、たくさんの訪問客がいらっしゃいます。私はアルトワ伯ご自身にも少額の請求があるのですが、お忙しいでしょうからそれを申し上げるのは控えましょう。しかし国王陛下は……」

「親愛なるレオナール、陛下はもっとひどいのだ」

「本当ですか?」

「いいかね、君の知っている人の話をしよう。私の机の上には、君の旧友ローズ・ベルタン嬢からプロヴァンス伯爵夫人宛ての、きちんと認証された六万フランの請求書がある。* それを国王陛下にお話したら、陛下はなんとおっしゃったと思う? にっこり微笑まれて、『フランス国王は、「プロヴァンス伯爵」が作った借金は払わないのだよ』。陛下はこの冗談をたいそう気に入られたらしく、ご自分がプロヴァンス伯だった時代のほかの負債の話が出るたびに繰り返しておいでだ」[7]

＊ 実際にはローズ・ベルタンは、革命時の宮廷と王家全体に対して百五十万フラン（六百万ドル）以上の貸付をしている。だがマリー＝アントワネットへの忠誠心から、王妃にさらなる容疑がかかることを心配したローズが、帳簿をはじめ貸付額のいっさいの痕跡を消したため、ローズとその子孫は、王政復古の際にもいっさい請求ができなかった。

「しかし、私の融資はすでに陛下が国王として即位されてからのものです」

「君は間違っているよ、レオナール。負債に関して言えば、国王の治世は、パリに到着された一八一四年に始まるのだ。私の言うことを信じなさい、今の時点では、この話題を持ち出してはいけない。国王の耳にとって、これほど不快に響くものはないだろう。辛抱しなさい、もっと状況がよくなるときが来る、そうしたらまたこの話ができるだろう。時機がきたら、私が知らせてあげよう」

そこで大臣はレオナールに新しい職務を思い出させ、アルトワ伯爵の部屋のドアを開けてくれるよう頼んだ。レオナールはドアを開け、ブラカス伯爵に忠告の礼を述べた。レオナールが長年夢見てきたスペインの美しい城は、こうして粉々に崩れ去ったのである。

ブラカス伯爵の話に、レオナールはすっかり落胆してしまった。だが、何ができたというのだろう？一八一四年のパリでは、レオナールはドア係だった。それはまるで、自分の過去が完全に抹殺されたかのようだった。

◉

レオナールは、パリでたくさんの旧友と再会した。支援を申し出てくれた人も大勢いた。ナポレオンの帝国と一緒に蓄えをすっかり失くし、温かく迎えることしかできない人もいた。今やデルヴィンスキー伯爵夫人となったジュリーとその夫は、心だけでなく財布も開いてくれた。勇敢なポーランド軍司令官デルヴィンスキー伯爵は、ナポレオンを追って出かけていったあらゆる戦場で、昇進や十字勲章や地位や褒賞や、果ては負傷までもらい受けてきたのだが、今では年金以外何も残っていなかった。ジュリーはすでに六十八歳となっていたが、まだ五十五歳にもなっていない夫より若く見えた。オペラ座で踊り、ロンドンで造花を作り、ポーランドで戦った、レオナールのかつての妖精は、今ではモンモランシーの谷で果樹を剪定し、キャベツを育てていた。レオナールは、運命の気まぐれにこれほどまで逆らわずに順応しながら生きている女性を見たことがなかった。[8]

「ひとつだけ、どうしても慣れないことがあるの」ジュリーはレオナールと庭を歩きながら言った。夫は椅子にもたれてもの悲しい夢にふけりながら、次々と葉巻をふかしていた。

「なんだい、伯爵夫人？」以前の親しさのまま、レオナールは尋ねた。

「あたし、年を取ることに慣れないのよ、レオナール。ところでローラ、あの人どうなったかしら？」

「ぼくが思っていたとおり……宗教の世界で生きているよ。司令官の妻、もしくはジョゼフ師の妻は、この前、ルイ十八世が高齢者のために作った修道院に入ったんだ。そこには、君とは違って年を取ってもいつまでも若くいられるという特権に恵まれていない、駆け足で天国へ登っていく以外に何の楽しみも残っていないようなお年寄りの女性が何百人もいる。そこでローラは、誤った道で無駄にしまった時間の埋め合わせをしたいのだそうだ」

「レオナール、ローラももう、ぐずぐずしていられない歳なのよ」

レオナールはパリで、もうひとり過去の女性と再会した。ローラのようにヴェールをかぶる気もなく、ジュリーのようにキャベツを植える気もない女性――リュセットである。年を取れば取るほど若いふりをする、彼女もそんな年齢になろうとしていた。三十七歳だと言っていたが、それはたくさんの崇拝者にもついている嘘で、本当は何歳か、レオナールは知っていた。リュセットは、帝政、共和政、そしてブルボン家による王政復古の始まりと、それぞれの時代のおいしい部分にありついてきた。道化者のさだめという人もいるが、非常にきらびやかな人生でもあった。

リュセットはあいかわらず、心のやさしい女性だった。かつては華々しく活躍するレオナールを愛人として愛したが、今では年老いたレオナールを友人として好いていた。ある朝レオナールが訪ねていくと、リュセットは、使用人が名前を告げるまもなく「入ってちょうだい、パパ・レオナール」と大声で返事をし、先客の中年の男性と一緒に腰掛けているソファをぽんぽんとたたいた。宝石類をきらきらさせたリュセットは、まるでサン＝ドミニク通りの裕福な未亡人のようだった。

レオナールが腰を下ろすと、リュセットはすぐにしゃべり始めた。「かつてあなたのものだったテアトル・フェドー、あそこの前を通ると、胸がいっぱいになるのではなくて？」

「確かに、マダム。あの劇場を見ただけで、胸がひどく傷みます」

「それで、あなたのような人のよい方は一度も思ったことがないんですの？　なにか報酬があってしかるべきだって？」

「ああ、リュセット、ぼくはあの劇場のことでルイ十八世に何かをお願いする立場ではもうないのだよ」

「なぜですの？」リュセットは尋ねた。「私は、むしろ借りがあるのは国王陛下のほうだと思いますのよ。あなたがフランスをお出になったのは、陛下のご家族のためではありませんでしたっけ？　ええと、私は何を言っているのかしら？　あなたは陛下ご自身のために、個人的な犠牲も払われたでしょう？」

「もちろんだよ、かわいいリュセット、だけどそれもすべて、ほとんど忘れられてしまった。ぼくは気づいたのだが、亡命すると、たいていの人がドーヴァー海峡を渡ったとたんに記憶を失くしてしまうのだよ。まるで海が忘却の川ででもあるかのようにね」

「わかったわ、でももし国王陛下が、自分の金貨を一ルイも使わずにあなたに財産を約束するとしたら？」リュセットはほのめかした。

「何を、ばかなことを」

「いいえ、レオナール。十行ばかりのちょっとした命令書の下に国王の大きな署名さえあれば、あなたが失くした財産を取り戻せるの。聞いてちょうだい、フランス人は昔とちっとも変わっていないわ。みんな見世物が欲しいのよ、それもたくさん。食べるパンがないときでさえ、ね。誰もが順番に俳優になれた、あの戦争という大きな劇場がこれから何年も開きそうもない今、屋外で見られなくなったものの代わりに、壁のある劇場で埋め合わせをしなくちゃね。劇場は今や投機の対象で、私たちの喜怒哀楽の好みには、すでに証券取引所で値がつけられているのよ」

リュセットは続けた。「今では、ふたつ目の『オペラ＝コミック座』〔最初の『オペラ＝コミック座』は一七一四年にサン＝ジェルマンにできていた〕を作れば、二十六年前や二十七年前のテアトル・ド・ムッシューよりいい事業になるのは確かよ。でも第二のオペラ・コミック座を建てるには王弟殿下の特権が必要よ。そしてその特権はあなたのもの。間違いなくあなたのものよ。ただ要求するかどうかの問題なの。プロヴァンス伯爵は今やフランス国王なんだから、ご自分がお気に入りの劇場のもと持ち主から、こういうちょっとした頼み事をされたら断れないわ[9]」

「それで、建物は今どこに?」レオナールは尋ねた。

「アルキュイユの石切り場よ。でもそんなことは考えなくていいの。あなたが命令書を手にしたらすぐ、こちらの方が」と、リュセットはダイヤモンドに埋もれている横の男性にうなずいて見せ、「あなたに二百万フラン用立ててくださるわ」

レオナールはこの提案にすっかり心を奪われた。すっくと立ち上がって帽子をつかむと、アルトワ伯爵と「特権」について話すためにテュイルリー宮に向かった。「特権」は、ごく簡単に手に入りそうに思えた。とどのつまりレオナールは、フランスの王や王妃たちの腹心であり、その芸術的才能でフランスとヨーロッパの宮廷を魅了した男であり、かつては王弟の劇場の所有者兼芸術監督として幅をきかせていたのである。レオナールは、ドア係ではないのだ。

幸運の光が自分の上に降りそそいでくるのを、レオナールはもう待つつもりはなかった。待つには歳を取りすぎている。今こそレオナールが、自分で自分の運命を決するときだった。

第18章 レオナール最後の策略

一八一七年十一月　フランス、パリ

いや、レオナール、おまえの特権に関してだが、それについてはもう考えてはいけない。
——アルトワ伯爵がレオナールに（一八一八年四月）

三年。レオナールがパリに戻ってから、三年が経っていた。あのときレオナールは、国王ルイ十八世が王家への融資を返済し、爵位で報いてくれることを期待していた——国王の兄ルイ十六世の約束どおりに。だが新しい王との謁見はほとんど不可能になっていた。テュイルリー宮のマルサン館に到着したとき、レオナールはみずからの手で問題を解決しようと心に決めていた。それに、アルトワ伯爵に話をするにはうってつけの状況だった。ちょうど伯爵の長男であるアングレーム公爵およびその夫人が来ており、このふたりが自分に大きな興味を抱いているのをレオナールは知っていたからだ。レオナールは、自分の特権を認めてもらう、しかも三人に認めてもらうつもりだった。

アルトワ伯はレオナールに、ドア係としての役目に関係なく、いつでも自分の居殿に入ってきてよいと言っていた。レオナールはサロンに入っていき、国王陛下へのご親切なお口添えを願うために参りました、と一同にうやうやしく述べた。[1]

「何についてだね、レオナール？」アルトワ伯爵が尋ねた。

「殿下は、おそらく覚えておいでだと思いますが、私はかつてテアトル・ド・ムッシューの所有者でありました。この劇場は、今日テアトル・フェドーとなっております」

「そして、国家財産だ」王弟は言った。

「ああ、そうでございます、殿下。そして不幸にも、戻ってくる見込みはありません」

「おい、おい、おい」王弟は言った。「なぜそう決めつけてしまうのだ、レオナール先生。まあいい、話を続けるがよい……」

「私事で恐縮でございますが、私はたった今、ふたつ目の『オペラ＝コミック座』を建設すればすばらしい投機となる、そして私が幸運にも特権を手にすることができましたら、あとは非常に簡単に事が運ぶだろうという話を耳にしました」

「百五十万から百八十万フランかかるのに、劇場を建てるのが簡単だって！」アングレーム公爵が、大声を出した。「誰がそんなことを？」

「私に二百万フラン用立ててくださる方です。王室の皆様方のご見解とは異なるのですが」レオナールは言った。

一瞬、部屋の中に沈黙が流れた。三人の王族たちは不思議そうに顔を見合わせた。アングレーム公爵はいつもの癖で鼻をほじり、一方、マリー＝テレーズはじれったそうに脚を交互に組み直した。レオナールには、三人の考えがすでに決まっているのがわかった。マリー＝アントワネットの娘が最初に口を開いた。

「まあ、レオナール様、劇場経営に乗り出そうとおっしゃるのですか？」アングレーム公夫人は、不満を表すときに好んで使う大きな声で言った。「あなたは間違っていらっしゃいますわ。パリには劇場はもう十分ありますのよ！」

「ありすぎるくらいだね」アルトワ伯は言った。「それに、そういう劇場は反体制派の集合場所でしかない。やつらはそこで毎晩、革命の偉業とやらをほめたたえるのだ」

「そのとおり、そのとおり」アングレーム公は言った。「近頃では、革命論者か皇帝支持者の同情を引こうとする道化芝居ばかりだ」

「いいえ、誰もそんなものに同情はしておりません」とレオナールは言った。少しばかりへつらっておいたほうが、自分に有利に話が進むのではないかという読みだった。レオナールも、昔はかなりこの手を使ったものだ。

「レオナール先生」公爵は言った。「われわれの忠実な僕《しもべ》のひとりで、信心深い男、あるいは少なくとも私がそうであってほしいと願っている男が劇場の支配人になろうとしているとは、残念だよ」

「支配人になりたいとは思っておりません、公爵。私には専門知識がございません。ただ、特権によって利益を上げることを考えております」

「そして醜聞と不道徳の学校を増やすのですね」アングレーム公夫人は、不快を隠そうともしない声で言った。王女の反応は、きっとレオナールをがっかりさせたことだろう。なんといっても、一七八九年のあの十月の夜、怒り狂う暴徒から王女の母親を救ったのはレオナールなのだ。この宮廷は、なんと忘れるのが早いことか。

「どう思うね、ベリー？」アルトワ伯は、今しがた部屋へ入ってきた王族に尋ねた。

「さあ、そうですね。私はパリにもうひとつ劇場があっても、別に王政の名誉を傷つけるとは思いませんよ。こうしたことについての私の考え方はご存じでしょう。国民の趣味を認めてやり、彼らからその習慣や好みを取り上げないようにすればするほど、王族の人気は高まるのです。それに、もしレオナールにふたつ目のオペラ＝コミック座の特権を許可しなくても、誰か別の人間が手にするでしょう。大臣たちは、政治家として説得力ある文章を書くのに見合った手数料とボーナスさえもらえれば、いつでも国王の署名つき文書を作りますからね」

アングレーム公夫人が口をはさんだ。「あら、閣下におかれましては劇場が大変お好きだということは有名ですから、とても喜ばしいことでしょうね」

「まずいことはないでしょう、公爵夫人。われわれの国民が喜ぶのなら?」王族は答えた。「神が、われわれに統治する権利をお与えになるいじょう、われわれがそうすることには何の支障もないのですから」

「もういいだろう、わが子らよ」アルトワ伯は言い、レオナールに告げた。「おまえについては、レオナール、オペラ＝コミック座に非常に熱心なようだから、内務大臣へ請願書を出すがよい。それが支持されるかどうか、ようすを見よう」

このアルトワ伯との謁見では、安心できるような手応えは何も得られなかった。レオナールはお辞儀をして、退出した。思い描いた新しい人生はとりあえず保留となり、ふたたび手ぶらで宮殿を出ることになった。レオナールは、自分が想像した富と名声など、とうてい実現しないような気がしてきた。

その夜、レオナールはリュセットに会い、宮殿でのいきさつを話した。

「王家からは、何の支援ももらえないわね」リュセットは言った。「アングレーム公爵夫人があなたの要望に反対した、それで十分よ。ベリー公爵がこうした審議で影響力がないのは本当に残念ね。ベリー公爵は、私たちが生きている時代をわかっていらっしゃるし、劇場が必要だということもご存じだわ。公爵がオペラ座のダンサーに投げるハンカチの値段は別にしてもね。でもマルサン館で実権を握っているのは、公爵の高名な義理のお姉さま、あなたの亡くなった保護者マリー＝アントワネット様の御嬢さんだし、あの方があなたの特権に対して拒否権を発動するのは確かでしょうから、いくらか手こずるでしょうね。でも、私はあきらめないわよ」。そして伯爵の言葉を真似ながら、リュセットはおごそかに言った。「内務大臣に請願書を書くがよい……それが支持されるかどうか、ようすを見よう[2]」

レオナールは、ロンドンで一緒だった心やさしい造花商マルタン夫人ともパリで旧交を温めた。一七九二年に最後に会ったマルタン夫人の一番下の息子がみずから、炉辺で母親にその冒険談を何度も聞かされた有名な髪結いに会いたいと名乗りでてくれたのだ。

マルタン氏はレオナールの計画を聞き、親切にも最初の請願書を書きあげてくれた。さらに、官吏の友人がいるので、請願書が大臣に渡るよう見届けさせるとまで約束してくれた。ところがレオナールは後に、自分の請願書が、なぜか大臣の執務室まで届いていなかったことを知る。謁見室の陶製の花瓶の中に、ほかの二十通ばかりの請願書と一緒にほうり込まれていたという。

幸いなことに、レオナールの二通目の請願書は意図された受取人まで届いた。官吏の勧めとリュセットの執拗な助言により、王室の管理責任者であるブラカス伯爵がこの請願書を新しい封筒に入れ、その上にきわめてみごとな筆跡で「第二オペラ＝コミック座の特権につきまして」と書いたうえで、内務省高官の机の上に置いた。

請願書はそこで四か月ほど静かに眠り続け、次第にほかの請願書に埋もれていった。リュセットがマルサン館まで出かけていく決意を固め、レオナールのためにその高官に話をしに行くと、高官は手つかずのままの文書の束を指さしながら答えた。「レオナール氏の件は、私の目の前に置いてありますよ」。そして本当のところを話してくれた。自席に着くいじょう、自分宛ての書類を読まないわけはないのだが、ただ読むだけだと言うのである。

リュセットはレオナールに、高官にその気になってもらうため、パリで最も名の知れたレストランのひとつに招待するよう勧めた。当時も現代と変わらず、食事への招待は、誘惑したり、取引したり、結論を出したりするためのよく知られた手段だった。レオナールはその政府高官と数人の同僚、それからマルタン氏とリュセットを、カフェ・リッシュでの晩餐に招待した。高官は食通《グルメ》であると同時に大食漢《グルマン》でもあった。料理は絶品、氷で冷やしたシャンパンはたいそう美味だとご満悦で、翌朝レオナールの件に関する報告書を作成してくれた。

しかし、二週間が経ってもレオナールの耳には何の知らせも入ってこない。ある朝ようやく、レオナールが宮殿で勤務中、アルトワ伯爵が自分の居殿の入口までやってきて、レオナールを招き入れた。知らせたいことがあるという。

「おまえの事業の件は片がついたよ、レオナール」

「国王陛下が、ご命令に署名してくださったのでしょうか?」

「それは必要なかった。おまえが受け取るのは……」

「第二オペラ＝コミック座設立の特権でございますね!」レオナールは、あふれ出る感謝にわれを忘れて、さえぎった。

「いや、レオナール、おまえの特権に関してだが、それについてはもう考えてはいけない」

レオナールは、へりくだった態度でこれを受け入れながらも、七十三歳の老人が――確かに「年寄りにもそれなりの必要」があるにしても――お願いごとなどしてはならないのでしょうね、と言った。強力な競争相手がいたのだ、とアルトワ伯は説明した。ある劇作家がベリー公爵夫人を説得して国王に話をしたところ、国王はこの競争相手のほうをお気に召したという。

「おまえの特権については――繰り返すが、もうこれ以上考えてはいけない」

「はい……承知いたしました、殿下……」

「だが、おまえには国葬の総責任者の地位を与えよう。からかっているのではないぞ、レオナール、おまえは正式に国葬担当事務局長だ。この地位には一万二千フランの俸給が与えられる。楽な仕事だし、式典がないときでも報酬が出る」

最後の言葉は、有無を言わさぬといった調子だった。レオナールは少しの間、黙ったままでいた。落胆が感謝に変わったふりが、自然に見えるように。それからレオナールは答えた。「これも皆、殿下のおかげと、衷心より感謝いたします。ご親切にも私の請願書のためにお骨折りくださっただけでなく、その実現が無理だとおわかりになるや、私の年齢と無能さに、よりふさわしい地位をわざわざご用意くださいました。私は殿下のお足もとに、誠心誠意をこめた感謝の意を捧げます」

「もう何も言うな、レオナール。おまえはわが一族に対し、つねに忠実であった。私自身も昔はおまえに、恩を受けたような気さえするよ。いつでも私を頼ってくれ。よい一日を。友よ、よい一日を」

この最後の言葉は自分への解雇通告なのだと、レオナールは理解した。レオナールは今や、国葬担当事務局長であった。市庁舎へ行き、自分への任命状、つまりドア係から葬儀屋への昇進を明記した書類を受け取った。それは、この世の玄関番からあの世の玄関番への皮肉な抜擢であった。

翌日、レオナールは担当部署の厳粛な面持ちの官吏たちから、高官に対して行なわれる就任式で迎えられた。軍隊の総指揮を引き継ぐフランス元帥のように、レオナールは広大な中庭で、自分の指揮下で働くことになる部下たちと対面した。黒い上着にクレープ絹地のリボンと喪章をつけた帽子を被った、長く何列もの縦隊に並んだ弔い人や、レオナールの前を行進していく何連もの葬儀用馬車には、近衛兵の閲兵のようなきらびやかさはまったくない。陰鬱な眺めだった。勲章も爵位もなかった。国王ルイ十八世もアルトワ伯爵も列席していなかった。金めっきを施した剣もなかった。それでもこの奇妙な光景には、何か、心を揺さぶられるものがあった。

式典が終わると、行進した部下たちがレオナールをすばらしい食事に招待してくれた。皆、生き生きと楽しそうだった。その晩はオペラにも連れていかれ、昼間は死者たちと過ごしているものの、じつは人生を楽しむ術を知っているということを見せてくれた。もちろんレオナールは、とてもよいことだと思った。

だが家に戻ると、じっくりと考えた。人間七十三歳で、広く世界を見てきたとなれば、誰でも哲学者になるものだ。しかもそれまでのレオナールの人生を作り上げてきた多彩な出来事は、明らかに、疑いようもなく、異様だった。革命は、劇場興行主としてのレオナールの人生を終わりにしてしまった。はるかロシアの凍てつくネヴァ川の岸辺にまで、彼を追いやった。そして革命は、かつてヴェルサイユ宮殿で、レオナールが生み出す華麗なるプーフの生きた広告塔であったあの頭を、切り落としてしまったのである。

レオナールが国葬の列の先頭を務めたのは、一度だけだった。総責任者に任命されてまもなく、一八一八年五月十三日に行なわれたコンデ大公の葬儀だった。大公の亡骸はサン＝ドニへ移送され、レオナールは奇妙な型の黒い喪服に、黒い羽根つきのアンリ四世帽をかぶり、大公の立派な葬儀用馬車の前を馬で進んだ。レオナールの乗馬の腕前はモンメディへの旅以来、まったく上達していなかった。鞍にまたがったその格好は、いまだに髪結いのままだった。

そのわずか一年後、レオナールはかつての共同経営者で、一八七九年にテアトル・ド・ムッシューに投資したモンタンジエ夫人から、裁判所に呼び出された。もともとの契約で、モンタンジエ夫人は二万フランの年金を二十五年間にわたり受け取ることになっていた。裁判所はモンタンジエ夫人に、五十万フラン（およそ二百万ドル）および利子をレオナールから受け取る権利を認めた。七十三歳で国葬担当者として雇われの身であるレオナールは、いかにして全額返済したらよいものか、まったくわからなかった。

◉

ところが運命のめぐり合わせで、返済する必要はなくなった。レオナール・アレクシス・オーティエは、一八二〇年三月二十四日にこの世を去った。

遺書も遺言も残さなかった。遺族は娘のルイーズとファニーだけで、遺産の七百十六フランとわずかばかりの宝石をふたりで分けた。最も相続価値のある品は、かつて王妃マリー＝アントワネットのものだった、宝石のついた極楽鳥のブローチである。ヴァレンヌへの逃亡の際に消えた王室の宝石に、レオナールが何らかの関わりを持っていたのかどうかは、今日にいたるまでわかっていない。もっともレオナールに、そのような裏切り行為があったという証拠もないのだが。

負債としては、女中のシルヴィー・マルタンへの十五か月分の給料三百七十五フランと、家主への家賃二百五十フランがあった。下男のピエール＝マンシンは、何の支払いも求めなかった。レオナールの娘たちは葬儀に参列していない。甥のジョゼフ・ブレール・オーティエだけが葬儀用馬車の後に続く、ささやかな葬列だった。こうして一八二〇年、レオナールの部下たちはかつてレオナールがコンデ大公に捧げたのと同じ式典で、事務局長レオナールを見送ったのであった。

一七六九年、金星が太陽の表面を横切った日にパリに到着したレオナール・オーティエは、この「美の王朝」の最初で最後の王である。ひとり息子のオーギュスト＝マリーは幼いうちに死んだので、その遺産を継ぐべきレオナール二世はいない。レオナールの財産は、頼りになるべっ甲の櫛と、誰よりも高いレベルに達したその腕前だった。レオナール・オーティエの技術は、まさに時代の愚かさに優雅さという華を添えたのである。大胆な行動や策略に満ちたレオナールの物語は、圧倒的な栄華を誇ったフランスと、その華やかさがまさに絶頂期にありながら終わりを迎えていくさまを、まざまざと見せてくれる。

死が間近なことを感じたとき、レオナールの最後の願いは、自分が管理していた中でも最もみごとな国葬用馬車で墓地へ運んでもらうことだった。レオナールは、かつて慣れ親しんでいたきらびやかさの中でこの世に別れを告げた。あの神々しくそびえたつプーフが、レオナールの愛したフランス王妃の頭を飾ったように。

あとがき

レオナール・オーティエの物語に対する私の興味は、ひとつの単純な疑問から始まった。二度死んだとされるこのマリー＝アントワネットの有名な髪結いは、いったい何者だったのだろう？　フランスの月刊書評誌『アンテルメディエール・デ・シェルシェール』の中で、歴史学者のアルフレート・ベジスは、一八九〇年にこの謎について論じている。「髪結いレオナールの伝説」によれば、この王室の髪結いは一七九四年にギロチンで処刑されたものの、一八二〇年に自然死したことになっているというのだ。[1]

フランス国立図書館の、埃だらけの保管文書の中にあった一九〇五年の切り抜きは、こう伝えている。「またも論破された伝説『二度死んだ王妃の髪結いレオナール』」。[2]この記事ではフランスの歴史学者G・ルノートルが、この矛盾について自説を提示している。

ルノートルは、革命期間中に判決を受けた男がギロチンの刃を逃れたふたつの事例に言及している。看守や衛兵を買収するのは非常に金がかかる危険な企てだが、レオナールが獄中、いくつかのダイヤモンドを隠し持っていることはきわめて簡単だったはずだと、遠まわしにほのめかしている。結局、レオナールが預かっていたマリー＝アントワネットのダイヤモンドは、国王一家のあの運命のヴァレンヌ逃亡の際、消えているのだ。レオナールが二回死んだという話については、著者はユーモラスな調子で締めくくっている。

一八一八年、レオナールは葬儀の管理責任者であったが、かつて王妃の髪結いであったあの陽気なレオナールが、半ズボンに葬儀用のマント、手には黒い杖を持ち葬列の先頭を行進したとは、さぞかしありがたい光景だったことだろう。そしてもしレオナールが仕事の関係で、断頭台の上で自分と一緒に死んだ人間が埋葬されているピクプュスの墓地へ行く機会があったとしたら、大変妙な気持ちがしたに違いにない。[3]

ルノートルの主張を裏づけるように、ピエールの息子ジョゼフ・オーティエが一八三八年に発表した記事では、伯父レオナールが一七九四年にギロチンにかけられたはずはないと主張している。レオナールは一八一四年のブルボン家による王政復古後もまだ生きていて、一八二〇年まで死ななかったというのだ。事実、ジョゼフはレオナールの葬儀に参列した唯一の親族であった。だが、もしルノートルの説が真実ならば、レオナールは泥棒だっただけではなくなる。もし身代わりに処刑された囚人が存在したのなら、レオナールは殺人者でもあったことになる。歴史学者ベジスはルノートルの説を裏づけ、レオナールの脱走は、不運な囚人の命を引き換えにした不正行為だと結論づけた。王妃の髪結いに対する、きわめて重大な告発である。[4]

事実関係を明確にするため、本書『マリー=アントワネットの髪結い』では、三人の髪結いが存在していて、全員がレオナールとして知られていた点をはっきりと述べた。レオナール・アレクシス、ピエール、そしてジャン=フランソワである。最も年長のレオナール・アレクシスは、本書の主人公であり、マリー＝アントワネットのために途方もないヘアスタイルを次々と生み出した。櫛を手放した後は、王弟の名でテアトル・ド・ムッシューを開設し、特別な機会にのみ王妃の髪を結った。ヴァレンヌ逃亡の際には、ちょっとした役目を担い、その後一七九一年にイギリスと北欧に亡命、そこで王妃からの任務を果たし、亡命中の王族を助ける。一八一四年にパリに戻り、そこで一八二〇年に死亡した。

ピエールは、国王の妹、エリザベートの髪結いレオナールとして知られていた。革命が始まるとすぐ、ギロチンにかけられるのを恐れてエリザベートのもとを去り、煙草屋で働き口を見つけた。おそらく破産したらしく、八人の子供たちを捨ててイギリスへ渡る。王政復古になって初めてパリに戻ったが、その二週間後に突然消息を絶ち、以来、姿を見た者はいない。

一番下の弟ジャン＝フランソワもまた、レオナールとして知られていた。やはりマリー＝アントワネットの髪結いとして雇われていたが、普段の手入れだけを担当していた。レオナール・アレクシスのように、ジャン＝フランソワもヴァレンヌ逃亡にひと役買ったが、本書にあるように、故意ではないにせよ国王一家の逮捕に責任があった可能性がある。資料によれば、ジャン＝フランソワは実際に反逆罪で有罪とされ、一七九四年七月に死刑判決を受けた。後に執行人の手から逃れたという噂もあり、本当にギロチンにかけられたのかどうかは謎のままである。

外国にいたレオナール・アレクシスは、弟の死について回想録の中で短く触れている。だが、ここで疑問が生じる。なぜレオナールは、これほど悲劇的な出来事について、ほとんど何も書いていないのだろうか？　処刑についての記述も非常にあいまいで、弟のことを「ヴィラノ（Villanot）」と呼んでいる。これは、実際にはレオナールの従弟ジャン＝ピエール・ヴィラヌー（Villanou）の名字である。*

* レオナールは回想録の中で、「ヴィラノ」と呼ばれる弟についてそれとなく言及している。私は初め、レオナールが弟のピエールのことを言っているのかと思ったのだが、今ではヴィラノはファーストネームではなく、王妃の従者のひとりでオーティエ兄弟の従弟ジャン＝ピエール・ヴィラヌーの名字だったと確信している。

問題をもっとわかりにくくしているのが、保管された文書が、ギロチンにかけられたのはヴィラヌーではなく、弟のジャン＝フランソワだと報告していることである。弟の死に関するレオナールの説明は疑わしく、特に、まさにその同じ日に囚人がひとり、ギロチンの刃からまんまと逃れたという報告があるのだからなおさらである。これが、ジャン＝フランソワ・オーティエだった可能性はあるのだろうか？

これは、ありうるというだけでなく、そうだった可能性が高い。そしてレオナールが、弟の脱走にひと役買ったのかもしれない。だが、なぜレオナールは弟でなく従弟の名前を使ったのだろうか？レオナールがイギリスで高価な宮廷の宝石を所持していたとすると、弟を経済的に支援するだけの資金があったことだろう。脱走の共犯者として疑われたくなかった、あるいは王家のために売却したダイヤモンドの利益を着服したと訴えられたくなかったために、従弟ヴィラヌーが処刑されたという話をでっちあげたのかもしれない。

ヴィラヌーもまた亡命したと信じるに足る理由がある。保管された記録によると、ジャン＝フランソワ・ヴィラヌーは一七九四年八月、妻のマリー＝フランソワーズがその頃購入した家具を置いて、パリを出たことになっている。ヴィラヌーもやはり王妃の髪結いであったため、命の危険を感じたのかもしれず、レオナールが逃亡を助けた可能性も大いにある。ヴィラヌーの処刑に関する公式記録はないが、処刑されたとしたら見落とされることはありえない。

レオナールの経済状態を明らかにできるかもしれない貴重な文書は、国立公文書館にある起訴状で、前王妃の髪結いレオナールを、在英中に多額の偽造紙幣と金貨をフランス国内の反革命派へ送ったかどで訴えている。ここでも疑問が生じる。起訴状のとおりに王弟たちに送ったのが偽札だったのなら、彼はダイヤモンドを売却して得た金を着服したのだろうか？　おそらく十分な証拠はなかったのだろうが、その一方で、レオナールが一八二〇年に死んだとき、王妃のダイヤモンドのブローチのひとつを持っていたことを忘れてはならない。

レオナールはその長い人生の後、遺族であるふたりの娘に遺す財産は何もなかったが、レオナールがほとんど話題にさえしなかった妻のマリー＝ルイーズ・マラクリダは、一八三七年に八十五歳で亡くなるまで、パリで楽しく贅沢な人生を送っている。

保管された書類はまた、一八二四年にレオナールの妻が、著名な公僕の妻として年金を請求したことを明らかにしている。この請求は、マラクリダ嬢の離婚からほぼ三十年が経っていたため却下された。結婚状況については、教会の文書によると、マリー＝ルイーズは特別な機会にはただ「父親不在《ペール・アブサン》」と書いただけだった。「レオナール」という名前と関係があると思われるのを嫌ったのである。

レオナールの回想録は、本人も認めているとおり、ガスコーニュ人の作である。どの場面でも、自分の役割は大げさに描いてある。それでもレオナールは、フランス革命という重要な歴史パノラマの内外で目撃され、行動し、自分の進む道を巧みに操った。この芸術的な天才が生きた魅惑的な時代と裕福な社会のことを考えれば、レオナールの回想録にはおそらく、『日和見主義者レオナール』という題名をつけてもよかったかもしれない。元気で美しく、自由になる財産があるレオナールの顧客たちは皆、女優であり、レオナールはその技術で彼女たちが自分の役どころを実現する手助けをしたのである。

レオナールの物語が、事実と本人の虚栄心のどちらにより多く基づいているのか、最終的に判断するのは歴史学者の仕事だろう。だがこのことは言っておきたい。当時の文書で、この時代をこれほど印象的に、そしてまざまざと表現しているものはほとんどないと言っていい。レオナールが王妃マリー＝アントワネットの頭を飾ったあの塔のような髪は、レオナールに「偉大なレオナール」との異名を与えた。だがその名高い地位にもかかわらず、レオナールは喪失、侮辱、失望、軽蔑といった、想像を絶する苦難を耐え忍んだ。さらに孤独と、危険な亡命生活という困難にも立ち向かわなければならず、いつギロチン送りになるかもしれなかった。

それがレオナールの試練だった――すべて名声と信望と爵位という栄光のための。レオナールが起業家兼アーティストであったのか、それとも底の浅い悪者だったのか、はたまたフランス史上最も波乱万丈な時代のあわれな犠牲者だったのか、判断するのは読者である。

ともあれ、レオナールがひとつの夢に激しく心を奪われていたことは間違いないようだ――もう一度、脚光を浴びることに。

謝辞

本書を企画するにあたってご指導くださった数多くの方々や機関に、感謝しなければなりません。まずは、ライオンズ・プレス社の皆さんと私の担当編集者ジョン・スターンフェルド。皆さんの辛抱強さ、編集者としての批評、そして貴重な助言は、いらいらしがちな著者にとってはお手本であり、大変貴重なものでした。本書の企画編集者メレディス・ディアス、レイアウト担当のケーシー・シェイン、表紙デザインのヴィッキー・ヴォーン・シーもまた、本書の実現のために無条件で熟練した貢献をしてくださいました。

次にアリゾナ州立大学、オハイオ大学、パリのアメリカン・グラデュエート・スクール（AGS）、それにマクギル大学の私の先生方をはじめ、長年にわたる私の研究とヨーロッパへの取材旅行を個人的に支えてくださったすべての方々に感謝します。また、フランス国立公文書館、フランス国立図書館、オハイオ州立大学図書館、イェール大学ルイス・ウォルポール図書館など、多くの図書館や公文書館の職員の皆さんのことも、決して忘れることができません。

マリー＝アントワネットの伝記作家アントニア・フレイザー、キャロリーヌ・ウェーバー、シャンタル・トーマス各氏のすばらしい作品は、私にレオナールの物語を復活させたいという興味を起こさせてくれました。大きな尊敬と深い感謝の念をもって、御礼を申し上げます。

最後に、はるか遠く離れているときがあってもつねに支え励ましてくれた私の家族に、感謝を捧げます。私の祖母がこの本を見ることができなかったのは残念です――きっと非常に自慢に思ってくれたでしょうに。私の母と兄は、あいかわらずインスピレーションの源であり、この本はこのふたりに愛をこめて捧げたいと思います。

主要参考文献

Abbott, J. S. C. *The Life of Marie Antoinette*. London: Sampson Low, 1850.
Adhemar, La Comtesse de. *Souvenirs sur Marie-Antoinette*. Paris: L. Mame, 1836.
Agnew, John Holmes. *The Eclectic Magazine: Foreign Literature*. New York: Bidwell, 1858.
Alison, Sir Archibald. *History of Europe from the Commencement of the French Revolution*. London: Blackwood, 1870.
Ambs-Dalès, J. B. *Amours et intrigues des grisettes de Paris*. Paris: Roy-Terry, 1830.
Anonymous. "Bienfaisance." *Journal de Paris* 57（1789）: 257.
——. *Essais historiques sur la vie de Marie-Antoinette, reine de France et de Navarre*. Versailles: Le Montensier, 1790.
——. "Rough Materials." In *Metropolitan Magazine* 11（1841）: 92-94.
——. "Memoirs of the Late Duke de Biron." In *Monthly Magazine and British Register* 55（1800）: 43-46.
Arnault, Antoine Vincent de. *Souvenirs d'un Sexagénaire*. Paris: Librairie Dufey, 1833.
Aulard, François-Alphonse. *The French Revolution under the Monarchy*. New York: Charles Scribner's Sons, 1910.
Autié, Léonard Alexis. *Recollections of Léonard, Hairdresser to Queen Marie-Antoinette*. New York: Surgeon & Williams, 1909.
——. *Souvenirs de Léonard, coiffeur de la reine Marie-Antoinette*. 2 Vols. Paris: A. Levavasseur, 1838.
Babeau, Albert. *Le Théâtre des Tuileries sous Louis XIV, Louis XV et Louis XVI*. Paris: Nogent-le-Rotrou, Daupeley-Gouverneur, 1895.
Barthou, Louis. *Mirabeau*. London: William Heinemann. 1913.
Bearne, Catherine Mary Charlton. *A Royal Quartet*. London: T. Fisher Unwin, 1908.
Beaumarchais, Pierre-Augustin Caron de. *La Folle journée ou le Mariage de Figaro*, comédie en cinq actes. Paris: A. Quantin, 1784.［ピエール＝オギュスタン・カロン・ド・ボーマルシェ著，石井宏訳『フィガロの結婚』新書館，1998年／ボーマルシェ著，鈴木康司訳『新訳　フィガロの結婚』大修館書店，2012年］
Bentham, Jeremy. *Rational of Judicial Evidence*. London: C. H. Reynell, 1827.
Bicknell, Anna L. *The Story of Marie Antoinette*. New York: The Century Company, 1898.
——. "The Dauphine Marie Antoinette." *The Century Magazine* 54（1897）: 841-60.
Bidwell, W. H. *The Eclectic Magazine of Foreign Literature, Science, and Art* 47（1859）: 102.
Bingham, Denis. *The Marriages of the Bourbons*. New York: Scribner and Welford, 1890.
Blaze, François-Henri-Joseph. *L'Opéra Italien de 1548 à 1856*. Paris: Castil-Blaze, 1856.
Boigne, Comtesse de. *Memoirs*. New York: Charles Scribner's Sons, 1908.
Bord, Gustave. *La Fin de Deux Légendes*. Paris: Henri Daragon, 1909.

Bouillé, Le Marquis de. *Collection des mémoires relatifs à la révolution française*. Paris: Badouin, 1823.

Bouillé, Louis de. *Mémoires sur l'affaire de Varennes, comprenant le mémoire inédit de M. le Marquis de Bouillé*. Paris: Badouin, 1823.

Browning, Oscar. *The Flight to Varennes*. London: Swan Sonnenschein, 1892.

Cabanès, Augustin. *Le cabinet secret de l'histoire*. Paris: Albin Michel, 1908.

Campan, Jeanne-Louise-Henriette. *Memoirs of the Private Life of Marie Antoinette*. London: Henri Colburn, 1822.

Campan, Madame de. *Mémoires sur la vie privée de Marie-Antoinette*. Paris: Badouin Frères, 1822.

Campardon, Émile. *Marie-Antoinette et le procès du collier*. Paris: Henri Plon, 1863.

Challamel, Augustin. *Histoire de la mode en France: la toilette des femmes depuis l'époque gallo-romaine jusqu'à nos jours*. Paris: Hennuyer, 1881.

——. *The History of Fashion in France*. London: Sampson Low, Marston, Searle & Rivington, 1882.

Chambaud, Louis. *A Grammar of the French Tongue*. London: Cook & McGowan, 1816.

Chambers, Robert. *Popular Antiquities*. London: Chambers, 1832.

Chastenay-Lanty, Victorine de. *Mémoirés de Madame de Chastenay*. 2 Vols. Paris: E. Plon, Nourrit et Cie, 1896.

Chauveau-Lagarde, Claude-François. *Note historique sur les procès de Marie-Antoinette d'Autriche, reine de France, et de Madame Élisabeth de France au Tribunal révolutionnaire*. Paris: Gide, 1816.

Choiseul-Stainville, Claude-Antoine-Gabriel duc de. *Relation du départ de Louis XVI, le 20 juin, 1791*. Paris: Badouin Frères, 1822.

Coches, F. Feuillet de. *Marie-Antoinette et Madame Élisabeth*. Paris: Henri Pon, 1873.

Goncourt, Edmond et Jules de. *Histoire de la société française pendant la révolution*. Paris: G. Charpentier, 1880.

Dickens, Charles. *Dickens's Dictionary of Paris*. London: Macmillan & Company, 1883.

Douglas, Robert Bruce. *The Life and Times of Madame du Barry*. London: Léonard Smithers, 1896.

Dumanoir, M. Philippe. *Léonard le perruquier: comédie, mêlée de couplets, en quatre actes*. Performed for the first time, Paris, April 22, 1847.

Dussieux, Louis. *Le Château de Versailles*. Versailles: L. Bernard, 1881.

Èze, Gabriel de. *Histoire de la coiffure des femmes en France*. Paris: Ollendorff, 1886.

Fausse-Lendry, Paysac Fars. *Mémoires: ou Souvenirs d'une octogénaire*. Paris: Le Doyen, 1830.

Flammermont, J. "Les Portraits de Marie-Antoinette." In *Marie-Antoinette: Her Early Youth*, by Helen Augusta Magniac. New York: Macmillan, 1912.

Fleischmann, Hector. *Marie-Antoinette Libertine*. Paris: Bibliothèque des Curieux,1911.

Galignani, W. *Galignani's New Illustrated Paris Guide*. Paris: Galignani & Co., 1839.

Gleig, George. *Dictionary of Arts, Sciences and Miscellaneous Literature*. Edinburgh:Thompson Bonar, 1801.
Goncourt, Edmond de. *La femme au dix-huitième siècle*. Paris: Fasquelle, 1898.［エドモン・ド・ゴンクール，ジュール・ド・ゴンクール著，鈴木豊訳『ゴンクール兄弟の見た18世紀の女性』平凡社，1994年］
Griffith, Thomas Waters. *My Scrapbook of the French Revolution*. Chicago: McClurg and Company, 1898.
Hamilton, Lord Frederick and Sir Douglas Straight. *Nash's Pall Mall Magazine*.Vol. 9. London: Charing Cross Road, 1896.
Hanson, John. *The Lost Prince*. New York: Putnam & Co., 1854.
Hardy, Blanche Christable. *The Princesse de Lamballe: A Biography*. London: Archibald Constable and Company, 1908.
Hervey, Charles. *The Theatres of Paris*. Paris: Galignani, 1847.
Hudson, Elisabeth Harriot. *The Life and Times of Louisa, Queen of Prussia*. London: Hatchards, 1876.
Hutton, Charles. *The Philosophical Transactions of the Royal Society of London*. "The Extract of M. Lessier's Letter to M. Magalthaens: 'I observed the transit of Venus, June 3, 1769, at the college of Louis le Grand at Paris.'" London: C. and R. Baldwin, 1809.
Jacob, P. L. *XVIIIme siècle: institutions, usages et costumes, France 1700-1789*. Paris: Firmin-Didot, 1875.
——. *The XVIIIth Century: Its Institutions, Customs, and Costumes*. London: Chapman and Hall, 1876.
La Rocheterie, Maxime de. *Histoire de Marie-Antoinette*. Paris: Perrin, 1890.
——. *The Life of Marie Antoinette*. New York: Dodd, Mead and Company, 1893.
——. *The Life of Marie Antoinette*. New York: Dodd, Mead and Company, 1906.
La Trémoille, Louis duc de. *Les La Trémoille pendant cinq siècles*. Nantes: Émile Grimaud, 1890.
Laclos, Choderlos de. "*Êpitre à Margot.*" In *Poésies de Choderlos de Laclos*. Paris: Chez Dorbon, 1908.
Laclos, Choderlos de. *Les liaisons dangereuses*. Paris: Durand, 1782.［ピエール・ショデルロ・ド・ラクロ著，竹村猛訳『危険な関係』角川書店，2004年／ラクロ著，桑瀬章二郎，早川文敏訳『危険な関係』白水社，2014年］
Lamartine, Alphonse de. *History of the Girondists*. London: Henry G. Bohn, 1848.
Lamballe, Marie Thérèse Louise de Savoie-Carignan. *Secret Memoirs of Princess de Lamballe*. New York: Walter Dunn, 1901.
Langlade, Émile. *Rose Bertin: The Creator of Fashion at the Court of Marie-Antoinette*. New York: Charles Scribner's Sons, 1913.
Lauzun, Duke de. "Gallantry and the Guillotine." *Gentleman's Magazine* 5（1870）：109-17.
Legros, Le Sieur. *L'Art de la coëffure des dames françoises, avec des estampes où sont représentées*

les têtes coëffées. Paris: A. Boudet, 1768.

Lenotre, G., Mrs. Rodolph Stawell, and BFS Hatchards. *The Last Days of Marie Antoinette: from the French of G. Lenotre*. Philadelphia: J. B. Lippincott Company, 1907.

——. *Romances of the French Revolution*. 2 Vols. London: William Heinemann, 1908.

Lescure, François Adolphe Mathurin de. *Correspondance secrète inédite sur Louis XVI, Marie-Antoinette la cour et la ville de 1777 à 1792*. Paris: Henri Plon, 1866.

Lippincott, J. B. *The Trianon Palaces*. Philadelphia: J. B. Lippincott & Co., 1874.

Littell, Eliakim and Robert S. *Littell's Living Age*. Boston: Littell & Company, 1886.

Lumbroso, Albert. *Revue Napoléonienne*. Vol. 3. Rome: Frascati, 1906.

Maleuvre, Louis. *Gustave III, Opéra d'Auber et Scribe: Costumes*. Paris: Martinet, 1834.

Marie Antoinette, *Correspondance inédite de Marie Antoinette*. Paris: E. Dentu, 1865.

——. 1755-1793, *Testament de Sa Majesté Marie-Antoinette d'Autriche, reine de France et de Navarre, morte martyre le 16 octobre 1793, contenu dans la dernière lettre qu'elle écrivit à S. A. R. Madame Élisabeth, soeur de Louis XVI*. Paris: Gueffier, 1816.

Marie-Thérèse Impératrice Germanique. *1717-1780, Correspondance secrète entre Marie-Thérèse et le Comte de Mercy-Argenteau: avec les lettres de Marie-Thérèse et de Marie-Antoinette*, published with an introduction and notes by M. le chevalier Alfred d'Arneth et M. A. Geffroy. Paris: Firmin-Didot frères, fils et Cie, 1874.

McCarthy, Justin E. *The French Revolution*. New York: Harper & Brothers, 1898.

McGregor, John James. *History of the French Revolution*. Waterford: John Bull, 1816.

Mühlbach, Luise. *Joseph II and His Court*. London: H. S. Goetzel, 1864.

Mundt, Klara Müller. *Joseph II and His Court*. New York: McClure Company, 1873.

Percy, Reuben. *The Percy Anecdotes*. London: J. Cumberland, 1826.

Péricaud, Louis. *Théâtre de Monsieur*. Paris: Histoire de l'Histoire, 1908.

Podgorski, M. "Princess Ratazanoff." In *The Cosmopolitan* 11（1892）: 734.

Pottet, Eugène. *Histoire de la Conciergerie du Palais de Paris: depuis les origines jusqu'ànos jours*. Paris: Quantin, 1887.

Prothero, George Walter. "The Flight to Varennes." In *The Quarterly Review* 163（1886）: 86-115.

Rabaut, Jean-Paul. *The History of the Revolution of France*. London: J. Debrett, 1792.

Raigecourt, Charles de. *Exposé de la conduite de M. le C[om]te Charles de Raigecourt à l'affaire de Varennes*. Paris: Badouin, 1823.

Regnault-Warin, Jean-Josephe. *Le Cimetière de la Madeleine*. Paris: Lepetit, 1800.

Reiset, Tony Henri Auguste. *Anne de Caumont-La Force Comtesse de Balbi*. Paris: Émile Paul, 1908.

Religious Tract Society. *French Revolution: Sketches of its History*. London: Religious Tract Society, 1799.

Ritchie, Leitch. *Versailles*. London: Longman, 1839.

Saint-Amand, Imbert de. *Famous Women of the French Court*. New York: Charles Scribner's Sons, 1894.

——. *Marie Antoinette and the End of the Old Régime*. New York: Charles Scribner's Sons, 1898.

——. *The Last Years of Louis XV*. Boston: Club of Odd Volumes, 1893.

Sanderson, John. *Sketches of Paris*. Philadelphia: Carey & Hart, 1838.

Schaeper, Thomas J. *France and America in the Revolutionary Era*. New York: Berghan Books, 1995.

Smith, John Stores. *Mirabeau: Triumph!* 2 Vols. London: Smith, Elder and Company, 1848.

St. John, Bayle. *Purple Tints of Paris, Character and Manners in the New Empire*. 2 Vols. London: Chapman and Hall, 1854.

Stephen, Sir James. *Lectures on the History of France*. London: Longman, Brown, Green, Longmans, & Roberts, 1857.

Stephens, Henry Morse. *A History of the French Revolution*. 2 Vols. New York: Charles Scribner's Sons, 1905.

Talleyrand-Périgord, Charles Maurice de. *Memoirs*. New York: G. P. Putnam, 1892.

Theime, Hugo P. *Women of France*. Philadelphia: Rittenhouse Press, 1908.

Tourzel, Louise Elisabeth. *Mémoires de Madame la Duchesse de Tourzel*. Paris: Duc des Cars, 1883.

Tschudi, Clara. *Marie Antoinette*. London: Swan Sonnenschein, 1898.

Tytler, Sarah. *Marie Antoinette*. New York: G. P. Putnam's Sons, 1883.

Vigée-Lebrun, Louise-Elisabeth. *Memoirs of Madame Vigée-LeBrun*. New York: Doubleday, Page & Company, 1903.

Villemarest, Charles Maxime Catherinet de. *Life of Prince Talleyrand*. 2 Vols. Philadelphia: Carey, Lea & Blanchard, 1834.

Vizetelly, Henry. *The Story of the Diamond Necklace*. London: Tinsley Brothers, 1867.

Watson, Thomas Edward. *To the End of the Reign of Louis the Fifteenth*. New York: Macmillan Company, 1902.

Welch, Catherine. *The Little Dauphin*. London: Methuen & Co., 1908.

Whittaker, G. B. *The History of Paris from the Earliest period to the Present Day: Containing a description of its antiquities, public buildings, civil, religious, scientific, and commercial institutions*. Paris: A. and W. Galignani, 1827.

Wiel, Alethea. *The Story of Verona*. London: F. M. Dent & Company, 1907.

Williams, Hugh Noel. *Memoirs of Madame Du Barry of the Court of Louis XV*. New York: Collier & Son, 1910.

Wright, Thomas. *The History of France*. 2 Vols. London: London Printing Co., 1858.

Yonge, Charles Duke. *The Life of Marie Antoinette, Queen of France*. 2 Vols. London: Hurst and Blackett, 1876.

Younghusband, Lady Helen Augusta Magniac. *Marie-Antoinette, Her Early Youth, 1770-1774*. London: Macmillan & Co., 1912.

注

称号・敬称について

1 Louis Chambaud, A. J. Des Carrières, A *Grammar of the French Tongue* (London: Cook and McGowan, 1816), 441. フランスの貴族は世襲制で、男系子孫に伝えられた。しかし特定の職務の取得や、王の命令により貴族になることも可能だった。法律上の貴族の身分は革命時の1789年に廃止されたが、爵位は1808年に復活、1848年にまた廃止、1852年にふたたび復活した。

序章

1 Claude-François Chauveau-Lagarde, N*ote historique sur les procès de Marie-Antoinette d'Autriche, reine de France, et de Madame Élisabeth de France au Tribunal révolutionnaire* (Paris: Gide, 1816), 8-9.

2 Eugène Pottet, H*istoire de la Conciergerie du Palais de Paris: depuis les origins jusqu'à nos jours* (Paris: Quantin, 1887), 190-214. ロザリー・ラモリエールの非常に意義深い陳述。

3 Marie-Thérèse (Impératrice germanique, 1717-1780), C*orrespondance secrète entre Marie-Thérèse et le Comte de Mercy-Argenteau: avec les lettres de Marie-Thérèse et de Marie-Antoinette*, publiée avec une introduction et des notes par M. le chevalier Alfred d'Arneth et M. A. Geffroy (Paris: Firmin-Didot frères, fils et Cie, 1874), 216-39.

4 F. Feuillet de Coches, M*arie-Antoinette et Madame Élisabeth* (Paris: Henri Pon, 1873), 532.「私の最後の手紙は、妹よ、あなた宛てです。たった今、判決を受けたところですが、それは不名誉な死の判決ではなく――死が不名誉なのは犯罪者にとってだけです――あなたのお兄様のもとへ行きなさいという判決なのです。無実だったあの方のように、私もあの方の最期と同じく毅然とした態度を見せたいと思います。私は、良心に何の咎めもない人間がそうであるように、心穏やかです。ただ、私のかわいそうな子供たちを置いていくことだけが、ひどく心残りです。私が子供たちと、善良でやさしい義妹のあなたのためにだけ生きていたのはご存じでしょう。友情のために、すべてを犠牲にして私たちと一緒にいてくれたあなたを、私はなんという状況に置いていくことでしょう！　裁判中の弁論を聞いて、私の娘まであなたから引き離されたと知りました」。

5 Marie-Antoinette (reine de France; 1755-1793), T*estament de Sa Majesté Marie-Antoinette d'Autriche, reine de France et de Navarre, morte martyre le 16 octobre 1793, contenu dans la dernière lettre qu'elle écrivit à S. A. R. Madame Élisabeth, soeur de Louis XVI* (Paris: Gueffier, 1816).

6 Maxime de La Rocheterie, H*istoire de Marie-Antoinette* (Paris: Perrin, 1890). 下品な小冊子が宮廷や町中にあふれ、ノートルダム大聖堂のドアに貼られたり、召し使いが国王の食卓の皿の下にすべりこませたりした。

7 John Hanson, *The Lost Prince* (New York: Putnam & Co., 1854), 69-70.

第１章　魔術師レオナール

1 Léonard Alexis Autié, *Souvenirs de Léonard, coiffeur de la reine Marie-Antoinette* (Paris: A. Levavasseur, 1838), 5-7.「この日は12里歩いた。だからすっかりくたびれていたが、顔には出さなかった。たった今、最も原始的な方法で120里も旅してきたばかりだと認めるなど、私が故郷から持ってきた唯一の荷物である虚栄心が、とうてい許さなかったからだ」

2 Charles Hutton, *The Philosophical Transactions of the Royal Society of London*,「レシエ氏からマガルタン氏宛ての書簡より抜粋。『1769年6月、私はパリのルイ・ル・グラン学院で金星の通過を観測しました』」。(London: C. and R. Baldwin, 1809), 664.

3 George Gleig, *Dictionary of Arts, Sciences and Miscellaneous Literature* (Edinburgh: Thompson Bonar, 1801), 269.

4 G. Lenotre, *Romances of the French Revolution* (London: William Heinemann, 1908), Vol. 2, 81.

5 G. Lenotre, *Romances of the French Revolution* (London: William Heinemann, 1908), Vol. 1, 136. こちらも参照のこと。*Metropolitan Magazine* (New York: J. Mason, XI, 1841) 92-94.「ノワイエ通りは、このうえなくひどい悪臭が漂っていた。それは道の幅がきわめて狭く、しかもまん中を通る排水溝がいっぱいになっているせいだった」。

6 G. B. Whittaker, *The History of Paris from the Earliest Period to the Present Day: Containing a description of its antiquities, public buildings, civil, religious, scientific, and commercial institutions* (Paris: A. and W. Galignani, 1827, 516-17). この案内書には、商人たちの名前も載っている。「服の趣味がよいと思われたい紳士にとって胴着［ジレ］の流行が特に関心の的となった昨今、ブラン氏はこの分野専門に腕を振るい、ジレというものを贅沢と優雅さの極みにまで押し上げた。紳士の正装に欠かせないこのジレは、夜の舞踏会やパーティーで、あるいは朝の散策で、その優美なラインのために人々の目を引いているが、その大部分はこのブラン氏の手によるものである」。

7 Le Sieur Legros, *L'Art de la coëffure des dames françoises, avec des estampes où sont représentées les têtes coëffées* (Paris: A. Boudet, 1768).

8 『ガゼット・ド・フランス』はフランス最古の新聞で、1631年に『ガゼット』として創刊された。

9 Reuben Percy, *The Percy Anecdotes* (London: J. Cumberland, 1826), 73. 1769年1月、最高裁判機関に持ち込まれたパリの女性向け髪結いによる訴訟。「パリのコワフュール・デ・ダム（女性のための髪結いら）による、理髪師兼かつら職人兼風呂屋の同業組合に対する訴訟」。パーシーによれば、「男女両方の髪を結うことを主張している同業組合のかつら職人らは、この裁判では、女性の髪を結うことに関しての独占的権利を主張している。そして実際に、何人かの商売がた

きを牢獄に送り込んだり、罰金を科したりしている。そこで今度は、髪結いらが自己弁護に乗り出し、独占的権利を持っているのは自分たちのほうであると主張した。なぜなら、第一に婦人の髪結いは自由な専門技術であって、かつら職人の親方（メートル・ペリュキエ）の仕事とは関係ない。第二にかつら職人（ペリュキエ）の規則は、かつら職人にそのような独占的権利は与えていない。そして最後に、かつら職人（ペリュキエ）はこれまで髪結いに圧力をかけ、多大な損害を与えてきたので、その分利息をつけて返す義務があるからだ」。

10 G. B. Whittaker. ニコレ座は1760年頃創立。1772年、ニコレはショワジーで国王の御前で公演する機会を得、ニコレの一座はそれ以来「グラン・ダンスール・デュ・ロワ」の称号を与えられる。

11 Léonard Alexis Autié, 23.

12 Charles Hervey, T*he Theatres of Paris* (Paris: Galignani, 1847), 520.

13 P. L. Jacob, T*he XVIIIth Century: Its institutions, Customs, and Costumes* (London, Chapman and Hall, 1876), 412.

14 Charles Maurice de Talleyrand-Périgord, M*emoirs* (New York: G. P. Putnam, 1892), 347. 国王はショワズルの従兄弟と結婚した美しい女性に好意を持ったため、ポンパドゥール夫人が大変嫉妬した。ポンパドゥール夫人とのつながりを強めるため、ショワズルは国王に、従兄弟の妻が自分に宛てて書いた情熱的な手紙を国王に見せた。

第２章　デュ・バリー夫人

1 Augustin Challamel, H*istoire de la mode en France: la toilette des femmes depuis l'époque gallo-romaine jusqu'à nos jours* (Paris: Hennuyer, 1881).

2 Sir Archibald Alison, H*istory of Europe from the Commencement of the French Revolution* (London: Blackwood, 1870), 124-26.

3 Denis Bingham, T*he Marriages of the Bourbons* (New York: Scribner and Welford, 1890). ポンパドゥール侯爵夫人となったド・エティヨル夫人は、9月14日、ヴェルサイユで国王夫妻に紹介された。16日、国王はロラゲ公爵夫人、ベルフォン公爵夫人、エストラド公爵夫人、そしてポンパドゥール侯爵夫人を伴って、ショワジーにある王家の邸宅へ出かける。日曜日、王妃と王太子夫妻がショワジーへ晩餐に出かけ、そこでポンパドゥール夫人が初めて王妃と食卓をともにしたが、王妃は夫人に対して非常に礼儀正しかった。ポンパドゥール夫人の晩餐会について、モールパ氏はこう書いている。「ポンパドゥール夫人が王妃に敬意を表しに行ったとき、そこには大勢の人が来ていた。パリ中が知りたくてうずうずしていたからだ」。王妃は、侯爵夫人のドレスについて感想を述べただけだった。

4 1773年、ヴォルテールはデュ・バリー伯爵夫人に詩を捧げている。「人はあなたの絵姿を崇める。実物は神のためのものだから」。

5 J. B. Ambs-Dalès, A*mours et intrigues des grisettes de Paris* (Paris: Roy-Terry, 1830). 著者は、パリのさまざまな地区のグリゼットたちについて描写している。

第3章 マリー・アントワネット

1 Leitch Ritchie, *Versailles* (London: Longman, 1839), 245. 王家は公衆の面前で食事をとっていた。それどころか、ドア係はしかるべき服装をしている者なら誰でも各部屋の中に入れていた。

2 Clara Tschudi, *Marie Antoinette* (London: Swan Sonnenschein, 1902), 7. マリー＝アントワネットは、フランス国民のオーストリア、ハプスブルク家への反感にもかかわらず、すべての人の心を征服してしまった。「王太子妃の優雅さ、愛想のよさは、大変な熱狂の渦を巻き起こした」。

3 J. Flammermont, "Les Portraits de Marie-Antoinette, Gazette des Beaux Arts," in Helen Augusta Magniac Younghusband, *Marie-Antoinette: Her Early Youth* (New York: Macmillan, 1912), 100.

4 同上, 102.

5 Lady Helen Augusta Magniac Younghusband, *Marie-Antoinette, Her Early Youth (1770-1774)* (London: Macmillan & Co., 1912), 100.

6 Klara (Müller) Mundt, *Joseph II and His Court* (New York: McClure Company, 1873), 277.「確かにあの方はお固くて退屈な老婦人ですが、フランスではあの方がすべての権限をお持ちなのです。王家の方々はあの方なしでは、眠ることも目覚めることもできません。あの方が始終監視している前でなければ、健康なときならお食事をなさることも、お加減が悪いときなら下剤をお飲みになることもできません。ドレスも、娯楽も、交友関係も、振る舞い方も、あの方が管理しています。楽しみも、退屈も、社交の時間も、独りの時間も、全部あの方が仕切るのです。これは居心地が悪いかもしれませんが、王家の方々は逃れるわけにいかず、我慢なさるしかありません」[オーストリア宰相カウニッツがマリア・テレジアに]

7 Madame Campan, *Mémoires sur la vie privée de Marie-Antoinette, Vol. 2,* (Paris: Badouin Frères, 1822), 139-54.

8 Augustin Cabanès, *Le cabinet secret de l'histoire* (Paris: Albin Michel, 1908, 49). この手術は本当に行なわれたのだろうか？　カンパン夫人の回想録では、この疑問は解明されていない。「1777年の終わり頃、王妃様はご自分のお部屋でおひとりのとき、私と義父をお呼びになり、私どもに接吻のため片手を差し出しながら、幸せで頭がいっぱいの人がそうするように私どもふたりをご覧になって、お祝いを言うようにとおっしゃいました。とうとうフランス王妃になれたのでもうすぐお子様がおできになるだろう、それまでなんとか苦しみを隠していたけれどひそかにたくさんお泣きになったとおっしゃるのです。〔……〕長いこと待ち望んだその幸せな瞬間以来、国王様が王妃様にお見せになる親愛の情は、非常に恋愛色が濃いものになりました。国王ご夫妻の第一侍医、あの善良なラッソンヌは、長いこと原因が克服されない国王陛下のよそよそしさのせいで王妃様がつらい思いをなさっていると私にたびたび話していましたが、その頃には、もはやまったく違った種類の心配しかしていないようでした」

9 Louis Dussieux, *Le Château de Versailles* (Versailles: L. Bernard, 1881), 19.「マリー＝

アントワネット様の失敗はすべて、今私がくわしくお話しした類のものです。ウィーンの簡素な礼儀作法を次々とヴェルサイユのそれに替えさせようという意志は、王太子妃殿下にとって、想像以上に有害なものだったのです」
10 A. and W. Galignani, *Galignani's New Illustrated Paris Guide* (Paris: Galignani & Co., 1839), 516-17.

第4章 王妃とその民をとりこにする

1 Catherine Mary Charlton Bearne, *A Royal Quartet* (London: T. Fisher Unwin, 1908), 44.
2 Anna Bicknell, "The Dauphine Marie Antoinette," *The Century Magazine* (New York: Macmillan & Company, 1897), 857.
3 Clara Tschudi, *Marie Antoinette* (London: Swan Sonnenschein, 1898), 65.
4 王妃の使用人の報告書によると、レオナールは1779年にはすでに「第一従者および部屋付き髪結い (premier valet de chambre-coiffeur)」として仕事を請け負っている。弟のジャン＝フランソワは、1783年に兄のあとを追って宮廷に入った。宮廷の記録によれば、ルゲの死後、ジャン＝フランソワが「かつら屋兼風呂屋兼サウナ屋 (perruquier-baigneur-étuviste)」として跡を継ぎ、レオナールは名誉ある称号「王妃の髪結い (Coiffeur de la reine)」の称号を持ち続けた。
5 M. Dumanoir (Philippe), *Léonard le perruquier: comédie, mêlée de couplets, en quatre actes* (Performed for the first time in Paris, April 22, 1847).
6 Gustave Bord, *La Fin de Deux Legendes* (Paris: Henri Daragon, 1909). まぎれもないレオナール・アレクシス・オーティエの嫡出子マリー＝アンヌ・エリザベートは、サン＝ウスタッシュ教会で洗礼を受けた。
7 Léonard Autié, 103.
8 Luise Mühlbach, *Joseph II and His Court* (London: H. S. Goetzel, 1864), 211.
9 Maxime de La Rocheterie, *The Life of Marie Antoinette* (Cambridge: John Wilson & Son, 1906), 76. 宮廷で大きな権力を持っていたメルシー伯爵はこう書いている。「王太子妃殿下はこちらで熱烈に愛されておいでで、世間も妃殿下のことばかり考えているので、何日か前にパンの値段が下がったときなどパリ市民が通りや市場であからさまに、これはきっと王太子妃殿下が貧しい民衆のために値段を下げるよう嘆願してくださったに違いないと言ったほどです」
10 Émile Langlade, *Rose Bertin, the Creator of Fashion at the Court of Marie-Antoinette* (New York: Scribner, 1913), 15.
11 Louis Chambaud, *A Grammar of the French Tongue* (London: Cook & McGowan, 1816), 438.
12 Anna L. Bicknell, *The Story of Marie Antoinette* (New York: The Century Company, 1898), 33.
13 John Sanderson, *Sketches of Paris* (Philadelphia: Carey & Hart, 1838), 273.
14 John Sanderson, *Sketches of Paris: in familiar letters to his friends*

第５章「プーフ・サンティマンタル」

1 Augustin Challamel, *The History of Fashion in France* (London: Sampson Low, Marston, Searle & Rivington, 1882), 161.

2 同上, 161-63.

3 Imbert de Saint-Amand, *The Last Years of Louis XV* (Boston: Club of Odd Volumes, 1893), 204.

4 Alphonse de Lamartine, *History of the Girondists* (London: Henry G. Bohn, 1848), 287.

5 Hugh Noel Williams, *Memoirs of Madame Du Barry of the Court of Louis XV* (New York: Collier & Son, 1910), 264.

6 Jean-Josephe Regnault-Warin, *Le Cimetière de la Madeleine* (Paris: Lepetit, 1800).

7 Léonard Autié, *Recollections of Léonard, Hairdresser to Queen Marie-Antoinette* (New York: Surgeon & Williams, 1909), 166.

8 W. H. Bidwell, *The Eclectic Magazine of Foreign Literature, Science, and Art*, Vol. 47 (New York: W. H. Bidwell, 1859), 102.

9 Léonard Autié, 168.

10 Jeanne-Louise-Henriette Campan, *Memoirs of the Private Life of Marie Antoinette* (London: Henri Colburn, 1822), 112.

第６章　髪結いの噂話

1 Edmond et Jules de Goncourt, *Histoire de la société française pendant la révolution* (Paris: G. Charpentier, 1880), 33.

2 *The Gentleman's Magazine* (London: W. H. Allen, 1870), 109.「若く、美しく、性的魅力にあふれ、機知に富んだロザンは、まるで騎士のようなさっそうとした風姿で、おまけに途方もなく裕福だった――成年に達すると、ルイ15世の宮廷の身持ちのよくない貴婦人たちは皆――本人の下品な言いぐさを認めるなら――なりふりかまわずロザンとの愛の営みに及んだ。それはもう次から次へと」

3 Madame Campan, Vol. 2, 330.

4 *Monthly Magazine and British Register*, Vol. 9, No. 55 (London: R. Phillips, 1800), 44.

5 *Essais historiques sur la vie de Marie-Antoinette, reine de France et de Navarre* (Versailles: Le Montensier, 1790)：

De Coigny cependant rien ne défit l'ouvrage,
Les caresses de Jule et sa lascive main,
En vain de la nature insultent à l'ouvrage,
Au compte de Louis arrive un gros Dauphin,
Juste au bout de neuf mois, à dater de l'époque
Où Coigny le jetta dans le moule royal.

6 Edmond et Jules de Goncourt, 186. ルイ16世の弟アルトワ伯爵は、意地悪くもルイにこの小冊子「Mes Pensées」の写しを手渡し、後でパリ高等法院に書類を提

出して王子と王女らの庶出性とルイ16世の性的不能を立証しようとした——こうして自分のために王国摂政の地位を得ようとしたのである。

7 Marie Thérèse Louise de Savoie-Carignan Lamballe, *Secret Memoirs of Princess de Lamballe*（New York: Walter Dunn, 1901）, 103.

8 Marie Antoinette, *Correspondance inédite de Marie Antoinette*（Paris: E. Dentu, 1865）, 85-86.

9 Madame Campan, Vol. 2, 112-13.

10 Maxime de La Rocheterie, 194.

11 J. B. Lippincott, *The Trianon Palaces*（Philadelphia: J. B. Lippincott & Co., 1874）, 28.

12 Gabriel d'Èze, *Histoire de la coiffure des femmes en France*（Paris: Ollendorff, 1886）, 157.

13 Paysac Fars Fausse-Lendry, *Mémoires: ou Souvenirs d'une octogénaire*（Paris: Le Doyen, 1830）, 176.

第７章　王妃の気性

1 この妊娠は1783年11月、流産に終わった。

2 Thomas J. Schaeper, *France and America in the Revolutionary Era*（New York: Berghan Books, 1995）, 348. リーヴルはフランとも呼ばれ、20スーだった。革命以前はパンの値段が8スーから10スーで、これは労働者の日当の半分に相当した。「1リーヴルは、1994年現在のおよそ3ドル25セントに相当する購買力があった」

3 フランスの政治家で1785年財務総監となったシャルル・アレクサンドル・ド・カロンヌは、無能で政策が極端だとされ、1787年に名士会を招集したものの、支持を得られずイギリスへ亡命する。王妃は、ポリニャック公爵夫人の取り巻きのひとりであるカロンヌの財務総監任命に反対していた。王妃と公爵夫人との親密な関係は、夫人がカロンヌを就任させようとしたことで大きく損なわれた。

4 Choderlos de Laclos, *Les liaisons dangereuses*（Paris: Durand, 1782）. ブルボン王朝時代の性倒錯とフランス貴族の退廃ぶりを暴露したとして知られる書簡体小説。

5 Choderlos de Laclos, "Êpitre à Margot," April 1782.

6 Pierre-Augustin Caron de Beaumarchais, *La Folle journée ou le Mariage de Figaro, comédie en cinq actes*（Paris: A. Quantin, 1784）.

7 Beaumarchais, xxvii. ボーマルシェは『フィガロの結婚』の前書きに、自分の敵に対する返答としてこう書いた。「喜劇の上演を実現するために獅子や虎を倒さなければならなかった私に、あなた方はその成功の後で、まるでオランダ人の小間使いのように、毎朝柳の枝で卑しい夜の虫をたたくようなまねをさせる気なのか？」ボーマルシェの敵たちは、気だてのやさしい錠前屋である国王に、獅子というのは王のことだと信じ込ませた。

8 John Holmes Agnew, *The Eclectic Magazine: Foreign Literature*（New York: Bidwell, 1858）, 406.

9 Sarah Tytler, *Marie Antoinette*（New York: G. P. Putnam's Sons, 1883）, 136.

10 J. S. C. Abbott, *The Life of Marie Antoinette*（London: Sampson Low, 1850）.

11 Sarah Tytler, 140.
12 Jeremy Bentham, R*ational of Judicial Evidence* (London: C. H. Reynell, 1827), 225.
13 Henry Vizetelly, T*he Story of the Diamond Necklace* (London: Tinsley Brothers, 1867), 212.
14 François Adolphe Mathurin de Lescure, C*orrespondance secrète inédite sur Louis xvi, Marie-Antoinette la cour et la ville de 1777 à 1792* (Paris: Henri Plon, 1866), 24.
15 Émile Campardon, M*arie-Antoinette et le procès du collier* (Paris: Henri Plon, 1863).
16 Hector Fleischmann, M*arie-Antoinette Libertine* (Paris: Bibliothèque des Curieux, 1911), 248.
La Reine: Il te sied bien, vile catin,
De jouer le rôle de la reine!
Mlle d'Oliva: Eh! Pourquoi non, ma souveraine?
Vous jouez si souvent le mien!
17 Maxime de La Rocheterie, 311.
18 Imbert de Saint-Amand, M*arie Antoinette and the End of the Old Régime* (New York: Charles Scribner's Sons, 1898), 196.
19 Léonard Autié, 233.
20 同上, 237.
21 Maxime de La Rocheterie, 341.
22 Madame Campan, Vol. 2, 202.

第８章　テアトル・ド・ムッシュー

1 Jean-Paul Rabaut, T*he History of the Revolution of France* (London: J. Debrett, 1792), 57.「パリ郊外に、レヴェイヨンという名の裕福な市民が住んでいて、工場で大勢の労働者を雇っていた。労働者らにとって、レヴェイヨンは恩人であり父であった。毎年稼ぐ200リーヴルの源であり、30から40スーの日給を払ってくれていたのだ。突然、この人物が、日給を15スーに引き下げたとのニュースが広まった。やつらにパンなどもったいないと言い、その非人道的な発言により地区から追い出されたという」
2 La Comtesse D'Adhemar, S*ouvenirs sur Marie-Antoinette* (Paris: L. Mame, 1836), 180.
3 同上, 181.
4 Gustave Bord, L*a Fin de Deux Légendes* (Paris: Henri Daragon, 1899), 134.
5 Louis La Trémoille (duc de), L*es La Trémoïlle pendant cinq siècles* (Nantes: Émile Grimaud, 1890), 166.
6 Charles Dickens, D*ickens's Dictionary of Paris* (London: Macmillan & Company, 1883), 219.
7 Madame Campan, M*émoires sur la vie privée de Marie-Antoinette* (Paris: Badouin Frères, 1826), 156.「オペラ座の興行主が、高い出演料を払って最初の道化役者の一団をパリに来させたのは、ただ王妃様を喜ばせるためでした。グルック、ピッチーニ、サッキーニが次々に呼ばれました。これらの著名な作曲家たち、特に、

グルックは、特別丁重に宮廷に迎えられました」

8 Note (Paris: National Archives of France, carton 1683, 17 June 1788). "Le sieur Léonard Autié (coeffeur de la Reine) propose d'introduire un spectacle dans la Salle des Thuileries."

9 Albert Babeau, *Le Théâtre des Tuileries sous Louis XIV, Louis XV et Louis XVI* (Paris: Nogent-le-Rotrou, Daupeley-Gouverneur, 1895), 45.

10 Léonard Autié, 23 June 1788.「レオナール・オーティエ氏が、テュイルリー宮内の劇場をテアトル・ド・ムッシューの劇場として使用する許可をいただくべく、おそれ多くも王弟殿下ド・アンジヴィエ伯爵のご厚意を願い出ている。オーティエはすでに、ブルトゥイユ男爵とシャンスネッツ氏の同意を得ているほか、コンセール・スピリチュエル［18世紀フランスで開かれていた定期的な宗教音楽演奏会］をかつてと同じ日に開くということで、ル・グロ氏との交渉も終えている（ル・グロ氏はテュイルリー劇場で開かれていたコンセール・スピリチュエルの舞台監督）。オーティエ氏はおそれ多くも、劇場開設に不可欠な王弟殿下の許可が下りるのを待っているところである」

11 Chastenay-Lanty, Victorine de. *Mémoirés de Madame de Chastenay*, Vol. 1 (Paris: E. Plon, Nourrit et Cie, 1896), 89.

12 Antoine Vincent D'Arnault, *Souvenirs d'un Sexagénaire* (Paris: Librairie Dufey, 1833), 170.「（プロヴァンス伯爵は）政治においてだけでなく道徳面においても中傷されていた。純粋に言い寄るためだけに女性に言い寄っているところを見ると、伯爵の好みはプラトニックというよりソクラテス的だということがわかった。これは致命的な欠陥だった。子供が生まれなければ、王は権力を失う。プロヴァンス伯はと言えば、生涯オリゲネス［古代キリスト教の代表的な神学者］のように純潔であった」

13 Comtesse de Boigne, *Memoirs* (New York: Charles Scribner's Sons, 1908), 30.

14 Tony Henri Auguste Reiset, *Anne de Caumont-La Force Comtesse de Balbi* (Paris: Émile Paul, 1908), 272. プロヴァンス伯爵は、のちに亡命先で国王となったある日、自分の妻との関係についての不名誉な噂を理由に、グルビヨン夫人を自分の宮廷に迎えるのを拒否した。

15 同上, 25.

第９章　運命の宴

1 Elisabeth Harriot Hudson, *The Life and Times of Louisa, Queen of Prussia* (London: Hatchards, 1876), 271.

2 Madame Campan, *Mémoires sur la vie privée de Marie-Antoinette* (Paris: Badouin Frères, 1826), 174.

3 François-Alphonse Aulard, *The French Revolution under the Monarchy* (New York: Charles Scribner's Sons, 1910), 137.「王太子の死後マルリーへ引きこもったことで、ルイ16世は完全に、王妃やアルトワ伯爵の影響のもとに置かれてしまった。貴族とパリ大司教の懇願に負けた国王は、第三身分に対抗し、議会の決議を無効

にし、三部会を身分ごとに分割する命令を下す決心をしたのだった」

4 Catherine Welch, *The Little Dauphin* (London: Methuen & Co., 1908), 26.

5 John James McGregor, *History of the French Revolution* (Waterford: John Bull, 1816), 82.

6 Robert Chambers, *Popular Antiquities* (London: Chambers, 1832), 437.

7 Hugo P. Theime, *Women of France* (Philadelphia: Rittenhouse Press, 1908), 348.

8 Maxime de La Rocheterie, 334.

9 Charles Duke Yonge, *The Life of Marie Antoinette, Queen of France*, Vol. 2 (London, Hurst and Blackett, 1876), 47.

10 革命が始まったとき、リアンクールが国王の寝室に入っていって、王を起こし、バスティーユの騒ぎについて告げたのは有名な話である。国王が「なに、暴動か（"Quelle revolte?"）」と叫ぶと、リアンクールはこう答えた。「いいえ、陛下、革命でございます！（"Non, sire, c'est une revolution!"）」。ルイ16世はまたリアンクールの勧告を聞き入れ、パリとヴェルサイユから軍隊を引きあげた。それから王は、国民議会へひとりで出かけた。

11 Thomas Wright, *The History of France*, Vol. 2 (London: London Printing Co., 1858), 460.

12 Justin E. McCarthy, *The French Revolution* (New York: Harper & Brothers, 1898), 243.

13 Religious Tract Society, *French Revolution: Sketches of Its History* (London: Religious Tract Society, 1799), 65-66.

14 Maxime de La Rocheterie, *The Life of Marie Antoinette* (New York: Dodd, Mead and Company, 1893, 55).

第10章　王室一家の逃亡

1 Madame de Campan, Vol. 2, 253-57.

2 同上, 49.

3 Louis Barthou, *Mirabeau* (London: William Heinemann, 1913), 316.

4 Léonard Autié, Vol. 2, 33.

5 John Stores Smith, *Mirabeau: Triumph!*, Vol. 2 (London: Smith, Elder and Company, 1848), 292.「（ミラボー伯の死については）便宜上、このように報告されている。ミラボー伯が毒殺されたと権威ある筋が言明したのなら、民衆が何者かに強要して恐ろしい復讐を果たしたことは疑いの余地がないからだ。だからこそ医師たちも、そうした考えはもみ消したほうが好ましいと判断したのである。ここで、非常に疑わしい出来事について見てみよう。クーデル氏とバルビエ男爵というのはスー教授の弟子だが、ミラボー伯の胃を検査した際、クーデル氏が多数の糜爛（鉱物性の毒によって開いた穴）を発見してバルビエ男爵に指摘、ふたりはこれは毒殺だと大声をあげた。ところが師であるスーは、ただちにふたりを脇へ引っ張っていき、こう言って黙らせた。『ミラボー伯は、毒殺されたのではない——毒殺されたわけがない——わかったか、ばかものども！　国王が、

王妃が、議会が、そしてわれわれが、やつらに破滅させられてもいいのか？』」

第11章　もうひとりのレオナール

1 Claude-Antoine-Gabriel duc de Choiseul-Stainville, R*elation du départ de Louis XVI, le 20 juin, 1791* (Paris: Badouin Frères, 1822), 67-82.
2 Thomas Waters Griffith, M*y Scrapbook of the French Revolution* (Chicago: McClurg and Company, 1898), 146.

第12章　運命の伝言

1 Oscar Browning, T*he Flight to Varennes* (London: Swan Sonnenschein, 1892), 68.
2 Henry Morse Stephens, A *History of the French Revolution*, Vol. 1 (New York: Charles Scribner's Sons, 1905), 449.
3 Louis de Bouillé, M*émoires sur l'affaire de Varennes, comprenant le mémoire inédit de M. le Marquis de Bouillé* (Paris: Badouin, 1823), 161. こちらも参照のこと：Thomas Edward Watson, T*o the End of the Reign of Louis the Fifteenth* (New York: Macmillan Company, 1902), 530.「忠実なる髪結いもヴァレンヌに現れた。この髪結いは、国王は来ないという自分の話を、もう一度繰り返した」
4 Le Marquis de Bouillé, C*ollection des mémoires relatifs à la relatifs à la révolution française* (Paris: Badouin, 1823), 116.
5 Charles de Raigecourt, E*xposé de la conduite de M. le C[om]te Charles de Raigecourt à l'affaire de Varennes* (Paris: Badouin, 1823), 190. この若い兵士らは、ジャン＝フランソワの登場に心底うんざりしていた。
6 Lenotre, p. 9.
7 Eliakim and Robert S. Littell, L*ittell's Living Age* (Boston: Littell & Company, 1886), 740.

第13章　亡命先のレオナール

1 Blanche Christable Hardy, T*he Princesse de Lamballe: A Biography* (London: Archibald Constable and Company), 1908, 225.
2 "Certifie conforme à Versailles le 9 Septembre, 1791, François Autié Léonard, cadet, coiffeur de la reine."-National Archives, 1077. National Archives, W. 432.「私こと王妃の髪結いオーティエは、黒の廊下の七番階段、蘇芳の？王族［原文ママ］の法廷にこのように満場にお集まりいただいた中で、テュイルリー宮の鍵を預かる委員の皆様に私が隠しておりました衣類をお見せできることを光栄に存じます。すなわち、黄色い縞模様で鋼のボタンの胴着［ジレ］つき上下一式、黒いボタンの黒の燕尾服一着、ヴェルサイユ宮殿のお仕着せの上下とコート一式、白いピケ地のフロックコートとそろいのズボン一式、喪中用の剣ひと振り、マフ一個、緑のタフタ地の傘一本（等々）でございます」
3 1ルイ金貨（louis）＝20〜24リーヴル
4 Gustave Bord, L*a Fin de Deux Legendes* (Paris: Henri Daragon, 1909), 64.

5 国立公文書館には、1792年以降のピエールに関する公的記録はなかった。ピエールの最初の署名は、1786年にエリザベートの侍女マルグリット・ロザリー・ル・ゲと結婚したときのものである。この日は、オーティエ兄弟がそれぞれ証人として署名しているので、兄弟の居場所をたどる手がかりとして大事な日付となっている。
6 署名は大事である。レオナールはいつも姓の「Autié」で署名していた。ジャン＝フランソワとピエールの署名は1787年までは「Authier」、それ以後は「Autié」と書くようになった。おそらく、この頃レオナールがより多くの時間を劇場に費やしていたため、弟たちは署名の綴りを兄と同じものに変え、兄の髪結いとしての仕事を受け継ぎ、著名な兄の名を利用したのだろう。兄弟は三人とも「Léonard」と呼ばれるようになる。
7 Edmond de Goncourt, *La femme au dix-huitième siècle* (Paris: Fasquelle, 1898), 347.

第14章　悲しい出来事

1 Léonard Autié, Vol. 2, 167.
2 同上, 175-76. この手紙はアルトワ伯爵の参謀将校のひとりド・ヴィコム氏に宛てて友人のル・ブウール夫人が書いたものである。レオナールの回想録の出版者たちは、この手紙はレオナールが保管していて、1816年に見せられ、一語ずつ写したと報告している。
3 Lord Frederick Hamilton and Sir Douglas Straight, *Nash's Pall Mall Magazine*, Vol. 9 (London: Charing Cross Road, 1896), 304-9.
4 *La nuit porte conseil.*
5 Léonard Autié, Vol. 2, 191.
6 同上, 194.

第15章　今は亡き王妃

1 Charles Maxime Catherinet de Villemarest, *Life of Prince Talleyrand*, Vol. 1 (Philadelphia: Carey, Lea & Blanchard, 1834), 211.
2 Léonard Autié, Vol. 2, 197.
3 同上, 215.
4 同上, 232.
5 Albert Lumbroso, *Revue Napoléonienne*, Vol. 3 (Rome: Frascati, 1906), 416.
6 G. Lenotre, Mrs. Rodolph Stawell, and BFS Hatchards, *The Last Days of Marie Antoinette: from the French of G. Lenotre* (Philadelphia: J. B. Lippincott Company, 1907), 144.
7 Clara Tschudi, *Marie Antoinette* (London: Swan Sonnenschein & Co., 1902), 274.
8 Léonard Autié, Vol. 2, 225.
9 Robert Bruce Douglas, *The Life and Times of Madame du Barry* (London: Leonard Smithers, 1896), 374-78.

第16章　レオナール、ふたたび櫛をとる

1 Alethea Wiel, *The Story of Verona* (London: F. M. Dent & Company, 1907), 116.「プロヴァンス伯爵は1794年の終わり、『リール伯爵』という偽名でヴェローナに落ち着いた。静かな内輪だけの生活で、側近らにフランス国王ルイ18世と認められても、伯爵自身は威厳を示すような行為をいっさい避けていた。領土内に受け入れ保護してくれた、ベネチア共和国の体面を傷つけないためである」
2 Léonard Autié, Vol. 2, 117.
3 同上, 247.
4 Imbert de Saint-Amand, *Famous Women of the French Court* (New York: Charles Scribner's Sons, 1894), 191.
5 Léonard Autié, Vol. 2, 258.
6 同上, 289.
7 同上, 291.
8 同上, 301.
9 C. M. Podgorski, "Princess Ratazanoff" in *The Cosmopolitan*, Vol. 11 (New York: Cosmopolitan Publishing Company, 1892), 734.
10 Louise-Elisabeth Vigée-LeBrun, *Memoirs of Madame Vigée-LeBrun* (New York: Doubleday, Page & Company, 1903), 125.

第17章　十六年後

1 Léonard Autié, Vol. 2, 302.
2 同上, 303.
3 同上
4 Edward King, *My Paris: French Character Sketches* (Boston: Loring, 1868), 112.
5 Bayle St. John, *Purple Tints of Paris, Character and Manners in the New Empire*, Vol. 1 (London: Chapman and Hall, 1854), 257.
6 同上, 298.
7 Émile Langlade, *Rose Bertin: The Creator of Fashion at the Court of Marie-Antoinette* (New York: Charles Scribner's Sons, 1913), 303.
8 Léonard Autié, Vol. 2, 311.
9 Ibid., 312.

第18章　レオナールの最後の策略

1 同上, 314.
2 Léonard Autié, Vol. 2, 315.

あとがき

1 Alfred Bégis, *l'Intermédiaire des chercheurs*, Vol. 23 (Paris: 1890), 408.
2 Albert Lumbroso, *Léonard le coiffeur de Marie-Antoinette est-il mort guillotiné?* (Paris: Picard et Fils, 1906), 10.

3 G. Lenotre, T*he Flight of Marie Antoinette* (London: William Heinemann, 1906), 237.
4 Alfred Bégis, l'*Intermédiaire des chercheurs*, Vol. 51 (Paris, 1905), 291.

ウィル・バショア（Will Boshor）
フランクリン大学教授。オハイオ大学で仏語の学士号と仏文学の修士号を、アメリカン・グラデュエート・スクール・イン・パリで国際関係研究の博士号を取得。パリ滞在中、本書のために書簡、新聞記事などの資料を収集。2013年にはフランス史研究学会会員として、国王一家の逃亡未遂事件におけるレオナール・オーティエの政治的役割について発表した。

阿部寿美代（あべ・すみよ）
翻訳家。早稲田大学第一文学部、フランス・リヨン第二大学卒業。NHK国際部記者を経て、1998年に『ゆりかごの死――乳幼児突然死症候群（SIDS）の光と影』（新潮社）で第29回大宅壮一ノンフィクション賞受賞。訳書に『クリスチアーネの真実』（中央公論新社）、『#GIRLBOSS（ガールボス）』（CCCメディアハウス）などがある。

マリー・アントワネットの髪結《かみゆ》い
素顔《すがお》の王妃《おうひ》を見《み》た男《おとこ》

●

2017年2月25日　第1刷

著者……………ウィル・バショア
訳者……………阿部寿美代《あべすみよ》
装幀……………佐々木正見
発行者……………成瀬雅人
発行所……………株式会社原書房
〒160-0002 東京都新宿区新宿 1-25-13
電話・代表 03(3354)0685
振替・00150-6-151594
http://www.harashobo.co.jp

印刷……………新灯印刷株式会社
製本……………東京美術紙工協業組合

ISBN978-4-562-05366-7 Printed in Japan